DIABOLIC

LE TRÔNE DE SANG

S. J. Kincaid est déjà bien connue aux États-Unis, où elle a publié une trilogie à succès. *Diabolic. Protéger ou mourir* est son premier roman traduit en français. *Le trône de sang* en est le deuxième volet.

Illustration de couverture : © 2017, Bose Collins

Ouvrage initialement publié par Simon & Schuster Books For Young Readers,
une marque de Simon & Schuster Children's Publishing Division
sous le titre : *The Empress*

18, rue Barbès, 92128 Montrouge Cedex
ISBN : 978-2-7470-9080-3
Dépôt légal : mai 2018

Loi n° 49-956 du 16 juillet 1949 sur les publications destinées à la jeunesse.

S. J. KINCAID

DIABOLIC

LE TRÔNE DE SANG

Traduit de l'anglais (États-Unis)
par Éric Moreau

bayard

À Sophia, Grace, Madeleine et Estelle…

Je suis impatiente de vous voir réaliser vos rêves !

À notre très cher sénateur, Alectar von Pasus

Puisse la lumière des astres illuminer toutes vos entreprises. Je vous prie de bien vouloir me pardonner de recourir à un vulgaire billet éphémère noirci de ma main, mais je n'ose vous envoyer une transmission. Vous recevez sans doute cette missive dix à douze jours après que je l'ai rédigée. Je vous conjure de la réduire en poudre dès que vous l'aurez lue, et, si nécessaire, de mettre à mort le porteur de ce message afin de protéger son contenu. Mon serviteur mourra volontiers pour servir notre Vif Cosmos.

Je suis navré de vous solliciter de la sorte, vous qui pleurez Élantra, votre fille bien-aimée, mais je n'ai pas le choix. Je suis encore le Grand Prélat, pourtant je subodore que je ne le resterai pas longtemps. En ma position de plus haute autorité hélionique, je me vois contraint de vous adresser mon appel à l'aide le plus pressant !

N*ous, gens du clergé, nous alarmons des évènements qui ont eu lieu ces dernières heures au Chrysanthème. Depuis toujours, les sénateurs von Pasus sont d'ardents défenseurs du Vif Cosmos. Voici* *venue l'heure de montrer que vous ne faites pas exception à la règle ! Notre Cosmos divin a un immense besoin de votre ferveur et de votre force. On va bientôt me destituer, aussi n'aurai-je pas le pouvoir d'agir moi-même.*

Je sais d'expérience que vous êtes un grand homme, sénateur. Le jour où vous avez dénoncé l'intérêt hérétique et contre nature que le sénateur von Empyreé portait aux sciences, j'en ai été presque ivre de joie. Vous avez joué un rôle majeur dans l'élimination des blasphémateurs qui cherchaient à percer les mystères sacrés de notre divin Cosmos. Une faction entière du Sénat essayait de détruire les fondations de notre empire au nom des supposées « sciences », et ces mécréants auraient bien pu y parvenir si vous n'aviez pas judicieusement conseillé l'empereur Randevald, si vous n'aviez pas eu la volonté sans faille de guider sa main impitoyable.

Je me dois donc de vous demander de prouver votre courage une fois encore.

Telle une vipère bicéphale, nos ennemis ont développé de nouveaux crochets avec lesquels ils vont tenter d'empoisonner notre galaxie. Je tremble de vous indiquer qui est cette deuxième tête, bien que vous l'ayez sans doute deviné.

Il s'agit de notre jeune empereur Tyrus von Domitrien.

Comme vous le savez, j'officie en tant que Grand Prélat au Chrysanthème depuis plus d'un siècle. Je suis la voix du Vif Cosmos pour les membres de la grandiloquie qui exercent le pouvoir à la cour galactique. J'ai fait en sorte que le cœur de notre empire ne soit pas entaché par les vieux cultes dépassés qu'il aurait fallu abandonner sur la Terre des origines. Par mon rôle déterminant, je protège la droiture spirituelle de la cour, dont je suis un élément aussi incontournable que les grandiloquins, et ma parole a donc valeur d'autorité. Deux monarques Domitrien ont recouru à mes conseils !

Le jeune Tyrus, en revanche, me tient à l'écart. Je n'écris pas en tant que vieil homme offusqué qu'on le néglige. Je pourrais accepter qu'on m'ignore si j'étais convaincu qu'on agissait pour les bonnes raisons, mais, à l'heure où je couche ces mots sur le papier, je sais qu'on échafaude une intrigue impie. J'ignore quel récit on fera circuler concernant les évènements récents, mais je vais vous donner mon compte rendu fidèle, de première main, du couronnement de l'empereur.

Tyrus a fait venir en toute illégalité des Lumines – des excédents particulièrement barbares et dissidents – sur le Chrysanthème. Avec leur aide, il a tendu une embuscade à sa propre grand-mère, notre fidèle et bien-aimée Grandeé Cygna. Il a poussé des habitants telluriques à se dresser contre ses pairs de la grandiloquie, mais ce n'est pas le pire de ses méfaits.

Vous avez sans doute vu sa transmission de Convocation. Il évoque une nouvelle ère, annonce qu'il va restaurer les sciences dans l'espoir de résoudre le problème de l'espace dévoreur. C'est ridicule ! Mais je sais quelle est l'influence néfaste qui fourre de telles idées dans l'esprit de notre jeune empereur.

C'est l'humanoïde qu'il entend prendre pour épouse.

Il me peine de m'adresser à vous en ces termes, vous dont le chagrin de père est encore si frais, mais il le faut : Tyrus von Domitrien souhaite épouser la Diabolic Némésis dan Empyreé, qui a assassiné votre fille.

Vous pensez probablement que ces odieuses affirmations sont fausses. Comme j'aimerais qu'elles le soient !

Némésis aurait dû être offerte en sacrifice lors du sacre du nouvel empereur. Cygna l'avait exigé, et Tyrus avait accepté. Au lieu de cela, l'empereur a libéré l'humanoïde et condamné la Grandeé Cygna à sa place. Ensuite, et je tremble de vous le relater, il a tué sa grand-mère, avant d'exprimer son intention de faire de la Diabolic son impératrice.

Une impératrice !

Vous lisez bien. J'ai peine à le croire moi-même.

Une Diabolic, une créature inhumaine, une abomination, destinée à devenir notre souveraine !

On a toujours présenté le jeune Tyrus comme un dément. Puis, selon certaines rumeurs, il aurait simplement feint la folie depuis le début pour échapper à la cruauté de ses proches. Voyez-vous, je crains qu'il soit vraiment fou, en fin de compte. C'est forcément le cas ! Nous connaissons tous la véritable nature des Diabolics.

Ce ne sont pas des êtres humains. Némésis dan Empyreé n'est pas humaine. C'est un monstre issu d'une manipulation génétique. On l'a conçue en sorte qu'elle ait l'apparence d'une humaine, mais elle n'en est pas une. Les Diabolics sont plus forts, plus rapides et plus impitoyables que nous, et ils ont pour seule raison d'être la protection de leur maître. Cela, nous le savons, nous. *Il aurait fallu éliminer Némésis dès qu'on a appris qu'elle n'était pas Sidonia von Empyreé, sa maîtresse, mais une usurpatrice se faisant passer pour elle.*

Quant au déchaînement de violence qui a suivi... la mort de votre chère Élantra, l'assassinat de Randevald, et cette nouvelle infamie...

Nous ne pouvons le tolérer. C'est inacceptable.

J'étais horrifié. J'ai refusé de consacrer l'empereur s'il persistait à vouloir épouser cette humanoïde. Si je perds mon poste – ce qui est fort probable –, ce sera parce que je me serai interposé, moi, *en* votre *nom. Après mon refus, l'empereur m'a traité avec une insolence inouïe : il m'a indiqué que l'empire entrait dans une nouvelle ère et que je n'étais pas indispensable. J'ai été conseiller des Domitrien toute ma vie, et ce bâtard, fils d'un vulgaire excédent, ose me parler ainsi ! Puis il a enlacé Némésis et l'a embrassée sous nos yeux.*

Je ne sais pas comment mettre un terme à cette catastrophe. Je ne sais pas comment agir. C'est pourquoi j'implore votre aide. L'empereur Tyrus von Domitrien a l'intention d'épouser Némésis dan Empyreé. Une « dan ». Un être inférieur. Quelle folie de sa part !

Je sais que sa cousine Devineé garde de profondes séquelles cognitives de son empoisonnement, mais c'est aussi la seule héritière Domitrien en vie qui puisse prendre la place de Tyrus. À vous, sénateur von Pasus, le plus grand propriétaire planétaire de l'empire, je vous le demande : opposez-vous à ce nouvel empereur. Il faut lui faire entendre raison, ou le remplacer par un monarque qui ne bafoue pas le Vif Cosmos. S'il ne change pas d'avis et, bien sûr, s'il ne me rend pas mon siège de Grand Prélat, il faudra lui substituer un Domitrien qui y consentira.

Avant que vous pensiez que je suggère des mesures irréalisables, sachez que Tyrus n'a pas mon assentiment. Il n'a pas non plus le soutien des autres ecclésiastiques. Vous connaissez les conséquences de cette absence de soutien ! Tyrus est un garçon intelligent, mais il a été désigné Prime héritier par le dernier empereur en raison de tensions familiales ; Randevald n'a pas pris soin de le former, de lui enseigner ce qu'un héritier doit savoir.

Tyrus von Domitrien ignore tout de la faiblesse de sa position.

L'heure est venue de frapper.

Fustien nan Domitrien, Grand Prélat

1

Quelqu'un avait voulu m'empoisonner. Je le sus à la première gorgée de mon verre.

Un imbécile allait donc mourir.

J'observai la salle du trône pleine de monde et tentai d'identifier le candidat à la mort qui avait eu la mauvaise idée de donner du poison à une Diabolic. Ce n'était pas la première fois qu'on attentait à mes jours depuis le couronnement de Tyrus – loin de là. J'avais déjà subi l'attaque du jeune Grandé Austerlitz, qui avait essayé de me poignarder par surprise. Sa tentative m'avait assez amusée pour que je tolère ses offensives maladroites quelques secondes.

Estimant sage de me montrer diplomate, je lui avais laissé sa chance.

– Arrêtez immédiatement, lui avais-je ordonné en esquivant son premier coup, puis le suivant.

Il s'était contenté de se précipiter sur moi avec une moue hargneuse. Après m'être déportée, je lui avais crocheté les jambes. Il avait tenté de se relever en poussant un hurlement ; je lui avais ouvert le crâne d'un puissant coup de pied à la tête.

Plusieurs jours s'étaient écoulés avant l'attentat suivant. Cette fois, son auteur avait été une jeune prêtresse fanatique. Elle avait trahi ses intentions en criant : « Meurs, monstre ! » juste avant d'essayer de m'entraîner avec elle dans un sas d'évacuation.

Je m'étais libérée et l'avais poussée dans le caisson. Les portes hermétiques s'étaient refermées derrière elle, actionnées par un minuteur qu'à l'évidence elle avait réglé à l'avance, et j'avais croisé son regard pendant la fraction de seconde qui avait précédé l'ouverture de la trappe, juste avant qu'elle soit aspirée dans la nuit sidérale.

Lorsqu'on expédiait les criminels dans l'espace, ceux qui assistaient à l'exécution étaient censés se détourner et regarder ailleurs, en signe délibéré d'irrespect. Le condamné avait si peu de valeur que même sa mort ne méritait pas qu'on l'observe.

Pour cette femme téméraire, j'avais toutefois ressenti le désir étrange de la voir s'éloigner dans le néant. Alors qu'elle avait été témoin du sort d'Austerlitz, elle avait eu le cran de tenter une attaque directe. Après tant d'audace, je lui devais bien ça. De nombreux grandiloquins me haïssaient, d'innombrables hélioniques me méprisaient de toute leur âme vertueuse, mais peu d'entre eux auraient eu le courage de passer à l'acte.

Les hélioniques considéraient les humanoïdes comme des êtres de second ordre – la particule « dan » qu'on ajoutait à notre patronyme signifiait que nous leur étions inférieurs. Pourtant, leur empereur avait l'intention de m'épouser. Ils allaient être contraints de s'agenouiller devant une ignominie. Devant une Diabolic.

Les tentatives d'assassinat qui me visaient ne me surprenaient pas ; c'était leur rareté qui m'étonnait. Seulement trois en dix jours ? D'une certaine manière, c'était décevant.

Je me délectais de la sensation de danger. Celle-ci aiguisait ma présence d'esprit, accélérait les battements de mon cœur. Je parcourus la salle des yeux en portant mon verre à mes lèvres, car mon nouvel ennemi mortel était sans doute assez imprudent pour me regarder absorber le poison.

Au bout d'un moment, je me rendis compte que les regards tournés vers moi étaient trop nombreux pour que je puisse deviner lequel appartenait à mon empoisonneur. J'aurais dû m'en apercevoir tout de suite. Où que j'aille, désormais, on me scrutait, j'étais le sujet de discussions et de débats d'opinions.

– Ils ne se lassent jamais de m'observer ? m'étais-je demandé le soir du couronnement, lorsque j'avais remarqué l'intérêt exagéré qu'on m'accordait.

– Tu sais ce que c'est d'être un Domitrien, maintenant, m'avait répondu Tyrus.

Revenons à mon assassin… il y avait trop de candidats. L'assemblée réunie pour le jour du Pardon était trop dense ; impossible d'établir qui voulait mettre fin à ma vie.

Parmi les convives présents, ils étaient sans doute trop nombreux à en rêver.

Puis je croisai des yeux clairs familiers, et Tyrus inclina la tête vers la sortie, m'indiquant qu'il nous fallait fausser compagnie à la grandiloquie. C'était l'heure de la cérémonie, que nous devions passer en compagnie de l'excédent.

J'acquiesçai d'un hochement de tête. La célébration du jour du Pardon allait se tenir dans la grande héliosphère. C'était une fête impériale importante, une des rares qui soient en l'honneur des excédents, lesquels vivaient sur des planètes, contrairement à la classe dirigeante des grandiloquins, qui habitaient des stations spatiales.

Ce jour-là, ainsi que l'empereur en avait le privilège, Tyrus allait commuer les peines de prison de plusieurs excédents, qui s'étaient convertis à la foi hélionique. Je me dirigeai vers la sortie, où Tyrus devait me rejoindre. Puis je m'immobilisai lorsque j'arrivai devant un groupe de convives réunis auprès de la cousine de Tyrus et de son mari.

Je prenais toujours soin d'identifier ceux qui s'attroupaient autour de Devineé, dernier membre direct de sa famille, et donc héritière du trône. À mes yeux, elle représentait la plus grande menace qui pesait sur lui. J'avais endommagé le cerveau de Devineé de façon irréversible, aussi ne pouvait-elle pas être elle-même à l'origine d'un complot, mais d'autres pouvaient se servir d'elle comme d'une marionnette. Si ça n'avait tenu qu'à moi, elle serait déjà morte. Mais cette décision revenait à Tyrus. La Prime héritière était infirme ; Tyrus aurait jugé monstrueux d'ordonner son assassinat.

Puis soudain…

Soudain, j'eus une révélation : je tenais à la main une arme indétectable, qu'on ne pourrait pas faire remonter jusqu'à moi.

Je pris ma décision. J'allai jusqu'à la seule parente vivante de mon futur mari. Lorsque mon ombre glissa sur elle, elle leva vers moi son regard embrumé.

– Bonjour, Votre Éminence. Les festivités sont-elles à votre goût ? demandai-je d'un ton aimable, me dressant devant elle de toute ma hauteur.

Incapable de me comprendre, Devineé cligna des paupières d'un air absent. Je posai mon verre juste à côté du sien. Puis je détachai ostensiblement mon chignon élaboré avant de le refaire (effort inutile à cause des tiges capillaires qui pouvaient donner n'importe quelle forme à mes cheveux, mais de nombreuses femmes se plaisaient à manipuler leurs cheveux quand même).

– Quelle conversation délicieuse ! dis-je à Devineé. Il faudra remettre ça.

Puis je m'emparai de son verre et laissai le mien. Ainsi, avec une facilité enfantine, le tour fut joué. Je rejoignis Tyrus pour la cérémonie en espérant qu'à la fin de celle-ci on nous apprendrait la mort de son ennemie jurée.

– Tu es magnifique, me murmura Tyrus alors que nous approchions de l'héliosphère.

– Je sais.

Lui et moi portions des tenues argentées réfléchissantes, tissées de veines de cristal liquide. J'avais choisi des cheveux d'un châtain cuivré et un teint plus mat. Tyrus, lui, avait la même apparence que d'ordinaire – peau pâle parsemée de légères taches de rousseur, yeux clairs pleins d'intelligence, sourcils déterminés et cheveux roux en bataille.

À l'entrée de la grande héliosphère, j'eus un instant d'hésitation. Ça ne me ressemblait pas d'être nerveuse, et je ne l'étais pas, à proprement parler… Mais je savais que j'étais sur le point de commettre un acte infâme, moi qui allais entrer à grands pas dans ce lieu sacré et occuper une place d'honneur.

Tyrus devina la teneur de mes pensées. Il se pencha vers moi et baissa la voix :

– Il n'y aura pas de problème avec des fanatiques, aujourd'hui. Nous ne diffusons pas les festivités en direct, nous pourrons donc couper les éventuels incidents avant la transmission. Nous avons aussi engagé une prêtresse. Il s'agit d'une fête officielle destinée aux excédents, alors ce sont eux qui constituent l'assemblée. Ils seront mieux disposés envers nous.

C'est-à-dire envers *moi*.

C'était là ce qu'il entendait. Jusqu'à présent, Tyrus avait réfléchi à chaque acte de son règne avec le plus grand soin, car il était dans sa nature d'anticiper dix décisions avant d'en prendre une seule. Au cours des semaines précédentes, on m'avait fait entrer en douceur dans la vie publique.

Pour commencer, toute la galaxie avait pu m'apercevoir sur les images filmées lors des évènements spectaculaires du couronnement, au cours duquel Tyrus avait déclaré son amour pour moi, avant de me serrer dans ses bras et de condamner sa grand-mère à mort à ma place. Pour la transmission, on avait transformé ma combinaison de détenue en tenue élégante, et donné à mes cheveux dépigmentés l'aspect d'une crinière dorée flamboyante. À l'écran, je ressemblais à une princesse, pas à une Diabolic.

La retransmission s'était révélée efficace à un égard : Cygna avait endossé toute la culpabilité – à raison – pour l'assassinat de l'empereur Randevald.

Les excédents qui occupaient les différentes régions de l'empire avaient donc vu assez d'images de moi pour s'interroger sur mon identité et se demander par quels chemins je m'étais retrouvée sur le devant de la scène. D'après Tyrus, le meilleur moyen de désamorcer la puissance dévastatrice d'un secret consistait à l'éclairer selon l'angle le plus flatteur, à le montrer sans crainte plutôt que d'essayer de le cacher. Pour battre le fer tant qu'il était chaud, il avait profité de la première Convocation de son règne pour annoncer qu'il me choisissait – moi, une Diabolic – comme future impératrice.

Des milliers de sujets de l'empire s'étaient présentés en personne sur le *Valor Novus*, le vaisseau principal du Chrysanthème, et des avatars de grandiloquins habitant à des années-lumière s'étaient matérialisés sur les sièges restants du vaste sanctuaire. Cette salle, la plus majestueuse de la station impériale, ne servait que pour les plus grandes occasions, et parmi elles la première allocution qu'un nouvel empereur livrait aux puissants de son empire.

Tyrus s'était arrangé pour qu'un de ses alliés pose une question à mon sujet, puis il avait donné sa réponse toute prête :

– Ma fiancée sera le symbole de l'ère nouvelle qui commence aujourd'hui. Elle s'appelle Némésis dan Empyreé. Certains seront outrés que je n'aie pas l'intention d'épouser une membre de l'élite. Tant pis pour eux, car c'est Némésis que j'aime, personne d'autre. Cette jeune femme honnête et courageuse est la candidate la plus méritante pour le titre d'impératrice de notre galaxie, et, comme moi, vous finirez par l'admirer.

Ayant anticipé le brouhaha qui allait suivre, il avait fait baisser le niveau sonore de l'enregistrement pour certaines parties de la salle. Dans leur immense majorité, toutefois, ses opposants habituels n'osèrent pas le huer et se sentirent obligés de pousser des hourras. Lors de son couronnement, Tyrus avait fait arrêter des hélioniques. Le danger que représentait sa grand-mère ayant été écarté, il prévoyait de les relâcher, à la condition que leurs proches siégeant au Sénat se montrent coopératifs pendant la nouvelle transmission. Ainsi, les quelques objections avaient été étouffées, alors qu'on avait amplifié la réaction des alliés de Tyrus, sur qui celui-ci pouvait compter pour crier leur enthousiasme.

Au préalable, chaque grand ponte des médias galactiques, tous concentrés sur la planète Eurydice, avait eu droit à quelques mots personnels de l'empereur. Tyrus les avait tous salués, sans manquer de leur adresser un « message codé » leur indiquant qu'ils devaient me soutenir publiquement.

Avant qu'on ait pu poser plus de questions, il avait enchaîné sur les immenses espoirs qu'il nourrissait concernant la restauration des sciences et la possibilité de remédier à la menace de l'espace dévoreur. Cette fois, il avait mis la grandiloquie en sourdine de sorte qu'on n'entende que les vivats de l'excédent. Comme il l'avait espéré, les annonces conjointes de ses deux projets les plus subversifs avaient divisé la foule.

Pour finir, lorsque les applaudissements eurent atteint leur apogée, à la conclusion de son premier discours de Convocation, Tyrus m'avait prise par la main et attirée près de lui pour me montrer à l'élite. Je présentais alors une apparence flamboyante, à mille lieues de mon albinisme naturel et de mon absence de pigmentation ; le teint hâlé et les cheveux d'un noir brillant, les pommettes ornées de vifs motifs lumineux, je portais une robe scintillante constituée de feuilles d'or tombant en cascade.

Je renvoyais l'image d'une jeune femme splendide, pas d'une Diabolic.

Ces subterfuges cosmétiques ne suffiraient pas à nous tirer d'affaire. J'en étais convaincue.

L'heure du premier test était donc venue, et nous allions découvrir si mon personnage public recevait l'accueil désiré par Tyrus. Nous pouvions espérer que les excédents présents dans l'assistance seraient trop impressionnés par l'ampleur de l'évènement pour s'attarder sur mon identité… ou plutôt ma nature.

Tyrus et moi entrâmes dans la grande héliosphère. J'avais une conscience aiguë du moindre frémissement de mes cils, du moindre tressaillement de mes muscles. Tout le monde savait à présent que je n'étais pas un être humain, alors il était plus important que jamais à mes yeux de paraître humaine.

L'assemblée se fit silencieuse lorsque nous pénétrâmes dans le dôme sacré fait de diamant et de cristallin, une roche aussi limpide que le cristal, puis ils s'agenouillèrent, la main sur le cœur pour saluer l'empereur.

– Levez-vous, dit Tyrus.

Contrairement à Randevald, il ne les forçait jamais à rester longtemps à genoux.

Alors que nous avancions au milieu de la multitude, Tyrus aperçut Astra nu Amador, jeune prêtresse au service du sénateur von Amador.

Tyrus lui adressa un signe de tête de remerciement, qu'elle lui rendit avec un sourire nerveux. Elle était assez ambitieuse pour comprendre que si elle nous faisait bonne impression elle pourrait être nommée Grand Prélat en remplacement de Fustien nan Domitrien. Tyrus et Fustien étaient en mauvais termes depuis que le Grand Prélat avait refusé de me consacrer lors du couronnement. Fustien n'aurait pas accepté de diriger la cérémonie du Pardon en ma présence.

Lorsque je balayai les lieux du regard, je remarquai la puissance incroyable de la luminosité qui se déversait par la verrière, bien qu'elle ne projetât qu'une faible chaleur sur ma peau. L'héliosphère était conçue pour réfléchir l'éclat solaire dans des myriades de directions lors des offices. Nous étions si près de l'hypergéante rouge Héphaïstos qu'aucun miroir n'était nécessaire pour amplifier les rayons de l'astre lors du rituel du Pardon.

Héphaïstos était si grande et si brillante que les autres soleils du système, plus lointains et plus petits, étaient voilés par sa lumière, si vive que sous le dôme on ne distinguait que les silhouettes des spectateurs. Seuls ressortaient les pigments luminescents insérés sous leur peau, qui conféraient un relief sévère à leurs traits. Je ne reconnus aucun visage.

Nous attendîmes dans le cercle central le temps que la prêtresse Astra dispose des coupes d'huile consacrée un peu partout dans la chapelle.

Les détenus excédents entrèrent en silence, en file indienne. Tous s'étaient convertis à la foi hélionique en prison, et ils faisaient partie de la douzaine de chanceux que l'empereur allait gracier en récompense de leur pénitence.

Le rôle de Tyrus dans cette cérémonie fut bref. Il s'avança, les hommes et les femmes s'agenouillèrent devant lui, montrant leur crâne chauve – ils s'étaient rasé la tête pour afficher leur foi. Il prononça une courte litanie de pardon, avant que la prêtresse prenne la suite.

Astra circula entre les convertis pour les aider à se dévêtir. Puis, tenant chacun d'entre eux par les mains, elle les accompagna jusqu'à la verrière. Les nouveaux fidèles se collèrent contre la paroi de diamant, bras écartés, pour s'imprégner de la lumière ardente de l'hypergéante.

Tyrus me prit par le bras, me donna une légère bourrade, et nous reculâmes encore tandis que la prêtresse ajustait les panneaux optiques pour que la clarté de l'hypergéante puisse se déverser davantage dans le dôme.

La lumière devint si aveuglante qu'elle sembla me transpercer les pupilles. Par réflexe, je mis ma main en visière. À travers le voile qui couvrait ma vue, je vis d'autres spectateurs faire comme moi. Nous fûmes ensuite écrasés par une chaleur insoutenable, vague monstrueuse qui s'abattit sur nous, et j'eus l'impression de cuire. Cette chaleur était beaucoup trop forte.

C'était anormal.

Les excédents graciés s'éloignèrent de la verrière d'un pas chancelant, silhouettes sombres prises de convulsions d'où s'échappaient des hurlements déchirants. La robe de la prêtresse s'enflamma et les coupes d'huile cérémonielle crachèrent des panaches de fumée.

J'analysai plusieurs éléments simultanément : des flammes, des centaines de personnes autour de moi, et une seule issue.

On nous avait tendu un piège mortel.

2

Je réagis avant tout le monde. Je m'emparai de Tyrus par réflexe et le projetai par-dessus ceux qui nous bloquaient la sortie. Depuis qu'on m'avait soumis à une réduction musculaire pour me donner la carrure d'une simple humaine, c'était la première fois que je retrouvais une telle force.

D'un grand bond, je passai à mon tour par-dessus les spectateurs, qui commençaient à s'agiter, à crier. Ils se mouvaient comme s'ils pataugeaient dans un marécage, mais moi je les dépassai à toute vitesse. Je rejoignis Tyrus au moment où il reprenait son équilibre et, même s'il l'avait voulu, il n'aurait pas pu m'empêcher de le forcer à s'éloigner.

Nous nous extirpâmes de l'atmosphère oppressante et suffocante de la salle sacrée envahie par les flammes. La cohue que j'avais anticipée déferla vers nous, saturant l'air de hurlements et d'un martèlement de pas précipités.

La marée humaine cracha les premières poignées de chanceux. Les autres s'entassèrent dans l'embrasure et l'engorgèrent, bras, jambes et visages grimaçants bouchant les moindres interstices. Puis ce fut le blocage complet, et l'affolement se mêla aux cris de terreur lorsque les malheureux comprirent qu'ils étaient piégés.

Tyrus désigna un excédent qui se trouvait près de lui dans le couloir.

– Appelez de l'aide ! TOUT DE SUITE ! Dites à tous les vaisseaux voisins d'envoyer des médibots.

Des gens pris au piège tendaient les mains vers lui.

Lorsqu'il s'élança vers eux pour les extraire du goulet d'étranglement, je repoussai la pensée qui me vint alors : d'autres ne cesseraient de prendre leur place. Je me joignis à lui pour tenter d'en sauver le maximum, mais dans leur panique, même s'ils s'accrochaient à mes bras, j'éprouvai les plus grandes difficultés à les extirper les uns des autres. Ceux que je dégageais ne débloquaient jamais assez l'embouteillage pour permettre aux suivants de s'échapper. D'autres les remplaçaient et refermaient le piège. Enfin, nos efforts portèrent leurs fruits, et une fumée noire jaillit par les interstices, mais ces progrès eurent un coût. Les mains tendues vers nous n'attrapaient plus mes bras, ne serraient plus rien… Les hurlements s'atténuèrent, puis se turent, et je n'eus plus devant moi qu'un amas d'hommes et de femmes aux lèvres bleuies et aux yeux vitreux.

Bien après que certains eurent été examinés par des médibots qui s'éloignèrent sans intervenir, ayant déterminé qu'ils ne pouvaient pas les ranimer, Tyrus s'acharna à en extraire d'autres. Quant à moi, je me mis en retrait pour observer les survivants. Un médibot vint jusqu'à moi à toute vitesse pour neutraliser les effets de l'exposition aux radiations.

Au bout d'un moment, je posai la main sur l'épaule de Tyrus.

Ses bras retombèrent mollement le long de son corps.

Il pivota sur lui-même, son regard pâle parcourant les rescapés, ses lèvres remuant en silence tandis qu'il les comptait.

– Comment est-ce que ça a pu se...

Le visage maculé de cendres, il glissa sa main sale dans ses cheveux et les plaqua sur le côté.

Un drone médical s'approcha de lui, et Tyrus sursauta quand le faisceau rouge jaillit pour le traiter contre les radiations à son tour.

– Tu as fait le maximum, le réconfortai-je.

– Je ne comprends pas ce qui s'est passé, répondit-il, frappé de stupeur.

Je comptai les survivants à mon tour. Dix-huit seulement. Des centaines de victimes étaient encore enfermées dans l'héliosphère. Dans leur majorité, il s'agissait de serviteurs et d'employés de la grandiloquie. Certains se serraient dans les bras, d'autres gisaient sur le dos... ou dans la position qu'ils avaient au moment de leur mort. Des cloques affreuses couvraient leur peau rougie par les brûlures. Un bot s'activait autour de la tête d'un garçon, irradié lui aussi, qui vomissait à quatre pattes.

D'autres médibots nous avaient rejoints, mais leur nombre, à peine une douzaine, était insuffisant. Et ce alors que Tyrus avait ordonné à un excédent d'en faire venir d'autres. Les drones auraient dû débarquer en force dès que le système avait détecté une anomalie.

Et cette anomalie…

Je contemplai la grande verrière, abasourdie. On aurait pu croire que l'étoile avait expédié une éruption de chaleur droit dans l'héliosphère pour nous réduire en cendres. Nous avions subi une défaillance technique catastrophique que les bots de maintenance auraient dû déceler bien avant qu'elle se produise.

Une pensée me glaça soudain : *Les hélioniques ne manqueront pas de tourner cet évènement à leur avantage. Ils vont prétendre qu'il s'agissait d'un signe de rejet du Vif Cosmos.*

Les astres incarnaient la volonté du Cosmos divin ; existait-il démonstration de mécontentement plus sévère que celle-ci ? Malgré moi, je fus parcourue par un frisson de superstition.

Je n'étais pas certaine de croire au Vif Cosmos, mais je savais que le Cosmos ne croyait pas en moi. Tous les prélats du palais n'avaient cessé de me le répéter.

Lorsque je reportai mon attention sur Tyrus, il avait sorti son sceptre impérial et le regardait fixement.

– Je crois que tout est de ma faute, dit-il, d'une voix si basse que je l'entendis à peine.

– Tyrus…

Nous ne pouvions déjà plus nous parler. Alliés et ennemis politiques avaient accouru dans le *Valor Novus* dès qu'ils avaient eu vent de l'accident, et il fallait par ailleurs s'occuper des cadavres et avertir les proches des victimes. Lorsque je m'écartai du passage pour que les serviteurs puissent rassembler les corps, mon talon buta contre une masse ferme.

Je baissai vivement la tête.

C'était une jeune femme. Son bras était couvert de grosses cloques, ses yeux foncés fixaient le plafond du regard brumeux des morts.

Sidonia.

Je clignai des paupières et constatai que ce n'était pas elle. Loin de là.

L'image de Sidonia surgit toutefois dans mes pensées et me rappela qu'elle n'existerait plus jamais dans cet univers. Chaque fois que j'y réfléchissais, la galaxie entière me paraissait sombre et vide. J'inspirai une bouffée d'air âcre pour me contraindre à rester dans l'instant présent. Je perçus les paroles qu'on adressait à Tyrus.

Encore un drame. Une tragédie à laquelle nous n'avions pas assisté.

– ... pense que son verre a été empoisonné...

Je tournai vivement la tête. *Pourvu que...*

– Salivar est mort ? demanda Tyrus.

Oh, non... Ce n'est pas possible !

Le mari de Devineé. C'est lui qui avait bu le vin.

Elle avait survécu. Elle allait continuer à représenter une menace pour nous.

J'avais raté ma cible.

Quelque temps auparavant, j'étais restée enfermée à l'isolement pendant un mois, dans la cellule où j'attendais d'être exécutée sur ordre de Tyrus. J'avais passé ce mois à me haïr pour l'attachement que j'éprouvais pour lui, malgré ma certitude, ma profonde conviction qu'il avait joué un rôle dans la mort de Sidonia. Il savait que je l'en croyais en partie responsable.

Bien qu'il ait réussi à vaincre sa grand-mère, à lui faire avouer qu'elle m'avait leurrée, et même si nous nous étions embrassés devant les personnages les plus puissants de l'empire...

Une certaine gêne persistait entre nous.

Des doutes nocifs continuaient à me tarauder.

Je me réjouissais, tout en la redoutant, de la soirée que nous avions prévu de passer ensemble après la cérémonie du Pardon, car les devoirs de Tyrus l'avaient tant accaparé que nous n'avions pas encore pu nous retrouver.

Mais nos projets tombaient à l'eau.

La plupart des victimes avaient péri écrasées ou piétinées dans la cohue, et non à cause des brûlures dues aux rayons de l'hypergéante. La prêtresse du sénateur von Amador était morte.

Quand les domestiques de Tyrus menèrent l'enquête, ils découvrirent que mon empoisonneur figurait parmi les morts. Ils nous montrèrent la vidéo de surveillance du rassemblement de grandiloquins, filmée peu avant notre départ... Je me déplaçais dans l'assistance, les yeux dirigés vers un Grandé titubant qui se raccrochait à l'épaule de sa femme... tandis qu'un Grandé issu d'une branche mineure de la famille Rothesay versait quelques gouttes dans mon verre.

Puis ce Rothesay m'avait observée. De toute évidence, il n'avait pas remarqué que j'avais échangé mon verre avec celui de Devineé, mais il m'avait suivie dans la grande héliosphère. Il brûlait d'impatience de me voir succomber à son poison.

– On peut dire que le retour de flamme lui a été fatal, commentai-je en reconnaissant son visage parmi les corps.

Sentant le regard de Tyrus rivé sur moi, j'ajoutai :

– J'ignorais que mon vin était empoisonné. Dire que sans m'en rendre compte je l'ai passé à...

– C'est sûr. Tu dois être bouleversée, dit-il, avant de s'adresser à ses domestiques : Annoncez que ce Grandé a assassiné Salivar. Ne mentionnez pas Némésis dans votre compte rendu.

Il reporta son attention sur la vidéo et, d'un geste, la fit repartir du début.

– Qu'est-ce qu'il y a ? m'enquis-je.

– Interrogez aussi cet homme, là, ordonna-t-il en montrant du doigt le Grandé vacillant dont j'avais trouvé le comportement suspect. Effrayez-le s'il le faut. Vérifiez s'il n'est pas complice.

– Bonne idée, félicitai-je Tyrus en lui adressant un sourire.

Il ne me le rendit pas. Encore une fois, il parcourait la liste des victimes de l'héliosphère.

Tyrus et moi nous retirâmes dans le *Héra* comme prévu, mais ces quelques heures volées ne me procurèrent aucun plaisir. Il m'avait offert ce magnifique vaisseau conçu par sa grand-mère et construit autour d'un astéroïde ; c'était un cadeau de fiançailles, un bâtiment interstellaire Domitrien destiné à une future Domitrien.

Nous nous installâmes dans la vaste salle de jade que Cygna avait eu l'intention de transformer en grande galerie commerçante, sans en avoir eu le temps. Une fontaine gazouillante alimentait un cours d'eau qui serpentait dans le jardin d'arbres et de plantes en cuivre.

Tyrus porta la main au fourreau accroché à sa taille et en sortit une baguette de palladium. D'un petit geste du doigt, il fit jaillir six pointes à son extrémité.

C'était le sceptre impérial. Depuis le couronnement, j'avais plusieurs fois surpris Tyrus en train de le contempler avec une curieuse intensité. Malgré son apparence de crosse décorative, il s'agissait d'une machine puissante. C'était le dispositif qui conférait leur pouvoir aux Domitrien.

– Qu'y a-t-il ? le questionnai-je au bout d'un moment.

Il déporta son regard vers moi.

– Cet objet, tu sais ce que c'est, je suppose.

Je fis oui de la tête, et il poursuivit :

– On me l'a remis comme à tous les empereurs qui m'ont précédé. Quand mon oncle est mort, je suis monté sur le trône.

Il leva la paume au-dessus des pics.

– Une de ces pointes a pénétré ma peau pour prélever un échantillon de mon sang. Elle a reconnu mon appartenance à la lignée des Domitrien, et le sceptre est devenu le mien. Avec lui, j'ai reçu la propriété du Chrysanthème. Je détiens le contrôle de toutes les machines, sans exception.

Il n'était pas question que des appareils présents dans le Chrysanthème, mais aussi de ceux qui se trouvaient à plusieurs années-lumière à la ronde, jusqu'aux confins de l'empire. L'empereur les contrôlait tous. C'était pour cette raison que les Domitrien régnaient sur la galaxie.

– Tous les Domitrien n'ont pas le même don pour le manier. Mon arrière-grand-mère, Acindra, était capable de commander les machines qui l'entouraient par la seule force de sa pensée, mais mon oncle, lui… il était maladroit. Il devait recourir à des gestes, donner ses ordres à haute voix. J'étais persuadé que je m'en sortirais mieux que lui.

Je ne l'avais pas encore vu utiliser le sceptre.

– Et toi, comment te débrouilles-tu ?

Il tourna la tête vers moi.

– Je suis incapable d'en tirer quoi que ce soit.

Je le fixai du regard.

– Quoi ?

Il haussa les épaules et lança à la cantonade :

– Il me faut un drone de sécurité tout de suite.

Nous attendîmes.

Rien ne se produisit.

– Aïe, fis-je.

– J'essaie de ne pas le montrer en public le temps de comprendre ce qui cloche, me confia-t-il. C'est un gros problème, Némésis. Ce sceptre ne me permet pas seulement de contrôler les machines. C'est aussi lui qui unifie le Chrysanthème. C'est grâce à lui que les deux mille vaisseaux s'assemblent pour former une immense superstructure.

Il serra la crosse plus fort.

– C'est pour cette raison qu'une défaillance technique a pu se solder par une catastrophe dans la grande héliosphère. Les seuls bots de maintenance qui se sont mobilisés pour s'occuper de l'avarie sont ceux qui étaient déjà à notre bord, pas ceux des bâtiments voisins. Pour cette avarie, une poignée de bots ne suffisait pas, il en aurait fallu une centaine.

– Nous nous en sommes rendu compte aujourd'hui, renchéris-je. Et c'est pour ça que tu as dû charger quelqu'un d'appeler les médibots pour qu'ils interviennent.

Il hocha la tête.

– Je n'ai la main sur aucune machine, et, en ce moment même, nous sommes à bord d'un vaisseau que rien ne relie aux deux mille autres qui l'entourent. Aucun réseau ne détecte les pannes potentielles, rien ne répartit les mécabots aux endroits prioritaires. Normalement, l'héliosphère aurait dû être réparée bien avant de dysfonctionner, surtout aussi près d'une hypergéante. Ça n'aurait pas dû se produire. Les bots ne remplissent pas leur fonction, et les batteries d'artillerie sont hors circuit... C'est catastrophique.

Les autres conséquences concernant notre sécurité m'apparurent soudain.

– Tu crois que d'autres ont compris que tu ne contrôles pas la station ?

– Après ce qui s'est passé aujourd'hui, ça sautera aux yeux.

Si Tyrus ne commandait ni les batteries d'artillerie ni les vaisseaux du système stellaire... il était aussi vulnérable aux attaques qu'avant d'accéder au trône.

Encore plus vulnérable, même, car il était devenu une cible.

– Si un ennemi décide de s'en prendre à toi, ou à nous... c'est maintenant qu'il va agir. C'est ce que tu es en train de m'expliquer ?

Tyrus acquiesça d'un signe de tête.

De nombreuses menaces pesaient sur nous, mais un homme en particulier représentait la plus grande d'entre elles.

Sénateur le plus puissant de l'empire et chef de l'opposition hélionique qui contestait toutes les décisions de Tyrus, c'était par ailleurs le père d'une jeune femme que j'avais tuée récemment.

– Combien de temps faudra-t-il au sénateur von Pasus pour l'apprendre ? demandai-je.

Alors qu'il s'apprêtait à me répondre, son gant de palladium vibra, indiquant l'arrivée d'une transmission. Tyrus fit pivoter sa main pour voir le nom du correspondant, que je devinai sans avoir eu besoin de regarder.

– Très peu, déclara Tyrus en affichant un sourire sardonique.

Puis il prit l'appel du sénateur von Pasus.

3

La dernière fois que j'avais vu le sénateur von Pasus, il présentait l'aspect d'un aîné très digne, peut-être par opposition au caractère enflammé de sa fille, qu'il souhaitait voir épouser Tyrus. La plupart des membres de la grandiloquie recouraient à la similijeunesse, mais parfois ils conservaient des marques de vieillissement choisies avec soin, pour modifier leur apparence ou, plus vraisemblablement, s'adresser aux excédents peuplant leurs territoires. Les habitants telluriques ne disposant pas d'esthétibots, ils associaient les signes de l'âge à l'expérience. Pasus n'avait donc pas eu une allure trop étrange, avec ses cheveux gris et sa barbe courte.

Il se matérialisa devant nous sous forme d'hologramme, débarrassé de l'outrage des ans. Ses cheveux étaient à présent d'un noir charbon austère qui semblait engloutir la lumière, ses yeux étaient d'un bleu froid, ses traits sans rides et réguliers paraissaient sculptés avec la précision d'un bot, apparemment dans le but de lui conférer un air de majesté plutôt qu'une grande beauté.

Il s'agenouilla avec grâce d'un mouvement rapide, puis se releva tout aussi vite.

– Votre Suprême Grandeur.

Je m'étais écartée afin de ne pas apparaître sur l'image holographique du côté de Pasus.

– Sénateur, répondit Tyrus d'un ton glacial, votre changement d'apparence est des plus surprenants.

– C'est Votre Suprématie qui m'a inspiré. J'ai estimé que, pour ma première entrevue véritable avec mon nouvel empereur, il serait convenable d'agir en conséquence et de me présenter sous un jour nouveau.

Pasus était en effet l'un des nombreux grandiloquins à n'avoir connu Tyrus que dans son personnage d'héritier dément, sans aucun lien avec le jeune homme intelligent qu'il était en réalité. Tyrus tourna la tête et me fit signe d'approcher.

Il souhaitait donc que je participe à la transmission. Malgré les tensions qu'allait créer ma présence, il voulait que Pasus me voie.

Je me postai à côté de Tyrus.

– Votre appel est fort inattendu, dit Tyrus en me prenant la main.

Par ce geste, il envoyait un message très précis.

Pasus baissa les yeux un instant sur nos mains liées.

– Je vous prie de m'excuser de ne pas avoir assisté à votre discours de Convocation, ainsi qu'à votre couronnement avant cela. Je suis encore très accablé par la mort de ma fille, comme le sait Votre Suprématie.

– Ce drame est des plus regrettables, tout comme les évènements qui y ont conduit, lui répondit Tyrus avec la même courtoisie détachée.

Pasus ne pouvait pas ignorer ce que Tyrus évoquait : Élantra avait empoisonné Sidonia, ce qui m'avait amenée à la tuer. La mâchoire du sénateur tressaillit, puis il sourit – ou plutôt il découvrit les dents comme un animal hargneux.

– J'ai appris la disparition malheureuse de votre beau-cousin.

Tyrus demeura impassible.

– Tiens donc.

– Je vous présente mes condoléances. Quelle terrible tragédie ! Et votre cousine qui se retrouve sans mari…

– Et qui le restera très longtemps.

Mon sang se glaça, car je n'aimais pas la façon dont Pasus souriait… comme s'il venait de repérer l'objet de son désir et était décidé à ne reculer devant rien pour l'obtenir.

– Vous devez être très ébranlé. Comment vos bots de sécurité ont-ils pu autoriser la présence d'une toxine si près de Votre Suprême Grandeur ? Quant à l'héliosphère… les mécabots ne sont plus aussi performants que par le passé, semble-t-il. Quelle coïncidence, tout de même, que ces deux défaillances aient eu lieu le même jour !

Tyrus plissa les yeux. Je compris à mon tour : Pasus était au courant. Il savait pourquoi le sceptre de Tyrus ne fonctionnait pas.

– Cela dit, tout arrive, reprit Pasus, un sourire entendu aux lèvres. Espérons que ça ne se reproduira pas.

– Espérons-le, oui.

– Toutefois, au cas où ces problèmes ne seraient pas temporaires, Votre Suprême Grandeur se trouve dans une situation délicate, n'est-ce pas ? Il faudra vous entourer d'amis très puissants. Pourtant, vos alliés sont tous de nouveaux sénateurs, les successeurs de ceux que votre oncle avait fait exécuter en même temps que le sénateur von Empyreé. Des novices.

Je sentis le pouls de Tyrus s'accélérer dans sa paume. Pourtant, sa voix resta tout à fait égale :

– C'est aimable de vous inquiéter pour moi. Mais, soyez rassuré, tout est rentré dans l'ordre.

– Hmmm. Certes. Pardonnez-moi de vous prodiguer ces conseils non sollicités, mais je vous connais depuis que vous êtes tout petit, cher Tyrus, et je me sens obligé de vous conseiller... À votre place, je chercherais à m'attirer les bonnes grâces de notre Vif Cosmos. Et ce n'est pas avec l'aide de ceux dont vous vous êtes entouré que vous y parviendrez.

Son regard se dirigea vers mon image. J'en fus convaincue, car son visage flamboyait d'une haine à l'état pur, même s'il conserva lui aussi la maîtrise parfaite de sa voix.

– À votre place, je m'adresserais donc à des amis de longue date de ma famille. Et je réfléchirais aux moyens possibles de récupérer ce que j'ai perdu.

– Je vous remercie pour vos recommandations, sénateur. N'hésitez pas à venir m'en donner d'autres en chair et en os.

Pasus se contenta de sourire ; il savait qu'en posant le pied sur le Chrysanthème, il se trouverait à la merci de l'empereur.

– C'est un plaisir. Si Votre Suprématie souhaite que je lui en délivre davantage, venez donc sur mon territoire.

Tyrus sourit à son tour. C'était inenvisageable.

Après avoir mis fin à la transmission, il relâcha son souffle, sortit de nouveau le sceptre et le contempla d'un air agacé.

– Il mijote quelque chose. Il l'a laissé entendre. Quel culot... Le cadavre de Salivar n'est pas encore froid que ce chien essaie déjà d'obtenir la main de ma cousine.

– Il ne faut surtout pas que ça se produise, affirmai-je.

En tant que membre le plus puissant de la faction hélionique du Sénat, et l'un des Grandés les plus riches de l'empire, Pasus représentait déjà une menace suffisante. S'il épousait l'héritière du trône, je ne donnais pas une semaine à vivre à Tyrus.

– Bien sûr que ça ne se produira pas.

Je cherchai son regard, vis son expression orageuse, et sus au plus profond de moi qu'un désastre se profilait à l'horizon. Il rengaina son sceptre ; pour ce qu'il lui servait, il pouvait bien le laisser dans son fourreau.

– Tyrus.

Il me regarda d'un air distrait.

– Le moment est peut-être venu, suggérai-je.

– Le moment… de quoi ?

– Je peux tuer ceux qui sont une menace pour toi.

C'était la clé du problème. Voilà ce que je pouvais lui apporter, la force que nul autre que moi ne pouvait lui fournir. Je ne connaissais pas la pitié, et si on le menaçait… je refusais de le perdre comme j'avais perdu Sidonia.

– Je commencerai par ta cousine.

Il s'approcha de moi à grandes enjambées et prit mon visage entre ses mains.

– Non, Némésis…

– Mais si, il faut…

– Tu n'es plus une Diabolic. Jamais je ne te demanderai de le redevenir. Ce n'est qu'un contretemps. Je vais trouver la solution.

Il se voulait rassurant, mais il ignorait comment s'y prendre. Il n'en avait pas la moindre idée.

J'attendis donc que Tyrus cède au besoin de dormir, auquel j'étais si peu sujette.

Puis je me donnai pour mission de découvrir les raisons de sa faiblesse. Il existait dans cette superstructure un homme qui détenait les réponses. Et il allait me les fournir.

4

Le *Penumbra* était un tout petit vaisseau, un élément permanent du Chrysanthème, destiné à n'être le domaine que des religieux au service de la famille impériale. Ce bâtiment avait été offert au clergé hélionique par une souveraine pieuse ayant régné dans un passé lointain, l'impératrice Avarialle.

Je n'étais pas autorisée à monter à son bord, mais il me suffit d'adresser un regard menaçant aux serviteurs postés à l'entrée pour les dissuader de s'interposer ou d'essayer de me retenir. Je pénétrai dans le sanctuaire comme une furie et m'engageai dans un couloir dont les parois de verre donnaient sur les étoiles étincelantes du cosmos, et où des enchevêtrements de plantes recouvraient poutres et chevrons.

Au bout de ce corridor rempli de lumière et de végétation, je débouchai sur le vaste jardin central, entretenu avec soin à la main, sans le concours des servibots. On avait taillé les haies selon la représentation classique des astres solaires, en forme de disque d'où jaillissent des rayons pointus.

Au centre, une imposante statue de cristallin contemplait les environs. Elle figurait un homme aux pieds nus si énorme que ses chevilles m'arrivaient à la taille. Je promenai le regard sur la sculpture et m'attardai sur ses traits – nez épaté, yeux cernés. Cheveux raides coupés au bol.

Malgré ses dimensions gigantesques, c'était un homme à l'aspect très ordinaire.

Pourtant, c'était le portrait du Très Haut proscripteur, le grand évêque de la foi hélionique. On racontait qu'il était immortel, qu'il siégeait au cœur du système transaturnin, dans une formidable résidence stellaire nommée la Cité sacrée.

Donia m'avait conté les chroniques relatant sa vie quand nous étions toutes les deux enfants, tout d'abord avec une profonde ferveur. Puis, à mesure que nous grandissions, un soupçon d'incertitude s'était glissé dans ses récits.

– Est-ce très mal de ma part... si je doute de son existence ? m'avait-elle demandé à plusieurs reprises d'une voix craintive.

À l'époque, j'avais la conviction que Donia ne pouvait rien faire de mal. Il m'avait donc semblé normal de remettre en question l'existence du proscripteur.

Après tout, nul homme n'était immortel.

– J'aurais dû deviner que vous n'auriez aucun respect pour notre sanctuaire, déclara quelqu'un derrière moi.

Fustien nan Domitrien passa à côté de moi, muni d'une jarre d'huile consacrée et d'un chiffon de liquisoie, et alla jusqu'à la statue.

– Nous sommes dans un lieu sacré, et vous êtes une abomination. J'ai cru comprendre que votre irrespect a déjà été puni par notre divin Cosmos, aujourd'hui.

– C'est justement le motif de ma visite, éminence, annonçai-je en le regardant pratiquer l'onction sur les pieds du proscripteur.

– Notre jeune empereur se porte bien, j'espère ?

Je plissai les yeux.

– Très bien, oui, répondis-je entre mes dents. Il voudrait d'ailleurs vous parler, mais je souhaitais vous voir d'abord. Seule.

– Pour quelle raison ? s'enquit Fustien en dirigeant vers moi un regard méprisant.

J'affichai un sourire carnassier.

– Parce que Tyrus est souvent clément. Pas moi.

La main de Fustien qui tenait le chiffon se figea sur les orteils de la sculpture. L'ecclésiastique jeta un coup d'œil derrière moi.

– Vous hésitez à appeler à l'aide ? Connaissez-vous quelqu'un qui serait assez suicidaire pour s'interposer entre vous et moi ?

Je secouai la tête et poursuivis :

– Non, éminence, ça m'étonnerait. Cette fois, c'est moi qui pose les questions, et je ne repartirai pas sans réponses. Si vous n'êtes pas disposé à parler, je vous en persuaderai grâce aux mille techniques dont les abominations telles que moi ont la spécialité.

Le prélat tremblait. Je décelais ses frémissements, je sentais presque sa terreur, et une part de moi exultait, s'en délectait. On m'avait conçue pour inspirer la peur, et chaque fibre de prédateur présente en moi se régalait de voir trembler ce vieillard qui avait choisi d'être mon ennemi.

Il avait cessé de briquer la statue et s'adossait à elle, comme si le proscripteur de cristallin pouvait le protéger.

– Ce qui s'est passé, c'est un châtiment infligé par le Vif Cosmos. Vous pouvez me torturer autant que vous le voulez, espèce de monstre abject, ça ne changera rien.

– On allait vous remplacer à la fonction de Grand Prélat, enchaînai-je tranquillement, et comme par hasard des excédents réunis dans la grande héliosphère, parmi lesquels la prêtresse qui devait vous succéder, périssent brûlés par une étoile. Je ne crois pas à une coïncidence. Et je ne pense pas qu'il s'agisse d'une intervention divine.

Il blêmit.

– Vous croyez que j'ai tout organisé ?

– Quand je vous aurai arraché les ongles et les dents, je suis convaincue que vous me donnerez une réponse honnête.

Lorsque je fis mine de me précipiter sur lui, il poussa un cri aigu et se recroquevilla.

– Ce n'est pas moi ! s'écria-t-il en levant vivement la main devant son visage. C'est le sceptre. Tout est à cause du sceptre.

J'avais vu juste. Il savait.

Je mourais d'envie de laisser libre cours à ma violence, d'infliger la douleur. Je tournai autour de lui comme un fauve en m'efforçant de contenir mon agressivité. Lorsqu'il comprit que je ne m'en prendrais pas encore à lui physiquement, il baissa sa main tremblante.

– Expliquez-moi tout en détail. Tout de suite.

Il prit plusieurs inspirations et rassembla son courage.

– Vous n'êtes pas en droit de savoir...

– Pourtant, c'est ce qui va se passer, même si pour cela je dois vous briser les os, rétorquai-je en hurlant.

Je m'approchai si près de lui qu'il se plaqua contre la statue.

Je choisis de mettre ma théorie à l'essai.

– Pasus vous a trahi, figurez-vous.

C'était un mensonge, mais je voulais semer le doute chez Fustien.

– Il nous a confié que c'est vous qu'il faut interroger au sujet du sceptre. Je sais que vous communiquez entre vous.

Il écarquilla les paupières.

– Il a osé répéter ce que je lui ai expliqué ?

Nous y étions. Pasus avait donc fait allusion à des éléments dont cet homme avait connaissance. Je me contentai de hocher la tête, sans cligner des yeux.

Il en resta bouche bée.

– Je n'étais qu'en partie responsable, gémit-il. Ce n'est pas de mon fait.

– Continuez.

– Ne me frappez pas.

– Dites-moi tout ce que vous savez, et je ne devrais pas en éprouver le besoin.

Je m'écartai de quelques centimètres afin que ma présence lui paraisse moins oppressante.

Il tendit la main derrière lui et toucha le pied de cristallin, comme si la statue pouvait lui donner de la force.

– Tous les vaisseaux qui nous entourent sont très anciens. Ils se dégradent constamment et nécessitent des réparations permanentes. Je n'ai rien saboté. Et… et si une tragédie s'est produite aujourd'hui, c'était la volonté du Cosmos divin… *et aussi*…

Il poursuivit à toute vitesse, le regard affolé, car je m'étais de nouveau approchée de lui.

– … parce qu'il faut plus que le sang d'un Domitrien pour associer le sceptre impérial à un empereur. Il faut l'assentiment du clergé.

– Votre assentiment ?

– Pas seulement le mien ! Celui de tout le sacerdoce. Et… et…

Au même moment, les astres voisins durent prendre une position précise, à moins que l'angle du Chrysanthème se soit adapté aux attractions diverses du système hexasolaire, car la lumière frappa la statue qui se dressait au-dessus de nous, et une lueur surnaturelle illumina sa tête, s'écoula par les veines de cristallin et diffusa des arcs-en-ciel éclatants.

Fustien nan Domitrien fit volte-face. Le spectacle lumineux sembla l'emplir de courage, et son visage s'éclaira d'une joie à l'état pur. Il s'agenouilla en signe de vénération, et je compris alors qu'il avait surmonté la peur que je lui inspirais.

Contre toute attente, lorsque je contemplai à mon tour la statue, un sentiment étrange m'envahit. Mon cœur parut se figer, car l'éclat du proscripteur était si formidable qu'on aurait dit une apparition divine ou un aperçu d'un autre univers.

Quelques instants plus tard, la lumière vacilla et se retira, l'angle subtil des étoiles s'étant de nouveau modifié, et le charme fut rompu. Fustien affichait un sourire béat, ses yeux brillant d'un aveuglement fanatique.

– Comme c'est intéressant, Némésis dan Empyreé, déclara-t-il d'un air illuminé, qu'un phénomène si rare, qui n'a lieu que quelques fois dans le mois, se produise en votre présence. Il faut y voir un présage, selon moi. Le Vif Cosmos m'indique peut-être que je suis libre de vous révéler notre mystère sacré, à vous, une humanoïde. Je vais donc m'y plier, non pas par peur, mais par devoir.

Si ça vous fait plaisir de vous en convaincre, *éminence*, pensai-je avec ironie.

– Je vous écoute.

La vue encore voilée à cause de la lumière aveuglante de la statue, je regardai Fustien se dresser de toute sa hauteur devant moi, souriant, habité d'une joie transcendante.

– J'ai le privilège de porter sur moi une diode d'allégeance, annonça-t-il en ouvrant la main entre nous. Elle m'a été implantée par un prélat âgé, qui lui-même l'avait reçue d'un très vieux prélat. À chaque couronnement d'un empereur, les porteurs de diode doivent prononcer le serment d'assentiment au règne du nouveau monarque. Il faut qu'une majorité des prélats choisis pour assumer cet honneur le fasse.

Je contemplai sa main.

– Combien êtes-vous ?

– Je l'ignore. Nous sommes peut-être des centaines, voire des milliers... qui sait ? Nous parlerons tous d'une même voix et accepterons l'accession au trône de l'héritier. Mais chacun de nos votes ne représente qu'une goutte d'eau dans un océan. M'autorisez-vous à vous en faire la démonstration ?

Fustien joignit alors les mains et déclara :

– Puissent les astres de l'infini accorder leur bénédiction à notre empereur !

Je jetai un coup d'œil autour de moi en me demandant s'il allait se produire autre chose. Mais le vieil homme se contenta de m'observer, les yeux brillants.

– Voilà, vous avez l'assentiment d'une voix – une seule. Mais il vous en faudra beaucoup plus. Immensément plus. Et nul ne pourra vous dire combien, ni à qui il faut s'adresser. L'unique façon d'obtenir le soutien des prélats, c'est de remédier à la cause de leur objection.

Son regard s'attarda sur moi, « la cause de leur objection ».

– Alors, d'après vous, Némésis *dan* Empyreé, combien de prélats approuveront l'union entre un empereur et une humanoïde qui ne porte même pas en elle l'étincelle divine de notre Vif Cosmos ? Un empereur, en outre, qui a annoncé clairement son intention de propager des hérésies... Combien offriront leur caution ?

Très peu. Voire aucun. J'eus envie de l'étrangler, mais ça n'aurait servi à rien.

Le sourire de Fustien s'élargit.

– Si vous aimez notre empereur, vous l'encouragerez à se montrer raisonnable. À rentrer dans le droit chemin. Ensuite, vous vous éloignerez de lui et le laisserez régner en paix. Sinon, la tragédie qui nous a frappés aujourd'hui ne sera que la première d'une longue série.

– Tyrus est intelligent. Il n'a pas besoin du sceptre pour régner.

– Tyrus est un Domitrien, et la seule force d'un Domitrien réside dans le contrôle du sceptre impérial... ainsi que de toutes les machines que celui-ci commandera en son nom. Sans lui, il n'a d'empereur que le nom. Il n'est qu'un jeune homme amoureux de la mauvaise fille.

5

Au cours des deux semaines qui suivirent le sacre, Tyrus fut très occupé.

Lui qui pendant longtemps s'était laissé porter par le courant, avait dissimulé ses convictions derrière un masque de folie et recouru à mille subterfuges pour échapper à la mort, il débordait à présent d'une activité frénétique.

Depuis son accession au pouvoir, tout avançait trop lentement à son goût.

Quelle que soit l'heure à laquelle il s'était couché la veille, il se levait toujours à 6 heures du matin. Ne disposant plus de la journée entière pour pratiquer le sport comme il le souhaitait, il se plongeait dans une heure d'exercice intense chaque fois qu'il en avait l'occasion. Puis il s'attelait à une autre tâche en prenant un petit-déjeuner rapide : il visionnait des transmissions, envoyait des instructions à des provinces lointaines, organisait ses rendez-vous. Il lisait les rapports transmis par ses conseillers, pendant que des machines le préparaient et soignaient son allure pour son apparition à la cour, ou encore il enregistrait des émissions de propagande visant à rassurer les habitants des territoires les plus reculés de l'empire, en certifiant que leur monarque n'était pas, en fin de compte, le fou qu'évoquaient les rumeurs.

Il passait ensuite des heures à parlementer avec la grandiloquie, dont les membres cherchaient tous à obtenir quelque chose de lui, ainsi qu'avec les Lumines qui l'avaient soutenu et exigeaient des faveurs pour leurs planètes. Il participait à ces rencontres, qu'il considérait surtout comme des occasions supplémentaires d'établir des liens avec sa nouvelle cour.

Il acceptait tous les narcotiques qu'on lui offrait, afin de ne pas insulter ceux qui les lui proposaient en leur opposant un refus et, si nécessaire, il présentait discrètement son bras à un médibot pour évacuer en secret les stupéfiants de son organisme. Son regard vigilant ne quittait jamais ceux à qui il s'adressait. Il évaluait en silence leur disposition envers lui, leur sincérité, leur loyauté, tout en affichant un sourire désarmant comme s'il n'était qu'un jeune Grandé superficiel savourant l'atmosphère décadente qui régnait autour de lui.

Ceux qui recherchaient ses faveurs ne lui laissaient pas de répit. Les grandiloquins lui envoyaient sans cesse messages et invitations, qu'il recevait chaque jour par centaines, sollicitant toujours une audience, une discussion. D'autres demandaient qu'il respecte de prétendues promesses faites par son prédécesseur, ou qu'il acquitte les dettes contractées par Randevald au nom de tous les Domitrien.

Très vite, il ne put même plus pratiquer sa seule heure d'entraînement en toute tranquillité. Malgré le peu d'appétit des grandiloquins pour l'exercice, ceux-ci préférant modeler leurs muscles à l'aide de bots, une foule d'entre eux se découvrit une passion pour l'effort physique. Stéroïdes et amphétamines devinrent leurs narcotiques de prédilection, et chaque Grandé ou Grandeé se hâta de commander une salle de sport à haute gravité la plus performante possible pour son vaisseau. Le commerce des bandeaux réducteurs d'attraction explosa, atténuant quelque peu l'intérêt de ces salles.

Je me réjouissais que Tyrus m'ait offert le *Héra,* où je pouvais m'isoler de cette effervescence étourdissante et chaotique, laquelle nous avait toutefois éloignés à une période de notre vie où les bases de notre relation étaient fragilisées. Dans les rares moments que nous réussissions à voler, nous ne retrouvions pas notre intimité d'avant. Nous étions presque comme deux inconnus réunis seulement par une cause commune, et je devinais à la frustration que je décelais dans son regard que cela lui pesait autant qu'à moi. Mais il était trop débordé pour se pencher sur la question du sceptre.

Nous courions ensemble sur la piste qui serpentait dans le bois occupant le pont inférieur du *Valor Novus* durant notre précieuse heure d'exercice matinal. D'ordinaire, Tyrus alternait entre la course rapide et les petites foulées, mais, ce jour-là, la meute qui nous collait l'avait incité à préférer le sprint. Même les grandiloquins qui abusaient des stéroïdes ne pouvaient pas tenir le rythme, du moins pas encore, et nous pûmes profiter de quelques instants de confidentialité... même si Tyrus était trop essoufflé pour parler.

Je n'avais pas ce problème. Je lui relatai donc tout ce que Fustien m'avait expliqué.

Tyrus enregistra ces informations sans un mot, le souffle rauque. Il portait le sceptre maudit dans un fourreau attaché en bandoulière dans son dos : la première année de règne d'un empereur, la crosse devait l'accompagner partout, y compris pour la course. Aussi inutile soit-elle.

La foulée de Tyrus faiblit, et la sénatrice von Locklaite apparut derrière nous, à portée de vue. Tyrus serra les mâchoires et accéléra. Je me calai sur lui sans effort, et nous conservâmes notre avance.

– Très bien, fit Tyrus.

– Très bien, quoi ?

– Nous... n'obtiendrons pas le soutien... des prélats. Autant laisser tomber.

En nage, il se concentra quelques instants sur sa respiration le temps de traverser la section à haute gravité de la piste, puis, d'une voix précipitée, ajouta :

– Les prélats deviennent obsolètes plus tôt que je n'osais l'espérer. Je peux contrôler l'empire sans... sans le sceptre.

– Comment vas-tu t'y prendre ?

– Les rois… d'autrefois… comptaient sur la bienveillance… sur la perspicacité… les alliances. Je vais m'y prendre… de la même façon.

– Et pour les mécabots ?

Épuisé par notre rythme trop soutenu, il ralentit. Une idée me vint ; je saisis Tyrus par le bras et lui fis quitter le sentier pour nous enfoncer dans un épais bosquet, où nous nous appuyâmes contre l'écorce rugueuse d'un gros chêne sous l'immense dôme céleste qui se déployait au-dessus de nos têtes. Tyrus posa la tête contre le tronc pour reprendre haleine. Il exigeait trop de lui-même. Dans tous les sens du terme.

Même avec son nouveau plan.

Au loin, je détectai les bruits de pas des courtisans qui s'efforçaient en vain de rattraper leur empereur.

– Le problème… avec les bots, reprit-il, le souffle plus régulier, c'est la centralisation, pas vrai ? Sans sceptre, nos deux mille vaisseaux spatiaux sont autant de systèmes indépendants. Donc… donc nous ne pouvons pas compter sur les mécabots pour déceler les avaries et se répartir comme une grande flotte unique de drones.

Il m'adressa un sourire espiègle.

– Donc, il suffit de charger des gens de s'en occuper.

– Comment ça, des gens ?

– Des employés. Nous les engageons. Des excédents travailleront pour l'empire. Ils pourront… ils pourront contrôler tous les vaisseaux visuellement. Les inspecter. Une fois… non, deux fois par jour. Ils signaleront les anomalies éventuelles, et ainsi il nous suffira... de réparer les défaillances les plus urgentes en dépêchant nous-mêmes les bots nécessaires. Problème résolu, conclut-il en écartant les mains devant lui.

Le problème était loin d'être résolu.

– Ça nécessitera une quantité incroyable d'employés.

– Je le sais.

– La grandiloquie ne verra pas d'un bon œil la présence de tous ces excédents.

– C'est certain. Ça les incitera peut-être à faire pression sur les prélats de leur connaissance pour qu'ils m'accordent le contrôle du sceptre.

Je le considérai d'un air dubitatif en songeant à la multitude de pièces d'artillerie qui entouraient le Chrysanthème, et aux sécuribots qui auraient dû vrombir dans les parages en ce moment même. Alors qu'ils auraient dû être en train d'assurer notre protection, tous échappaient à son commandement.

Il fallait aussi prendre en compte ses ennemis, tels que Pasus, qui le guettaient comme des vautours, sans jamais le quitter des yeux. On le tolérait pour l'instant, mais si Pasus épousait Devineé il se débarrasserait de l'empereur pour que l'héritière lui succède.

Tyrus était jeune. Son discours de couronnement avait dû sembler idéaliste, truffé d'objectifs irréalisables. Si jamais il commençait à remporter quelques succès dans ses projets de rétablir l'étude des sciences, s'il accordait plus d'autonomie aux excédents, la grandiloquie allait paniquer. Tant qu'il restait un autre Domitrien, ils pouvaient tuer Tyrus.

Des pas approchèrent dans notre direction, et des voix s'exclamèrent :

– Ah, voilà nos deux tourtereaux !

– Nous avons bien failli perdre Votre Suprématie !

– Quelle course agréable ! Pouvons-nous nous désaltérer ensemble ? demanda le Grandé Stallix. Dans ma bouteille, il y a des électrolytes et des amphétamines.

– Et ça, c'est de l'eau qui provient des sources les plus pures de la troisième lune de Sillaquarth, dit un autre, qui tenait lui aussi une gourde à la main.

– Ce n'est pas encore le moment de s'arrêter, répondit Tyrus.

Il s'éloigna de l'arbre et reprit sa course. Cette fois-ci, je ne le suivis pas. Je restai au bord de la piste et l'observai, tandis que la petite troupe qui le poursuivait prenait déjà dix foulées de retard sur lui... Tous se gavaient de stupéfiants ou portaient en secret des bandeaux à basse gravité, alors que Tyrus ne comptait que sur sa force naturelle. Tous rivalisaient d'efforts pour le rattraper, chacun armé d'atouts dont lui ne disposait pas. Ils n'y parvinrent pas, mais un jour quelqu'un finirait par réussir.

Et, quand ce jour viendrait, toute la volonté, l'énergie et l'intelligence du monde ne donneraient pas à Tyrus l'avantage nécessaire pour les semer encore.

L'amour est un sentiment égoïste ; j'étais bien placée pour le savoir, car j'étais si éprise de lui que je pouvais ignorer mes remords, mes doutes, et même la voix impitoyable de la raison qui me soufflait la vérité : l'origine de ses problèmes, dans leur immense majorité, c'était moi. Pour les régler, il suffisait que je me retire. Si je le convainquais que je ne ressentais rien pour lui, si je me jetais dans l'inconnu d'une vie en dehors du Chrysanthème, il ne me retiendrait pas.

Mais je n'en étais pas capable. Je ne pouvais pas m'y résoudre.

Ce qui m'était possible, en revanche – ce qui le serait toujours –, c'était d'assassiner ses ennemis.

J'allais donc m'y employer.

Infirme ou pas, Devineé représentait la plus grande menace de toutes. Sa simple existence constituait une solution de remplacement si l'empereur devait abandonner la couronne, et, contrairement à Tyrus, je ne m'en accommodais pas.

Par chance, une routine des plus prévisibles régissait le quotidien de cette femme, maintenant qu'elle ne disposait plus de la moindre autonomie.

Je pouvais en tirer profit.

Sans aucune difficulté.

En ces temps incertains, on ne devait pas découvrir que j'étais responsable de sa mort. Le dernier accident que j'avais provoqué pour l'éliminer avait touché la mauvaise cible. Ma prochaine tentative… la prochaine n'échouerait pas.

J'étais perchée au sommet du mur d'enceinte qui surplombait les cages des animaux du *Tigris*, où l'on m'avait jadis emprisonnée un mois entier, et j'observai Devineé Domitrien, qu'un bot de service tenait au bout d'une laisse. Trois fois par jour, on la promenait de cette façon dans son vaisseau afin de stimuler sa circulation sanguine. Salivar avait pratiqué ces mêmes sorties avant de périr. Comme tout aurait été plus simple si ça avait été elle !

Aujourd'hui, elle n'en réchapperait pas.

Je balayais les lieux du regard. Je dominais les enclos destinés à l'enfermement de longue durée, différents des cellules exiguës situées dans le sous-sol de l'arène. J'y avais passé assez de temps pour savoir avec précision quelles créatures y étaient enfermées, malgré les champs de force réglés en position d'opacité maximale. Tyrus avait aboli les combats d'animaux, mais les créatures féroces restaient là, comme moi j'y avais été incarcérée, seul cet endroit pouvant retenir un Diabolic.

Lors de mon incarcération, j'avais pu me familiariser avec les habitudes des soigneurs. Ayant donc tout planifié avec soin, je regardai l'employé de service quitter la salle pour aller chercher le repas de la manticore de Randevald, en général une petite vache. Cela me donnait cinq minutes pour agir.

Un laps de temps plus que suffisant.

Je bondis par-dessus la rambarde et atterris au milieu des champs de force. Il me fallait désactiver un seul panneau de contrôle pour libérer les animaux de six enclos.

Ces bêtes avaient été créées et dressées pour tuer. Devineé n'avait aucune chance.

Je me concentrai sur le vrombissement du bot, allai d'un pas rapide jusqu'à la console la plus proche et attendis.

Puis j'insérai mon pied dans l'enchevêtrement de câbles et, d'un coup puissant, arrachai tout.

La console s'éteignit.

Autour de moi, les champs de force opaques disparurent et révélèrent deux cellules inoccupées, ainsi qu'une troisième où dormait une créature enroulée comme un serpent. Dans la quatrième, j'en distinguai une autre, à l'allure très prometteuse – un taureau aux yeux de vipère qui leva la tête pour humer l'air.

Dans la cinquième, des cliquetis retentirent au moment où un hybride d'ours et de reptile, enhardi par sa liberté soudaine, se mit à donner des coups de patte vers le champ de force désactivé. Du coin de l'œil, je détectai du mouvement en provenance de la sixième cellule.

Je me tournai vivement dans cette direction.

Rien.

Étrange. Je sentais qu'on m'observait. Le bourdonnement du servibot se rapprochait, aussi m'éloignai-je à pas comptés, sachant que quelque chose, un élément déclencheur, allait faire sortir ces prédateurs, et qu'il valait mieux avoir déguerpi avant...

Puis mon dos percuta une poitrine puissante, je fis volte-face et me trouvai face à l'homme le plus massif que j'aie jamais vu, lequel me considérait d'un regard noir et avec un léger sourire. Je le connaissais.

C'était Supplice dan Domitrien, le Diabolic de Cygna.

– Tu ne t'attendais pas à me voir, apparemment, dit-il.

Oh non, pas du tout.

Mon poing fusa vers lui. Il le bloqua et me repoussa si fort que je fus projetée à terre. D'un même mouvement, je roulai sur moi-même et me relevai, éperonnée par la peur et une poussée de hargne. Mon premier réflexe était toujours d'attaquer, et c'est ce que je fis.

Mais j'avais une plus petite carrure que lui. J'étais moins forte. Et l'on m'avait en outre imposé une réduction musculaire pour me faire passer pour Sidonia.

La puissance du coup qui m'atteignit au visage déclencha une explosion de douleur dans mon crâne et me fit vaciller. Alors que je retrouvais mon équilibre, Supplice chargea, mais j'esquivai son poing. Puis je bondis sur lui et lui assénai un coup de pied terrible à l'entrejambe… le point faible des Diabolics mâles.

Il poussa un grognement, mais ses grandes mains s'accrochèrent à ma jambe. D'un mouvement brusque, je réussis à la dégager. Puis il s'empara de ma tête. Je sus aussitôt quel sort il me réservait – oh, par les astres, non…

Supplice me brisa la nuque.

6

– Elle est morte, l'autre ?

Cette voix, qui m'était familière sans l'être tout à fait, résonna dans ma tête, et je m'éveillai lentement, persuadée que je rêvais, parce que je me sentais bizarre.

Péril dan Domitrien était penché au-dessus de moi.

Je levai les yeux un certain temps vers ce visage qui ne pouvait être là – celui du Diabolic de Cygna. Un autre apparut dans mon champ de vision. Supplice.

Puis la mémoire me revint.

Je me rappelai ce qui clochait tant, et pourquoi tout me semblait anormal.

Je n'avais de sensations que dans le visage. Ma nuque… Il m'avait brisé la nuque !

Un sentiment de terreur absolue m'envahit, je me mis à suffoquer, ne sentant même plus mon souffle. Les Diabolics étaient libres ; c'était terminé, j'avais commis une erreur fatale.

Alors que Péril me contemplait, Supplice lui répondit :

– Je lui ai sectionné la colonne sous la cinquième cervicale.

– Tu n'as pas paralysé ses poumons ?

– Pas encore.

Je fus prise de panique, mais, alors que tout tournoyait autour de moi, je ne pouvais pas bouger. Même le hurlement que je tentai de pousser de toutes mes forces ne jaillit pas ; je vivais un véritable cauchemar. Comment pouvaient-ils être là, tous les deux ? Ça aurait dû être impossible. Puis la réponse m'apparut, s'insinua dans la tempête d'effroi qui se déchaînait en moi. *Tyrus les a épargnés. Il leur a laissé la vie sauve. Et il me l'a caché.*

J'avais libéré Supplice, qui avait relâché Péril.

C'était fini, j'allais mourir… Quant à Tyrus… Par Hélios, Tyrus… Qu'allait-il devenir ? Je manquais d'air. Les pas lourds de Supplice s'éloignèrent, le Diabolic disparut de mon champ de vision, puis j'entendis une voix au loin.

– Maintenant, plus un mot, dit Tyrus. Vous connaissez vos instructions. On se tait.

Il savait que Péril et Supplice possédaient une audition exceptionnelle, pourtant il les sous-estimait. Le silence fut dense et terrifiant. Comme j'aurais aimé être déjà morte ; rien ne pouvait être pire que d'assister, impuissante, à ce qui allait se produire.

– Sors du champ de force et referme-le autour de nous, déclara Supplice d'une voix rauque. Les sécuribots ne pourront pas nous tirer dessus.

Ils ignoraient que Tyrus n'en avait aucun à ses ordres. Tyrus ne contrôlait pas le sceptre.

Péril repartit d'un pas lourd.

Puis Supplice reparut au-dessus de moi. Il se pencha et me redressa en tenant ma nuque avec précaution.

Une petite voix d'espoir futile me fit remarquer ce détail – *C'est réparable, si on me soigne vite...*

Mais, pour cela, il me fallait survivre, et Tyrus devait s'en sortir aussi. Je fournis un effort pour tourner les yeux, puis scrutai le visage de Supplice en essayant désespérément de déceler quelque indice concernant ses intentions. Une détermination froide et fatale figeait ses traits. Je me demandais ce qu'il avait pu dire à Péril.

Je supposai que nous étions dans une cage pour animal hybride. Péril actionna alors la barrière énergétique, m'enfermant avec Supplice alors que lui restait dehors.

Un vrombissement retentit de plus en plus fort, puis une plateforme mobile apparut juste au-dessus de nous.

Dessus se tenait Tyrus.

Tout seul.

Mon ventre se noua. Il était beaucoup trop près. À huit mètres de nous au maximum.

– Votre Suprême Grandeur, tonna le Diabolic.

– Bonjour, Supplice.

Tyrus entra dans mon champ de vision. Ses cheveux et ses yeux très clairs, ses cils pâles et sa peau immaculée lui donnaient presque l'apparence d'un être de glace. Le visage et la voix dépourvus de la moindre émotion, il déclara :

– Elle est encore en vie. Et vous avez aussi épargné ma cousine.

– Devineé n'avait aucun intérêt pour nous. Nous avons reconduit vos bestiaux dans leurs enclos. Elle, par contre, c'est une autre histoire.

Devineé n'est pas morte, me morfondis-je. J'aurais dû l'éliminer moi-même, quitte à subir l'opprobre.

– On m'a averti que vous reteniez Némésis. Qu'est-ce que vous voulez ?

Il s'exprimait avec un calme incroyable, les bras croisés de façon à montrer le sceptre impérial, qu'il tenait d'un air détaché.

Péril lâcha un grognement rageur en le voyant, mais Supplice resta maître de lui. La tête inclinée de côté, il jaugea son ennemi.

– Vous espérez que nous nous montrerons cléments parce que vous nous avez laissé la vie sauve ? Je doute que vous soyez aussi naïf, Votre Suprématie.

– Nous voulons savoir ce qu'est devenue notre maîtresse ! rugit Péril.

Beaucoup plus agité que Supplice, il remuait comme un lion en cage. Par chance, il ne se trouvait pas dans l'enclos avec moi et ne pouvait pas atteindre Tyrus.

Va-t'en, Tyrus, je t'en supplie !

– Vous savez exactement quel sort ma grand-mère a connu, répondit Tyrus, sans quitter Supplice des yeux.

– Vous l'avez tuée ! ragea Péril. Et nous allons vous réduire en charpie…

– Silence, ordonna l'autre Diabolic.

Péril se tut.

Supplice me serra plus près de lui et m'inclina pour me montrer à Tyrus, tout en prenant soin de stabiliser mon cou. Quelle indignité il m'imposait ! Pourquoi ne s'était-il pas contenté de me tuer ?

– Bizarre qu'aucun sécuribot n'ait été mobilisé, commenta Supplice.

– Je n'ai pas l'intention d'envenimer la situation, rétorqua Tyrus en affichant un tel calme que je commençai à croire qu'il avait pour cela une bonne raison…

À moins qu'il ait seulement un talent fou pour simuler l'assurance ?

– Allons, reprit-il en écartant les bras. Vous n'imaginez quand même pas que l'*empereur* puisse se présenter devant vous sans défense ? Soyons réalistes. Maintenant, dites-moi ce que vous voulez.

– Votre sang, tonna Péril d'une voix tremblante. Votre douleur. Votre vie.

– Vous comprendrez que je sois réticent à vous les accorder, répondit Tyrus sans le regarder. Il doit bien y avoir autre chose.

Supplice se tourna vers moi et m'examina avec un intérêt de prédateur – de toute évidence, il tentait de lire sur mon visage les émotions qu'il ne parvenait pas à déchiffrer sur celui de Tyrus.

Un sourire inquiétant se dessina sur les lèvres du Diabolic.

– Ce que je veux, c'est peut-être simplement que vous la voyiez mourir.

Tyrus s'agrippa d'un mouvement vif au garde-corps. Ce fut sa seule réaction, mais elle fut transparente. Elle suffit à le trahir, démontrant que Supplice avait touché un point sensible ; jamais un tel détail n'aurait échappé à un Diabolic.

Supplice me caressa la joue du bout du doigt.

– Quel dommage qu'elle ne puisse bouger que la tête ! Quand je pense à la douleur que je pourrais lui infliger avant qu'elle meure…

Je fixai Supplice d'un regard incendiaire ; malgré mon impuissance, j'aurais aimé que ma fureur puisse le réduire en charpie, parce que j'étais une Diabolic. Comme lui. Pourtant, il adressait ces mots à Tyrus, à l'humain qui avait le tort d'être amoureux de moi, et je remarquai, attentive au moindre signe de nervosité, que Tyrus serrait la rambarde de toutes ses forces. Lui qui se donnait tant de mal pour ne rien laisser paraître, il dévoilait tout.

Il dut s'en rendre compte, car il changea soudain de tactique :

– Regarde-la, Supplice. Examine bien son visage. Elle ressemble comme deux gouttes d'eau à Hostilité. Elle pourrait être sa jumelle.

– Et pourtant elle l'a tuée.

– Non, rétorqua Tyrus, les traits illuminés par l'espoir, convaincu qu'il pouvait amadouer Supplice en jouant sur ses sentiments.

Ne lui dis pas ça ! ARRÊTE !

– C'est moi qui ai tué Hostilité, reprit-il. Tout comme j'ai tué votre maîtresse à tous les deux. Ce n'est qu'à moi qu'il faut vous en prendre.

Ma vue trembla, comme si Supplice, sous le coup de la stupéfaction, m'avait un peu relâché la tête. J'aurais pu massacrer Tyrus, tant je lui en voulais de lui avoir fait cet aveu, de lui avoir livré cette information ! Pourtant, le Diabolic me jeta un bref regard, et je constatai qu'il était moins déterminé à m'achever.

C'était une avancée à double tranchant : plus que jamais, il était décidé à tuer Tyrus.

Tout comme Péril.

Moi qui ne pensais plus à lui, je me rappelai sa présence lorsqu'il poussa un rugissement de bête féroce. Même le cri autoritaire de Supplice ne put le retenir. J'entendis un bruit de mouvement rapide, puis le Diabolic apparut dans un coin de mon champ de vision quand il bondit sur une cloison pour se propulser en l'air. Tyrus écarquilla les yeux et recula vivement en voyant le colosse enragé foncer sur lui...

Il abattit son sceptre d'un geste précipité et atteignit le Diabolic en plein visage. Emporté par son élan, Péril tournoya sur lui-même et dégringola. Je ne le vis pas tomber, mais un bruit sourd retentit... celui de son crâne heurtant le sol. Suivirent alors un silence, puis un son grave dans la gorge de Supplice... un cri avorté.

Tyrus reprit son souffle d'une grande inspiration saccadée.

Supplice nous plaqua tous les deux contre le champ de force.

– Péril ! PÉRIL !

Je parvins à distinguer les jambes du Diabolic. Elles ne bougeaient pas.

Je m'empressai de lever les yeux et vis que le visage de Tyrus s'animait, comme électrisé par une idée.

Reste où tu es ! lui criai-je intérieurement.

Mais il bondit par-dessus le garde-corps et se réceptionna par une roulade. Il fondit sur Péril, et Supplice lui hurla dessus. Si Péril se relevait, c'en était fini de l'empereur. Il était *mort*.

L'air dément, Tyrus traîna le Diabolic inconscient assez près de nous pour que nous le voyions et pressa un poignard contre sa gorge, si fermement qu'il fit couler un petit filet de sang.

– La voilà, ton incitation, dit-il à Supplice. Une vie pour une vie. Libère Némésis, et je te rendrai Péril. Un seul geste de travers et je l'égorge – je ne plaisante pas.

– Vous croyez que ça m'inquiète ? gronda Supplice, dont la main m'effleura le cou. Votre Suprématie devrait savoir qu'un Diabolic peut survivre après avoir perdu des litres de sang. Qui plus est… en quoi ce serait un échange équitable ?

– Tu n'as plus que lui. Vous êtes inséparables depuis des dizaines d'années. Je sais que tu tiens à lui. J'en ai déjà vu la preuve. Si tu relâches Némésis, Péril s'en sort. Et toi aussi. Tout le monde est content.

– Vous croyez que je suis attaché à lui ? Que je l'aime comme j'aimais ma maîtresse ? s'enquit Supplice d'un air curieux. Comme vous tenez à Némésis ?

Il prit un ton étrange et menaçant :

– Comme elle, elle tient à vous ?

– Oui, concéda Tyrus après un silence.

– Prouvez-le. Entrez dans la cellule.

Tyrus ne répondit rien.

– Montrez votre courage en venant la chercher, Votre Suprématie.

Tyrus avala sa salive.

– Tu me tueras, dit-il d'une voix rauque.

Oui, il te tuera. C'EST CE QU'IL VEUT !

– Vous croyez que nous avons des sentiments, nous, les Diabolics ? railla Supplice, plus bas. Alors démontrez-le. Si je suis attaché à Péril, si j'en suis capable, j'aurai une bonne raison de vous épargner, et vous aurez gagné votre pari.

Il raffermit sa poigne sur ma nuque.

– Si vous êtes absolument convaincu qu'elle vous aime… vous devez être convaincu que je tiens assez à Péril pour vous laisser la vie sauve.

N'y va pas, pensai-je. *Tyrus, ne tombe pas dans son piège. Bats en retraite. Ressaisis-toi. Essaie une autre stratégie…*

Tyrus disparut de ma vue. Je percevais son souffle nerveux, et j'espérai qu'il cherchait une autre solution – qu'il s'en aille, qu'il fasse ce qu'il veut, mais qu'il n'approche pas…

Puis le champ de force qui nous entourait s'abaissa.

Supplice allait nous tuer tous les deux.

7

Je fus glacée d'horreur lorsque Tyrus s'avança vers nous à grands pas, les mains en l'air.

Il avait perdu la raison. Il courait droit au suicide.

– Tu l'as, ta preuve, non ? fit-il doucement.

– Venez la chercher, insista Supplice. Mais d'abord, débarrassez-vous de l'arme que vous cachez.

– P-pardon ?

Le Diabolic partit d'un gros rire cynique.

– Allons. Vous nous avez observés, non ? Et moi je vous ai observé. Nous sommes tous pareils. Alors jetez-la.

J'entendis un bruissement d'étoffe, puis un cliquetis métallique.

– Tout ce que vous avez, ordonna le Diabolic. Vous en cachez d'autres.

– Non, c'est tout.

– Toutes les autres, j'ai dit. Si vous me mentez encore, je vous tue tous les deux.

Tyrus poussa un grognement. Et puis…

Un autre cliquetis. Puis un troisième.

Soudain, Supplice ne soutint plus mon poids. Mon corps retomba mollement sur le côté.

– C'est bon, venez la chercher.

Supplice s'éloigna. Et Tyrus…

Il approcha, les yeux rivés sur le Diabolic. Puis je décelai l'instant où il décida que la confiance ne suffisait pas, qu'il ne pouvait pas prendre le risque de se tromper.

– Maintenant ! cria-t-il.

Il se précipita au-dessus de moi à la seconde où Supplice s'élançait vers moi en réaction à cette ruse, mais un bourdonnement grave retentit et les jambes du Diabolic cédèrent sous lui. Tyrus lui donna un puissant coup de pied au visage et le fit tomber à la renverse. Il me prit dans ses bras, se leva en hâte et fonça pour se mettre hors de portée de son adversaire.

– Refermez ! s'écria Tyrus.

Le champ de force se réactiva à la vitesse de l'éclair.

Des visages perplexes parurent devant moi lorsque Tyrus se détourna et s'adressa à ses assistants :

– Emparez-vous de Péril et remettez-le derrière un champ de force. Qu'on m'envoie un médibot, mais *après* seulement. Allez !

Tyrus s'accroupit de nouveau, sans me lâcher. On accourut tout autour de nous, on se démenait pour suivre les instructions… Nous étions hors de danger, nous ne craignions plus rien, et, quant à moi, l'air que je respirais sans sentir le mouvement de mes poumons m'étourdissait. Tyrus plaqua les lèvres sur mes cheveux.

– Hypocrite ! gronda Supplice, qui s'était relevé et s'appuyait contre le champ de force. Vous n'avez aucune conviction. Vous n'en avez jamais eu.

Tyrus ne lui répondit pas. Maintenant qu'il s'était sorti de là sans encombre, il se mit à trembler, et je compris alors qu'il avait eu peur depuis le début.

Je fus réveillée par la douleur, par une sensation de brûlure dans tous mes nerfs, de nouveau parcourus par des sensations. Mes yeux s'ouvrirent d'un coup et captèrent une image floue de Tyrus, qui faisait les cent pas à mon chevet, avant que je sombre encore dans un sommeil sans rêve.

Lorsque mes paupières se rouvrirent la fois suivante, que ma vue se fit plus nette, je vis sa main posée sur la mienne, sa bouche grande ouverte, endormi la tête contre le lit. Pendant un long moment, je me contentai de l'observer, traversée par les souvenirs des évènements récents. J'ignorais combien de temps s'était écoulé depuis, mais j'imaginais la grandiloquie déchaînée se presser à nos portes, des transmissions nous arriver en cascade, un grand nombre de nobles se démener pour obtenir l'attention de l'empereur.

J'avais sans doute bouleversé l'organisation de sa journée. Je levai le bras, et, bien que ce mouvement déclenchât un fourmillement dans mon épaule, je me réjouis d'en être capable. Je passai les doigts au-dessus de sa peau, si près que j'en sentis la chaleur. Puis j'effleurai son front pâle et anguleux.

À ce contact, il se réveilla en sursaut.

– Némésis, s'exclama-t-il, le souffle court. Est-ce que tu... est-ce que je dois appeler...

Son sceptre, qui devait être posé sur ses genoux, tomba quand il se pencha vers moi, mais Tyrus sembla ne pas s'en apercevoir.

– Tyrus...

J'avais la voix rauque, la bouche sèche comme le désert.

– Depuis quand... depuis combien de temps je suis là ?

– Trois jours. Pour qu'on puisse reconnecter ta colonne vertébrale, il fallait que tu sois anesthésiée et tout à fait immobile.

Il m'observa d'un air inquiet.

– D'après les médecins, tu devrais te rétablir.

Je fermai les yeux et intégrai cette information. Je passai la langue sur mes lèvres déshydratées cependant que mon esprit embrumé revenait sur ce qui s'était produit.

Tyrus avait épargné les Diabolics. Sans m'en avertir. Puis il avait risqué sa vie de façon inconsidérée.

– Je viens de me rappeler que je suis très en colère contre toi, lui dis-je d'un ton paresseux.

– Elle m'a l'air bien paisible, ta colère.

– Ça monte petit à petit. Pour l'instant, je suis trop épuisée pour la manifester comme il se doit. Tu n'aurais pas dû prendre autant de risques. Tu t'es montré trop imprudent. C'était idiot.

Ses lèvres se recourbèrent.

– Et je n'y aurais pas été contraint si tu n'avais pas essayé de tuer ma cousine. Ou plutôt de provoquer un accident comme celui qui a coûté la vie à Salivar.

– Un accident qui aurait pu réussir si des Diabolics surprises n'occupaient pas les enclos !

– En effet. À ce propos...

Tyrus se fit sérieux et se passa la main sur le front.

– Ça s'appelle un « neurobloqueur ».

– De quoi tu parles ?

– Du dispositif fixé à la colonne vertébrale de Supplice. Et à celle de Péril, aussi. Je l'ai utilisé pour paralyser Supplice. J'aurais sans doute pu y recourir plus tôt, mais je ne savais pas comment ça fonctionnait en conditions réelles, alors je craignais que ça n'agisse pas assez vite.

Il me considéra quelques secondes.

– J'imagine que tu allais m'interroger à ce sujet, non ? Le bloqueur est actionné par signal sonore, et par conséquent il suffit de diffuser la bonne fréquence pour que les impulsions musculaires des Diabolics ralentissent, ce qui rend leur force beaucoup plus raisonnable.

– Est-ce que tu... où est-ce que tu l'as obtenu ?

– Ce n'est pas moi qui l'ai fait implanter sur Supplice. Un employé des Domitrien en a retrouvé un dans les déjections de la manticore. C'est un gadget minuscule. J'ai chargé quelqu'un de l'examiner. L'appareil se trouvait dans le corps d'Hostilité, fixé à sa colonne vertébrale. J'ai tenté de soudoyer tous les anciens maîtres des corrals que j'ai pu contacter afin qu'on m'explique le fonctionnement du dispositif, mais j'ai dû attendre mon couronnement pour qu'ils acceptent de me renseigner. Apparemment, c'est un secret industriel. Les grandiloquins y recouraient pour se protéger de leurs propres Diabolics. Cet appareil leur a été greffé pendant leur conception. On ne peut pas le retirer.

Il me restait si peu de souvenirs des premières années de ma vie, placées sous le signe de la peur. Enfant, les maîtres des corrals m'avaient paru immenses et impressionnants, mais j'étais sûre qu'à présent ils me sembleraient chétifs et vulnérables. Je ne me rappelais même pas comment ils s'étaient protégés de moi.

Tyrus se passa la main dans les cheveux, sans oser me regarder.

– Je comprends pourquoi ils ont gardé le secret sur cette mesure de sécurité, reprit-il. N'importe qui aurait pu l'utiliser pour prendre le dessus sur un Diabolic. Les Diabolics n'auraient plus eu aucune valeur comme garde du corps.

Soudain, les pièces du puzzle s'assemblèrent.

– C'est pour ça que tu as épargné Supplice et Péril. Tu avais un moyen de les neutraliser. Et tu ne m'en as rien dit.

Je le fixai du regard.

– Tu me l'as caché.

Il resta silencieux.

Je devinai ses raisons. S'il m'avait mise au courant de leur survie, j'aurais forcément appris l'existence des neurobloqueurs.

Tous les Diabolics étaient équipés de ce dispositif.

Je n'échappais pas à la règle.

– Pourquoi tu ne m'en as jamais parlé ?

Il expira lentement.

– Parce que je ne m'interdisais pas la possibilité d'y recourir. D'utiliser… le tien.

– Ah.

– Si tu avais eu l'intention de me tuer…

– Ce n'est pas un bloqueur qui aurait pu me retenir, sauf si tu bénéficiais de l'effet de surprise. Je te le concède.

– Lors du sacre, j'ignorais si tu allais me prendre la main ou me briser la nuque. Je ne savais pas si tu attendais le bon moment, ou si tu te méfiais encore de moi…

– Je vois.

– Je comprends pourquoi tu as cru ma grand-mère.

Il me regarda enfin dans les yeux.

– Je t'avais déjà menti une fois concernant les électrodes. Puis je t'ai juré que je ne recommencerais jamais. J'étais sincère, mais je n'ai pas pu m'empêcher de te cacher la vérité encore une fois.

– C'est vrai, maugréai-je.

De nouveau, il avait démontré qu'il n'avait pas été capable de m'accorder sa confiance totale.

Pour ma part, j'avais tenté deux fois de m'en prendre à sa cousine, et ce derrière son dos. Sa confiance, je ne l'avais pas méritée.

Qui plus est, j'avais gobé les mensonges de sa grand-mère.

Tyrus se leva d'un mouvement vif et s'éloigna de quelques pas, tandis que je me redressais dans mon lit avec précaution pour mettre mes forces à l'épreuve. Je le regardai en repensant avec horreur à son pari de baisser le champ de force.

Je l'avais cru inconscient. Fou. D'une bêtise suicidaire. Mais il s'était montré machiavélique, même avec moi. Non sans raison. J'avais représenté une véritable menace pour lui. J'étais partagée – d'un côté, j'étais déçue qu'il ne m'ait pas fait confiance, mais je savais aussi que c'était cette méfiance instinctive qui lui permettrait de vaincre l'adversité.

Au bout d'un moment, lorsque j'eus les idées claires, je lui fis part de mes doutes :

– Ça me contrarie, tu sais. Je suis blessée que tu te méfies de moi. Je ne supporte pas que tu sois manipulateur avec moi et que tu me mentes, et je suis aussi… je comprends parfaitement pourquoi tu te comportes ainsi. J'ai cru les manigances de Cygna. Je l'ai écoutée, elle, et pas toi. J'ai été *stupide*. Alors… alors qu'est-ce que je peux te dire ? Je suis contente que tu assures ta survie et ta sécurité. Même si c'est à mes dépens. J'ai mérité ta méfiance.

Il laissa échapper un grommellement.

– Ah, mais tout ce que tu as cru, tout ce que tu as fait... je sais ce qui t'y a poussée, Némésis ! D'ailleurs, je viens de recommencer... Je t'ai donné d'excellents motifs de douter de moi. J'ai plus confiance en toi qu'en quiconque dans la galaxie, et pourtant, même avec toi, j'ai recours à des stratagèmes. Tout ce que je peux te dire – et je sais que ça ne vaut pas grand-chose –, c'est que jamais je n'aurais fait de mal à Sidonia, pour la simple raison que tu l'aimais. Tu l'aimais de tout ton cœur, et, même si sa présence pouvait me gêner, je me serais interdit de te priver d'elle.

– C'est bien ce qui nous différencie, m'empressai-je de répliquer, d'un ton calme. Parce que moi, je n'hésiterais pas une seconde à tuer quelqu'un que tu aimes, ou une de tes proches, trop infirme pour se défendre... et qui représente une menace pour toi par sa seule existence.

– C'est un grand sacrifice que je t'ai demandé.

– C'est vrai. Tu voudrais que je tourne le dos à un danger. Je suis une Diabolic, Tyrus. Les dangers, je suis programmée pour les détruire. Ta grand-mère le savait. Je n'ai jamais douté que tu serais capable d'éliminer Cygna, parce que c'est ce que j'aurais fait... à ta place. Ne te reproche pas d'être dissimulateur ou manipulateur. Au fond, tu es bien meilleur que moi.

Les lèvres de Tyrus formèrent un sourire amusé.

– Tu te rappelles la première fois que je t'ai vue ? Que je t'ai vraiment remarquée ? C'est quand tu as sauté dans l'arène pour empêcher une bête féroce de massacrer un exalté sans défense. Nous étions des dizaines à être dégoûtés, écœurés par ce que nous allions voir, et pourtant personne n'a bougé. J'étais le Prime héritier, et je n'ai pas prononcé le moindre mot, je n'ai pas levé le petit doigt pour m'opposer à un crime abject, mais toi tu es intervenue. Tu as agi. Oser se mettre en danger pour empêcher un acte immoral, c'est la qualité la plus rare qui soit. Je ne l'ai jamais possédée. De nous deux, c'est toi la plus pure.

– C'est ridicule ! Toi, tu te bats pour un idéal. Moi, ça m'est tout à fait étranger.

– Des tas de gens se battent pour de grands idéaux, Némésis. Je m'attelle à des objectifs nobles maintenant, mais seulement après avoir fermé les yeux sur des tas d'atrocités dans le seul but de rester en vie. Je m'étais répété que je deviendrais empereur si je réussissais à survivre assez longtemps, et qu'aucune de mes inactions n'aurait de conséquences. J'étais certain qu'un jour j'accéderais au trône et que je pourrais m'innocenter de mes fautes... En réalité, j'étais paralysé, et je ne m'en rendais pas compte. Moi, je me creuse la tête des heures avant chaque décision. Je réexamine mes plans des dizaines de fois. En te rencontrant, j'ai pris conscience de tout ce que j'avais négligé à force de manigancer et de chercher à temporiser... J'étais inactif depuis trop longtemps, et il fallait que ça change. Ce qui nous amène à notre situation.

J'essayai de me dresser sur mes jambes, et Tyrus vint à côté de moi pour me soutenir tandis que je testais mon équilibre à côté du lit. Les mots semblèrent s'emmêler dans ma gorge, et j'eus le plus grand mal à le regarder, car il me semblait très étrange qu'on puisse... m'apprécier pour cet aspect de ma personnalité.

Mais, grâce à ses explications, je comprenais enfin ce qui le poussait à se démener à longueur de journée, chaque jour depuis son sacre, et ce qui le motivait à se battre sans relâche pour atteindre ses objectifs. Depuis toujours, il avait l'intention de justifier sa survie dans le nid de vipères qu'était la cour par les actions qu'il entreprendrait une fois au pouvoir. Je ressentis une profonde tendresse pour lui, car il n'aurait pas dû éprouver ce besoin, pour la seule raison qu'il s'était démené pour rester en vie. Sidonia, elle, aurait su trouver les mots.

Ce ne fut pas mon cas, et je me contentai de balbutier :

– Cesse de me mentir, et je ne te donnerai plus de raisons de me mentir.

– Marché conclu, répondit Tyrus en me souriant.

Mon regard se porta alors sur les vitres. Je tressaillis de surprise en découvrant que nous traversions l'hyperespace.

– Où est-ce qu'on va ?

Tyrus considéra le vide interstellaire et se rembrunit.

– Pendant que tu étais inconsciente, Pasus a tenté de contourner mon autorité en adressant une pétition au Sénat pour qu'on lui accorde directement la main de Devineé. J'ai donc essayé de freiner cette procédure en proposant de négocier moi-même les termes de leur union. Nous devons le rencontrer sur Lumina.

En voyant mon air stupéfait, il ajouta :

– Ça reste un excellent prétexte pour me rendre sur cette planète et respecter mes engagements envers les Lumines, de toute façon. Je leur dois l'accès à nos technologies, et je leur ai promis l'indépendance, alors c'est une occasion de tenir parole si je joue bien mon coup.

Je l'empoignai par les revers de sa tunique.

– C'est hors de question. Tu ne peux pas donner ton accord, ça ne doit pas se produire ! S'il l'épouse, je suis persuadée qu'il trouvera un moyen de t'éliminer.

– Je le sais, répondit-il, en couvrant mon poing avec sa main. Il me croit trop jeune et inexpérimenté pour voir clair dans ses véritables objectifs. Il faut qu'il ait l'impression que je plie, sinon il passera en force.

Je le relâchai.

– C'est aussi pour ça que tu ne m'as pas prévenue que tu avais épargné Péril et Supplice. Tu savais que j'aurais exigé leur mort parce qu'ils représentent une menace pour toi. Pasus, lui, représente une menace pour nous deux. Tu ne peux pas attendre de moi que je reste les bras croisés et que je le laisse te passer la corde au cou.

– Je veux que tu restes les bras croisés, justement, répondit Tyrus d'une voix dure, parce que je vais régler cette affaire, Némésis. Tu veux que j'arrête de te mentir, et moi je veux que tu cesses de me donner des raisons de le faire. Alors ne prends pas de décisions unilatérales.

– J'ai déjà perdu Sidonia. Si je te laisse mourir aussi…

Il me serra dans ses bras.

– Me tuer, ce n'est pas une mince affaire, mon amour. Je n'ai aucune intention de laisser Pasus parvenir à ses fins. J'ai juste l'intention de gagner le plus de temps possible. Et puis… il existe un moyen de garantir que ma cousine ne sera jamais une menace pour nous.

– Sans la tuer, je ne vois pas comment.

– Si, c'est possible. Mais sa vie ne tiendra qu'à un fil.

8

Conscient que notre vaisseau ne pouvait pas pénétrer seul en territoire Pasus, Tyrus avait mobilisé tous les bâtiments Domitrien pour nous escorter. Les grandiloquins ne le lâchaient toujours pas d'une semelle. Pour éviter qu'ils se sentent insultés, il ne leur avait pas interdit de le suivre. En revanche, il avait fait charger des vivres sur tous les vaisseaux, à part le *Tigris*, de sorte que les grandiloquins désireux de l'accompagner, pensant augmenter leurs chances de se retrouver en compagnie de l'empereur, avaient cherché une place sur tous les appareils, sauf celui-là. Puis Tyrus m'avait installée dans une chambre du *Tigris*. Son équipage étant réduit au strict minimum, personne n'avait parié sur notre présence à son bord. De cette façon, Tyrus avait réussi à nous garantir un moment de répit dans l'hyperespace. Seule Devineé voyageait avec nous, mais elle ne risquait pas de nous déranger. Tandis que je me remettais de ma fracture vertébrale, Tyrus s'accorda un luxe très rare – il dormit presque la totalité du premier jour de traversée pour récupérer après ses premières semaines à la tête de la galaxie.

Puis il n'y eut plus que nous deux.

À l'abri des regards indiscrets, nous n'étions pas obligés de respecter les conventions de rigueur dans le Chrysanthème. Tyrus m'avait attribué les quartiers d'hôte les plus luxueux ; quant à lui, il occupait une chambre située en face de la mienne. Cette organisation m'épargna le curieux mélange d'appréhension et de hâte que je ressentais à l'idée de coucher dans le même lit que lui.

Lorsque je fus remise sur pied, des serviteurs s'approchèrent sans un bruit, les bras chargés d'un assortiment de vêtements pour la journée. J'en sélectionnai quelques-uns au hasard, puis allai retrouver Tyrus, qui se trouvait déjà dans la salle surplombant les bains salés, attendant que les servibots lui préparent l'omelette de six œufs qu'il mangeait tous les jours au petit-déjeuner.

À la main, il tenait une fiole de drogue au contenu luisant.

– Tu commences drôlement tôt, commentai-je.

Il était peut-être plus stressé que ce que je croyais.

Les sourcils de Tyrus s'arquèrent brusquement ; il sembla mettre un certain temps à comprendre à quoi je faisais référence.

– Quoi, ça ? Oh, ne t'inquiète pas. Ce n'est pas pour le plaisir.

– Prends-moi pour une imbécile.

Il sourit.

– Je suis sérieux.

Il accéda à la base de données du vaisseau, et une projection se matérialisa au-dessus de la table. C'était un planning qui répertoriait des prises de stupéfiants de toutes sortes, établi pour les trois prochains mois comme un programme d'entraînement, à la dose près. Ce jour-là, de toute évidence, il s'agissait d'une drogue hallucinogène.

– C'est un procédé qui s'appelle la mithridatisation, expliqua-t-il. Les empereurs d'autrefois, sur la Terre, s'exposaient chaque jour à de petites quantités de poison pour s'immuniser contre leurs effets. Pour résumer, j'essaie de développer une résistance aux stupéfiants.

– Les substances récréatives ne sont pas des poisons.

– Ça se discute, ironisa-t-il. En tout cas, un assassin muni d'un poignard aurait toujours représenté un moins grand danger pour moi qu'un moment d'inattention en présence de ma grand-mère. Moi qui n'ai pas le métabolisme d'un Diabolic, c'est de cette façon que je prépare mes chémorécepteurs. Quand j'utilise un stupéfiant en société, comme je me suis déjà entraîné en privé à des doses beaucoup plus fortes, je peux garder les idées claires, et je me contente de simuler les effets de la drogue.

Je consultai rapidement son planning de la journée.

– Tu as des hallucinations, là ?

– Pas trop... à part tes bois de cerf, répondit-il. Je suis à peu près certain que tu n'en as pas, d'habitude.

– C'est juste, confirmai-je d'un ton grave, avant de palper le sommet de mon crâne.

– Tiens, tu as des doigts gros comme des bananes, aussi, ajouta-t-il en fixant mes mains d'un regard distrait.

Prise d'une drôle de fantaisie, je les remuai devant son visage. Tyrus se pencha en avant et s'amusa à leur donner de petits coups de dents, mais pas assez fort pour m'écorcher. Il se maîtrisait tout à fait.

– Est-ce que j'ai une apparence bizarre ? m'enquis-je, curieuse, car jamais je n'aurais l'occasion de connaître ce qu'il éprouvait.

– Approche-toi un peu, que je te dise ça.

J'obtempérai, et il me prit dans ses bras. Je fus parcourue d'un doux frisson lorsque je me blottis contre la chaleur de son corps. Il suivit le contour de mon menton avec le pouce, jusqu'à mon cou, son souffle soyeux caressant mon oreille.

– Tu es comme d'habitude – toujours aussi belle.

Sans réfléchir, je pressai les lèvres contre les siennes. Mon baiser fut hésitant et timide ; je testais un terrain où je ne m'étais pas aventurée depuis le sacre. Ses bras glissèrent jusqu'à ma taille, avec douceur, presque avec déférence, puis il me serra plus fort et m'embrassa de façon plus appuyée. Ce qui m'avait paru effrayant me sembla alors très naturel, instinctif.

– Deux semaines, murmurai-je tout près de sa bouche. Rien que tous les deux.

Un sourire aux lèvres, il confirma :

– Rien que tous les deux.

Je l'embrassai de nouveau.

Vu de l'extérieur, le *Tigris* ressemblait à une griffe acérée, mais, à l'intérieur, le dédale de ponts recelait un nombre infini de surprises.

Notre niveau préféré accueillait une forêt artificielle qui foisonnait de végétation et de vie animale. Vers la fin de notre voyage, Tyrus proposa que nous nous promenions dans les mêmes conditions que les humains d'autrefois. Loin des machines. Nous nageâmes dans une rivière, accompagnés par les gazouillements des oiseaux génétiquement conçus pour avoir la plus délicate des voix. Plus tard, nous nous séchâmes près d'un vrai feu.

Du moins, nous en avions eu l'intention. Tyrus avait lu qu'on pouvait allumer un feu sans d'autres outils que des morceaux de bois. Il commença avec un vif enthousiasme, puis, après plusieurs minutes d'échec et d'innombrables bâtons cassés, j'éprouvai un profond amusement.

– Tu n'es pas doué, constatai-je, étonnée.

Il eut un sourire en coin.

– Merci.

– Pas doué du tout.

– Ton soutien me touche beaucoup.

– Je suis surprise, c'est tout. C'est la première fois que tu n'es pas doué pour quelque chose.

Dépité, il voûta les épaules.

– Les premiers hommes, les Terriens les plus primitifs, maîtrisaient cet art. Moi je vis dans l'espace, au milieu d'une technologie incroyablement avancée, et je ne suis même pas capable d'allumer un feu. À moins que...

Sur quoi, il disparut. Quelques instants plus tard, il reparut muni d'un briquet et l'actionna. Il me lança un regard menaçant, comme s'il me mettait au défi de lui faire remarquer qu'il trichait.

Une pulsion très rare s'empara de moi, et un rire s'échappa de ma gorge. Des flammes illuminèrent ses yeux écarquillés.

– Tu as ri, s'émerveilla-t-il.

– Pas du tout !

Je rougis, mais je me pris à sourire quand même comme une jeune idiote.

– Je t'ai entendue. Je ne suis pas sourd, insista-t-il d'un air espiègle et réjoui. Et je vais faire en sorte que ça se reproduise.

– Si tu essaies d'allumer un autre feu, tu vas y arriver, c'est certain.

Tyrus m'attira contre lui, me donna un baiser brûlant. Il posa la main sur ma nuque, et le frôlement de son pouce déclencha des frissons délicieux dans mes reins.

Puis il plongea son regard dans le mien avant de faire courir ses doigts le long de ma jambe. Il me regarda fixement, et je compris qu'il évaluait ma réaction. Décidée à l'encourager, je le plaquai sur le dos. Tyrus eut un halètement de surprise, mais son visage s'éclaira d'un sourire ravi lorsque je posai mes lèvres sur son cou... Il mêla ses jambes aux miennes et nous fit rouler de nouveau, le visage illuminé par la lueur des flammes.

– Je t'aime, me dit-il tout simplement.

Je glissai la main contre sa peau chaude sous sa tunique, et caressai ses abdominaux. Sa main se referma sur la mienne, nos lèvres se retrouvèrent, et son baiser ardent me fit fondre.

Puis des à-coups se mirent à secouer le vaisseau de plus en plus fort.

Tyrus s'écarta, l'air désemparé. Comme moi, il semblait maudire cette interruption.

Les étoiles réapparurent alors à travers le dôme céleste, et je compris que nous avions quitté l'hyperespace. Les regrets m'envahirent. Nos regards se croisèrent. Je passai les doigts dans ses cheveux cuivrés tandis que le poids de notre mission s'abattait de nouveau sur nos épaules.

Sans nous être concertés, nous allâmes tous les deux à la baie vitrée. Puis nous contemplâmes une tache lumineuse qui se découpait sur l'obscurité du cosmos – l'espace dévoreur qui s'étendait à proximité du système solaire de Lumina.

Cette zone funeste d'une luminosité blanche et pourpre ressemblait à une entaille dans le néant, d'une beauté inquiétante. Je me demandai combien de malheureux avaient péri à bord du vaisseau qui s'était désintégré en entrant dans l'hyperespace et avait laissé ce tombeau sidéral.

– Ça a grossi depuis la dernière fois, lui fis-je remarquer, préoccupée par cette constatation. Qu'est-ce qui alimente sa croissance ?

– Ça se propage tout seul, par sa propre énergie.

Il fit un geste vague de la main en fixant la lumière éblouissante. Il s'appuya contre la vitre, l'air soudain absent.

– La première fois que j'ai vu une faille d'espace dévoreur, je vivais sur une planète.

– Je ne savais pas que tu avais vécu sur une planète.

– Presque dix mois, s'empressa-t-il de préciser. Je n'étais pas du tout adapté à cet environnement. La gravité était accablante. J'avais l'impression que l'humidité m'étouffait. J'étais allergique à tout, et toujours couvert de coups de soleil. Les insectes aimaient beaucoup trop me sucer le sang, et… et pourtant j'y ai sans doute vécu l'année la plus heureuse de ma vie.

Il me fit cet aveu à voix basse, comme s'il s'agissait d'un secret honteux.

– Il a suffi d'un accident en bordure du système stellaire pour que celui-ci soit réduit à néant.

– Un vaisseau s'est disloqué, enchaînai-je. Et ensuite…

Je désignai le phénomène cosmique qui se déployait sous nos yeux, comprenant où il voulait en venir.

– Vu d'ici, c'est à la fois magnifique et effrayant, mais, depuis une planète, c'est indescriptible. L'atmosphère déforme le peu de lumière qui la traverse ou l'amplifie. Au début, c'était une petite entaille, puis, en quelques semaines, elle est devenue énorme. De jour, on la devinait, mais, la nuit, on ne voyait que ça. Ces nuages de luminosité orange, rouge vif et dorée… Je suis parti avant que l'espace dévoreur engloutisse la planète. Certains, comme moi, ont évacué très tôt, mais des millions d'autres ont débattu de la décision à prendre ou se sont même querellés. Ils pensaient qu'ils trouveraient un moyen d'éliminer la menace. Ils ont retardé leur départ. Et je suis sûr qu'un grand nombre d'entre eux se sont voilé la face jusqu'à ce qu'il soit trop tard et que cet espace glouton ait envahi leur ciel. Tu te rends compte de l'horreur qu'ils ont connue ?

Je contemplai la zébrure lumineuse, consciente que nous volions assez loin pour être en sécurité, que nous pouvions nous enfuir. J'essayai d'imaginer ce phénomène vu depuis la surface d'une planète, mais mon esprit s'y refusait.

– Est-ce que tu en as souffert ?

Je regrettai ma question dès que je l'eus posée. Évidemment qu'on souffrait quand on avait vécu quelque part et qu'on apprenait que cet endroit avait été rayé de la carte.

– Ça a été un tournant important dans ma vie, répondit Tyrus. À l'époque, je n'aurais pas hésité à m'écorcher vif si ça m'avait permis de renier ma famille. Ma mère était morte, et j'étais condamné à être le descendant d'une lignée de tyrans. Mais, grâce à cette planète, j'ai compris la chance que j'avais d'être un Domitrien : jamais je ne serais une victime des circonstances. Les circonstances, c'est moi qui allais les modeler, à condition que je survive assez longtemps. Un jour, j'aurais le pouvoir de réaliser ce que cette planète d'excédents n'avait pas pu faire, et je remédierais au mal qui ronge le ciel.

Il prit une profonde inspiration et relâcha son souffle, les traits creusés par la lumière crue de l'espace dévoreur. En cet instant, j'eus l'impression de voir le jeune homme de dix-neuf ans s'effacer, et à sa place l'empereur se détourner de la baie vitrée et déclarer :

– Ce moment est enfin arrivé. Mettons-nous au travail.

9

Il existait deux branches de la famille Domitrien, toutes les deux quasiment éradiquées par Cygna Domitrien, qui avait comploté de façon systématique pour assurer l'accession au trône de son fils préféré.

Les armoiries aux six étoiles représentaient la branche impériale des Domitrien, celle des descendants de l'impératrice Acindra von Domitrien. L'autre branche était celle des Domitrien non impériaux, à laquelle appartenait Cygna, désignée par le blason au trou noir. Ses membres descendaient de l'oncle d'Acindra, l'empereur Amon von Domitrien.

Au cours de son règne, Amon, mécontent de son Sénat, avait élaboré un stratagème des plus machiavéliques pour le contrôler : il avait administré aux sénateurs un poison méconnu nommé le Fléau du Vigilant. Lui seul possédait l'antidote, lequel devait être absorbé régulièrement pour contrer les effets mortels de la toxine. Pendant des années, les sénateurs lui avaient obéi au doigt et à l'œil pour continuer à obtenir leur contrepoison.

Puis un coup de malchance avait été fatal à Amon.

Un accident avait détruit une cargaison, et les réserves d'antidote s'étaient épuisées. Les sénateurs étaient morts les uns après les autres. Amon avait tenté de s'enfuir, sans succès. On l'avait destitué, et sa lignée tout entière avait été exclue de la succession.

Et voilà que Tyrus, descendant des Domitrien aux six étoiles et au trou noir, envisageait de recourir à la toxine même qui avait déclenché la chute d'Amon.

– Ça s'appelle le Fléau du Vigilant. Je n'étais pas censé savoir que ma grand-mère en possédait, mais je l'ai observée de bien trop près pour ne pas le remarquer, expliqua-t-il d'un ton détaché, même si je me doutais qu'un profond désarroi devait bouillonner sous le calme qu'il affichait.

L'idée de tuer un membre de sa famille, comme l'avait fait sa grand-mère, lui répugnait.

– Ce n'est pas facile de se procurer l'antidote. Pasus n'en obtiendra jamais à temps si nous décidons... que Devineé doit périr. En attendant, je peux continuer à délivrer du contrepoison à ma cousine tant qu'elle reste près de moi, et tant que lui se montre coopératif. En revanche, si Pasus s'attaque à moi, s'il essaie de se rebeller au nom de Devineé et tente de prendre ma place...

Il n'eut pas besoin d'aller au bout de sa phrase.

Il laisserait Devineé mourir.

– C'est un excellent compromis, Tyrus, affirmai-je en refermant ma main sur la sienne – et donc autour du poison. Ce n'est pas un meurtre.

– Si, c'en est un, rétorqua-t-il en me regardant dans les yeux.

– Je te dis que non. Tu l'épargnes dans la mesure du possible. Sa survie dépendra de Pasus, et s'il se retourne contre toi elle en paiera le prix.

– Il se retournera contre moi, Némésis. C'est une certitude. Réfléchis : il m'a informé qu'il est prêt à renoncer à une vendetta contre toi afin d'épouser la Prime héritière. Qu'est-ce que tu en déduis ?

– Que c'est un menteur qui attend son heure pour se venger ?

– Ou alors que son ambition est telle qu'il est capable d'accorder son pardon quand les circonstances l'y encouragent. Il ne se contentera pas de la deuxième place dans la hiérarchie de l'empire.

– Je sais bien qu'elle est de ta famille, lui dis-je. Mais ce n'est qu'une seule vie.

– Une seule vie. Et demain on en éliminera une autre. Puis une de plus, et des tas d'autres... À quel moment la mort de quelqu'un est-elle celle de trop ?

– À mon avis, ce sera le jour où tu cesseras de te poser cette question.

Je lui pris le poison et patientai tandis qu'il ordonnait qu'on amène sa cousine.

Je mélangeai la substance à du vin, et je regardai Devineé Domitrien boire son verre à petites gorgées, absorber le poison qui serait la cause de sa mort.

De notre salut.

Son destin serait lié au nôtre, et jamais je n'éprouverais le moindre remords ou regret d'avoir soumis sa vie à notre volonté. Quant à Tyrus... Cet acte lui serait peut-être pénible, mais, si cela l'insensibilisait assez pour qu'il soit plus disposé à porter un coup fatal à son autre grand ennemi, tant mieux.

Dans l'hyperespace, les communications n'étaient pas possibles entre les vaisseaux, et près de l'espace dévoreur, elles échouaient aussi. Nous restâmes donc enfermés dans le silence jusqu'à ce que nous soyons assez loin de l'abominable ruban de lumière, puis nous fûmes bombardés par un déluge de transmissions.

Nous en reçûmes des dizaines, des centaines même... toutes provenant de divers expéditeurs voyageant sur le *Héra*, sur l'*Atlas* du sénateur von Aton, ou encore sur l'*Alexandria*, le propre bâtiment de Tyrus, tous les appareils qui étaient sortis de l'hyperespace avant nous. Puis une nouvelle avalanche déferla quand d'autres vaisseaux furent hors de portée de l'espace dévoreur.

En grande majorité, c'étaient des messages ineptes, dans lesquels on saluait l'empereur – tout le monde espérait qu'il avait fait bon voyage. Tyrus chargea une équipe d'employés de les trier pour isoler les transmissions dignes d'intérêt. On lui présenta quelques rapports confidentiels en provenance du Chrysanthème, quelques comptes rendus des débats en cours au Sénat.

Quelques vaisseaux de grandiloquins se joignirent pour former une version plus petite du Chrysanthème, puis Shaezar nan Domitrien vint nous habiller et nous préparer, Tyrus et moi, en vue d'une apparition en public. Le *Tigris* se posa à quelques encablures de la place centrale.

Puis nous fûmes confrontés à la foule.

Lors de ma dernière visite sur Lumina, j'avais été abasourdie par la densité de la population. Les familles vivant dans l'espace ne comptaient qu'un ou deux enfants au maximum, et habitaient de vastes stations stellaires à peine peuplées. Cette fois, l'immensité de l'assemblée me stupéfia.

Tyrus n'était plus le Prime héritier, mais l'empereur.

La multitude étourdissante de visages levés vers nous, tellement plus divers que sur le Chrysanthème, me coupa le souffle et me donna presque le vertige. Les Lumines étaient de tous les âges, contrairement aux grandiloquins, qui ne montraient pas les plus jeunes en public sauf si ceux-ci recouraient à un bot pour paraître plus âgés et ne pas détonner. Les grandiloquins avaient par ailleurs tendance à cacher tous les signes de vieillissement, à moins d'avoir décidé de les montrer par excentricité ou par choix stratégique, mais un grand nombre des excédents venus nous accueillir étaient de véritables vieillards.

Mon amie Néveni Sagnau vint à la rencontre de Tyrus. Jusqu'alors vice-reine de Lumina sur ordonnance de l'empereur précédent, elle procéda aussitôt à la passation de pouvoir et, selon la cérémonie d'usage, céda la fonction à son successeur élu. Celui-ci présenta Tyrus aux excédents, et la clameur de cris et d'applaudissements – mêlés de quelques huées – sembla résonner jusque dans mes os.

Tyrus monta sur l'estrade dressée devant la vaste esplanade, protégée par une barrière invisible, et prononça une variante de son discours de Convocation. J'écoutai d'une oreille distraite, trop occupée à guetter une éventuelle menace. Je la détectai dès qu'une brèche se forma dans l'assemblée, car ce phénomène était beaucoup trop étrange, et soudain le sénateur von Pasus émergea de la foule, entouré d'un champ de force protecteur qui avait écarté les spectateurs. Suivi par une suite de domestiques, d'employés et de serviteurs, il ne prêtait aucune attention aux regards noirs des excédents de la planète dont il était le seigneur.

Moi qui étais déjà tendue, tous mes muscles se crispèrent.

Tyrus vit lui aussi le sénateur, mais son visage n'exprima rien. Il poursuivit même son discours sans la moindre hésitation :

– En gage de mon affection pour cette belle province, j'aimerais faire don d'objets de la collection impériale aux musées de Lumina…

Mon regard fusa vers le visage de Pasus pour voir sa réaction en entendant mentionner ces « dons ».

Comme chacun le savait, Tyrus ne leur apportait pas des pièces de musée.

On avait déchargé du *Tigris* un conteneur à sustentation magnétique rempli d'appareils électroniques, de plans techniques, de schémas de fabrication et de machines démontées, qu'on allait remettre aux Lumines. Tyrus leur offrait la technologie et la science, tout le savoir qu'il avait pu récolter. Ce geste blasphématoire constituait une offense aux yeux des hélioniques.

Une volonté semblable avait conduit le sénateur von Empyreé à sa perte.

Tyrus procéda de façon détachée, avec une désinvolture indiquant de quelle manière il fallait accueillir cette offrande.

Tous reçurent le message… sauf Pasus.

Le sénateur observait Tyrus de près, un sourire incrédule aux lèvres, même s'il ne comprenait pas très bien quel coup l'empereur tentait de jouer. Lumina se trouvant dans les territoires de Pasus, celui-ci pouvait retirer à sa guise cette technologie à ses vassaux.

Je réprimai un sourire, car je savais ce qui allait suivre.

– Par ailleurs, poursuivit Tyrus, j'aimerais qu'un certain nombre de mes amis grandiloquins restent pour une visite prolongée sur votre planète. Je ne doute pas que chacun d'entre vous appréciera la compagnie des uns et des autres, et que vous contribuerez aux bonnes relations entre les Lumines et la grandiloquie.

Le sourire de Pasus se crispa.

Stupéfait, le sénateur parcourut les visages des Grandés et Grandeés qu'on escortait vers la place, avec tous les honneurs, comme s'il s'agissait bel et bien d'hôtes de marque. En réalité, tous étaient des hélioniques, des prisonniers que Tyrus avait fait arrêter lors de son sacre, et il les laissait là comme boucliers humains au cas où Pasus envisagerait vraiment de reprendre aux Lumines leur technologie fraîchement acquise.

Je reconnus un des otages, aux grands yeux verts écarquillés et aux cheveux bruns ornés de leurs habituelles gaines dorées. C'était Gladdic Aton, le fils du sénateur von Aton, le plus proche allié de Pasus. Sa seule présence représentait un rempart contre une attaque ciblant Lumina, même sans les vies des dizaines d'autres qui le rejoignaient sur cette planète.

Je regardai de nouveau Pasus, dont les traits se figèrent en un masque dur et froid. Il venait de comprendre, et l'air de condescendance légèrement amusée qu'il affichait jusqu'alors s'effaça. Il dévisagea Tyrus avec les yeux glaciaux d'un tireur d'élite visant un ennemi. Il se rendait enfin compte qu'il n'avait pas affaire à un gamin dépassé par la situation et facile à manipuler.

Après avoir débattu de la façon dont il devait agir, Tyrus et moi avions décidé de cette tactique. Il ne pouvait pas feindre la faiblesse à moins de le faire sur le long terme. Même si l'instinct qui poussait les prédateurs à attaquer les plus faibles aurait pu inciter Pasus à baisser sa garde, nous étions convenus tous les deux qu'une démonstration de force constituerait le moyen le plus efficace de le désarçonner.

Alors que je méditais sur cette stratégie, Pasus leva les yeux vers moi. Nos regards se vrillèrent l'un dans l'autre, et tout ce qui m'entourait me sembla se figer dans le silence. J'avais tué sa fille, et à présent j'allais épouser son empereur, entrer dans la famille même qu'il essayait d'intégrer par tous les moyens.

Je ne regrettais pas d'avoir éliminé Élantra. Elle avait mérité toute la peur et la douleur que je lui avais infligées avant de lui arracher le cœur. Elle m'avait volé Sidonia, et si j'avais eu l'occasion de tuer son père à son tour je ne m'en serais pas privée.

Alors que je soutenais son regard, je devinai que ce sentiment d'hostilité mortelle était mutuel.

Tyrus acheva son discours, et Pasus l'applaudit, sans jamais me quitter des yeux. Je sus alors avec la plus profonde des certitudes que, si nous ne le détruisions pas, c'est lui qui nous détruirait.

Et jamais je n'accepterais qu'on nous détruise.

10

Le complexe diplomatique était sécurisé. Pasus ne pouvait pas lancer d'offensive contre Tyrus, et vice versa. Un dispositif de protection désactivait toutes les armes présentes dans le bâtiment.

La chambre des négociations, dépourvue de système de surveillance, était protégée de tout appareil électronique d'espionnage. Je m'étais même aventurée jusqu'à l'entrée de la salle pour coller l'oreille à la porte en espérant que mon audition surhumaine me permettrait de capter quelques mots.

Hélas, l'insonorisation était parfaite.

Je dus alors endurer un suspense insoutenable, contrainte d'attendre que Tyrus ressorte de son conciliabule avec Pasus. Mon regard se précipitait sur la source du moindre bruit isolé, et je ne tenais pas en place.

Alors que je tentais de nouveau d'espionner, j'entendis quelque chose... Un léger choc étouffé, dont l'écho résonna au-dessus de moi. Mon esprit s'aiguisa aussitôt.

Je me trouvais dans le couloir attenant à la salle de rencontre ; ce son était donc suspect. Je promenai le regard au plafond, entendis encore le bruit, et je compris : quelqu'un se faufilait dans la structure.

Je guettai un nouveau coup sourd, puis je bondis et enfonçai le poing à travers le faux plafond. Un cri retentit, je refermai la main sur la jambe de quelqu'un et m'y suspendis de tout mon poids.

– Vous êtes qui ? hurlai-je.

– Arrête ! Némésis, c'est moi !

Néveni.

Je lâchai prise et retombai au sol.

Puis un panneau métallique bascula sur ses gonds, Néveni passa la tête par l'ouverture, les cheveux pendant autour de son visage.

– Qu'est-ce que tu veux ?

– Et toi, qu'est-ce que tu fais ? demandai-je d'une voix aussi calme qu'implacable.

– Je vais les écouter pendant qu'ils décident du sort de ma planète, répondit Néveni, le regard étincelant. Tu vas me coller un coup de poing comme la dernière fois, ou tu vas me laisser partir ?

J'inclinai la tête et réfléchis à la question.

– J'ai retenu mon coup, Néveni. Si je t'avais vraiment frappée, je t'aurais défoncé le crâne. Je me suis aussi retenue de te tuer des tas de fois, alors que ça m'aurait bien arrangée.

– Comme c'est généreux de ta part. Il faut que je te remercie de m'avoir épargnée, alors.

– Il n'y a pas de quoi.

– C'était ironique, Némésis ! Merde. Ce serait un comble de devoir remercier quelqu'un parce qu'il nous a *pas assassiné* !

Je pointai l'index en l'air.

– Tu m'emmènes, moi aussi ?

– Si tu la boucles.

Je hochai la tête.

– Je ne vois pas trop comment tu pourras grimper. Moi j'ai dû escalader une étagère de livres…

– Je n'ai pas besoin d'aide.

D'un bond énergique, je m'agrippai au bord du conduit d'aération, puis me hissai sans difficulté dans la gaine avec elle. Alors que je me penchais pour refermer la trappe, Néveni écarquilla ses grands yeux sombres.

– C'est fou ce que tu es forte ! commenta-t-elle.

Malgré moi, j'éprouvai un accès d'orgueil.

– Je sais. Allez, avance.

Ma voix résonna dans l'obscurité.

Il y eut un cliquetis, et une légère lueur se répandit entre nous. Un objet fixé à son poignet éclairait les parages.

– Ne fais pas de bruit, insista-t-elle.

Puis elle rampa à quatre pattes. Étant trop grande pour faire la même chose, je m'allongeai à plat ventre et me traînai sur les coudes. Néveni articula quelques mots pour elle-même lorsque nous atteignîmes une bifurcation, puis elle leva le poignet pour illuminer son visage, afin que je voie son doigt plaqué sur ses lèvres. Elle souleva en silence un panneau du conduit, l'entrouvrant à peine pour que les voix nous parviennent.

– ... m'en demandez beaucoup, disait Pasus, d'un ton goguenard. J'ai le droit d'épouser votre cousine, mais pas d'avoir des rapports avec elle. Déjà que je dois accepter comme proche le monstre qui a tué ma fille, il faut aussi que j'apporte mon soutien sans réserve à votre union *et* incite les prélats à vous accorder toute licence pour utiliser le sceptre. Ensuite, il faudra que je me sépare de cette province, parce que vous la voulez aussi.

– Est-ce une contrepartie excessive, selon vous, sénateur ? Je vous donne mon accord pour épouser *l'héritière du trône*. Votre descendant régnera sur la galaxie. J'aurais pu exiger davantage. Randevald imposait que toute prétendante à une union avec lui acquitte les dettes des Domitrien...

– Oui, et par conséquent il ne s'est jamais marié. Ses cuisants échecs lors des Prénuptiales n'ont rien arrangé.

– Je ne requiers pas de condition aussi contraignante. Dans son état, ma cousine ne peut pas exprimer son consentement. Si vous souhaitez concevoir un héritier avec son ADN, utilisez un incubateur. Et vous n'aurez d'autre choix que d'accepter Némésis. Vous le saviez en entrant dans ce bâtiment.

– Avec quelle autorité vous faites connaître votre volonté ! Quel contraste avec celui que vous étiez il y a un an, quand vous parliez aux murs et divaguiez en affirmant que vous étiez une divinité !

Il y a un an, je m'efforçais de rester en vie, sénateur. Quant à votre soutien, à votre influence sur les prélats... C'est la seule raison pour laquelle j'ai consenti à envisager cette union.

– Ah bon ? Et moi qui croyais que je vous avais forcé la main en déposant une requête auprès du Sénat.

Pasus n'avait pas tort sur ce point, et cela me peinait de le reconnaître... Tyrus ne trahit aucun signe de défaite et, d'un ton posé où perçait une certaine véhémence, il rétorqua :

– Vous pouvez croire ce que vous voulez, sénateur. Quoi que vous imaginiez concernant ma position actuelle, je peux vous rendre la vie impossible. Le mariage n'aura pas lieu à moins que *je* l'autorise, et ça, je n'ai pas besoin d'attendre pour vous l'assurer.

Là encore, il s'agissait de la vérité. Une satisfaction secrète m'envahit. Le Fléau du Vigilant signifiait que Pasus n'obtiendrait jamais Devineé sans notre consentement.

Ayant peut-être décelé la certitude de Tyrus, Pasus poursuivit sans insister :

– Et vous exigez Lumina.

– Cette province est assaillie par l'espace dévoreur. Bientôt, elle n'aura plus aucune valeur en tant qu'avant-poste commercial. Je ne peux pas donner l'impression de tolérer que vous me manquiez de respect en ne m'accordant aucune contrepartie, alors je vous demande ces terres dévaluées. C'est un geste symbolique.

Néveni eut un brusque halètement chargé de colère. *Il feint l'indifférence*, pensai-je en la fixant d'un regard insistant, l'adjurant intérieurement de s'en rendre compte. Ce n'était pas la véritable opinion de Tyrus au sujet de Lumina.

– Cette planète ne sera pas engloutie de sitôt, rétorqua Pasus. Vous exagérez la menace.

– Je suis contraint de vous rappeler qu'il y a seulement quelques mois, sans mon intervention, cette planète se serait affranchie de votre autorité par la violence.

– Vous êtes intervenu, en effet. Avec une grande efficacité. Une efficacité surprenante, même, commenta Pasus d'un ton curieux. Ensuite... Ensuite, ils vous ont apporté leur aide lors de votre sacre.

Le sénateur prit une vive inspiration, puis il rit.

– Ah, mais c'est évident ! Vous avez passé un accord avec eux.

– Pas du tout, répondit Tyrus, mais ce fut une réplique bien faible.

Il ne s'attendait pas à ce que Pasus devine son stratagème.

– Vous vous êtes entendu avec eux, et à présent vous souhaitez honorer votre part du marché. Alors ça... Voilà qui accroît la valeur de Lumina, n'est-ce pas ?

Les poings serrés, Néveni dirigeait un regard noir en direction de leurs voix, comme si elle voulait démolir le conduit et fracasser le crâne de Pasus.

Tyrus réfléchit un certain temps, puis conclut :

– Je vous cède le Bras de la Gorgone en échange de Lumina.

On perçut un murmure que Pasus avait sans doute laissé échapper malgré lui. Le Bras de la Gorgone était un avant-poste d'extraction de minerai.

Mais il s'exprima alors d'une voix sournoise :

– Que leur avez-vous offert en échange ? En fait, non, je le devine. Les Lumines ne demandent qu'une chose : l'indépendance. Vous leur avez promis la liberté, pas vrai ? Allons, ne le niez pas, je connais bien cette planète. Elle grouille de partisans qui se bercent de rêves d'autarcie. Bien sûr que ce sont les termes de votre accord ! Oh, mon cher Tyrus, mon jeune ami…

– Nous ne sommes pas sur un pied si familier, sénateur, lui rappela sèchement Tyrus.

– Très bien, *Votre Suprême Grandeur*. Songez un peu au périlleux précédent que vous établirez en accordant l'indépendance à Lumina. Libérez-la, et tous les autres excédents se mettront de dangereuses idées en tête. D'autres peuples voudront s'affranchir de l'empire. Les planètes riches qui permettent la subsistance des provinces moins bien loties seront les premières à s'arracher à votre contrôle, et très vite vous régnerez sur un système hexasolaire sans la moindre valeur.

Je levai les yeux vers le visage fermé de Néveni. Oui, les Lumines le savaient.

– Votre approche n'est pas la bonne, sénateur, répliqua Tyrus, d'une voix plus douce, qui se voulait convaincante. Il existe une tout autre solution à ce problème : nous assurons des conditions de vie telles que les excédents choisiront de demeurer au sein d'une union *volontaire* ! Il me semble que c'est préférable à un empire tenu par la force.

Il y eut un long silence. Puis Pasus déclara :

– Vous êtres très jeune, et très idéaliste.

– Et je n'ai pas l'intention de m'arrêter là. Je souhaite améliorer la vie de tous. Tout le monde ne devrait-il pas y aspirer ?

– Regardez autour de vous, Votre Suprématie. Cette capitale compte à elle seule plus d'âmes que la totalité de la grandiloquie. Quatre milliards d'habitants peuplent cette planète. Quatre milliards, vous vous rendez compte ? Si certains, ne serait-ce qu'une fraction, étaient enclins à l'étude, et qu'une autre fraction de ceux-ci comprenaient les documents à leur disposition, cela représenterait encore une quantité étourdissante de cerveaux animés par un unique but : utiliser les hérésies que vous leur avez délivrées si allègrement tout à l'heure.

– Les *schémas technologiques* ne sont pas des hérésies. J'ai étudié en détail la proclamation originelle du proscripteur, et j'ai de bonnes raisons de penser qu'on interprète sa parole de façon trop littérale. Si les Lumines avaient une telle puissance intellectuelle à leur disposition, ne devrions-nous pas nous réjouir que ces esprits s'attellent à résoudre le problème de l'espace dévoreur ?

– J'ai déjà entendu votre discours de Convocation à ce sujet, et sur la… la nouvelle ère dont vous parlez. Je connais vos aspirations scientifiques. Hmm… Vos blasphèmes n'affecteront que votre âme, aussi ne jouerai-je pas un rôle de prélat avec vous.

– Je vous en remercie, répondit Tyrus d'un air sinistre.

– Je vais plutôt m'adresser à vous de sénateur à empereur : notre empire tient grâce à un équilibre très précaire entre la grandiloquie qui détient le pouvoir, et l'excédent qu'elle dirige. Nous possédons un immense arsenal de technologies destructrices, mais ces dispositifs sont entre les mains d'une poignée de gens… et c'est pour cela que les seigneurs et les sujets vivent en harmonie. Aujourd'hui, vous avez fourni des bases de données à l'excédent. Je vous accorde le bénéfice du doute et partirai du principe qu'elles sont inoffensives. Fort bien, mais demain ? Demain, ils voudront des armes. Des bâtiments de guerre. Et, si vous ne les leur donnez pas, ils utiliseront les connaissances que vous leur avez offertes pour fabriquer leurs armes eux-mêmes. Ensuite ils s'en serviront. Contre nous.

– Ce qui me ramène justement à leurs conditions de vie ! Ils concevront ces armes, sénateur, parce que c'est la réaction normale d'humains qui voient tant de pouvoir et de richesses concentrés dans les mains de quelques autres, et qui s'estiment lésés. Nous vivons dans un univers aux frontières *infinies*. Rien ne justifie que des habitants de l'empire connaissent la pénurie. Retirez-leur leurs raisons de retourner ces armes contre nous, et ça ne se produira pas.

Pasus s'esclaffa. Il partit d'un éclat de rire malvenu qui me donna envie, *à moi*, de descendre dans la salle et de le battre à mort. Puis, d'un ton presque enjoué, il déclara :

– Moi qui m'émerveillais de votre intelligence, voilà qui me rappelle que j'ai affaire à un gamin. Ils retourneront ces armes contre nous parce qu'ils nous haïssent, et ce depuis toujours. Leurs descendants détesteront les nôtres, tout comme leurs ancêtres détestaient les nôtres, parce que, même si nous tombons assez bas pour qu'ils puissent nous piétiner, ils se souviendront qu'autrefois nous leur étions supérieurs. Ce que vous proposez, Tyrus, nous conduira tous, nous, la grandiloquie – et tout fils naturel d'un excédent que vous êtes, vous n'en restez pas moins un grandiloquin –, à finir anéantis par ces gens. Tout cela au prétexte de contrer une menace qui n'est « capitale » que pour des habitants telluriques incapables de faire le tour de leur planète en vaisseau.

Je m'étonnais que Pasus ait si peu d'égards pour les Lumines. Il n'avait aucune pitié pour ceux qui, comme Tyrus me l'avait raconté, allaient être pris au piège, condamnés à regarder la mort venue du ciel les engloutir peu à peu.

– C'est impossible de vous convaincre sur ce point, constata Tyrus, d'un ton dépité. Nos opinions ne s'accorderont jamais.

– Allons, ne tirez pas de conclusions hâtives. Il serait peut-être judicieux de faire une pause. Je dois reconnaître que vous m'avez impressionné, Tyrus. Pas seulement par tous ces… rêves et idéaux, que vous avez nourris en secret, mais par votre talent pour tromper tous les regards qui se portaient sur vous. Si le destin en avait voulu autrement, les enfants qu'Élantra vous aurait donnés auraient pu conquérir l'univers.

– Ça vaut ce que ça vaut, intervint Tyrus d'une voix douce, mais je vous présente mes condoléances.

– Venant de l'homme qui va épouser celle qui l'a assassinée, rétorqua Pasus, ça ne vaut pas grand-chose, mais merci quand même.

11

Dans le conduit enténébré, Néveni et moi attendîmes que le silence ait duré une bonne minute, puis nous rampâmes sur la surface métallique glissante pour retourner d'où nous venions.

– Est-ce que tu…, balbutiai-je, avant de m'interrompre.

– Qu'est-ce qu'il y a ?

– Je me disais juste… Tu es plus calée que moi sur ces sujets. Tu crois que ça s'est bien passé ?

Elle mit un certain temps à répondre.

– Je pense que, si ce mariage a lieu, Tyrus ferait mieux de faire analyser tous ses plats s'il veut éviter de mourir empoisonné.

– C'est évident.

– Je ne sais pas trop, Némésis, dit-elle dans un petit rire. Je n'ai jamais eu à m'occuper de politique galactique. Ça n'arrivera jamais, et j'en suis bien contente. Tu as dépassé la sortie.

Je fis demi-tour avec précaution, la vis explorer le puits à tâtons et trouver une charnière. Puis la lumière s'engouffra dans l'espace confiné, et Néveni jeta un coup d'œil en bas.

– Je crois que c'est trop haut pour qu'on puisse sauter d'ici, déclara-t-elle.

– Non, pas du tout, affirmai-je, avant de me propulser hors du conduit, de me réceptionner en souplesse et de tendre les bras vers elle. Tu te fies à moi ?

– Euh… tu es sûre que tu peux me rattraper ?

– Tout à fait sûre.

Voyant qu'elle hésitait, j'ajoutai :

– Je te retiendrai pour que tu ne te casses pas les jambes. Je te le promets. Tu n'as pas l'air de te rendre compte de la force que j'ai.

– Il n'y a qu'un moyen de le savoir.

Néveni sauta. Je la récupérai sans mal et la déposai par terre.

Nous nous contentâmes de nous regarder un certain temps, puis elle me demanda :

– Tu as faim, au fait ?

Surprise, je hochai la tête.

– Dans ce cas, viens. Je vais te faire découvrir le serpent rôti. C'est super bizarre.

– Alors pourquoi en manger ?

– Parce que, dans le genre bizarre, c'est très bon.

Elle se détourna en présumant que j'allais la suivre, comme chaque fois que nous avions exploré ensemble de nouvelles parties du Chrysanthème. Une joie immense et inattendue déferla en moi… Alors je la suivis.

Le serpent rôti fut *vraiment* bizarre. Mais, au bout d'un moment, ça devenait bon en effet.

Je relatai mon expérience à Tyrus pendant qu'on nous conduisait à notre chambre à coucher pour la soirée.

– On mange d'abord la glande à venin, lui racontai-je. J'ai essayé sans, et la viande a un goût de caoutchouc. Le venin, c'est pire, mais le reste se transforme une fois que ça se mélange.

Concernant la nourriture, Tyrus était difficile. Il goûtait de nouveaux aliments pour se montrer diplomate, mais tous les matins il prenait exactement le même petit-déjeuner, et en général un déjeuner choisi parmi les trois mêmes menus. Il avait plusieurs névroses anodines de ce genre, comme son besoin d'être toujours assis dos au mur, ou celui d'effectuer un chiffre rond de kilomètres chaque fois qu'il allait courir. Il devait soulever ses haltères un nombre de fois divisible par dix, et, s'il n'y parvenait pas à cause d'une interruption, il trouvait toujours un moyen de retourner à la salle d'exercice pour accomplir celles qui lui manquaient, pour éviter, comme il l'expliquait, que « ça l'agace toute la journée ».

Sachant qu'il n'avait jamais essayé le serpent, je lui décrivis tout avec le plus de détails possible. Il écouta mon compte rendu avec une fascination morbide.

– Après le venin, ça a presque un goût de… poulet.

Tyrus rit, puis nous franchîmes le seuil et prîmes congé de notre escorte. Une sorte de nuit était déjà tombée, mais une lune très brillante illuminait le ciel presque aussi fort qu'un soleil.

– C'est fou qu'on retrouve le goût du poulet où qu'on aille dans la galaxie, murmura Tyrus. C'est une curiosité de la…

Il pivota sur lui-même pour observer la chambre et ne termina pas sa phrase.

Un seul lit.

Tyrus le contempla quelques instants.

Moi aussi.

Nous étions officiellement fiancés. Cette situation était donc normale.

Une vive chaleur m'envahit, et je décochai un rapide coup d'œil à Tyrus, qui fit de même. Nous n'avions encore jamais partagé le même lit.

– Le canapé a l'air très confortable…, déclara-t-il.

– Tu veux que je le prenne ?

– Non, c'est moi qui dormirai dedans, évidemment.

– Ça n'a rien d'évident, Tyrus. Tu es quand même l'empereur de la galaxie.

– Peut-être, mais c'est moi qui vais le prendre, insista-t-il.

Il s'écarta, mais je le rattrapai par le bras. Il dirigea aussitôt le regard vers moi, biceps tendu. Je me rendis compte qu'il était nerveux lui aussi.

– Ce n'est pas la peine, dis-je.

Il rougit un peu. C'était si rare de le voir montrer des signes de nervosité que je ne pus réprimer un sourire idiot. Puis il me donna un baiser fougueux en me plaquant contre le mur, et je me surpris encore à sourire.

Un gazouillis électronique retentit. Des transmissions arrivaient. Des sources de distraction réclamaient sans cesse l'attention de Tyrus. Je le lâchai et le regardai s'éloigner sans se départir de sa posture droite, avec une grâce naturelle forgée par la même discipline qui le poussait à sculpter lui-même ses muscles. Lorsqu'il ouvrit une communication audio d'une commande vocale, je me détournai et entrai dans la salle de bains.

La drôle de nervosité qui frémissait en moi ne cessait de croître. Si cette sensation n'avait pas été aussi plaisante, je me serais posé des questions sur la toxicité du serpent rôti. Même mes mains semblaient fourmiller d'une appréhension inédite et agréable.

Je contemplai mes yeux dans le miroir et vis deux iris sombres qui étincelaient avec une intensité surprenante. Je passai le doigt sur l'arête voilée de mon nez. Je ne l'avais jamais fait rectifier, parce que de son vivant Donia l'aimait ainsi… et moi aussi. Ce nez me servait de piqûre de rappel chaque fois que j'en avais besoin, y compris en cet instant : *Me voilà. Et je suis toujours moi-même.*

Je me lavai, et à mon retour dans la chambre à coucher j'entendis que Tyrus prenait une douche dans l'autre salle d'eau. Très agitée, je fis des allers-retours devant la commode en laissant courir mes doigts sur le meuble. Quand le bruit du jet cessa, je retins mon souffle. Debout face au miroir, je baissai les yeux en espérant que je paraissais tout à fait calme.

Tyrus apparut derrière moi, et son regard me fit l'impression d'une caresse brûlante… sur la peau nue de mon dos, sur mes bras, et mes jambes découvertes par la nuisette que j'avais choisie.

Il me rejoignit, et je trouvai étrange de voir son reflet, car je ne me rendais pas toujours compte qu'il était aussi grand, qu'il avait les épaules carrées et les bras très musclés. La plupart du temps, je ne voyais que sa fragilité de simple humain.

Il laissa glisser son doigt jusqu'au bas de mon dos. Mon cœur s'affola. Ses bras puissants m'attirèrent contre lui, ses lèvres effleurèrent mon cou.

– Tu es absolument magnifique.

– Je sais, acquiesçai-je.

Je le sentis sourire, puis il déposa sur mon épaule le plus doux des baisers en écartant la bretelle de mon négligé. Des fourmillements électriques m'envahirent, et un petit gémissement m'échappa.

Je regardai le reflet de Tyrus et vis un sourire mutin sur ses lèvres, comme s'il se félicitait d'une découverte inattendue. Je me retournai, entourai son cou de mes bras, et cédai à la pulsion de le serrer plus fort contre moi. Nos bouches se rejoignirent, il passa la langue sur mes lèvres, et nous traversâmes la chambre.

Lorsque ma jambe buta contre le lit, mon cœur fit un bond.

– C'est maintenant qu'on commence le sexe ? lui demandai-je.

Malheureusement, ma question rompit la magie, car Tyrus se mit à rire. Je me renfrognai. Et je n'eus plus envie de commencer le sexe.

Il plaqua la main sur sa bouche, les joues empourprées.

– C'est juste que je n'avais jamais entendu personne en parler comme ça. Je pense que nous devrions… commencer le sexe quand ça nous semblera le bon moment.

– Pas maintenant ?

– Pas maintenant.

Je m'étendis sur le lit. Mon corps tout entier, du bout de mes orteils jusqu'à mes oreilles, paraissait électrisé par la proximité de Tyrus. Mon regard s'attarda sur son dos tandis qu'il retirait sa chemise, la pliait avec soin, défaisait le ceinturon chargé du fourreau qui accueillait son sceptre, avant de poser bruyamment le tout sur la table. Puis il ôta son pantalon, qu'il plia aussi avec d'infinies précautions.

Tout chez lui était svelte, ferme, discipliné. Il s'allongea de tout son long à côté de moi, et nous nous contemplâmes.

– Je remarque que tu ne m'as pas questionné sur ma rencontre avec Pasus. Tu as réussi à espionner ?

Par réflexe, je m'apprêtai à nier. Mais, en voyant son sourire provocateur, je ne pus m'empêcher de sourire.

– Oui. Néveni et moi avons grimpé dans le faux plafond. J'ai l'impression qu'on pourrait se réconcilier, toutes les deux.

– C'est formidable ! Qu'est-ce qu'elle a dit ?

– Tu veux savoir ?

– Je n'exige pas de réponse quand je pose une question, mais oui, ça m'intéresse. C'est ton amie. Ce n'est pas tous les jours que tu me parles de tes amies.

– C'est parce que je n'en ai pas d'autres.

Je collai la joue contre son épaule, et son bras me serra plus fort encore, pour que mon poids repose sur son torse.

– Tu peux lui proposer de rentrer avec nous. Elle est la bienvenue, aussi longtemps qu'elle le veut. Je suis sûr qu'elle serait ravie de visiter le *Héra*.

– Je ne pense pas que ça motivera Néveni. La vérité, c'est qu'elle...

J'entendis alors un bourdonnement. Un vrombissement étrange. Je plaquai l'index contre les lèvres de Tyrus, car il ne l'avait pas encore perçu. Puis le bruit devint plus fort, et il l'entendit à son tour. La chambre se mit à vibrer, puis à trembler bruyamment.

Nous restâmes figés un court instant. Tyrus se releva d'un bond et courut jusqu'à la fenêtre.

– Il va y avoir du grabuge, me cria-t-il pour se faire entendre malgré le vacarme. Je crois que ça vient d'au-dessus de nous !

Je pensai une fraction de seconde aux drôles de phénomènes qui se produisaient sur ce genre de planète

– ouragans, tsunamis, tremblements de terre… –, mais je ne croyais pas du tout aux coïncidences. Je passai en revue toutes les issues que j'avais repérées, ainsi que l'agencement du bâtiment. Nous nous trouvions au dernier étage – le troisième. Puis le vrombissement se transforma en tonnerre assourdissant, et je reconnus ce bruit : c'était celui d'un vaisseau de guerre.

Je me précipitai jusqu'à Tyrus, m'emparai de lui et le tirai sous l'énorme bureau en cuivre juste avant qu'une puissante explosion déchire le toit.

Une chaleur torride déferla dans la chambre. La masse gigantesque d'un vaisseau apparut au-dessus de nous, masquant les étoiles, mais Tyrus et moi foncions déjà à toutes jambes vers le couloir, traversant la chambre qui ressemblait à présent à une montagne de débris enflammés et couverts de cendres. J'ordonnai à Tyrus de me suivre, comptant sur ma force supérieure s'il résistait, mais il obtempéra. D'un pas vacillant, il tentait de tenir le rythme que j'imposais. Par chance, il n'y eut pas de nouvelle déflagration. À travers la fumée qui me piquait les yeux, je vis la porte ventrale du vaisseau s'ouvrir et déverser des hommes pourvus de masques à gaz et de combinaisons de protection dans la structure en flammes…

Équipés de lampes torches et de scanneurs, ils cherchaient quelque chose.

Ou plutôt quelqu'un.

Je savais qui ils étaient venus enlever.

Pasus avait été malin d'attaquer de cette façon. Faute de pouvoir introduire des agents dans cet immeuble conçu pour neutraliser les armes, il avait fait venir un vaisseau pour pulvériser le toit et prendre ce qu'il voulait. Le dos courbé, nous nous enfonçâmes dans le couloir enflammé. Tyrus me tira par le bras, et nous fîmes une embardée pour entrer dans une pièce démolie.

Là, je vis la Prime héritière, accroupie au sol, les mains sur la tête, en train de hurler à pleins poumons.

Tyrus et moi échangeâmes un bref regard. Il se dirigea vers elle pour s'en emparer, mais je l'écartai d'un coup d'épaule et m'en chargeai à sa place. J'avais plus de force que lui. J'étais plus rapide. Je saisis Devineé et la hissai sur mon dos. C'était la seule que Pasus éviterait de tuer. Plus elle resterait près de nous, plus nous aurions de chances de survivre.

Au milieu des flammes noires qui s'élevaient partout, Tyrus laissa la main sur mon épaule pour que nous ne nous perdions pas. Un homme respirant dans un masque à gaz apparut dans la fumée, armé d'un poignard. Lorsqu'il tenta de me taillader, je projetai Devineé en travers de son chemin. Il écarta sa lame, puis reçut mon poing en plein visage.

Tyrus rattrapa Devineé avant qu'elle ait pu tomber, mais d'autres flammes jaillirent à proximité, et des hommes de main de Pasus se précipitèrent sur nous.

Nous n'allions pas pouvoir nous en sortir comme ça. Nous devions nous échapper.

Ils voulaient Devineé ?

Elle avait bu le Fléau du Vigilant, alors, qu'ils la prennent.

Je la poussai vers eux d'un coup de pied, puis je saisis Tyrus par le bras et déguerpis.

Il résista un instant avant que son instinct de survie l'emporte sur les scrupules qu'il avait à abandonner sa cousine.

Nous émergeâmes du bâtiment à l'instant même où l'immense ombre noire du vaisseau commençait à reprendre de l'altitude, puis l'appareil tira un coup de canon pour achever d'anéantir l'édifice.

Je me jetai par-dessus Tyrus pour le protéger de la déflagration ; d'une puissance inouïe, elle me fit l'effet d'un coup de maillet gigantesque. Les oreilles foudroyées par une douleur qui paraissait assez violente pour me fissurer le crâne, je n'entendis même pas mon cri de détresse.

Un mur invisible et ardent nous percuta, le sol trembla, je fus aveuglée par la poussière, tailladée par les éclats de verre qui mordaient ma peau. Puis nous retombâmes à terre, les membres enchevêtrés, et une pluie de débris s'abattit sur nous. Je couvris Tyrus du mieux que je pus, fermant les yeux de toutes mes forces, les poumons irrités par l'air âcre.

De toutes parts, nous étions pris au piège.

Et Tyrus ne bougeait plus du tout.

12

Je repris mes esprits, mais la tête me tournait au moindre mouvement. J'essayai de me lever, sans y parvenir, à cause de morceaux de granit qui pesaient sur ma jambe. Poussant un cri de rage, je me tortillai, je courbai le dos de toutes mes forces pour déplacer les gravats qui nous coinçaient, puis, d'une grande poussée, je nous libérai. Un faisceau aveuglant, provenant du projecteur d'un drone de sauvetage, fusa vers nous. Une autre lune se levait.

Je m'agenouillai à côté de Tyrus et le secouai.

– Tyrus !

Je n'entendais même pas ma voix.

Ses yeux s'ouvrirent, d'abord perdus dans le vague, puis se fixèrent sur moi. Il était en vie.

Mes oreilles bourdonnaient. Tyrus et moi venions de nous prendre la main lorsque des drones arrivèrent en nombre. Les forces d'intervention d'urgence de Lumina déblayèrent le reste des gravats et des câbles électriques emmêlés, puis nous dégagèrent un passage.

Un médibot arriva à toute vitesse, s'occupa de Tyrus, puis de moi, et le bourdonnement dans mes oreilles cessa. Ensuite, toujours abasourdis par notre fuite, les vêtements en lambeaux, nous fûmes soulevés tous les deux par un autre drone de sauvetage, qui nous déposa plus loin, en sécurité. Le ciel s'était teinté d'une lumière pourpre.

Tyrus et moi nous examinâmes mutuellement. Il était couvert de poussière, et une entaille foncée sur sa joue suintait de sang. Éprouvant des difficultés à fixer son regard, il me caressa le menton.

– Tu vas bien ? s'enquit-il.

Je hochai la tête en pensant à Devineé.

Elle était morte, ou Pasus la détenait. Dans l'un ou l'autre cas, son mariage n'aurait pas lieu de sitôt.

– Je sais que tu ne voulais pas que ça prenne cette tournure, dis-je à Tyrus, mais j'étais obligée de les laisser l'emmener. Sinon ils ne seraient pas repartis. Et c'est un prix que j'étais prête à payer. Si ça peut nous sauver la vie, je n'ai aucun scrupule à m'être débarrassée d'elle. Tant pis si elle meurt.

– Je dois tenter de la récupérer.

– Je sais.

Il pouvait toujours essayer. Lorsqu'il se releva brusquement en vacillant un peu, je ne le retins pas.

– Je n'ai rien vu venir, reconnut-il d'un air dépité. Enfin, si. Je m'y attendais… mais pas si tôt. Loin de là.

Cette erreur sembla l'ébranler.

– Nous allons y survivre. Va faire ce que tu as à faire. Je n'ai rien, ne t'inquiète pas.

Il m'adressa un hochement de tête mal assuré. Des serviteurs et des employés des Domitrien nous entouraient, à présent. Comme Tyrus s'en allait, je renvoyai ceux qui s'occupaient de moi, s'attelaient à nettoyer la saleté qui maculait mon visage et mes mains. Je levai les yeux vers le ciel pourpre vif, assez brillant pour m'éblouir. Aurais-je pu anticiper cette attaque ? Les négociations proposées par Pasus étaient-elles une ruse depuis le début, ou…

Jamais je n'avais pensé qu'il frapperait si tôt, si fort. Moi non plus, je n'avais rien vu venir.

Tyrus avait un peu plus de huit cents minutes pour reprendre Devineé à Pasus. Selon les Lumines, c'était le temps nécessaire à un vaisseau, après avoir quitté la planète, pour atteindre un point de transition assez sûr et se propulser dans l'hyperespace. Pour sauver sa cousine, il lui fallait la récupérer avant ce délai, ou elle disparaîtrait à jamais.

Pasus n'avait pas agi seul. Il avait rallié des hélioniques fervents pour mener une offensive coordonnée. La sénatrice von Locklaite, qui nous avait accompagnés naguère sur Lumina à bord du *Cœur d'acier*, avait déversé un déluge de feu sur les appareils Domitrien en orbite avant de se mettre au plus vite hors de portée de leurs armes.

Le sénateur von Aton estimait à l'évidence qu'il pouvait sacrifier Gladdic, car il avait fait de même, laissant dans son sillage une traînée de mines automatiques qui se précipitaient sur tous les bâtiments lancés à sa poursuite.

Tous les vaisseaux, à part le *Héra*, le plus puissant de la flotte, nécessitaient des réparations.

On aurait pu croire qu'on avait administré un calmant à Tyrus, tant celui-ci semblait accueillir ces nouvelles avec sérénité. Pourtant, sous l'impulsion d'une faction se formant autour de Pasus et de sa promise, son empire se désagrégeait entre ses mains. Mais un compte à rebours égrenait déjà les heures qui restaient à vivre à Devineé Domitrien, une bombe à retardement qui allait étouffer dans l'œuf la guerre civile fomentée par Pasus.

Je ne posai pas à Tyrus la question qui s'imposait.

La sénatrice von Wallstrom, femme blonde et menue, ne s'en priva pas.

– Que fait-on du fils Aton ? s'enquit-elle.

– Gladdic ? dit Tyrus. Nous ne l'exécutons pas. Pas encore…

Je fixai du regard le dos de Tyrus, qui comptait sur le temps pour résoudre le problème. Mais moi, j'avais une certitude : Gladdic devait mourir sur-le-champ, en représailles pour la trahison de son père. Toute autre décision donnerait à Tyrus une réputation de tigre de papier pour le restant de son règne. Personne ne redouterait plus ses menaces.

Je choisis donc de contacter Néveni par visiocercle.

– Où est retenu Gladdic ?

Elle hésita avant de me répondre :

– Ici, avec moi, Némésis. Je...

Elle jeta un coup d'œil derrière elle. Gladdic devait se trouver chez elle en ce moment même.

– Je pense qu'il comprend la situation, reprit-elle en chuchotant. Il sait ce qui doit se passer maintenant.

Un voile de colère assombrit son visage.

– Son père vient de signer son arrêt de mort, conclut-elle.

Apparemment.

Mais il m'incombait de m'en assurer.

Pendant que Tyrus organisait la traque du *Colossus*, le vaisseau de Pasus, je faussai compagnie aux Lumines affectés à mon service.

Lumina comptant très peu d'hélioniques, la seule héliosphère se trouvait à la périphérie de la capitale, humble édifice bâti sur pilotis pour reproduire à peu près la vue panoramique qu'offraient ces lieux de culte dans l'espace. La lune, qui décrivait une orbite rapide, s'était déjà couchée. Le soleil et la deuxième lune ne s'étant pas encore levés, il faisait nuit noire.

Néveni était avachie sur les marches de l'escalier qui conduisait à l'héliosphère.

Je contemplai les alentours d'un regard affolé.

– Tu es seule pour le surveiller ?

– C'est Gladdic, répondit Néveni, comme s'il s'agissait d'une explication suffisante. Donc, tu es vraiment décidée. Tu vas le tuer.

– Il vous reste une douzaine d'autres otages grandiloquins dont les proches ne viennent pas de nous trahir. Vous pouvez bien sacrifier Gladdic.

– Je sais. C'est juste que… Lui, tu le connais.

Elle fouillait mon visage, elle qui jusqu'alors n'avait eu affaire qu'à mon personnage, et qui commençait à peine à entrevoir ma vraie nature.

Je sortis un couteau, assez aiguisé pour en terminer vite.

– Nous sommes obligés d'envoyer un message fort. Son père est passé dans le camp de Pasus. C'est lui qui a choisi. Pas moi.

Elle resta silencieuse un instant. Un parfum sucré flottait dans les parages, mêlé à l'odeur âcre des rues de Lumina.

– C'est fou comme j'oublie vite que tu n'es pas celle que j'ai rencontrée sur le Chrysanthème, murmura-t-elle. C'est pour ça que je t'en ai tant voulu, je crois. Parce que je n'ai pas vu ce que j'avais sous les yeux. J'ai été encore plus aveugle que tout le monde.

Cette odeur, cette odeur agréable, celle d'une fleur… elle me taraudait.

– Je n'agis pas par cruauté, Néveni. Je n'y prends aucun plaisir. Si nous ne le tuons pas, Tyrus passera pour un lâche incapable de mettre ses menaces à exécution, et, surtout, *ton* peuple perdra le moyen de pression que les otages leur procuraient, parce qu'on doutera de votre volonté, à vous aussi. Au lieu de m'accabler de reproches, tu devrais plutôt me remercier.

– Je ne t'accable pas, rétorqua-t-elle d'une voix blanche. Je sais ce qui s'est passé aujourd'hui. Pasus a donné le premier coup contre l'empereur. C'est un traître. Ses biens vont lui être confisqués. Y compris Lumina…

Je confirmai d'un hochement de tête : y compris Lumina.

– … que Tyrus va libérer, conclut-elle.

– Je suis sûre que c'est déjà fait. Il ne sera pas votre ennemi. Ça ne vous garantit pas que d'autres puissants ne conspireront pas contre votre planète. Ils vont se battre pour vous reprendre votre indépendance.

Je levai mon couteau.

– Et c'est par les armes que vous la conserverez.

Elle me regarda dans les yeux.

– Il ne vaudrait pas mieux que ce soit moi qui l'exécute, alors ?

Sa question me prit de court, mais, en scrutant son visage, j'acquis la certitude qu'elle s'en chargerait si je le lui demandais. Pour Lumina, elle serait prête à tuer.

– Ce ne sera pas la peine. C'est ma spécialité.

Je m'engageai dans l'escalier. En haut, Gladdic était assis par terre tout au fond de l'austère salle de verre. Il avait allumé une coupe d'huile, qui lui procurait une lumière dorée vacillante, et il resta immobile même s'il avait dû m'entendre arriver. Ses cheveux dépassaient de leurs gaines d'or, et il semblait très fragile devant le vaste panorama : les immeubles lumines surpeuplés et, au-delà, la plaine qui menait jusqu'au relief noir d'une chaîne de collines.

Non, pas des collines. Ce terme décrit des hauteurs de petite taille.

Ce qu'on voyait au loin, c'étaient des montagnes.

– Je sais pourquoi vous êtes venue, déclara Gladdic d'une voix mal assurée. Est-ce qu'on pourrait... si ça ne vous dérange pas, est-ce qu'on pourrait attendre vingt minutes ?

– Pourquoi vingt minutes ?

Il fit volte-face, surpris de m'entendre.

– Sidon... Némésis ?

Je hochai la tête. Autrefois, il avait éprouvé des sentiments pour moi, quand il me prenait pour Sidonia. J'avais essayé de feindre une attirance pour lui alors que je jouais le rôle de mon ancienne maîtresse. Après avoir découvert qu'il n'était qu'un lâche pleurnichard, je l'avais rejeté. Il n'était pas digne d'elle.

Alors que je m'avançais vers lui, son regard se riva sur mon nez gauchi, comme si ma carrure ne suffisait pas à prouver mon identité. Peu de femmes conçues de façon naturelle étaient aussi grandes que moi. Il jeta un bref coup d'œil à mon couteau, déglutit nerveusement et détourna la tête.

– Dans vingt minutes, le soleil commencera à se lever. Ici, même la nuit, l'atmosphère est trop épaisse pour qu'on voie les étoiles. Mais je pourrai au moins observer un astre quand vous... quand je mourrai.

– Je vais attendre.

Je m'installai donc juste derrière lui, mon poignard à la main, pour être prête à l'égorger quand son répit se serait écoulé.

13

Le seul son qui résonnait dans l'héliosphère était la respiration rauque et nerveuse de Gladdic. Il ne bougeait pas, mais je percevais sa terreur. À mon arrivée, il m'avait semblé calme, pourtant, plus les minutes passaient, plus il frémissait. Je restai derrière lui, prête à bondir si, pris de panique, il cherchait à prendre la fuite. Pour m'occuper, j'examinai les lieux et inventoriai tous les objets qu'il pourrait utiliser comme arme contre moi. Le plus probable était qu'il choisisse la coupe d'huile en combustion.

Quoi qu'il fasse, je prendrais le dessus et le tuerais, mais je m'attendais à ce qu'il se rebelle.

Pourtant, il n'en fit rien.

– Tu ne vas même pas essayer de t'enfuir ? m'étonnai-je. Ou de me combattre ?

– Ça ne servirait à rien.

– C'est vrai, mais tu es condamné. À ta place, je tenterais ma chance.

Il poussa un soupir, et je vis que la coupe brûlait les dernières gouttes d'huile.

– Je sais que c'est le jeu. Mon père m'a toujours trouvé décevant. Il ne va pas me pleurer longtemps. Je… je ne vous reproche rien. À l'empereur non plus. Ne vous sentez pas coupable.

– Promis, répondis-je, perplexe.

Devant nous, le ciel se teinta d'un violet profond. Une ligne orangée épousait la ligne d'horizon. Je relâchai mon attention pour admirer le spectacle. Le violet s'éclaircit et devint plus lumineux, liseré de nuages d'un rose et d'un orange des plus vifs, puis la lueur qui rayonnait au-dessus des montagnes grossit et les baigna d'une teinte dorée.

C'était une étoile, comme les humains d'autrefois avaient dû en voir, sur la Terre. Tous les arbres qui se dressaient entre l'horizon et nous, tous les sommets semblèrent chatoyer, et les montagnes gagnèrent en relief partout où la lumière éblouissante de l'astre les illuminait.

Les planètes étaient étouffantes, sales, grouillantes de virus et de micro-organismes, leur ciel n'offrait aucune protection contre les menaces venues de l'espace, et leurs habitants ne se rendaient pas compte de leur immense vulnérabilité. J'eus beau me le remémorer, une partie très primitive de moi, peut-être un vestige de l'humanité qu'on n'avait pas pu retirer de mon code génétique, fut émerveillée par ce soleil apparaissant dans l'atmosphère, et j'en eus la chair de poule. Je voulais que ce spectacle reste gravé dans les yeux de Gladdic lorsqu'il mourrait. C'était le moment de frapper.

Mes muscles ne répondirent pas.

Si Gladdic ne périssait pas maintenant, Tyrus paraîtrait faible. On l'avait mis au pied du mur, et désormais on ne cesserait plus de remettre son autorité en cause, alors mieux valait tuer Gladdic que de renoncer et de voir ses ennemis se multiplier.

Gladdic s'était mis à trembler. Il savait qu'à tout instant, d'une seconde à l'autre…

À côté de lui, la coupe s'était éteinte.

Il acceptait son sort. C'était ainsi que fonctionnait notre univers, notre empire. C'était le système établi, l'ordre des choses. Tyrus souhaitait le modifier en profondeur, mais les fondamentaux de la vie et de la mort demeureraient les mêmes jusqu'à la fin des temps. Les liens qui unissaient les amants entre eux, ou les parents à leurs enfants, étaient des armes si puissantes que dans de telles situations on n'avait d'autre choix que de les utiliser. Aton s'était allié à Pasus alors qu'il savait pertinemment que nous détenions son fils. Il ne pouvait ignorer qu'il envoyait Gladdic à la mort. Il allait en subir les conséquences.

– Par les astres, qu'est-ce que tu attends ? craqua Gladdic, soudain en larmes.

Il enfouit la tête dans ses mains.

Je me levai sans un bruit, l'empoignai par les cheveux et tirai sa tête en arrière pour découvrir sa gorge.

Il suffisait d'une entaille rapide, d'un coup comme j'en avais asséné des dizaines.

Pourtant, je me pris à regarder de nouveau dehors, parce que je trouvais difficile, au cœur d'une obscurité infinie et d'étoiles si lointaines, de tout appréhender... de comprendre que nous étions des êtres minuscules. Une curieuse mélancolie s'empara de moi, comme si pendant un instant j'étais sortie de mon corps pour contempler un détail que je n'avais encore jamais remarqué. Je songeai à la brièveté de nos vies, qui à l'échelle de l'univers équivalaient à peine à un clignement de paupières. Avant de remettre les pieds sur Lumina, j'avais estimé que son atmosphère était semblable à une prison, mais j'en découvrais toute la richesse, et m'étonnais d'avoir supposé *a priori* que cet environnement n'avait aucun intérêt.

Lors des premières années de ma vie, je n'avais connu que le champ de force qui m'entourait, les parois du corral, sans jamais voir le ciel, conditions de vie sans doute élaborées délibérément par mes créateurs. Ce cadre confiné avait aiguisé ma détermination, resserré mes perspectives sur les battements de mon cœur et la nécessité de tuer pour survivre...

Puis mes pensées se figèrent.

Je n'étais pas qu'une tueuse impitoyable. N'est-ce pas ? La mort de Gladdic était-elle inévitable ? N'avais-je *vraiment* aucun autre recours ?

Tu veux que j'arrête de mentir, m'avait dit Tyrus, *et moi je veux que tu cesses de me donner des raisons de le faire*.

Des raisons de mentir. Par exemple, éliminer Gladdic par mesure préventive – de peur que Tyrus refuse que je m'en charge. Moi-même, d'ailleurs, je n'avais pas envie de tuer ce garçon inoffensif, à qui je n'avais aucune raison d'en vouloir. Tyrus n'était pas un imbécile. Il serait capable de se préserver si cela s'avérait nécessaire. Je le savais. Depuis que j'avais perdu Donia, tous mes actes avaient été guidés par la peur d'éprouver à nouveau une douleur aussi insoutenable. Cette crainte m'avait aveuglée, empêchée de voir que Tyrus survivait sans moi depuis des années, et qu'il avait *déjà* tué pour se défendre.

Je n'avais aucun besoin d'être son bras armé, et je ne souhaitais pas être sa Diabolic.

J'allais plutôt être son impératrice.

Je relâchai les cheveux de Gladdic et, du pouce, caressai la tête que peu avant je tirai vers moi sans ménagement... ma façon à moi de le rassurer.

– Je ne vais pas te tuer. Tu peux partir.

Gladdic braqua vers moi ses yeux verts écarquillés.

– Va-t'en, insistai-je.

Il ouvrit la bouche et la referma aussitôt sans prononcer un mot, puis fit quelques pas hésitants, comme s'il était convaincu que j'allais changer d'avis et lui révéler qu'il s'agissait d'une cruelle plaisanterie. Alors son courage l'abandonna et il s'enfuit en courant, dévala l'escalier comme quelqu'un qui trébuche dans sa hâte.

Quelques secondes plus tard, d'autres pas montèrent. Néveni passa la tête par l'entrebâillement de la porte, et je croisai son regard hébété.

– Euh, c'est juste pour vérifier. J'ai cru que…

Il était ressorti de l'héliosphère, pas moi. Un sourire effleura mes lèvres.

– Tu as cru que Gladdic Aton avait pris le dessus sur moi ?

– Ouais, c'est un peu ridicule.

– Donia était d'une douceur et d'une gentillesse incomparables, elle n'aurait pas fait de mal à une mouche, et pourtant, même si j'avais été comme elle, j'aurais eu largement mes chances contre Gladdic. Emmène-le et fais de lui un bouclier humain pour ta planète. Je n'ai pas besoin de lui.

– Ça marche.

Elle se détourna, et, en cet instant je me rendis compte qu'elle avait vraiment eu l'idée de *vérifier* si j'allais bien.

Comme le faisaient les amis.

– Attends ! la rappelai-je.

Elle se tourna vers moi, et ma langue me sembla collée à mon palais.

– Merci d'avoir pris de mes nouvelles.

L'air désarçonné, elle se contenta de me sourire. Elle allait trouver idiot que sa réaction compte pour moi, mais je savais qu'elle avait de très nombreux amis. Moi, je n'en avais aucun.

En sortant de l'héliosphère, je sentis de nouveau le parfum floral et reconnus l'odeur du jasmin. La préférée de Sidonia. J'eus l'impression qu'elle m'accompagnait encore après qu'on m'eut conduite à l'assemblée des sénateurs qui n'étaient pas encore passés à l'ennemi, réunis en urgence par Tyrus.

Ils avaient veillé toute la nuit pour coordonner les efforts visant à récupérer Devineé.

L'opération avait échoué.

Pasus détenait l'héritière, et bientôt elle serait morte.

– S'ils font route vers le Chrysanthème, ils ont une longueur d'avance sur nous, murmura Tyrus.

Il observait une carte des territoires impériaux, qui formait une bande d'étoiles en forme de fer à cheval. De nombreuses saillies jaillissaient de sa courbure, en majorité près du point de symétrie centrale de ce U.

Donc, nous nous replions ici, poursuivit-il. Nous utilisons nos mécabots pour réparer nos vaisseaux un par un. Lumina est une alliée de premier ordre, une planète puissante pourvue d'un dispositif défensif considérable. Il est trop facile de nous tendre une embuscade dans les couloirs cosmiques menant au système hexasolaire. Je veux qu'on envoie un message à nos alliés qui sont restés sur le Chrysanthème : si d'autres hélioniques ou de simples opportunistes veulent passer à l'ennemi... qu'on les laisse faire.

Des murmures d'objection retentirent.

– Qu'on les laisse faire, répéta Tyrus, avant de s'appuyer contre la vitre et d'observer la surface de Lumina baignée d'une lueur violette. Je veux voir qui se rallie à Pasus. Quelle est la citation, déjà ? « Qu'éclosent tous les poisons tapis dans la fange. » Alors aidons-les tous à éclore. Maintenant.

Ses conseillers échangèrent des regards dubitatifs, comme s'ils craignaient d'avoir apporté leur soutien à un fou, en fin de compte.

Tyrus s'en aperçut et reprit :

– Je ne peux pas encore vous expliquer pourquoi je suis si… confiant, mais je suis certain que cette scission ne sera que de courte durée. Et vous récolterez tous des récompenses substantielles lorsqu'elle s'achèvera.

Enchantés à l'idée de toucher une gratification, ils sourirent. La confiance seule, après tout, valait bien trop peu.

Tyrus attendit qu'ils se soient retirés pour contempler d'un air songeur la bande d'étoiles concave. Sur Lumina, nous étions plus près de la pointe qui saillait du centre du U. Tyrus zooma pour examiner les systèmes les plus proches de nous. De vastes taches grises indiquaient les zones d'espace dévoreur, et des hachures violettes couvraient les étendues de cosmos qu'on ne pouvait simplement pas traverser à cause de la gravité, des radiations ou des champs d'astéroïdes. Au milieu de ces régions inhospitalières se trouvait un couloir très étroit d'espace habitable.

Je détachai le regard de la carte et me tournai vers Tyrus.

– Tu devrais aller dormir, suggérai-je.

Il pressait les doigts contre ses lèvres.

– Non, je n'en ai pas tout à fait terminé.

D'un petit geste de la main, il dézooma, et d'autres zones violettes défilèrent à toute vitesse, puis le fer à cheval s'éloigna pour devenir invisible au milieu d'une immense spirale d'étoiles.

Un jour, il m'avait confié que le terme « empire galactique » relevait quelque peu de l'exagération. J'eus un hoquet de stupéfaction. C'était *tout* ? Le territoire sous le contrôle de Tyrus, en apparence infini, tenait dans cette minuscule zone de la carte, semblable à un simple bout de ficelle au milieu de secteurs hostiles.

L'empire, si majestueux, semblait petit… Et soudain notre situation me parut plus fragile que jamais.

– Il va falloir des semaines, peut-être plus longtemps, pour que Devineé meure, fis-je remarquer. Et ensuite…

– Et ensuite il existera toujours une fracture. Oui, j'en ai conscience, reconnut Tyrus, qui croisa les doigts en contemplant la galaxie en spirale. C'est pour ça que je n'interviens pas. Dès que je lèverai le petit doigt en représailles, je m'attirerai de vrais ennemis. Je serai la cible de vendettas. Donner une impression de force, comme si nous étions tout à fait invulnérables – ce qui est le cas si nous restons ici –, puis laisser une chance aux alliés de Pasus d'obtenir mon pardon, c'est la meilleure stratégie à suivre… Je veux qu'aucun d'entre eux n'ait le sentiment de s'être retranché et d'avoir le dos au mur quand

Devineé mourra. J'accepterai des pots-de-vin pour tirer un trait sur ces trahisons... et, par les astres, les caisses de l'empire ont besoin de ces fonds !

– Et Pasus ?

– Lui, ce sera l'exception. Ça ne surprendra personne.

Il zooma de nouveau sur notre position, puis, les sourcils froncés, il fit pivoter l'image comme pour examiner sous toutes les coutures l'espace qui nous entourait. D'un mouvement circulaire des mains, il déplaça ensuite l'image vers une zone blanche qui semblait être un agglomérat de centaines d'étoiles. Cette barrière infranchissable formait la frontière la plus proche entre l'empire et le reste de la galaxie.

– J'ai toujours trouvé fascinant, reprit-il à mi-voix, que Lumina, le plus grand foyer de résistance des anciennes religions, soit aussi la planète la plus proche du système transaturnin, le joyau des hélioniques.

Le système stellaire de la Cité sacrée. Le lieu de résidence du proscripteur.

– Tu crois qu'il existe ? m'interrogea Tyrus. Le proscripteur ?

Je ne répondis pas. Par simple réflexe. C'était une question qu'on ne formulait pas à voix haute. On ne remettait pas ce fait en question.

– Quand j'ai accédé au pouvoir, m'expliqua Tyrus, j'ai consulté nos dossiers confidentiels. C'est la première chose que j'ai faite, parce que je voulais savoir si le proscripteur n'avait pas été inventé de toutes pièces.

Et s'il existait une vie extraterrestre intelligente, bien sûr. Ce sont des rumeurs qui circulent.

– Ça, ça m'étonnerait. Aucune qui soit aussi avancée que nous, affirmai-je, me rappelant que, sur la Terre, des tas de formes de vie animale et végétale, ainsi que d'innombrables organismes encore plus primitifs, n'avaient pas évolué.

– J'ai découvert que nous nous trouvons dans une zone habitable de la galaxie plus ou moins entourée d'endroits où nos vaisseaux seraient broyés en deux secondes si nous les traversions. Même s'il existe quelque chose au-delà, nous en sommes coupés.

Il afficha un sourire contrit, comme s'il se sentait penaud d'aborder ce sujet.

– Mais Amon a été arrêté et emmené avec ses enfants à la Cité sacrée, et ceux de ses enfants qui sont rentrés ont juré que le proscripteur existait. Pourtant... je me demande s'ils ne se contentaient pas de perpétuer le mythe. S'il est réel, pourquoi ne le voit-on jamais ? Un prélat débarque tous les vingt ou trente ans pour transmettre un décret, une demande de tribut ou je ne sais quoi. Les prélats veulent nous faire croire que le même proscripteur, Orthanion, réside encore dans la Cité sacrée. Personne ne peut vivre aussi longtemps. Même avec l'aide des médibots. Alors pourquoi est-il aussi évasif ? Pourquoi ne pas venir en personne ?

– À t'entendre, j'ai l'impression que tu as une théorie.

– Je pense que les enfants d'Amon avaient une peur bleue de connaître le même sort que leur père et qu'ils ont menti. Je pense que les prélats ont inventé cet homme et en ont imposé la croyance en accusant les incrédules de blasphème.

– À mon avis, ils en sont capables.

Tyrus éteignit la projection.

– Némésis, je crois que nous devons nous y rendre.

Je le fixai d'un regard sidéré.

– Où ça ? Dans le système transaturnin ?

– Oui, confirma Tyrus avec un sourire plein d'audace. Nous n'en sommes qu'à quelques jours de voyage dans l'hyperespace. Nous disposons toujours du vaisseau le plus puissant de l'arsenal, le *Héra*, qui en outre n'a subi aucune avarie.

– Des tas de pèlerins tentent d'y aller et n'en reviennent jamais.

– Je vois deux explications plausibles. Première possibilité : ils ont trouvé le proscripteur et sont restés. Deuxième possibilité : ils ne l'ont pas trouvé, et quelqu'un les a empêchés de rentrer pour éviter qu'ils révèlent la supercherie.

La seconde possibilité… était abjecte. Mais comme elle me semblait logique !

– Le *Héra* n'est pas un vaisseau spatial vulnérable qu'on peut détruire facilement dans une embuscade, reprit Tyrus, le regard flamboyant. Et si quelqu'un essaie de nous réduire au silence… ça ne fera qu'apporter de l'eau à notre moulin. Si le proscripteur n'est qu'une invention des prélats, comme je le soupçonne, alors la crainte d'être démasqués les incitera d'autant plus à nous obéir, non ?

Je me mis derrière lui et posai les mains sur ses épaules. Le voyage nous coûterait quelques jours au maximum, et en effet… les retombées de cette visite seraient substantielles.

– D'accord. Quand est-ce qu'on part ?

14

Tout le monde connaissait l'origine de la foi hélionique. Fervente fidèle d'une ancienne religion, Sarolvana avait voulu, en pèlerinage, tenter de retrouver la Terre. La plupart des candidats à ce voyage n'en étaient pas revenus.

Sarolvana y avait survécu, mais elle n'avait pas trouvé la Terre.

Durant son expédition, elle avait découvert par hasard le système transaturnin, ainsi qu'un endroit à nul autre semblable, un monde de lumière cosmique époustouflant. Sa dévotion envers l'ancienne foi l'avait abandonnée lorsque, pendant sa longue période de solitude, elle avait reçu de nouveaux enseignements du Vif Cosmos lui-même. À son retour dans les jeunes colonies d'où elle était originaire, Sarolvana avait constaté que ses proches étaient tous morts depuis des siècles. Alors âgée de plus de trois cents ans, elle n'en paraissait pourtant que vingt-cinq.

Elle avait évoqué le Vif Cosmos, mais n'avait réussi à convaincre qu'une poignée de jeunes gens. Décidée à apporter des preuves de ce qu'elle relatait, elle avait fait le serment à ses adeptes de les quitter et de revenir lorsqu'ils auraient atteint un âge très avancé. Au cours des décennies qui s'étaient écoulées après que Sarolvana avait de nouveau disparu dans le monde de lumière cosmique, la plupart d'entre eux avaient perdu la foi.

Puis elle était revenue, aussi jeune que le jour de son départ… Quant à eux, tous étaient vieux.

Elle n'avait pas recouru à la similijeunesse. Il s'agissait de la jeunesse véritable. Sarolvana avait été touchée par la grâce du Cosmos divin, et, les habitants de l'époque ayant vu de leurs propres yeux qu'elle était devenue immortelle, le nombre de ses fidèles avait augmenté. Lorsque certains convertis lui avaient posé des questions auxquelles elle ne pouvait pas leur répondre en des termes compréhensibles, elle avait partagé des psychotropes avec eux pour ouvrir leur esprit, leur transmettre les enseignements qu'elle avait reçus de la lumière cosmique. Les croyants à la conscience altérée par des substances chimiques étaient plus réceptifs à ses arguments, qu'elle proférait de sa belle voix retentissante.

De nombreux contemporains avaient raillé ce « culte des étoiles ». Ils l'avaient dénigré, n'y voyant qu'un prétexte avancé par des jeunes gens pour consommer des drogues, et avaient élaboré des explications « scientifiques » à l'immortalité de Sarolvana. Des lois ayant été édictées dans le seul objectif de limiter l'expansion de cette secte, Sarolvana avait emmené ses adeptes les plus dévoués dans le monde de lumière cosmique. Ses disciples, alors pourvus comme elle d'une incroyable longévité, avaient découvert à leur retour qu'ils avaient le même âge que leurs arrière-petits-enfants. Ils avaient propagé leur religion de plus belle.

Toutefois, il restait encore d'innombrables sceptiques, et, lors de la dernière venue de Sarolvana dans les colonies, un groupe d'opposants s'était emparé de la prophétesse du Vif Cosmos. Affirmant qu'une divinité douée de conscience, de pensée et de sentiment ne pourrait tuer un de ses apôtres, ils l'avaient expédiée dans le feu d'une étoile.

Mais Sarolvana n'était pas vraiment morte. L'homme qui était devenu le premier proscripteur, après s'être arraché à son accablement, l'avait entendue s'adresser à lui, car elle avait rejoint les pulsations vitales du Vif Cosmos, comme devait le faire tout bon hélionique. Au nom de Sarolvana, ce proscripteur s'était établi de façon définitive dans la Cité sacrée, où il avait formé de nombreux prélats avant de les envoyer prêcher la foi véritable aux quatre coins de la galaxie. Les hélioniques disposaient d'un avantage de taille : l'immortalité, la capacité de vivre l'équivalent de plusieurs vies alors que le commun des mortels vieillissait et disparaissait. La vérité de Sarolvana s'était donc répandue, et depuis la religion des étoiles dominait véritablement le cosmos.

Des siècles s'étaient écoulés avant que la dépouille du proscripteur soit expédiée vers une étoile, mais une femme l'avait remplacé, avant de laisser la place à un successeur.

Le proscripteur était à présent Orthanion, dont j'avais vu l'énorme statue de cristallin dans le *Penumbra* et, à en croire les récits, il commandait aux hélioniques depuis une éternité, retranché dans la Cité sacrée.

C'était humainement impossible.

Et pourtant… Nous allions bientôt découvrir la vérité. Quelle qu'elle soit.

Ce pari risqué pouvant très mal se terminer pour nous, Tyrus et moi examinâmes les recours qui se présentaient à nous. Parmi nos connaissances, une seule n'était impliquée en rien dans le jeu politique du Chrysanthème, et elle nourrissait par ailleurs une hostilité assez forte contre Pasus pour être une observatrice objective.

– Qu'est-ce que c'est ? me demanda Néveni quand je lui remis le document électronique.

– Ce n'est qu'une assurance. Si un mois s'écoule et que nous ne sommes pas revenus, lui expliquai-je, ce message se déverrouillera pour que tu apprennes où nous sommes allés et dans quel but. Je ne peux pas t'en révéler davantage.

Elle ne pourrait le consulter que si on nous éliminait pour nous réduire au silence. Les Lumines découvriraient alors la vérité les premiers et pourraient l'utiliser à leur avantage.

Dans l'intervalle, le reste de la galaxie remarquerait à peine nos quelques jours d'absence, et les plus proches conseillers de Tyrus penseraient seulement qu'il s'accordait un temps de repos peu opportun dans le cadre sauvage et paisible de Lumina, prenant beaucoup trop à la légère les critiques qui grondaient dans l'empire.

Il était loin d'être le premier Domitrien qui soit sujet à de telles excentricités. «Voilà ce qui arrive quand le pouvoir s'acquiert par l'hérédité et non par le mérite», déclarait parfois Tyrus. Si tout se passait comme nous l'espérions, nous serions de retour bien avant que Devineé meure, pourvus de l'atout dont nous avions besoin pour contraindre les prélats à nous céder le contrôle du sceptre. Peu importerait alors si Devineé périssait et si Pasus, acculé, lançait toutes ses forces dans la bataille. Tyrus disposerait d'une puissance de feu incommensurable.

Si notre tentative se terminait mal pour nous, Devineé mourrait quand même. Nous serions perdus corps et âme dans le système transaturnin, comme tant de pèlerins avant nous, et il n'y aurait plus de Domitrien pour prétendre au sceptre – cette disparition déclencherait au sein de l'empire un changement systémique total aux conséquences imprévisibles.

Il existait évidemment une troisième possibilité, la moins plausible : que nous soyons les premiers depuis des siècles, en dehors de la communauté des prélats, à pénétrer dans la Cité sacrée et à rencontrer le proscripteur.

Cela restait à voir.

Nous n'eûmes pas le temps de savourer les cinq jours de voyage dans l'hyperespace. Nous rassemblâmes des offrandes pour le proscripteur, au cas où la Cité sacrée existerait bel et bien. Le tribut accumulé était dérisoire. Nous réunîmes épices, pierres précieuses (dont nous arrachâmes certaines directement sur les murs du *Héra*), œuvres d'art, et même quelques livres appartenant à Tyrus.

Tandis que nous traversions le cosmos à une vitesse superluminique, je remarquai l'expression contrariée de Tyrus. Il semblait s'interroger et se remettre en question en permanence.

– Arrête un peu, lui ordonnai-je.

Il fronça les sourcils.

– Je ne fais rien.

– Tu réfléchis trop. Ça se voit. Alors arrête. Notre décision est prise. Allons jusqu'au bout, on s'inquiétera après.

– Tu en as de bonnes, toi ! Tu me demandes l'impossible, là.

Il tendit les bras vers moi, m'attira sur ses genoux et posa le menton sur mon épaule.

– Change-moi les idées, me dit-il.

Ce n'était pas dans mes habitudes de parler pour le plaisir de parler, mais, sans que le proscripteur quitte mes pensées, je racontai à Tyrus ce que Sidonia m'avait autrefois expliqué sur notre nature, nous qui étions tous des êtres constitués de poussière cosmique. Le fait d'évoquer Sidonia ouvrit les vannes, et un torrent bouillonnant de souvenirs se déversa. Tyrus se contenta de m'écouter.

– Le prélat affirmait que je ne recelais pas d'étincelle divine, mais c'est la seule affirmation de sa part qu'elle ne croyait pas. Elle ne l'a jamais acceptée. Moi, je lui ai soutenu que je n'étais pas comme elle. Je le lui ai répété des tas de fois.

Tyrus s'avança pour presser les lèvres contre mon épaule dénudée.

– C'était quelqu'un d'exceptionnel, me confia-t-il.

Ma vision se troubla, et une boule se forma dans ma gorge – il avait raison.

– Je pense que je vais réclamer aux prélats plus que le seul contrôle du sceptre, déclara Tyrus. Je veux qu'on t'accorde le statut d'être humain.

J'en eus le souffle coupé. Je le fixai, sidérée.

– C'est possible ?

– Il s'agit d'un statut légal et spirituel. La loi, c'est moi, alors il ne nous reste que le deuxième élément à régler. Il ne fait aucun doute pour moi que tu es une personne à part entière, Sidonia en était convaincue, et tu dois connaître la vérité sur toi même.

D'un geste tendre, il écarta les cheveux qui tombaient devant mes yeux.

– C'est le minimum, conclut-il. Et nous allons y parvenir.

Ça me paraissait infaisable. Irréalisable.

Pourtant, tout ce que nous avions accompli avait paru impossible... et qui savait ce que l'avenir nous réservait ?

Lorsque nous sortîmes de l'hyperespace, Tyrus se posta près d'une vitre du poste de commande du *Héra*. Au loin, nous vîmes une masse gigantesque de lumière aveuglante – des étoiles si proches les unes des autres qu'une force plus puissante qu'une hypergéante devait les maintenir en orbite.

Puis l'aspect de l'espace changea, et nous nous dirigeâmes non pas vers l'obscurité mais vers une lumière éclatante s'écoulant en courants qui ressemblaient presque à des rivières furieuses. La gravité s'empara de nous, et le tremblement régulier du *Héra* se transforma en soubresauts tumultueux.

Tyrus courut s'installer au tableau de navigation. Le *Héra* était conçu pour se piloter lui-même, mais ici les forces d'attraction… semblaient anormales.

– C'est quoi, ces filets lumineux ? demandai-je.

– Je… je n'en sais rien. Arrêtons-nous ici un moment.

Je hochai la tête ; Tyrus avait déjà ordonné au *Héra* de s'immobiliser.

Pourtant, le vaisseau continua d'avancer, agité de secousses de plus en plus violentes. L'appareil ne répondit pas non plus à l'ordre de faire machine arrière. Tyrus se releva en hâte et s'approcha de la vitre, réfléchit à toute vitesse en se frottant le menton, s'interrogeant sur la nature des rubans de lumière incandescente.

Puis il se figea.

– Nom d'une nova, s'exclama-t-il dans un souffle. Ce sont des étoiles, Némésis !

– Quoi ? Des étoiles, ça ?

– Elles ont été déchiquetées. Ce sont des flux d'hydrogène en combustion. C'est à cause de cette gravité folle. De ces forces d'attraction chaotiques… Et nous fonçons droit dedans. Il faut que nous fassions demi-tour !

Il retourna au poste de pilotage, plus vite que je l'avais jamais vu se déplacer, même lancé de toutes ses forces dans un sprint. Mon cœur se mit à cogner à cent à l'heure tandis que Tyrus martelait la console en ordonnant au *Héra* de mobiliser toute sa puissance pour repartir.

Le vaisseau spatial ne réagissait toujours pas comme prévu. Les secousses gagnèrent en vigueur, et j'entendis la tension dans la pierre qui menaçait de se fissurer.

Mon sang se glaça.

Si nous essayons de nous arracher à ce phénomène, nous n'y survivrons pas, résonna une voix froide et lugubre dans ma tête.

Tyrus avait repris les commandes manuelles. Tout en luttant pour garder l'équilibre, je contemplai son dos. Le vaisseau n'ayant pas obéi à ses ordres vocaux, il tentait de lui forcer la main. D'outrepasser la procédure programmée bien avant la naissance de la plupart de ses ancêtres, conçue par des ingénieurs détenant une connaissance de l'espace et de la technologie bien plus approfondie que quiconque de nos jours.

Tyrus possédait une intelligence et une inventivité exceptionnelles, mais là résidait peut-être aussi sa faiblesse, lui qui avait parfois trop confiance en ses compétences. Comme en ce moment même. En dépit du chaos qui violentait l'appareil tiraillé de toutes parts, j'avais les idées assez claires pour savoir que, si Tyrus persistait à batailler contre ces forces inouïes, nous serions réduits en miettes. Malgré toute sa volonté, il ne pouvait pas nous sortir des éléments déchaînés, mais notre vaisseau était une machine d'une intelligence formidable, et nous devions nous fier à lui.

Je n'hésitai pas plus longtemps.

Je fonçai vers Tyrus, m'emparai de lui, l'arrachai à la console et l'en éloignai sans ménagement. D'un grand coup du plat de la main, je réenclenchai le pilotage automatique, puis je fis volte-face et bloquai Tyrus lorsqu'il se précipita vers le panneau. Un soubresaut du *Héra* nous projeta tous les deux au sol. Je n'entendis pas ce qu'il me criait, mais je le plaquai sur place sous l'éclairage vacillant…

Derrière les vitres, un panache de lumière brasillant déferla vers nous, et, peu avant l'impact, Tyrus cessa tout à coup de se débattre et roula sur moi pour me protéger de son corps… Le grondement assourdissant qui nous entourait s'atténua, les cahots cédèrent la place à une simple vibration, puis Tyrus rouvrit les yeux et les vrilla dans les miens.

Alors, tu vois ? pensai-je, avant de lui caresser la joue en contemplant son front perlé de sueur.

Nous n'avions pas eu d'autre choix que de nous en remettre au destin et à la technologie. Je savais que Tyrus avait horreur de se mettre en retrait… de lâcher prise. En persévérant, il nous aurait conduits à la mort.

Nous restâmes un moment serrés l'un contre l'autre, redoutant que ma décision ait des conséquences terribles. Mais le *Héra* ajusta sa course, se laissant porter par les courants de gravité, serpentant parmi les rubans d'étoiles pulvérisées, sans jamais pénétrer dans les vastes nuages d'hydrogène en fusion qui s'enroulaient dans le système comme des entrailles.

– Alors voilà l'explication, murmura Tyrus. C'est pour ça que la plupart des pèlerins ne reviennent pas. Avec un vaisseau plus fragile que celui-ci, commandé par un capitaine moins ferme que toi… l'appareil aurait déjà été pulvérisé. Le *Tigris*, malgré sa somptueuse beauté, ne serait plus qu'une multitude de débris… Qu'est-ce qui t'a donné cette idée ?

– On ne se crispe pas pour encaisser un coup de poing. On accompagne le mouvement.

Une certaine gêne s'installa entre nous. Secoués par les tremblements du vaisseau, nous nous observâmes. J'avais fini par comprendre certains traits de caractère de Tyrus sans y réfléchir consciemment. Par exemple, il avait besoin d'éprouver le sentiment de maîtriser une situation. Je savais qu'on pouvait y voir une névrose, logique pour quelqu'un qui avait tendance à vouloir tout contrôler, pour un homme piégé dans une existence où la survie dépendait de sa capacité d'adaptation aux caprices de ses dangereux proches.

C'était tout simplement ancré en lui.

Je lui étais physiquement supérieure – de très loin –, et je pouvais m'opposer à ses choix comme bon me semblait... Je ne profitais de ce déséquilibre que lorsque nous étions en danger, et en général cela provoquait chez lui une réaction assez houleuse. Allait-il mal prendre que j'aie encore pris une décision à sa place ?

– Je n'avais pas le temps de t'expliquer. Je suis désolée, m'excusai-je lorsqu'il se releva en s'agrippant au dos d'un siège.

– Tu nous as sauvé la vie, Némésis. Grâce à ta présence d'esprit exceptionnelle.

Aussitôt, le malaise entre nous se dissipa. Nous portâmes notre attention sur la vitre et contemplâmes l'espace, tandis que nous poursuivions notre avancée, ballottés par les courants d'hydrogène. Enfin, nous émergeâmes des torrents de lumière. Nous découvrîmes la cause des violents tourbillons de gravité dans le système transaturnin : un vortex d'un noir absolu. La lumière qui le bordait était faite d'astres, ou de restes d'astres, distordus et entraînés dans des ténèbres infinies.

Un profond frisson m'ébranla. Je savais à quoi nous avions affaire.

– C'est un trou noir, dit Tyrus.

J'en eus froid dans le dos. Les trous noirs avaient une pesanteur si puissante que la lumière ne pouvait même pas s'en échapper. Voilà qui expliquait le grand nombre d'étoiles si proches les unes des autres. Le trou noir les attirait.

Tyrus plaqua les mains contre la vitre. Le corps massif d'un noir insondable paraissait de plus en plus vaste à mesure que nous en approchions.

– Tyrus, est-ce que nous allons être aspirés ?

– Nous sommes encore loin de son horizon. J'ai l'impression que nous entrons dans une orbite large, m'indiqua-t-il avant de m'adresser un coup d'œil. C'est là qu'Amon est mort.

Je me tournai vers lui.

– Après son excommunication ?

Tyrus hocha la tête.

– C'est le châtiment prévu par la loi. Le proscrit est expédié vivant dans un trou noir pour être désintégré.

Les obsèques hélioniques consistaient à précipiter le corps du mort dans une étoile. Le défunt rejoignait alors le souffle vital du Vif Cosmos et renaissait sous la forme voulue par celui-ci. Il en allait tout autrement avec un trou noir.

Tyrus tambourina sur le verre du bout des doigts.

– Si Amon a été jeté dans ce trou noir, cela signifie que quelqu'un était là pour l'y propulser. Le proscripteur. Je pense que nous avons la réponse à notre question. La Cité sacrée est réelle.

Un clignotement attira mon regard. Au loin, une lumière éclatante apparaissait par intermittence. Tyrus s'appuya contre la vitre pour admirer d'un air émerveillé le phénomène qui illuminait ses cils clairs et ses cheveux aux reflets cuivrés, puis il s'écarta pour que je puisse voir à mon tour.

– Je crois que… je crois que ça s'appelle un pulsar, commenta-t-il. C'est une des étoiles aspirées par le trou noir qui dégage cette luminosité…

Il se fit silencieux.

La lumière du pulsar éclaira un astéroïde, qui projeta autour de lui des rayons lumineux semblables à une toile, et en approchant nous constatâmes que ces rayons formaient un vaste réseau artificiel dans l'espace. Qui plus est, il ne s'agissait pas d'astéroïdes nus, mais d'éclats de diamant scintillants, sur lesquels étaient fixées des machines évoquant des scorpions prêts à piquer.

Je me raidis, et Tyrus eut un halètement stupéfait… Mais aucune arme n'ouvrit le feu.

– Nous devons être tout près, balbutia Tyrus, alors que nous poursuivions notre chemin, à la merci de la batterie d'artillerie, plus puissante encore que celle du Chrysanthème, aux canons reliés par un écheveau lumineux… Je compris qu'il s'agissait d'une source d'énergie.

Soudain, nous fîmes un mouvement brusque vers l'avant.

Mon cœur se mit à battre la chamade, mais Tyrus, qui regardait en l'air, se contenta de me caresser le bras.

– Tu crois que ce sont des filins de traction ? s'enquit-il.

Je tendis l'oreille, entendis le choc sourd familier de ces dispositifs, et lui souris.

– Oui.

Une vive exaltation mêlée de terreur envahit son visage ; il m'agrippa l'épaule en silence et me fixa d'un regard appuyé comme pour signifier : *On a réussi !* Dans mon cnthousiasmc, je lui étreignis la main si fort qu'il grimaça de douleur.

– Nous n'allons pas pouvoir recourir au chantage avec les prélats, alors, commentai-je.

– Non, mais nous allons faire mieux, rétorqua Tyrus, les yeux flamboyants d'impatience. Nous pouvons nous passer d'eux et soumettre notre requête directement au proscripteur.

Je lui décochai un sourire carnassier.

Je sus que nous allions forger nos destinées. Tyrus me souleva dans ses bras et me donna un baiser ardent, comme un homme qui vient d'échapper à la noyade et prend une grande goulée de vie. Je le lui rendis avec la même vigueur, car en cet instant j'en étais certaine : rien ne nous était inaccessible.

15

Les filins de traction nous attirèrent vers le corps céleste qui devait être la Cité sacrée : un gigantesque agglomérat de diamant pur, de la taille d'une lune, parsemé de traces d'une structure artificielle aux endroits où on avait transformé l'objet cosmique en environnement habitable. J'avais l'impression de rêver – à travers la surface cristalline d'aspect glacé, nous vîmes des volutes de différentes atmosphères indépendantes, des enclos réservés à la végétation ou à l'élevage du bétail. De l'eau et d'autres liquides s'écoulaient en nervures dans les fissures naturelles des minéraux. Certaines fenêtres étaient opaques, et à travers d'autres je distinguai des silhouettes en mouvement qui se découpaient sur la lumière.

Le pulsar ne cessait de s'illuminer par intermittence, et les mâts de réception de la Cité sacrée en absorbaient l'énergie. Des arcs-en-ciel fragmentés jaillissaient de ces mêmes mâts à intervalles réguliers pour rejoindre le halo de lumière stellaire qui brillait dans tout le système.

Le *Héra* fut tracté vers une baie de joyaux pourpres scintillants et irréguliers. Une porte de granit se referma derrière nous.

Dans un suspense insoutenable, nous attendîmes que le dock extérieur se pressurise. Au bout d'un moment, un signal électronique strident, qui résonna en dehors du vaisseau mais qu'on entendait de l'intérieur, nous indiqua que nous pouvions sortir sans risque.

Nous eûmes tous les deux quelques secondes d'hésitation. Nous avions préparé des scaphandres spatiaux en cas de besoin. J'hésitais quant à moi à prendre une arme, me demandant si cela constituerait une dangereuse provocation envers des inconnus en supériorité numérique, et dont je souhaitais me faire bien voir...

Soudain, une alarme retentit pour nous avertir d'une intrusion par un sas. Tyrus et moi échangeâmes un regard, puis nous allâmes en hâte accueillir le visiteur.

Une voix joviale s'éleva au bout du couloir :

– Bonjour, bonjour, chers amis.

Lorsque nous passâmes l'angle, nous nous trouvâmes face à un petit homme rondelet qui examinait les murs autour de lui avec un vif intérêt. Il était chauve, comme un excédent.

– Êtes-vous... le proscripteur ? s'enquit Tyrus d'un ton hésitant.

L'homme rit.

– Bien sûr que non. Pas du tout. Pardonnez-moi, je connais les protocoles de quarantaine, mais c'est la première fois que je vois un appareil comme celui-ci. Je voulais jeter un coup d'œil à l'intérieur, et…

Surpris, nous l'observâmes tandis qu'il poursuivait son exploration.

– On dirait que c'est un vaisseau amiral standard auquel on a intégré un astéroïde. Il est de conception très ingénieuse. Très impressionnant.

Tyrus et moi nous regardâmes.

– Vous êtes en présence de l'empereur de votre galaxie, informai-je l'inconnu.

Tyrus pensa tardivement à sortir son sceptre et à le mettre en évidence. Puis il m'adressa un regard m'indiquant que je ne devais pas m'indigner de cette méprise. L'homme sursauta.

– C'est vous le Domitrien ? Oh, je vous prie de m'excuser. J'ai cru que… que c'était elle…

J'avais en effet les traits symétriques d'un grandiloquin qui recourait aux esthétibots, contrairement à Tyrus.

– Je suis Tyrus von Domitrien. Notre tribut se trouve dans nos cales.

– Nous irons le retirer, n'ayez crainte. Je suis un prélat, je peux vous guider.

Il nous examina de nouveau.

– Bien, veuillez me suivre, Votre Suprématie.

Nous lui emboîtâmes le pas, hébétés, et passâmes devant les exaltés qui attendaient dehors.

– Ils ont apporté un tribut, annonça le prélat en pointant le doigt derrière nous.

Les exaltés prirent la direction du vaisseau. Puis Tyrus serra fort ma main lorsque nous atteignîmes un anneau métallique qui ceignait le pourtour du couloir menant au reste de la Cité sacrée. Un voyant vert s'alluma et l'anneau nous soumit à un balayage pour détecter d'éventuels agents pathogènes.

Le prélat, qui se tortillait d'un air impatient, n'y tint plus :

– Je suis sûr que vous vous présentez ici pour des affaires sérieuses, voyez-vous. La dernière fois, quand nous avons reçu Amon, j'ai réussi à me réfréner. Mais, là, je n'y tiens plus.

– Qu'y a-t-il ? demanda Tyrus.

Le prélat eut un sourire enfantin.

– Comment s'en sortent les Baroudeurs du Bras de la Gorgone ? Donnez-moi les grandes lignes, ça suffira.

Tyrus le fixa d'un regard perplexe.

– Je n'ai pas besoin d'un compte rendu détaillé saison par saison. Ça prendrait une éternité.

– Les… Baroudeurs ? répéta Tyrus.

Le sourire du prélat s'effaça.

– Dans le championnat d'astroclash. C'est encore l'équipe du Bras de la Gorgone, non ?

Tyrus bredouilla quelques mots.

– Il n'y a plus d'équipe du Bras de la Gorgone ? se désola le prélat.

– Il n'y a plus de championnat, expliqua Tyrus. Il n'y a plus de ligue d'astroclash depuis que l'impératrice Gannex a ordonné que l'équipe perdante soit exécutée après chaque match. Prélat, ça fait trois cents ans que nous n'avons plus de championnat de cette envergure.

L'homme de foi se rembrunit. Il se décomposa, même, comme si on venait de lui annoncer que sa planète d'origine avait été réduite en poussière.

– C'est… c'est une nouvelle fort décevante. J'avais hâte de rattraper mon retard, à l'occasion.

Le balayage se termina, et des portes s'écartèrent pour nous donner accès au secteur principal.

– Et vous voilà partis, déclara le prélat.

Il pressa un bouton et le sol sous nos pieds s'éleva. Accrochés l'un à l'autre sur une plateforme en lévitation, Tyrus et moi filâmes à toute vitesse dans des couloirs dont les parois luisaient de la lumière intermittente du pulsar.

– Némésis, me dit Tyrus à voix basse, cet homme a plus de trois cents ans.

– Comment c'est possible ?

Le prélat ne portait aucune trace de similijeunesse. Même en ayant recours au remplacement et à la régénération complète des organes, personne ne vivait aussi longtemps. Tout le monde finissait par rendre l'âme.

Tyrus secoua la tête. Il ne quittait pas la plateforme des yeux, concentré et prudent, car nous lévitions assez haut et avancions assez vite pour nous rompre le cou si nous venions à tomber.

Au bout d'un moment, le plateau s'immobilisa devant une porte, et Tyrus s'avança d'un pas tremblant, ce qui ne l'empêcha pas de me tendre la main pour m'aider à garder l'équilibre. J'étais plus stable sur mes jambes que lui, mais je choisis de ne pas le contrarier. Je fis aussi en sorte de franchir la porte avant lui, au cas où un danger nous aurait guettés. Nous nous trouvions dans une loge transparente, qui surplombait une vaste salle de diamant et de cristallin aux allures de dôme de bal.

La loge était soumise à une gravité parfaite, mais, quand j'en sortis la main par curiosité, mes doigts me parurent légers comme des plumes soulevées par un courant ascendant. Je ramenai vivement mon bras vers moi.

– C'est un environnement d'apesanteur.

– Nous ne sommes pas venus pour assister à un spectacle, grommela Tyrus en regardant autour de nous.

Un bourdonnement grave résonna, et un servibot en forme de disque oblong surgit dans notre loge.

– *Veuillez indiquer votre choix de rafraîchissement.*

– Nous souhaitons nous entretenir avec le proscripteur, lui répondit Tyrus.

– *Je ne comprends pas cette requête. Veuillez indiquer votre choix de rafraîchissement.*

– De l'eau, lâcha sèchement Tyrus.

– Nous avons fait un très long chemin, lui dis-je. Nous pouvons bien nous divertir un peu.

Il soupira et hocha la tête. Puis il s'installa dans un fauteuil mais ne se détendit pas.

Je pris place dans l'autre siège, puis le bot nous apporta de l'eau et un assortiment de fruits étonnamment restreint.

Tout s'éclaircit quand Tyrus mordit dans une pomme et rejeta la tête en arrière.

– Elle est imprégnée d'une substance, déclara-t-il. Un stupéfiant que je ne reconnais pas.

Je tendis la main pour qu'il me donne la pomme. Il aurait été grossier de la jeter, mais je savais que Tyrus voulait garder toutes ses facultés. Pour ma part, la drogue passerait dans mon organisme sans m'affecter. Tyrus m'adressa un sourire tendre et me donna la pomme. Tandis que je la mangeais, une des loges en face de la nôtre s'illumina. On eut l'impression de voir un écran de lumière cosmique entourant la silhouette d'un homme seul.

J'avais beau ne pas le distinguer de façon précise, je devinais qu'il nous scrutait.

– Je suis sûr que c'est lui, murmura Tyrus.

Nous ignorâmes les autres servibots qui nous apportaient diverses substances, des plats élaborés, et d'autres fruits imbibés de drogue, résolus à ne plus nous fier à aucun d'eux.

Tyrus observa lui aussi le proscripteur. Puis des danseurs se laissèrent glisser en apesanteur jusqu'au centre du dôme. Ils étaient affublés de plumes à ultraviolets, et l'éclairage se tamisa pour faire ressortir une lueur phosphorescente. Puis la troupe entama sa chorégraphie, une fable classique dont l'action se déroulait sur la vieille Terre.

– Est-ce que ce sont des prélats ? Des exaltés ? chuchotai-je.

– Non, ce sont des hélioniques fervents qui consacrent leur vie à cette danse, expliqua Tyrus, qui de toute évidence avait reconnu les premières mesures de musique. Il s'agit de l'Immolé du Roi.

Ce nom m'était familier. C'était un spectacle qu'on présentait à chaque sacre. Tyrus l'avait fait interdire malgré les objections de sa grand-mère. Il s'agissait d'un conte prônant l'obéissance aveugle à l'autorité ; on y montrait des oiseaux qui, apprenant que le roi allait donner un festin, allaient au château s'offrir au cuisinier afin qu'il les utilise pour garnir ses tourtes.

Un seul oiseau, rebelle et maussade, préférait s'enfuir. Le récit comptait bien sûr un rebondissement : le roi était si ému par le geste des oiseaux qu'en récompense, au lieu de les tuer, il les nourrissait des restes du festin.

L'oiseau rebelle, quant à lui, était pourchassé par des prédateurs dans la forêt, avant d'être mis à mort – lors d'un véritable sacrifice dans lequel le danseur incarnant l'Immolé était exécuté pour le plaisir de l'empereur. Des prisonniers condamnés servaient parfois d'Immolé, des anneaux directionnels automatisés attachés à leurs poignets et à leurs chevilles pour leur faire accomplir les mouvements. Souvent, toutefois, c'était un hélionique très pieux qui se livrait en offrande de son plein gré, après avoir répété le rôle pendant des années.

– J'ai aboli cette pratique pour de bonnes raisons, déclara Tyrus d'un ton calme. Je refuse d'assister à ce spectacle barbare.

Son regard se fixa sur l'écran de lumière solaire derrière lequel le proscripteur était installé.

Et si nous allions nous présenter ?

Il se leva, et, devinant ses intentions, je l'imitai. Nous nous hissâmes sur le bord de notre loge et nous projetâmes en avant. La sensation de gravité s'évapora, et toutes mes cellules me parurent légères. Nous passâmes à toute vitesse devant les danseurs.

La musique s'arrêta, et les artistes s'immobilisèrent, abasourdis. Ce fut la dernière image que j'eus d'eux avant que nous traversions l'écran de lumière chaude et pénétrions dans une pièce où régnait une pesanteur normale.

Un homme s'était déjà levé pour nous accueillir, vêtu d'une chasuble réfléchissante. C'était en effet le proscripteur.

Orthanion en personne, l'homme représenté par la statue de cristallin érigée dans le *Penumbra*.

Stupéfaite, je me figeai. Tyrus reprit ses esprits le premier et m'appuya sur l'épaule pour que je m'agenouille avec lui.

– Votre Ultime Ascendance.

Il ne quittait pas le proscripteur du regard, même si par respect il aurait dû garder les yeux baissés ; de toute évidence, lui aussi avait remarqué la ressemblance.

Le prélat qui était venu vers nous à notre arrivée avait plus de trois cents ans.

Mais l'homme qui se dressait devant nous en avait plus de cinq cents. Il vivait depuis plus d'un demi-millénaire !

Comment était-ce possible ? Était-ce un clone ? Un hologramme ?

Pendant de longues secondes, le proscripteur nous considéra d'un regard que j'aurais pu jurer amusé.

Puis il s'exprima d'une voix rocailleuse, empreinte d'ironie :

– Eh bien, empereur Tyrus, on peut dire que vous savez faire une première impression marquante. Vous vous ennuyiez trop pour admirer le spectacle jusqu'au bout ?

– N-non…, bégaya Tyrus.

Il venait de bégayer ! Jamais je ne l'avais entendu donner un tel signe de nervosité.

– C'est juste que… Vous êtes…

La porte de la loge coulissa et un groupe de prélats indignés s'engouffrèrent à l'intérieur, mais Orthanion les renvoya d'un revers de la main avec l'aisance insouciante d'un homme détenant le pouvoir absolu sur son domaine.

– Je ne crains rien, déclara-t-il. Le jeune empereur brûlait d'impatience de me rencontrer. Laissez-nous.

Lorsqu'ils se furent retirés avec déférence, Tyrus reprit :

– Je vous prie de me pardonner mon insolence, Votre Ultime Ascendant.

Il inclina la tête, prit la main que le proscripteur lui présentait et la porta à une joue, puis à l'autre. Il s'humecta les lèvres.

– Mais je… j'ai déjà assisté à une représentation de l'Immolé du Roi, et je refuse qu'on accomplisse un sacrifice en mon honneur.

– Ah, je vois.

Le proscripteur saisit le menton de Tyrus pour lui relever la tête et sourit.

– Mon enfant, ne vous inquiétez pas pour ce sacrifice. Ce n'est même pas pour vous qu'on y procède. C'est pour *moi*.

Il eut un petit geste négligent.

– Qu'on en finisse.

Dans le dôme, les danseurs fondirent sur l'Immolé, et leurs lames s'abattirent sur le malheureux, déployant autour de lui de grandes bulles de sang semblables aux pétales d'une rose en train d'éclore.

16

Tyrus et moi le suivîmes, abasourdis ; nous essayions tous les deux de comprendre comment il pouvait être aussi âgé. Quant au prélat qui nous avait accueillis… il devait recourir lui aussi à la similijeunesse ou à la technologie qui permettait au proscripteur de garder un corps si jeune.

– Le dernier Domitrien dont j'ai croisé le chemin, c'était Amon, déclara le proscripteur, en baissant le regard vers le sceptre suspendu à la taille de Tyrus. Je lui ai retiré ce bâton de commandement des mains, puis je l'ai privé du pouvoir qu'il détenait dessus. Je me réjouis de rencontrer un autre Domitrien dans de meilleures circonstances.

Sa voix résonnait dans la salle de réception où nous venions d'entrer. Les murs de diamant renfermaient des œuvres d'art liquides qui s'écoulaient comme du sang dans des veines minérales. Chaque paroi était parcourue par une rivière qui s'écoulait à la verticale grâce à une pesanteur artificielle, mais ces torrents n'étaient pas constitués d'eau – ils bouillonnaient de substances qui, au lieu de se mélanger, s'entremêlaient comme des tentacules ou des rubans. Chaque fois que le pulsar s'illuminait, la salle entière paraissait enveloppée d'une lumière qui animait même la peau du proscripteur.

Orthanion se tourna vers nous et poursuivit :

– Connaissant l'amour-propre et l'arrogance extrêmes des Domitrien, je craignais que les descendants d'Amon s'empressent de s'unir de nouveau avec ceux d'Acindra. Mes machines ont analysé votre code génétique, et je constate que vous êtes le produit d'une réunion des deux branches... mais par un mariage entre petits-cousins. C'est plus tôt que je l'aurais voulu, mais cela demeure acceptable. Ce qui ne l'est pas, c'est une certaine découverte que nous avons extraite de vos bases de données.

– Laquelle ? s'enquit Tyrus.

– J'ai confié à l'empereur Lotharias un mandat privé. Le dernier prélat à m'avoir rapporté des nouvelles m'avait informé qu'il ne restait plus que quatre Domitrien de sang impérial, et ça c'était inacceptable. J'ai ensuite donné pour instruction à l'empereur de faire croître ce nombre sans tarder, mais il n'a pas respecté mon ordre. Selon vos bases de données, vous n'êtes plus que deux.

Tyrus afficha un sourire sans joie.

– Mon grand-père a rempli sa mission, Votre Ultime Ascendant. Contre la volonté de ma grand-mère. Comme elle souhaitait ne porter qu'un seul enfant, il a fait prélever ses ovules et a agi sans son consentement. Il a eu de très nombreux descendants, mais grand-mère s'est attelée à les tuer presque tous. À la mort de mon grand-père, elle a entrepris de terminer le travail. C'est pourquoi nous ne sommes plus que deux.

– Vous, les Domitrien... Vous ne changerez donc jamais, commenta le proscripteur en secouant la tête d'un air amusé. Je me demande dans quelle mesure le cours de l'histoire aurait pu être bouleversé si le sceptre était revenu à une famille moins prompte à s'entretuer.

Puis, en me regardant, il ajouta :

– Mais elle... ce n'est pas une Domitrien. Elle apporte du changement. Comment dois-je vous appeler, jeune fille ?

– Je vous présente Némésis, dit Tyrus.

– Némésis dan... quoi ?

Ainsi, il savait. Il savait que je n'étais pas une personne à part entière.

– Vous avez une configuration fascinante. Depuis que vous avez pénétré dans cette salle, votre rythme cardiaque alterne entre trente-huit battements par minute et plus de trois cents. Il pompe deux fois le volume de sang moyen. Quant à vos reins et à votre foie... je suppose que vous n'avez jamais connu l'ébriété.

Je fis non de la tête.

– Et votre hypothalamus est très impressionnant... Vous possédez des réflexes de survie très aigus. Dites-moi, pouvez-vous hiberner ?

– Pardon ?

– Ça signifie entrer dans un sommeil très profond dans des conditions de grand froid. Hélas, je crois comprendre que ce n'est pas le cas, mais prévenez-moi si cela change. Je me considère comme un érudit, et j'accueille avec joie toutes les énigmes qui peuvent stimuler mon intellect. J'espère en revanche que mes questions ne vous mettent pas mal à l'aise.

– Pas du tout.

– Formidable, fit-il, avant de se tourner vers Tyrus et de poursuivre : Inutile de me rappeler que j'empiète sur votre fenêtre gravitationnelle, mon enfant. Expliquez-moi le motif de votre visite.

– Notre fenêtre gravitationnelle ? répéta Tyrus.

Le proscripteur fronça les sourcils.

– Oui. Vous…

Il nous regarda l'un après l'autre.

– Je ne doute pas que vous avez planifié votre entrée dans notre système. Vous n'avez pas simplement…

Il laissa sa phrase en suspens, avant de lâcher un petit rire grave et râpeux.

– Vous êtes venus à moi sans vérifier à l'avance si ce serait sans danger… Est-ce que je me trompe ?

– Pourquoi ?

Le proscripteur tapota la joue de Tyrus.

– Incroyable ! Le destin protège bel et bien les enfants. Les forces gravitationnelles qui entourent un trou noir sont titanesques. Il peut s'écouler des années, voire des décennies, sans que l'on puisse accéder en toute sécurité à la Cité sacrée. Ce qui explique pourquoi mes prélats vous rendent visite à une fréquence aussi irrégulière. Si vous vous étiez présentés ici quelques jours plus tôt, vous auriez été réduits en charpie !

– Notre vaisseau est très robuste, intervins-je.

– Le plus robuste des bâtiments ne peut pas tenir le choc dans ce système s'il y entre au mauvais moment. Vous ne comprenez pas la chance que vous avez eue, tous les deux ! C'est stupéfiant. Notre Cosmos divin doit avoir une grande mission pour vous.

Il focalisa son attention sur Tyrus.

– Racontez-moi ce qui vous amène, je vous prie. Je suis tout ouïe.

Tyrus s'agenouilla, et, de nouveau, porta les doigts du proscripteur à sa joue.

– Votre Ultime Ascendant, je ne solliciterais pas l'honneur de votre compagnie dans cette forteresse si je n'avais pas un immense besoin de votre assistance. J'ai conquis le trône, pourtant vos prêtres refusent de m'accorder le pouvoir sur le sceptre.

– C'est une décision très grave de leur part. Pourquoi s'opposent-ils à vous ?

– À cause de celle que j'aime, répondit Tyrus. La femme qui se tient devant vous.

– Et vous vous présentez à moi en espérant que je passerai outre le choix de mes prélats ?

– Plus que cela. Némésis m'a sauvé la vie de nombreuses fois. Je n'ai jamais rencontré personne de plus courageux ou de plus intègre qu'elle. Je veux qu'elle devienne mon impératrice. Et je souhaite que vous lui attribuiez le statut d'être humain pour que je puisse l'épouser.

– Et, selon vous, le problème du sceptre se résoudrait alors de lui-même, commenta Orthanion d'un air entendu. Je comprends. Vous devez être très amoureux d'elle, pour venir jusqu'à moi au péril de votre vie. Pourtant, vous savez sans doute que mes prélats n'appliquent que les édits que je leur ai d'abord délivrés.

– C'est pour cette raison, expliqua Tyrus, la voix tendue, que je ne m'en remets pas à eux, mais à vous. Jamais je n'exigerais d'eux qu'ils vous désobéissent, Votre Ultime Ascendant. C'est à vous seul que revient cette décision.

– En effet. Et, de toute évidence, vous êtes très attaché à cette…

Son regard se dirigea vers moi.

– … à cette fille. Discutons-en, de cette fille, empereur Tyrus.

Je ne pus m'empêcher de réagir :

– Cette fille est juste devant vous.

Un sourire effleura les lèvres du proscripteur.

– Je m'excuse de me montrer grossier. Je suis trop habitué aux exaltés, qui ne s'offusquent jamais de rien. Bien… Némésis. Nous allons donc discuter de vous. Vous existez parce que des ingénieurs ont programmé une synthétiseuse pour créer un être humanoïde. Ils lui ont aussi commandé de vous attribuer certaines propriétés... En consultant vos scans, je crois comprendre qu'ils voulaient un être puissant et très rapide. Ai-je vu juste ?

– Oui.

Le proscripteur se mit à déambuler autour de moi et m'examina avec un intérêt clinique.

– Donc, votre venue dans notre monde a eu lieu uniquement parce que quelqu'un a ordonné à une synthétiseuse de fabriquer un humanoïde rapide et fort. Cette synthétiseuse a puisé dans des échantillons d'ADN et d'ARN d'innombrables organismes et sélectionné les fragments qui confèrent la force et d'autres en fonction des qualités requises par vos concepteurs, et elle les a assemblés pour former une cellule unique : un embryon. On a ensuite placé cet embryon dans un incubateur, où il s'est développé jusqu'à devenir un être capable de vivre en dehors de ce tube. Pas un bébé, mais un jeune enfant. C'est seulement à ce stade qu'on l'en a extrait.

– Pardonnez-moi, mais je ne vois pas où vous voulez en venir, l'interrompit Tyrus.

– Je vais vous éclairer : c'est *ainsi* que la première créature semblable à Némésis a été créée. Ce jeune enfant, on l'a observé, surveillé, soumis à des examens, avant d'évaluer ses aptitudes pour la fonction qu'on souhaitait lui attribuer. Quand cet enfant a atteint sa taille adulte, qu'on l'a jugé viable, l'assemblage d'ADN et d'ARN créé par la synthétiseuse a été reproduit à la chaîne. On a fabriqué quelques variantes... un homme, une femme, une version de grande taille, à la peau brune, à la peau claire… et un de ces modèles est devenu la charmante jeune fille qui se trouve ici devant moi. Némésis, comme tous les êtres vivants, vous êtes le fruit d'un miracle, mais je ne peux pas vous qualifier d'être humain. Car vous n'en êtes pas un.

– Votre Ultime Ascendant, dit Tyrus en s'avançant vers Orthanion, je pense que si vous preniez le temps de vous familiariser avec elle…

– Je ne doute pas qu'elle est très méritante et qu'elle me fera très forte impression, Votre Altesse, mais ça ne fera pas d'elle une de nos semblables, à nous qui sommes le résultat de millions d'années de sélection naturelle, expliqua patiemment le proscripteur. Elle ne vous ressemble qu'en surface. Sélectionnez un millier de matériaux différents, assemblez-les, et vous créerez peut-être un décalque de votre vaisseau astéroïde, mais, à l'intérieur, est-ce que ce sera un engin spatial ? Votre Némésis a l'air humaine parce que nous aimons l'apparence des humains de grande beauté, mais, à l'intérieur, elle est faite de séquences d'ADN et d'acides aminés choisis de façon arbitraire par notre chère synthétiseuse. Votre cœur est robuste, Némésis ? Si c'est le cas, vous pouvez remercier le kangourou.

– Le quoi ?

Je n'avais jamais entendu parler de cette créature.

– Un animal bondissant pourvu d'un cœur très efficace. L'élément cardiaque le plus populaire pour un grand nombre de possesseurs d'hybrides. Si j'en crois vos reins très performants, je parierais sur du félin. Quant à votre musculature… elle peut provenir de tout un tas de sources, car les humains sont très faibles. De l'ours ? Du tigre ? Du chimpanzé ? Allez savoir. Elle n'est pas d'origine humaine, en tout cas. Notre masse musculaire n'est pas conçue pour s'accumuler aussi rapidement.

Ses propos me troublèrent, mais la main de Tyrus se referma sur la mienne.

– En quoi est-ce important ? Tout ce que vous m'expliquez, c'est qu'elle est d'origine… terrienne. Comme moi. C'est tout ce qui compte. Votre Ultime Ascendant, je l'épouserai coûte que coûte. Que je le fasse en régnant sur un empire uni ou sur une galaxie divisée par une guerre civile meurtrière, cela dépend de vous.

– Oh, vous tentez ce chantage avec moi, mon garçon ? rétorqua le proscripteur, qui toutefois paraissait seulement goguenard. Dites-moi, quel âge avez-vous, au juste : empereur Tyrus ?

Tyrus plissa les yeux.

– Je ne vois pas ce que ça change.

– Si ça ne change rien, répondez-moi.

– J'ai vingt ans. Presque.

– Vous avez donc dix-neuf ans. Vous êtes encore adolescent. Pour autant que je puisse en juger, vous n'êtes qu'un enfant, au fond.

– Ce n'est pas…

– Quand votre cerveau se sera développé pendant encore huit ans, je reverrai mon jugement. À vingt-sept ans, votre esprit sera complètement formé. On m'a appris que vous avez inclus des livres à votre tribut. Je ne suis pas très porté sur la fiction, en ce qui me concerne, mais je vous fournirai avec grand plaisir de fascinants ouvrages de philosophie et de réflexion érudite pour contribuer aux dernières années de cette formation. Un jour, vous ne serez plus un enfant. En temps voulu, vous vous soucierez de sujets qui vous laissent indifférent pour le moment... Tels que l'incapacité de Némésis à vous donner un héritier.

– J'y ai réfléchi, répondit Tyrus. Et je sais que de nombreux maris et femmes recourent à des incubateurs. Mon ancêtre Gannex...

– Était un être humain, comme l'était son mari. Et comme l'était l'origine de leur problème. La jeune femme qui vous accompagne serait peut-être en mesure de combiner son ADN au vôtre, mais nul ne peut prévoir ce qui en résulterait !

– Si ce n'est qu'une question d'enfants, dit Tyrus d'un ton perplexe, alors ce n'est pas un problème. Je n'en aurai pas. Tu en veux, toi, Némésis ?

Je n'eus même pas à réfléchir.

– Non.

Le proscripteur considéra Tyrus un long moment.

– Vous ignoriez, si je ne m'abuse, qu'il vous fallait l'accord du clergé pour contrôler votre sceptre. Voici autre chose dont vous n'avez pas conscience : la décision d'avoir des enfants ne vous appartient pas. On ne vous permettra pas de n'avoir aucune descendance.

Tyrus pouffa.

– Bien sûr que cette décision m'appartient.

Le proscripteur secoua la tête.

– Les Domitrien n'ont pas le choix. Surtout quand il n'en reste que deux.

Je regardai Tyrus. Il n'en restait même pas deux. Il était le *dernier*.

Un éclair de colère brûla dans les yeux de Tyrus, mais le proscripteur leva la main en signe d'apaisement.

– Cela dit, je suis disposé à me montrer clément envers vous, qui avez fait preuve d'une grande audace en venant me solliciter. J'ai rencontré de nombreux Domitrien, et je ne peux pas nier que vous êtes unique en votre genre, Tyrus. C'est pourquoi je suis prêt à accorder le statut d'être humain à votre bien-aimée, mais à une condition.

Tyrus retint son souffle, et moi aussi. Je n'avais pas osé espérer qu'il accepte si facilement.

Orthanion sourit.

– Revenez me soumettre votre demande dans vingt ans.

17

– Vingt ans ! répéta Tyrus, interloqué.

Orthanion ne parut pas le moins du monde confus par la condition absurde et inconcevable qu'il venait de nous soumettre.

– Dans vingt ans, j'accéderai à votre requête.

Tyrus contempla le sol, une veine gonflée palpitant à sa tempe.

– Pourquoi ne pas me dire non, tout simplement ?

– Parce que je ne refuse pas d'accorder ce que vous demandez, répondit le proscripteur, avec une apparente sincérité. Quand vous reviendrez me voir plus vieux de vingt ans, je saurai que cette demande m'est adressée par un souverain chevronné. Je satisferai alors à la revendication de l'empereur Tyrus. Je saurai qu'il en comprend *lui-même* toutes les implications. Je saurai aussi que votre amour est assez durable et solide pour que je fasse le choix le plus judicieux pour vous.

Après un brusque hochement de tête, Tyrus déclara :

– En ce cas, je dois vous soumettre de nouveau la question de…

– Du contrôle du sceptre, oui. Que mes prélats refusent à juste titre de vous accorder. Pour l'heure, consacrez votre énergie à vous attirer leur faveur, et peut-être qu'ils changeront d'avis. Sinon vous pouvez là aussi patienter vingt ans…

Tyrus partit d'un rire incrédule.

– Attendez… Dans vingt ans, donc, vous m'attribuerez le pouvoir sur le sceptre… au cas où je n'aurais toujours pas acquis les prélats à ma cause ? Votre Ultime Ascendant, vous rendez-vous compte du danger que vous faites peser sur l'empire ? Si je dois mobiliser des milliers de vaisseaux pour procéder à une évacuation ou à une opération de secours, je n'en serai pas capable. Sans les bots de maintenance, le Chrysanthème va tomber en ruine, un vaisseau après l'autre, et sans système de sécurité…

– C'est un grand défi. Tout comme la vie d'empereur. J'en suis bien conscient.

– Vous m'en direz tant.

– Je ne me tourne pas les pouces, ici. Je suis sans doute l'un des plus grands érudits de la galaxie. Mes opinions sont fondées sur une connaissance des faits très précise.

– Comment est-ce possible ? Vous êtes complètement coupé du reste de l'empire. Dans tous les sens du terme.

– C'est une position qui me donne l'objectivité qui vous manque. Une perspicacité qui vous fait défaut sans que vous vous en rendiez compte. Croyez-moi, vingt ans à patienter, c'est court. Deux décennies vous paraissent une éternité parce que vous êtes très jeune. Trop jeune, même, pour avoir conscience de votre jeunesse, et beaucoup trop inexpérimenté pour me soumettre une requête aussi considérable. Dites-moi donc…

Il eut un petit mouvement de tête vers le côté.

– Que voyez-vous par cette vitre ?

Tyrus ne regarda pas. Un muscle de sa joue tressauta.

– Le trou noir. Pourquoi ?

– Vous devriez observer plus en détail. Il n'y a pas que le trou noir, à cet endroit. Il y a aussi un flot d'énergie que ce trou noir émet à intervalles réguliers. C'est un quasar. Le pulsar, c'est une étoile déchiquetée par le trou noir, mais le quasar… c'est ce qui émerge du trou noir. C'est à couper le souffle. Je sais qu'il est là, parce que je consacre beaucoup de temps à contempler notre trou noir… Mais pour voir la splendeur du quasar il faut de la patience. Avec de la patience et de l'application, on peut l'apercevoir. C'est ainsi que mon expérience me confère un discernement dont votre jeunesse vous prive. J'ai plus vu le monde que vous pour la seule raison que je suis beaucoup plus vieux que vous.

– C'est un problème auquel nous sommes tous confrontés un jour ou l'autre, répliqua Tyrus, d'une voix crispée. La seule façon de surmonter l'inexpérience, c'est d'apprendre, de lire, de débattre. Dites-moi ce que je néglige, d'après vous, et offrez-moi une chance de vous opposer mon point de vue.

Le proscripteur fit une moue pensive.

– Très bien. Ma réserve principale, c'est que vous me demandez d'accorder le statut d'humain à une créature humanoïde. Notre empire a été *fondé* sur la croyance en la pureté de l'humanité telle que la nature l'a conçue. Vous êtes l'empereur, et votre demande remet en question la valeur fondamentale qui se trouve au cœur de notre existence. Savez-vous pourquoi nous vivons à des années-lumière de la Terre ?

– Nos ancêtres l'ont quittée pour s'installer dans des territoires vierges. La Terre n'était plus qu'un champ de ruines.

– Ah, alors la propagande est devenue si efficace que même l'empereur y ajoute foi, rétorqua Orthanion, une pointe de satisfaction dans la voix.

Tyrus se contenta de le fixer du regard, aussi médusé que moi.

– Je vais vous raconter la véritable histoire, qu'un de mes prédécesseurs a jugé préférable de laisser aux oubliettes : la Terre est tout à fait habitable. Notre planète mère est intacte, et des êtres humains la peuplent toujours. À moins qu'ils aient choisi de s'établir ailleurs.

Interloquée, j'essayai de comprendre. Tyrus en resta bouche bée un instant, puis il dit :

– Ils… ils sont en vie ? Ils sont encore là-bas… sur la Terre ?

– Oui, notre espèce originelle ne l'a jamais quittée. Nos destinées ont bifurqué. Si nous avons fait sécession, c'est parce que ceux que nous avons abandonnés avaient rejeté le caractère sacré de l'humanité.

Tyrus recula d'un pas vacillant. Puis, faute de siège, il s'appuya sur le rebord de la vitre.

– Il existe donc deux civilisations d'humains distinctes, conclut-il.

– Au moins deux, oui, renchérit le proscripteur. Il est probable qu'il y en ait davantage. Même si je ne les qualifierais pas vraiment d'« humains ». Ils ont cessé de l'être il y a longtemps.

– Qu'ont-ils fait ? s'enquit Tyrus à mi-voix, fasciné malgré lui. Qu'ont-ils commis de si terrible ?

– Ils ont accompli ce que nous faisons grâce aux esthétibots. Ou encore par l'étude et par toutes les activités destinées à s'améliorer : ils se sont perfectionnés. Ils n'ont pas eu recours à la manipulation génétique, comme pour votre Némésis... Ça peut paraître étrange, mais la modification génétique des humains a toujours été un tabou pour eux. Au lieu de cela, ils ont procédé à une forme d'amélioration extrême : ils se sont hybridés avec des machines.

– Hybridés ? Comment ça... j'ai du mal à..., balbutia Tyrus.

Le proscripteur montra sa tempe.

– Ils ont commencé en incorporant des ordinateurs dans leur cerveau pour accroître leur intelligence. Mais ils ne se sont pas arrêtés là. Ils se sont greffé des yeux et des membres bioniques, ils ont recouru à des mécanismes microscopiques pour compléter leur système immunitaire. Ils ont fait corps avec l'*artificiel*. Et par là je n'entends pas la façon dont nous, nous utiliserions un médibot ou un esthétibot. Leurs manœuvres équivalaient à s'implanter des bots sous la peau ou à la place du bras. Ils se sont amputés du naturel pour introduire la cybernétique. Qu'en pensez-vous : si vous remplacez un neurone, une cellule unique de votre cerveau, par une réplique mécanisée, êtes-vous encore vous-même ?

Tyrus ne répondant pas, je pris la parole :

– Oui, ça me paraît évident.

– Très bien… et si vous en remplacez cinq ? Dix ? Cent ? Mille ? Un million ? Si vous extrayez chaque particule de votre cerveau et que vous les dupliquiez par un procédé électronique, puis que vous remplaciez chacune par ces répliques… À quel moment cessez-vous d'être vous-même ? Quand devenez-vous un être tout à fait différent ?

Tyrus et moi demeurâmes silencieux. Il n'existait pas de réponse à une telle question.

Le proscripteur écarta les mains devant lui.

– Cela nous conduit à la raison pour laquelle nous avons colonisé l'espace, alors que l'Humanité première, comme on pourrait la nommer, est restée sur la Terre. Au bout du compte, ses habitants n'avaient plus rien d'humain. Quant à nos ancêtres, qui au début étaient tout juste vingt mille, ils ont choisi de ne plus recourir à ces améliorations artificielles. Ils se sont envolés pour le cosmos et ont consacré leurs efforts à retourner à leur état naturel. Mais, une fois dépourvus de leurs esprits augmentés par les machines, ils ont rencontré certaines difficultés. Les technologies qui nous entourent, par exemple…

Il accompagna ses paroles d'un geste circulaire.

– Il est quasiment impossible de les reproduire ou de les comprendre avec le seul cerveau humain. Il faut des hommes-machines pour atteindre un tel niveau de perfectionnement.

Tyrus le fixa du regard quelques instants, interdit, puis déclara d'un ton posé :

– Vous voulez dire que nous n'avons rien construit nous-mêmes ?

– Tout a été élaboré avant le départ de la Terre ou par la première génération qui s'est établie dans le cosmos. Ces machines sont d'une conception très ingénieuse. Vous vous trouvez devant des appareils très anciens, qui se réparent et s'entretiennent automatiquement depuis des millénaires. Les colons de la première génération avaient prévu que leurs descendants ne posséderaient pas les mêmes capacités cognitives. À l'état naturel, l'intelligence humaine a des limites.

Tyrus se rembrunit. Il sembla se recroqueviller, et je devinai quel raisonnement il venait de suivre. Ses projets pour l'avenir, concernant la réhabilitation des sciences et l'éradication de l'espace dévoreur, reposaient pour l'essentiel sur sa conviction que nous pouvions *réapprendre* les connaissances de nos ancêtres.

Les explications du proscripteur avaient ébranlé ses certitudes.

– Nos aïeux savaient qu'ils s'apprêtaient à abandonner des capacités cognitives d'une puissance phénoménale, reprit Orthanion, et cela de façon volontaire... pour sauver leurs âmes. C'est pour cette raison que nous devons honorer l'héritage de ces vingt mille mères et pères fondateurs, et respecter leurs volontés. Le corps de l'empire est entre vos mains, mais son âme se trouve entre les miennes. Aujourd'hui, je vais la protéger. Dans vingt ans, si vous revenez me présenter la même requête, j'y accéderai. À présent, allez profiter de votre fenêtre gravitationnelle. Elle est très courte.

Tyrus resta sans voix. La réponse du proscripteur l'avait pris au dépourvu.

Mais le haut prélat s'éloignait, et j'ignorais comment réagir. Pourtant, nous ne pouvions pas en rester là, c'était inconcevable...

Je frappai donc le proscripteur derrière la tête avant qu'il ait pu nous fausser compagnie.

– Némésis ! s'écria Tyrus en voyant Orthanion s'effondrer.

– Quoi ? Il ne coopérait pas. Réfléchis : il vit dans ce lieu splendide isolé de tout depuis une éternité. Emmenons-le à bord du *Héra* et montrons-lui dans quel état se trouve la galaxie.

Tyrus ouvrit et ferma la bouche à plusieurs reprises sans émettre un seul son. J'avais assommé le haut prélat ; on ne pouvait pas revenir en arrière.

– Nous ne sommes pas des hommes-machines, d'accord, déclara Tyrus, presque pour lui-même, mais nous pouvons quand même essayer. Il ne nous empêchera pas de récupérer ce que nous avons perdu.

Il jeta un rapide coup d'œil vers la baie vitrée ; une lueur malicieuse brilla dans son regard.

– Nous allons le prendre à bord du *Héra*, mais... j'ai une autre destination en tête. Une destination qui marquera à jamais la mémoire de Notre Ultime Ascendant.

Il me serra alors dans ses bras et me donna un baiser fougueux. Nous nous regardâmes, un sourire fendu jusqu'aux oreilles, et le potentiel de notre décision m'électrisa.

Puis, ensemble, nous kidnappâmes la plus haute autorité religieuse de l'empire.

18

Lorsque nous retraversâmes la Cité pour regagner le *Héra,* le proscripteur nous fournit une excellente diversion et un bouclier humain idéal. Les prélats, ainsi que leurs homologues armés qui occupaient la fonction d'inquisiteurs, furent désarçonnés. Nous ne prêtâmes pas attention à leurs cris, à leurs accusations de grave péché et à leurs menaces d'excommunication, et nous fîmes monter notre vieux, très vieux prisonnier inanimé à bord de notre vaisseau. Puis nous nous arrachâmes aux câbles de traction et nous propulsâmes dans l'espace.

Tyrus activa un médibot, puis fit les cent pas nerveusement à côté du proscripteur inconscient.

– C'est le truc le plus délirant que j'aie jamais fait.

Pour lui qui avait joué les fous la moitié de sa vie, ce n'était pas un mince exploit.

– Si ça ne fonctionne pas, dis-je d'une voix égale, nous suivrons mon plan. Nous ferons demi-tour et nous l'emmènerons en excursion.

Tyrus eut un bref hochement de tête.

Puis…

Un gémissement retentit.

Grâce au médibot, le proscripteur revenait à lui.

Je rejoignis Tyrus en hâte afin que nous présentions un front uni dans notre stratégie démente. Orthanion se redressa et se figea en nous voyant.

– Votre Ultime Ascendant, dit Tyrus calmement. Bienvenue dans l'espace.

Le proscripteur se leva vivement, observa les alentours et s'exclama d'un ton stupéfait :

– Par tous les… Est-ce que vous… Êtes-vous complètement fou ?

Tyrus eut un sourire espiègle.

– Ce n'est pas la première fois qu'on m'accuse de l'être, en tout cas.

– Vous m'enlevez, *moi* ? Ça ne vous permettra pas de parvenir à vos fins ! C'est un affront au Vif Cosmos ! Tous les hélioniques de la galaxie vont se retourner contre vous !

– Tant que vous serez à notre merci, ils ne bougeront pas, intervins-je.

– Et ils n'en auront pas l'occasion, affirma Tyrus.

Sous la pression, il n'affichait qu'une attitude calme, imperturbable, comme si nous passions un moment agréable et que nous n'étions pas en train de commettre un crime terrible.

– Nous ne vous enlevons pas dans l'intention de poursuivre nos vies comme avant. Vous semblez penser que je suis jeune et immature, que je changerai si l'on m'accorde encore vingt ans. Je n'attendrai pas aussi longtemps, figurez-vous. Si Némésis et moi ne pouvons pas vivre ensemble en tant qu'humains, alors... alors nous nous précipiterons dans le néant. Et vous ferez le voyage avec nous.

Le proscripteur blêmit.

– Ma cousine est condamnée. Je suis le dernier Domitrien. Quant à vous... vous pourriez bien être le dernier proscripteur. Ensemble, nous disparaîtrons...

Tyrus haussa les épaules.

– Bref, vous m'avez compris... Que se passe-t-il vraiment, au juste, pour ceux que l'on expédie dans un trou noir ?

Toute couleur abandonna le visage d'Orthanion. Il fit volte-face et fonça plus vite que je l'en aurais cru capable. Il atteignit la baie vitrée et vit la distorsion de l'espace, d'un noir insondable, vers laquelle nous nous dirigions.

Derrière lui, Tyrus et moi échangeâmes un regard nerveux. Nous espérions le terrifier assez pour qu'il se décide à m'attribuer le statut d'humain, et par conséquent à accorder tacitement le contrôle du sceptre à Tyrus. Mon accession à une humanité à part entière réduirait à néant les arguments des prélats qui refusaient à Tyrus le maniement de la crosse impériale. Le temps qu'un prélat quitte la Cité sacrée muni d'un décret du proscripteur stipulant qu'on l'avait contraint... Eh bien, rien n'était plus facile que d'intercepter un prélat. Nous cacherions la vérité jusqu'à ce que Tyrus maîtrise le sceptre, et ensuite la vérité n'aurait plus d'importance.

Rien ne terrorisait davantage un hélionique que la mort ultime : être précipité dans un trou noir.

Le hoquet étranglé d'Orthanion me réjouit, tout comme l'expression de terreur absolue qui crispait son visage lorsqu'il déclara :

– Faites demi-tour. Vous devez faire demi-tour tout de suite.

– Pas question, répondit Tyrus, impassible.

Il avait pourtant forcément remarqué, comme moi, que les tremblements du *Héra* devenaient de plus en plus violents. Nous savions qu'il existait un point de non-retour, une limite au-delà de laquelle même la lumière ne pouvait pas s'échapper.

Nous espérions avoir persuadé le proscripteur bien avant d'atteindre cette limite.

– Je suis assez curieux de voir ce qui va se produire quand nous y pénétrerons, me confia Tyrus sur le ton de la conversation.

– Ce sera très intéressant, acquiesçai-je.

– PAUVRES FOUS ! cria le proscripteur en se précipitant jusqu'à nous. Vous ne savez pas ce que vous faites !

– Je le sais exactement ! rugit Tyrus. Je n'ai pas l'intention d'attendre vingt ans. C'est peut-être dérisoire pour vous, mais nous autres, nous ne vivons pas cinq siècles !

– Vous croyez... vous me croyez si vieux que ça ? s'étonna Orthanion en nous fixant d'un regard incrédule. J'ai à peine quatre-vingt-onze ans.

– Vous mentez, rétorquai-je. On a édifié une statue de vous à bord du Chrysanthème, votre portrait craché, et elle porte votre nom. Elle est très ancienne. Nous l'avons vue tous les deux.

– Oui, lâcha-t-il sèchement, j'ai posé pour le sculpteur. Il y a cinq cents ans... pour vous. Pour moi, ça ne remonte qu'à quelques décennies.

Je considérai Tyrus en tâchant de déterminer s'il comprenait. Il me regarda, aussi perplexe que moi.

Orthanion retourna près de la vitre qui dominait la courbure noire menaçante et activa les zooms électroniques intégrés, grossissant l'image des dizaines de fois.

– Regardez bien ! Vous le voyez ? Est-ce que vous voyez quelque chose, là ?

– Non, affirmai-je avec une certitude absolue, car j'avais une vue d'aigle.

– C'est une chance, ajouta le proscripteur d'une voix rauque, parce que, si nous continuons à nous rapprocher du trou noir, je vous garantis que vous finirez par voir quelque chose : le tombeau de l'empereur Amon von Domitrien.

Tyrus lâcha une exclamation incrédule.

– Ce n'est même pas possible, m'offusquai-je. Ça fait des *siècles* qu'on l'a excommunié !

– Oui. Pour *vous*, encore une fois.

Le proscripteur se tourna vers Tyrus.

– Mais pour Amon, aussi près de ce phénomène cosmique, le temps qu'il y a passé ne se compte qu'en minutes. D'ici mille ans, si un observateur aperçoit Amon en train de chuter dans le trou noir, il ne se sera écoulé que quelques secondes pour Amon. Le temps n'est pas *constant*. Est-ce que vous comprenez ? *La gravité le déforme*. Plus nous sommes proches du trou noir, plus nous avançons lentement dans le cours de l'existence !

Alors que les éléments s'imbriquaient dans ma tête, je vis Tyrus devenir pâle comme la mort : il avait compris lui aussi ce qu'Orthanion sous-entendait. Les prélats sans âge, le proscripteur plusieurs fois centenaire, la Cité sacrée complètement coupée de notre civilisation...

Leur vie se déroulait dans un espace temporel plus lent.

Espace temporel où nous nous trouvions nous-mêmes en ce moment.

– Par les astres, non ! s'écria Tyrus dans un souffle.

Il courut jusqu'au tableau de navigation. Le *Héra* fut agité d'une puissante secousse lorsque Tyrus amorça un demi-tour, mais pour ma part les explications d'Orthanion me semblaient illogiques.

– Il vient de tout inventer pour nous embrouiller, dis-je à Tyrus, sans être sûre de moi. Le temps, c'est le temps. Ça ne peut pas... C'est inaltérable. Cette histoire, c'est du grand n'importe quoi.

Le proscripteur se contenta de me dévisager.

– Est-ce que vous inventez tout ? demanda Tyrus d'un ton plein d'espoir. Soyez franc. Je nous ramènerai quoi qu'il arrive, je le jure...

– Je n'invente pas la théorie de la relativité, non ! s'emporta le proscripteur. Je ne suis pas *Albert Einstein*. Est-ce que je dois comprendre que vous, Tyrus, l'empereur, vous ne connaissez pas les lois élémentaires de la physique ?

– Comment voulez-vous que je les connaisse ? Sur vos ordres, ces savoirs ont été relégués au rang de blasphèmes. Où aurais-je pu les apprendre ?

– Mes réformes n'étaient pas destinées à vos semblables ! Et elles ne visaient pas à détruire la compréhension des sciences fondamentales ! Je cherchais seulement à éliminer les technologies destructrices qui...

Le proscripteur se mura dans un silence glacial et blêmit.

Il n'avait pas anticipé ces conséquences. Soudain, tout me parut limpide. *Il n'avait jamais voulu que nous devenions si ignorants.*

Étrange.

L'idée que le proscripteur avait souhaité changer la galaxie et plonger tous ses habitants dans l'ignorance avait été révoltante.

Mais se rendre compte qu'il s'était montré aussi peu perspicace et aussi maladroit que tout un chacun...

Voilà qui était beaucoup plus effrayant.

19

La gravité dilatait le temps. C'était une loi de la physique que Tyrus et moi ignorions. Nous venions de la découvrir. À nos dépens.

Sur le Chrysanthème et dans l'espace normal circulait un flux temporel régulier, le même que dans tout l'empire. La Cité sacrée, à proximité du trou noir, alternait quant à elle sans cesse entre des échelles de temps plus lentes et d'autres encore plus lentes. Parfois, une journée à l'intérieur du système équivalait à un mois en dehors. Parfois à une année.

Et, en nous dirigeant droit vers le trou noir, nous nous étions enfoncés dans des strates où le temps s'écoulait de plus en plus lentement. Sans la base de données de la Cité sacrée, qui aurait pu calculer la durée de notre voyage au millième de seconde près, le proscripteur lui-même ne put nous indiquer depuis combien de temps nous étions partis. Accablé par ces révélations, Tyrus restait figé comme une pierre au milieu du poste de commande, livide, se contentant d'observer le cosmos.

Le proscripteur fut le seul d'entre nous qui eut l'énergie d'agir : il s'installa à l'un des ordinateurs du *Héra* et tapa des mots dans le terminal de recherche. J'en glanai quelques-uns : *entropie, causalité, diffraction, réfraction négative*. Il ne dut pas les trouver, car il se mit à pianoter de plus en plus vite, le visage pincé par la contrariété.

Puis il laissa échapper un soupir exaspéré et s'écarta de la console d'une vive poussée, l'air aussi malade que Tyrus.

– C'est inacceptable.

S'apercevant que je le scrutais, il m'interrogea :

– Dites-moi, Némésis, cet ordinateur a-t-il subi une panne catastrophique ? A-t-il été effacé, ou…

Je secouai la tête.

– Je souhaitais découvrir l'étendue de votre ignorance. J'ai commencé en recherchant des termes complexes dans cette machine, puis je me suis rabattu sur les plus simples en espérant chaque fois que mes pires craintes ne se confirmeraient pas. Pourtant, c'est ce qui s'est produit. Jamais je ne me suis opposé à l'acquisition du savoir. Au contraire, si je ne m'étais pas engagé dans ce sacerdoce, j'aurais été ravi de passer ma vie dans une université, à enseigner, apprendre, partager. Mais c'est la supernova qui a rendu nécessaire mon décret relatif au blasphème. Il s'adressait à ceux à qui l'on ne pouvait pas confier notre technologie. C'était un prétexte pour désarmer ceux qui ne comprenaient pas les conséquences de leurs actes. Tout le monde ne devrait pas avoir en sa possession le pouvoir que nous avons acquis grâce à la science.

Tyrus vrilla son regard dans le sien.

– Vous avez juste décidé que d'autres n'étaient pas assez responsables pour détenir la technologie ? La grandiloquie l'était, elle, comme par hasard…

– Le décret n'était pas fondé sur ma seule opinion, Tyrus. Nos ancêtres n'ont pas quitté la Terre de leur plein gré, expliqua Orthanion. C'est l'Humanité première qui les y a contraints. Ils croyaient que les êtres humains non hybrides avaient une nature trop destructrice pour maîtriser les progrès technologiques que l'espèce avait accomplis grâce aux cerveaux hybrides. Ils ont donné le choix à nos aïeux, aux vingt mille adeptes du nouveau culte : s'ils revenaient à l'état organique, ils devaient abandonner toute technologie avancée et vivre dans une réserve. L'autre solution, s'ils voulaient conserver la technologie, consistait à partir très loin de la Terre.

– C'est-à-dire ? fit Tyrus.

– Ici. Dans cette région du cosmos. Là où nous ne pourrions être dangereux pour personne d'autre que nous-mêmes. C'est pourquoi nous sommes là, dans ce couloir fragile d'espace habitable entouré de barrières naturelles de radiations, de gravité et de rayons cosmiques. Nous nous sommes déployés, comme c'est dans la nature humaine, pour occuper tout le territoire disponible, puis un jour, il y a fort longtemps, nous avons commis exactement ce qui était prédit. Certains êtres humains organiques ont déclenché une supernova artificielle qui a rayé de la carte la moitié de l'empire.

– C'était volontaire ? haletai-je. Pourquoi faire une chose pareille ?

Le proscripteur haussa les épaules.

– Nous sommes tous des descendants de fanatiques. La foi peut inspirer de grands accomplissements, mais certains s'en servent parfois pour justifier des abominations incroyables.

Une telle folie me dépassait. Quelqu'un avait provoqué une apocalypse de façon délibérée.

– C'est à ce moment-là que votre ancêtre Tarantis von Domitrien et moi avons compris que les mises en garde de l'Humanité première recelaient une certaine sagesse, reprit Orthanion. Après la supernova, nous avions perdu une gigantesque quantité de connaissances, et nous nous sommes assurés que personne ne les retrouve – en instituant le décret interdisant les sciences. Nous avons concentré les machines entre les mains des personnes assez responsables pour les utiliser à bon escient.

Il nous regarda chacun tour à tour, et, pour la première fois, son arrogance s'était fissurée, révélant les yeux d'un homme faillible qui avait vécu trop longtemps et commis une erreur catastrophique.

– Cette décision avait pour seul objectif de faire reculer le progrès de quelques pas. Nous voulions être sûrs que des dispositifs aussi destructeurs ne serviraient plus jamais. Je n'aurais pas suggéré cette mesure sans avoir étudié l'histoire et accumulé assez de savoir pour devenir moi-même une autorité sur les questions des affaires humaines. Jamais je n'avais imaginé que les lois élémentaires de la physique disparaîtraient du savoir commun… qu'elles échapperaient même à un *empereur*.

– Vous devriez peut-être mettre plus souvent le nez dehors, rétorqua Tyrus d'un ton acerbe.

– Il est évident que j'ai été trop complaisant, moi qui comptais sur mes prélats pour me tenir informé alors que leurs visites sont aussi espacées… Il s'agit là d'une réprimande sévère de la part du Vif Cosmos pour me punir de mon arrogance.

Je le fixai du regard, stupéfaite par l'immense vanité dont il faisait preuve en croyant que tout évènement était destiné à être un enseignement pour lui.

– Moi qui croyais avoir vu de façon limpide la volonté du Vif Cosmos, il me faut tout reprendre de zéro. Je dois m'interroger sur l'acte d'un empereur… un Domitrien… dont l'amour obsessionnel et inébranlable le pousse à venir me solliciter… Évidemment que c'est à moi qu'il s'adresse, puisque je suis le seul à pouvoir accorder le statut d'humain à cet être…

Il marmonnait presque dans sa barbe, à présent, se creusant la tête pour comprendre pourquoi tout tournait autour de lui.

J'eus soudain envie de le frapper. Je serrai les poings pour réprimer cette pulsion violente, puis je regardai Tyrus, qui se tenait les épaules voûtées. Il paraissait accablé.

– Je comprends à présent la volonté de notre Vif Cosmos, reprit Orthanion en se redressant. L'empereur est tombé amoureux d'une femme à qui *moi seul* peux attribuer la condition humaine, pour que vous veniez jusqu'à moi, que vous me montriez mes erreurs... Oui. Voilà, c'est limpide.

Tyrus le considéra d'un air las. À l'évidence, il songeait au temps que nous avions perdu, au temps que nous étions encore en train de perdre.

– Les miracles se nichent au creux des tragédies, déclara le proscripteur. Et le chemin que nous devons prendre s'est ouvert devant moi de façon aussi lumineuse qu'un lever de soleil. Mon jeune empereur, vous devez entreprendre la plus difficile des missions au nom de votre Vif Cosmos.

Oui, l'envie furieuse de le frapper me chatouillait la main. Face à lui, Tyrus ne parvenait pas à afficher le moindre enthousiasme.

– Vous serez le Domitrien qui restaurera l'étude du savoir scientifique, annonça Orthanion.

Tyrus en resta interdit, et je tournai brusquement la tête... Est-ce que ça se produisait vraiment ? Maintenant ? Après tout ce qui venait de se passer ?

– Vous voulez... qu'on réhabilite les sciences. Après tout ce temps, fit Tyrus.

– C'est exact, mon enfant. Tel est le but que vous devez atteindre. Et je vous ordonne de vous y atteler. Je vous transmettrai tout ce qui se trouve sur notre système, sur nos ordinateurs, toute la connaissance perdue, pour qu'avec votre aide nos contemporains la redécouvrent. Vous chargerez-vous de cette mission ?

Tyrus s'agenouilla devant le proscripteur, partagé entre l'espoir et la stupéfaction absolue.

– Vous attendez de moi que je l'entreprenne pour vous, Votre Ultime Ascendant ?

– Oui. Vous êtes un agent du Vif Cosmos, et vous continuerez à l'être en accomplissant cette tâche des plus considérables. Quant à vous, vous… la créature Némésis. À genoux. Que je touche votre visage.

Déroutée, je faillis trébucher en me mettant à genoux à côté de Tyrus, puis le proscripteur nous présenta une main à chacun et nous laissa les attirer contre nos joues.

– La lumière divine de notre Cosmos vous a conduits à moi, tous les deux, déclara-t-il, les yeux flamboyants de conviction. À présent, elle va illuminer le chemin à suivre, parce que vous me demandez d'accorder le statut d'humain à Némésis, mon jeune empereur. J'irai même plus loin et lui conférerai la marque sacrée de ma bénédiction. Elle est mon agent autant que vous, et je ne crois pas qu'on vous ait placés sur ma route par hasard.

Il nous fit signe de nous relever.

– Nous sommes tous les trois des agents d'une force qui nous dépasse, et n'est-ce pas là la plus magnifique des missions ?

La cérémonie eut lieu dans l'héliosphère même du *Héra*, juste avant que nous atteignions la Cité sacrée.

Le proscripteur ajusta les panneaux réflecteurs autour de lui, et se plaignit de devoir officier avec si peu d'objets liturgiques. Tyrus resta adossé à la paroi, sans cacher la perplexité que lui inspirait ce rebondissement, comme s'il hésitait entre l'accablement et la satisfaction. Je comprenais exactement son état d'esprit et, en m'agenouillant de nouveau devant Orthanion, je fus gagnée par le remords et le sentiment que j'avais triché, et que nous allions le payer très cher.

Puis les optiques pivotèrent et un changement s'opéra.

Ce fut peut-être à cause des diamants qui nous entouraient, ou de la puissance du pulsar, mais, quand la lumière se propagea dans l'héliosphère, je fus saisie par l'illusion que j'existais dans un tout autre univers. Le proscripteur se leva de toute sa hauteur, aussi lumineux que sa statue. La gravité de l'instant m'imprégna profondément, et j'eus l'impression de me détacher de mon corps, de ce moment, car je n'étais pas sûre qu'il soit réel. Le proscripteur ne paraissait plus tendre la main vers moi en qualité de mortel.

Des rangées de coupes sacrées s'embrasèrent, et elles brûlèrent les pourtours de mon champ de vision, tandis que des prismes glissaient tout autour de nous avec les mouvements de la lumière cosmique. La voix du proscripteur retentit comme celle d'un étranger, à la fois douce et sonore :

– Inclinez la tête, Némésis dan Empyreé.

Mon cœur cognait si fort que j'avais l'impression de l'entendre résonner dans toute la salle. Lorsque je fermai les yeux, la puissante luminosité colora mes paupières de rouge, puis je sentis le contact de ses mains… sur ma nuque, sur mes joues.

Des images défilèrent dans ma mémoire à une vitesse étourdissante… le prélat des Empyreé qui me dédaignait, me traitait de chose dépourvue d'étincelle divine… les parois des corrals, impitoyables et infranchissables… le bras de Sidonia tendu vers moi tandis qu'elle me jurait que j'étais dotée d'une étincelle divine…

Les mains d'Orthanion se posèrent sur ma tête, ses paroles s'insinuèrent au plus profond de moi.

– … afin que la matière et l'énergie ne soient jamais détruites mais seulement transformées tandis que j'exalte cette créature agenouillée devant moi…

Mon cœur cognait à se rompre, mon ventre trépidait.

Cette cérémonie avait de *l'importance* pour moi.

Les yeux toujours fermés, j'eus l'impression de revoir Sidonia, telle qu'elle était ce jour-là, tandis qu'elle m'affirmait qu'elle m'aimait, que j'étais constituée de poussière d'étoiles tout comme elle.

L'huile consacrée, chaude et odorante, que le proscripteur m'appliqua lui-même, ruissela sur mes mains. Puis une encre phosphorescente qui couvrait sa main s'illumina sous un flux de lumière radieuse que je crus émise par le pulsar, avant de me rendre compte que… Non… C'était le quasar, l'émanation lumineuse qui s'échappait du trou noir, et qui m'enveloppait de mille couleurs magnifiques.

Je sentis alors une pression entre ma gorge et ma poitrine. Un scalpel laser creusa un motif très fin au-dessus de mon cœur, permettant ainsi à l'encre phosphorescente de pénétrer sous ma peau. Le caractère irréel et exceptionnel de ce moment rendit la douleur insignifiante. Puis le proscripteur m'appliqua du baume de cicatrisation qui referma ma peau sur la marque luisante figurant des soleils concentriques. J'eus l'impression d'être entrée dans un tout nouveau monde, dans une réalité plus vaste, encore habitée par Donia, dont la présence me paraissait si tangible que je la *percevais* comme si elle s'était trouvée à quelques centimètres de moi, en train de m'observer.

Sidonia, ma Donia adorée, faisait à présent partie d'une étoile, d'une lumière ardente semblable à celle qu'elle avait toujours représentée pour moi, ensoleillant les recoins enténébrés de mon âme même quand je doutais d'en avoir une, et enfin je devenais à mon tour un élément de cette lumière.

Merci, Donia, pensai-je, débordant de tant d'affection pour elle en cet instant que l'émotion sembla transpercer mon âme. Je sus alors qu'elle avait accompli sa destinée, et que je l'y rejoindrais un jour, moi aussi, car j'étais enfin une personne.

Le proscripteur s'écarta. Je me levai devant lui en tant que Némésis Empyreé, future impératrice de la galaxie. En tant que véritable être humain. Tyrus n'était plus avachi contre le mur d'un air las, mais il me contemplait d'un regard joyeux, rempli d'amour. Pour une fois, lorsque je lui rendis son sourire, je sus d'instinct qu'un sentiment aussi intense illuminait mon visage, car c'était à lui que je devais cette victoire.

Je venais de naître à l'humanité. Enfin, j'y avais ma place.

20

Quitter la Cité sacrée se révéla plus facile que d'y pénétrer, car on nous fournit un itinéraire précis à programmer dans le système d'autopilotage du *Héra*. Nous avions manqué de peu la fin de la fenêtre gravitationnelle par laquelle nous étions arrivés, mais nous avions ramené le proscripteur à temps pour profiter de la suivante.

– Je vais former des dizaines d'inquisiteurs et de prélats à la nouvelle lecture de mon décret, nous avait indiqué le proscripteur au moment de nous séparer. J'ai laissé un guide calendaire des fenêtres gravitationnelles dans votre base de données. Mes prélats ne seront pas prêts tout de suite, pas dans votre espace temporel en tout cas, mais ils seront préparés pour l'entreprise que nous voulons conduire dans trois de vos années.

– Je vous remercie, avait dit Tyrus.

Puis nous étions partis. La beauté de la cérémonie étant à présent derrière nous, Tyrus bouillonnait d'une anxiété réprimée. Il s'installa près de la vitre, les poings serrés sous ses bras croisés, en contemplant l'espace comme s'il pouvait faire avancer le vaisseau plus vite par la seule force de son esprit.

Lui qui planifiait depuis toujours chaque étape de sa vie et les dix suivantes – y compris des plans de rechange pour tous les scénarios qu'il échafaudait –, ce contretemps inattendu devait l'horrifier.

– Onze mois, maugréa-t-il pour lui-même, comme s'il ne parvenait pas à se faire à cette idée. À notre retour du système transaturnin, nous serons partis presque un an. Pendant notre absence, des enfants ont eu le temps d'être conçus et de naître, alors qu'au moment de notre départ un conflit était sur le point d'éclater. Puissent les astres nous aider !

– Quelles que soient les difficultés qui nous attendent, nous nous en sortirons.

C'étaient là des paroles creuses, mais j'y croyais dur comme fer.

Tyrus appuya le front contre la vitre et ferma les yeux de toutes ses forces.

– Nous ne pouvons pas entrer dans l'hyperespace avant d'être dégagés de la gravité du système. Ce sera donc… dans huit heures. Nous avons huit heures à ronger notre frein, puis des semaines de voyage dans l'hyperespace. C'est un temps que nous n'avons pas le luxe de perdre, même si maintenant ça ne changera pas grand-chose. Onze mois…

– Nous n'y pouvons plus rien. Nous aurions pu être absents beaucoup plus longtemps.

– Ça aurait peut-être été mieux, d'ailleurs. Dix ans. Ou un siècle. À notre retour, nous aurions trouvé une galaxie tellement différente que ça n'aurait plus eu d'importance, raisonna-t-il d'un débit sec et rapide. Mais, là, nous revenons dans les circonstances les moins favorables… Ma cousine est morte, et je n'étais pas là pour contrôler les répercussions de sa disparition. Pasus a dû s'armer et rassembler ses alliés, alors que moi… j'ai abandonné les miens. Ils me croient sans doute mort. Tous les espions qui me renseignaient se seront mis au service d'un nouveau maître depuis un bon bout de temps. Par le feu d'Hélios, nous sommes abandonnés à nous-mêmes.

– Tyrus, l'interrompis-je.

Je pris son visage entre mes mains, et il cligna mollement des yeux, comme s'il était surpris de me voir, puis je poursuivis :

– Il y a encore une personne sur qui nous pouvons compter.

Il me considéra d'un air absent, sans comprendre.

– Néveni, précisai-je. Elle était au courant.

– Elle leur aura indiqué où nous sommes allés. Ce sont les instructions que nous lui avions laissées au cas où nous ne serions pas rentrés au bout d'un mois.

– Exact. Et maintenant elle va nous raconter ce que nous avons manqué. Pasus a fait exécuter sa mère, alors crois-moi, on peut se fier à elle.

– C'est une excédente qui ne vit même pas à la cour ; nous n'obtiendrons d'elle que des on-dit.

– Peut-être, mais elle entretient des liens avec de nombreux Lumines qui *eux* y résident.

– C'est juste.

– Ensuite nous irons voir quelqu'un en qui tu peux avoir confiance, et nous le questionnerons. En qui as-tu confiance ?

Il me dévisagea quelques instants et esquissa un sourire.

– Toi.

– Et sinon, qui d'autre ? répondis-je, avant de lui tapoter doucement la joue en feignant de lui donner une gifle.

Mais ma légèreté glissa sur lui. Il s'adossa contre la baie vitrée.

– Némésis, j'ai payé pour m'assurer la loyauté des uns et des autres. Tous ceux que j'ai payés sont à la solde de quelqu'un d'autre, maintenant. Il est tout à fait impossible d'établir des relations profondes avec quelqu'un tout en se faisant passer pour un fou et en s'imposant de ne se fier à personne. J'ai mis au point un système de loyauté où un élément en surveille un autre, mais ça ne fonctionne pas si je ne suis pas là pour tout superviser.

– Nous allons y remédier à notre retour, murmurai-je. Nous devons trouver un moyen d'engranger des soutiens.

– À condition que nous vivions assez longtemps. Il se peut que l'empire soit dirigé par un nouveau gouvernement. Nous… nous pourrons nous appuyer sur l'animosité que demoiselle Sagnau nourrit envers Pasus. Et pour la suite…

Il regarda autour de nous.

– Si seulement nous avions un autre vaisseau.

– C'est grâce au *Héra* que nous sommes encore en vie.

– Oui, cet appareil a été une aubaine. À présent, c'est un poids. Ce bâtiment est trop reconnaissable. Si nous en avions un autre à disposition, nous ferions route vers l'endroit le plus visible possible. Eurydice, peut-être.

Je connaissais cette planète. C'était la plus riche des provinces impériales, et le centre névralgique des médias galactiques.

Il se massa les tempes.

– Malheureusement, nous n'y accéderons jamais à bord de ce vaisseau. Nos ennemis nous verraient arriver beaucoup trop à l'avance, ils auraient trop d'occasions de nous arrêter.

– Alors pourquoi ne pas nous rendre directement au Chrysanthème ?

Il me regarda en étudiant cette possibilité.

– Réfléchis, Tyrus. Nous sommes tous les deux très rapides. Le couloir d'accès est trop étroit pour qu'on nous y pourchasse. Nous aurons atteint le palais avant même que quelqu'un ait pu organiser une embuscade efficace.

– Une fois là-bas, nous serons pratiquement pris au piège, tempéra-t-il.

– Ça fait presque un an que nous sommes partis, comme tu l'as dit. Personne ne s'attendra à nous voir surgir. Aucune des solutions qui s'offrent à nous n'est vraiment satisfaisante, mais celle-ci, c'est la meilleure.

Il pressa de nouveau le front contre la vitre, puis lâcha un soupir saccadé, signe de sa tension extrême.

J'avais pour ma part l'impression de flotter en toute quiétude dans un océan d'une douceur exquise. Je m'approchai de lui, passai la main sur les muscles crispés de son dos, et le sentit se détendre. Mes yeux ne cessaient de dériver vers mes bras nus, car quelque chose en moi avait remué lorsque la lumière astrale m'avait baignée. J'étais une vraie personne. C'était enfin une réalité. Un curieux sentiment de paix m'imprégnait tout entière, et je me demandai si je semblais changée.

Tyrus me décocha un regard, les paupières lourdes, un sourire au coin des lèvres.

– Tu es lumineuse.

– Je suis un véritable être humain, maintenant.

Il se tourna vers moi. Ses larges mains se posèrent sur mes hanches.

– Ne le répète pas au proscripteur, me susurra-t-il à l'oreille, mais je crois que tu l'es depuis toujours.

– Blasphème, plaisantai-je.

Je ressentis un changement très subtil en moi, comme une décharge électrique, un bourdonnement. Je me laissai aller dans ses bras, et il guida mes lèvres jusqu'aux siennes. Je les entrouvris, goûtai la douceur de sa langue, et il répondit avec une ferveur qui me fit trembler comme une feuille. Je repliai une jambe autour de lui pour l'attirer plus près, tout contre moi, et il poussa un petit gémissement qui me fit sourire.

Alors tout se fit immobile – le vaisseau, la galaxie, l'empire, et je n'eus plus conscience que de la chaleur de Tyrus, de son goût, de sa peau, puis j'enfouis mon visage au creux de son cou.

Maintenant.

Mes doigts s'enchevêtrèrent dans ses cheveux cuivrés, et mes lèvres effleurèrent son oreille.

– Je suis prête.

Les yeux bleus de Tyrus se tournèrent vivement vers les miens, électrisés par le désir.

– Tu es sûre ?

– Oui. Je t'aime. Je suis sûre.

– Moi aussi, je t'aime, Némésis. Tu n'imagines pas à quel point.

Nos baisers enfiévrés nous accompagnèrent tout le temps que nous traversâmes le vaisseau, la sensation enivrante que tout était possible et splendide imprégnant ce moment que j'aurais voulu capturer et pouvoir revivre à l'infini. J'étais son égale, un enfant du Vif Cosmos, et ma seule volonté à présent était de lui montrer combien je l'aimais. Je voulus nous diriger vers ma chambre, mais il m'entraîna dans la première qui vint. Je ris en songeant que *toutes* ces chambres étaient les miennes, dorénavant… Flottant sur un nuage de bonheur, je le touchai et le goûtai encore, jamais rassasiée ; ses baisers brûlants couvraient ma peau d'un feu exquis. Puis il s'étendit au-dessus de moi, appuyé sur ses bras aux muscles noueux, et nous nous regardâmes dans les yeux. Je sentais dans mon dos la fraîcheur des draps de soie, et la chaleur du corps de Tyrus irradiait dans le mien…

Il profita de ce moment fébrile pour me contempler comme s'il admirait le mystère le plus prodigieux du cosmos.

– C'est incroyable que nous soyons ici tous les deux, me confia-t-il. Je n'en reviens pas que nous nous soyons trouvés.

Je comprenais son émerveillement. Traversée tout entière par la magie de ce miracle, j'enroulai mes jambes autour de lui pour l'attirer plus près.

Nos corps radieux formèrent des reflets fantomatiques brasillant dans la lumière éclatante du système astral. Il était mien, j'étais sienne, et l'espace d'un instant fugace, alors que nous nous étreignions de nouveau dans le néant infini qui nous entourait, loin des regards indiscrets, plus rien n'exista d'autre que nous deux, et l'univers s'embrasa d'un feu doré.

Lorsque je me réveillai, le corps trépidant d'une joie immense, Tyrus me contemplait en traçant des cercles avec le pouce sur mes hanches nues. Il sourit quand nos regards se croisèrent, et nous partageâmes ce moment de douce satisfaction brumeuse sous les draps blanc ivoire.

– Quelle heure est-il ? demandai-je d'une voix rauque.

– Ça a de l'importance ?

– Mmmh… non.

Nous nous adressâmes un sourire un peu niais, comme si nous étions un jeune couple comme les autres.

Mais ce n'était pas le cas.

Ça ne l'avait jamais été.

Il me fallait protéger notre singularité. Nous protéger, nous.

Cette réalité me réveilla tout à fait.

Je me redressai dans le lit.

– Dans combien de temps pourrons-nous entrer dans l'hyperespace ? Il faudrait que je joigne Néveni dès que nous aurons retrouvé l'espace temporel normal.

Un silence épais s'installa.

– Nous avons quitté le système transaturnin il y a une demi-heure, répondit Tyrus d'un ton curieux en contemplant le plafond.

– Tu l'as déjà contactée ? lui demandai-je.

Ses cils papillonnèrent.

– Je... Non, pas encore.

Il me regarda.

– Je pensais que nous en discuterions d'abord.

– Qu'est-ce qui n'est pas clair, pour toi ?

– Nous sommes partis très longtemps. Nous n'avons pas calculé notre entrée par la fenêtre gravitationnelle... Il aurait suffi d'un court décalage pour que nous la manquions et soyons détruits. Il est possible qu'on nous croie morts.

– Exact. Comme ça, à notre retour, nous bénéficierons de l'effet de surprise.

Je ramenai les draps soyeux autour moi et remarquai que Tyrus lorgna aussitôt ma jambe nue, à présent découverte. Je trouvais gratifiants ces petits réflexes incontrôlés, qui me remémoraient que sous sa carapace, malgré son sens de la discipline et sa maîtrise de soi, Tyrus restait un garçon de dix-neuf ans subjugué par ma beauté.

Tyrus prit ma joue dans sa large paume et me caressa le visage.

– Je ne pensais à rien d'autre qu'à… qu'à t'admirer. Et, là, je me suis souvenu que j'étais en retard dans mes prises de stupéfiants… J'ai oublié ma dose d'aujourd'hui, et soudain une idée m'est venue : et si je ne me donnais pas cette peine ?

Je le considérai d'un air absent. S'il n'avait pas envie de consommer de drogues, rien ne l'y contraignait. C'était lui qui s'imposait ce régime. Personne d'autre.

Il eut un petit rire et m'attira contre lui.

– Et si, reprit-il d'une voix rocailleuse, je ne me fatiguais pas à m'astreindre à cette méthode parce que je n'en ai plus *besoin*… parce qu'il y a un an, l'empereur Tyrus von Domitrien a disparu avec sa future femme, et… et qu'il n'est jamais revenu.

Le caractère absurde de cette idée me fit sourire, mais Tyrus demeura d'un sérieux absolu.

– Ils nous croient morts, Némésis. Si nous le voulons, ça peut rester comme ça.

Il me caressait, le regard dans le vague.

– Je l'ai déjà fait. Il y a des années. Après l'assassinat de ma mère, j'ai échappé à ceux qui l'ont tuée... J'en ai eu assez d'être un Domitrien, alors j'ai arraché ma puce d'identification. Avec les dents, sur un coup de tête, et je l'ai écrasée. Ensuite, j'ai embarqué clandestinement à bord d'un vaisseau, avec l'intention de m'évaporer.

– Tu ne me l'as jamais raconté, ça.

– Je n'en ai jamais parlé à personne, expliqua-t-il d'une voix posée. J'avais un père, tu vois. « Père », dans le sens très large du terme, bien sûr, puisque c'était un excédent qui ne savait même pas que ma mère avait choisi son ADN pour avoir un enfant. J'ai retrouvé sa trace, je me suis présenté à sa porte et j'ai enfin rencontré cet homme roux au visage parsemé de taches de rousseur et à la barbe énorme, qui était affreux... d'une laideur inouïe.

Je m'esclaffai.

– Là, je ne te crois pas.

– C'est pourtant vrai. Tu n'imagines pas combien je l'ai trouvé repoussant, insista Tyrus avec un sourire facétieux. Je n'avais pas encore croisé assez de gens qui ne recouraient pas aux esthétibots. Et Arion... c'était son nom... était beaucoup trop exposé aux rayonnements solaires, aux produits chimiques, et il participait à de trop nombreuses bagarres...

D'un geste affectueux, il toucha mon nez voilé, vestige des innombrables combats qui avaient peuplé mon passé.

– Je voulais qu'il me reconnaisse comme son fils, pour qu'on m'attribue une nouvelle puce d'identité, mais mon plan brillant a échoué. Arion avait un mari. Il ne s'était jamais intéressé aux femmes, alors je ne pouvais pas me faire passer pour le rejeton d'une ancienne conquête. Il a découvert le pot aux roses, parce que mon accent d'excédent était tellement médiocre que mes intonations habituelles m'ont échappé. Il était d'une intelligence redoutable.

– Ça, on s'en serait douté.

– Il a appris que j'étais un Domitrien. Il devait savoir que, si mes proches me trouvaient chez lui, ils feraient exécuter toute sa famille pour le punir de m'avoir caché.

Je posai le menton sur sa poitrine, devinant qu'il ne pouvait y avoir d'issue heureuse à son histoire, car sinon il m'aurait parlé d'Arion plus tôt.

– Pourtant, murmura Tyrus, Arion m'a accueilli. Je suis resté chez lui presque un an. J'aurais pu passer ma vie entière sur sa planète.

Soudain, je compris et demandai :

– Et puis il y a eu l'espace dévoreur ?

Il ferma les yeux.

– Les habitants croyaient sincèrement qu'ils pouvaient... résoudre ce problème par eux-mêmes. Ils n'ont pas voulu évacuer. Ils ont imposé un embargo sur les informations qui quittaient la planète, au risque de retarder l'intervention d'une flotte d'évacuation jusqu'à ce qu'il soit trop tard et que personne ne puisse plus leur venir en aide. C'était ridicule, mais ils n'ont rien voulu savoir. Et moi, je ne pouvais pas leur expliquer qu'ils commettaient une erreur. Je n'étais qu'un gamin. La grandiloquie me considérait avant tout comme un Domitrien, mais pour les excédents seul l'âge compte. Un enfant n'a pas voix au chapitre, ce n'est qu'un être insignifiant qu'il faut rassurer par des paroles creuses, des bonbons et des câlins. Ils allaient tous mourir, et j'étais incapable de les faire changer d'avis.

– Ils croyaient vraiment qu'ils allaient pouvoir résoudre seuls un problème que l'empire tout entier n'avait pas réussi à régler ?

– Ils n'avaient pas le recul nécessaire. La plupart n'avaient même jamais quitté leur planète. On ne peut pas concevoir l'immensité de l'empire si on ne l'a pas vue de ses propres yeux. Moi je savais qu'on avait déjà fourni des efforts considérables pour étudier ce monstre qui grandissait dans leur ciel et pour tenter de le vaincre, mais pas eux. Quand il est devenu évident que je ne parviendrais jamais à les convaincre, j'ai dû… j'ai dû contacter mon oncle et lui annoncer que j'étais vivant.

– Oh, mince.

Tyrus avait donc indiqué à sa famille où il se trouvait. L'empire, connaissant alors la situation de cette planète, avait dû entreprendre son évacuation.

– Et ton père ?

Il secoua la tête.

Bien sûr, Arion n'avait pas survécu. Randevald et Cygna n'avaient pu montrer aucune clémence pour un excédent qui avait osé leur cacher un Domitrien.

– Nous en avons peut-être fait assez, reprit Tyrus d'un ton calme. Le proscripteur est en train de former ses prélats. Il va s'assurer que son décret soit connu de tous. Et si c'était la solution que je m'étais fait serment de rechercher ? Nous avons peut-être rempli notre mission.

Je sortis du lit, fouillai dans le tas de ses vêtements, sous lesquels un objet formait une bosse : le coffret qui contenait le décret du proscripteur. L'ordre de réhabilitation des sciences. Le but que Tyrus cherchait à atteindre depuis toujours, la mission justifiant qu'il ait survécu quand tant d'autres avaient péri.

Les moyens ne manquaient pas pour diffuser le décret dans la galaxie sans que nous soyons obligés de rentrer.

– Nous irions où ? lui demandai-je.

Il fixait le coffret du regard.

– Nous attendons la prochaine fenêtre gravitationnelle, puis nous nous rapprochons du trou noir. Pour nous, ça ne durerait pas longtemps. Quelques mois. La clé, ce serait de trouver un endroit où le vaisseau ne finirait pas broyé.

Quelques mois passés hors du temps, et nous pourrions tout quitter. Drôle de programme.

En ce qui me concernait, rien ne m'en empêchait. Je n'abandonnerais que Néveni, mais il était de toute façon fort probable qu'elle me croie morte et qu'elle ait déjà tiré un trait sur moi. Je pouvais délaisser ce présent sans aucun mal. Notre vaisseau avait une grande valeur. Je supposais que nous pourrions le vendre, ou l'habiter et y vivre confortablement.

Puis je regardai Tyrus et eus la profonde certitude qu'il n'en était pas capable, lui.

Pas avec autant de facilité que moi.

Je serrai le coffret plus fort. Tyrus avait obtenu le soutien du proscripteur – un premier pas vers la justification de ses actes. Mais il s'agissait d'un décret, et il fallait que quelqu'un l'applique. Orthanion était un théoricien érudit, pas un chef qui supervisait l'exécution de ses ordres. Si après des années d'absence nous découvrions que personne n'avait rien résolu... Tyrus s'en mordrait les doigts toute sa vie.

Même si on trouvait la solution au problème de l'espace dévoreur, Tyrus ne supporterait pas d'avoir fui ses responsabilités. Il ne s'en remettrait jamais. Je le connaissais trop bien. Il verrait comme une défaillance de sa part tout ce qui irait de travers – car rien ne se passait jamais à la perfection. Il considérerait qu'il n'avait pas accompli son devoir.

Ma certitude ne cessa de croître ; même s'il ne s'en rendait pas compte, sa façon de penser n'avait aucun secret pour moi.

J'allais donc repousser sa proposition et ôter de ses épaules le fardeau du refus.

Il redoutait ce qui nous attendait, l'inconnu que nous allions bientôt devoir affronter. Je serais sa force.

– Non, nous ne pouvons pas partir, affirmai-je en revenant vers lui, avant de le laisser me prendre dans ses bras. C'est très tentant...

Je caressai le creux de sa joue.

– … mais ça ne te ressemble pas. Est-ce que tu oublies le déséquilibre entre l'excédent et la grandiloquie ? Et la stagnation de l'empire ?

– Quelqu'un d'autre réglera ces problèmes. Il y a toujours quelqu'un pour trouver une solution.

– Oui, quelqu'un comme toi. C'est donc toi qui vas t'en charger. Nous allons rentrer, faire le nécessaire pour survivre, et ensuite nous exécuterons nos projets. Quoi qu'il arrive, nous ferons face.

Il resta silencieux un long moment, le temps d'intégrer mes arguments. Puis ses lèvres effleurèrent mon épaule.

– À une condition, alors. Nous contactons Sagnau… mais seulement quand tu m'auras confié ce que tu attends de cette vie à la tête de l'empire.

– Ce que j'attends ? Comment ça ?

Il se pencha pour s'emparer du sceptre, posé sur la table de chevet.

– Ce qui vient avec le pouvoir, c'est un engagement à vie. C'est plus définitif que le mariage. Tu n'auras plus jamais de vie privée, on te soumettra des exigences en permanence, même quand tu seras fatiguée, même quand tu seras vieille, et, une fois que ça commence, il n'existe plus aucun moyen d'y échapper. Dis-moi ce que tu as l'intention d'accomplir en tant qu'impératrice de la galaxie. Réfléchis-y bien avant d'être piégée dans ce rôle de façon irréversible.

Je lui pris la crosse des mains et l'observai. Je soupesai le bâton, caressai son métal tiède, admirai ses pierres précieuses qui scintillaient à la lumière des astres.

Répondre à cette question aurait dû m'être plus facile : que souhaitais-je accomplir en tant qu'impératrice ? J'avais toujours adapté mes pensées au point de vue de Tyrus. Et avant lui, à celui de Donia. Avais-je jamais pris le temps de songer à mes propres désirs ?

Et pourtant… j'avais bel et bien un rêve. Moi aussi, quelque chose me tenait à cœur. Ce fut une révélation.

– Je veux interdire l'usage des serviteurs.

Dès que j'eus énoncé cette volonté, je sus que ce serait un accomplissement d'une grande portée. Saisie par l'enthousiasme, je me redressai à toute vitesse.

– Tyrus, les serviteurs ne s'occupent de rien qui ne puisse être réalisé par un servibot. Ils n'ont même pas d'instinct de survie et se laissent tuer sans broncher. Nous avons vu ton oncle ordonner à l'une d'elles de s'écorcher vive, et elle… la pauvre, elle a obéi. Comment les grandiloquins peuvent-ils accorder la moindre valeur à des créatures humanoïdes s'ils sont entourés de serviteurs toute leur vie ?

Tyrus se fit songeur.

– C'est à leur contact qu'ils apprennent à dénigrer les autres.

– Oui.

– Les excédents les méprisent, eux aussi.

– C'est vrai, dis-je en lui saisissant le menton. Voilà ce que tu peux accomplir pour moi.

Puis je me repris :

– Non, voilà ce que *moi* je peux accomplir. C'est ce que je veux entreprendre. Pour tous. Pas juste les serviteurs, mais aussi les harmonides. Toutes les créatures humanoïdes, Tyrus. Nous pouvons mettre fin à ces pratiques abjectes.

– Je te jure que nous le ferons.

Nous échangeâmes un baiser passionné. La perspective grisante de tout ce qui se profilait à l'horizon chassa les dernières traces de mes craintes.

Enfin, nous prévînmes Néveni que nous étions toujours en vie.

21

Némésis, je suis ravie d'avoir de tes nouvelles.

Le plus important d'abord : la Prime héritière est morte. C'est arrivé deux semaines après ton départ. Je ne connais pas tout en détail, mais, comme tu t'en doutes, je ne parviens pas à sécher mes larmes...

– Là, c'est du sarcasme, précisai-je à Tyrus, Devineé et son mari ayant drogué Néveni pour abuser d'elle.

Pasus a disparu. Aucune nouvelle de lui, et d'après mes sources personne ne l'a vu à bord du Chrysanthème.

J'ai attendu un mois, et enfin j'ai informé les alliés de Tyrus de votre destination. Ils ont envoyé quelques vaisseaux à votre recherche dans le système transaturnin, mais ils n'ont jamais pu établir le contact...

Je jetai un coup d'œil à Tyrus.

– Ils ont dû manquer la fenêtre gravitationnelle, murmurai-je.

Il hocha la tête. Une voix synthétique récitait le message chiffré que Néveni nous avait transmis. J'ignorai comment fonctionnait le procédé de cryptage que Tyrus lui avait remis, mais de toute évidence Néveni en avait compris le fonctionnement.

Nous écoutâmes le reste. Les membres du gouvernement de Lumina poursuivaient les pourparlers avec l'empire pour déterminer les termes précis de leur autonomie. Depuis cinq mois, aucune information à ce sujet ne filtrait dans la presse galactique.

Tyrus parut clairement soulagé d'apprendre que le processus avait suivi son cours en son absence.

– Il faut qu'ils encadrent leur départ avec le plus grand soin, indiqua-t-il. Il n'y a rien d'anormal.

Sans Pasus, la coalition de sénateurs dissidents s'était désagrégée. Locklaite, Aton et les autres étaient revenus furtivement sur le Chrysanthème, mais les alliés de Tyrus les avaient évincés du pouvoir.

Tous les mois, on avait fabriqué de fausses transmissions dans lesquelles un double de Tyrus s'adressait à la galaxie, pour que l'on continue à croire que lui et moi n'étions pas absents. L'empire tout entier ignorait notre disparition, et l'on pensait encore que Tyrus s'était reclus dans un deuil profond après avoir perdu sa cousine, le dernier membre de sa famille.

Pour finir, je vais me rendre sur le Chrysanthème pour t'accueillir à ton retour. J'y serai sans doute quelques jours avant. Le processus d'indépendance de Lumina a bien avancé, et il sera utile de te mettre au courant. Bon voyage de retour !

Ton amie, Néveni.

Le silence envahit la salle.

Je lançai un regard en biais à Tyrus, qui était assis les bras croisés, raide, la tête levée vers le haut-parleur au plafond.

– Qu'est-ce qui ne va pas ? Je crois qu'on n'aurait pas pu espérer mieux.

Il se frotta le menton.

– Oui, fit-il d'une voix traînante au bout d'un moment. Justement... ça m'inquiète. C'est trop parfait.

– J'ai toute confiance en Néveni. Je comprends que ce ne soit pas ton cas... mais est-ce que tu peux te fier à mon jugement ?

– Oui, j'ai confiance en toi.

Nous eûmes beau prendre la direction du système hexasolaire et amorcer enfin notre saut dans l'hyperespace, il resta à cran. Le voyage jusqu'au Chrysanthème fut dépourvu du plaisir que nous avions eu pendant notre vol vers Lumina.

Avant de passer en vitesse superluminique, Tyrus avait archivé toutes les dépêches qu'il avait pu récolter, à la fois auprès d'organes de presse respectables et de médias à sensation. Dans tous les cas, les nouvelles étaient tout aussi fictives. Les sources nobles livraient un récit public des évènements actuels tels que le Chrysanthème souhaitait les voir perçus par l'excédent... Il s'agissait pour ainsi dire de l'opinion « consensuelle ». Malgré la fiabilité discutable de ces nouvelles, Tyrus les consulta surtout pour se faire une idée de ce qu'on croyait dans le reste de l'empire. Si les transmissions avaient été toutes à charge contre lui, cela l'aurait averti qu'un danger nous attendait sur le Chrysanthème.

Rien n'éveilla nos soupçons.

– Ceux qui dirigent le Chrysanthème ont ordonné aux médias de ne pas salir ma réputation. Ils auraient fait l'inverse s'ils avaient voulu préparer le terrain pour ma destitution, analysa Tyrus. Mais ils ont protégé mon image.

Il passa ensuite des heures à parcourir les autres communications, les articles alimentés par les on-dit et les rumeurs. Certaines provenaient d'émissions racoleuses, d'autres de sources d'informations autoproclamées qui œuvraient de façon indépendante... De celles que Randevald von Domitrien avait de temps en temps fait interdire des ondes après qu'elles avaient diffusé des nouvelles trop proches de la vérité.

En ce qui nous concernait, la vérité était dans l'ensemble noyée dans un marécage de conjectures grotesques ou d'inventions et de mensonges purs, mais les points qui se recoupaient nous permirent d'isoler les éléments véridiques contenus dans le consensus officiel.

Le soir précédant le jour de notre arrivée, j'entrai dans la chambre de Tyrus, où je le trouvai endormi. Il ronflait, même... ce qui ne lui arrivait jamais. À l'écran passait une émission ridicule, dans laquelle on évoquait sans vergogne les parasites cérébraux extraterrestres qui contrôlaient soi-disant la grandiloquie.

« … prétendent qu'ils consomment des stupéfiants à des fins récréatives ou spirituelles, mais c'est un mensonge. Ces drogues sont la principale source nutritive des symbionts de Screekuth… »

Ces inepties me firent sourire. Tyrus avait la bouche ouverte, et sa tête reposait sur un tas de tablettes électroniques. J'en extirpai une de sa main et survolai le texte.

« … potentiel chimique de la masse d'un quark strange… »

Il leva la tête.

– Ça vient de la Cité sacrée, dit-il en mâchant ses mots.

Il avait la malchance d'avoir le sommeil léger. Moi aussi, mais je n'avais pas besoin de dormir autant qu'un humain normal.

– La masse d'un quark strange ? Qu'est-ce que c'est ?

– Je ne sais pas, je suis largué. J'ai passé un temps fou à essayer de piger ce que je lis, et puis…

Il écarta vivement les mains.

– Stop, ordonnai-je à l'écran, et l'émission absurde au sujet des symbionts de Screekuth fut coupée. Ça ne doit pas aider, ces âneries.

Il se frotta les yeux.

– Même dans le calme, je ne crois pas pouvoir comprendre ce que ça raconte, Némésis. Ça se réfère à des théorèmes mathématiques dont je n'ai jamais entendu parler. J'ai fait des recherches, mais je ne sais même pas ce que les symboles représentent. Je ne suis pas capable de déchiffrer ce que j'ai sous les yeux.

– Tu n'as peut-être pas la bosse des sciences.

Il inclina la tête en arrière pour me regarder.

– Tu insinues que je ne suis pas futé, mon amour ?

De toute sa vie, on ne l'avait sans doute jamais accusé d'être idiot, mais j'avais envie de le provoquer, de lui changer les idées, aussi fis-je mine de me creuser la cervelle.

– Tu mets beaucoup trop de temps à me répondre ! s'exclama Tyrus en feignant de se vexer.

– Pardonnez-moi, Votre Suprématie. Je me rappelais votre grand talent pour allumer un feu à la main. Un homme des cavernes de la vieille planète Terre ne vous aurait pas trouvé très futé, en effet.

– J'aimerais bien voir cet homme préhistorique devenir le chef suprême de la galaxie, rétorqua-t-il en secouant la tête d'un air dépité. Même si cet homme primitif serait peut-être plus compétent que moi pour cette fonction, en ce qui concerne ces documents.

Je lui attrapai les mains et le tirai en arrière pour l'aider à se lever ; il vacilla de fatigue.

– Je viens d'apprendre que les grandiloquins ont des parasites cérébraux extraterrestres, dis-je.

– C'est vrai ?

– Hmmm. Oui.

– Tu as entendu ça dans l'émission très fiable où l'on révèle que tu es un androïde sexuel doué d'intelligence ?

– Je n'ai pas regardé jusque-là, répondis-je. En tout cas, maintenant que je sais que tu es infesté par un parasite cérébral… eh bien, ça explique beaucoup de choses à ton sujet.

– Il a fallu que tu découvres la vérité, malheureuse !

Puis il me serra dans ses bras et m'embrassa, et, pendant un moment, nous ne pensâmes plus à ce que nous allions devoir affronter le lendemain.

Notre répit dura jusqu'au matin, lorsque nous sortîmes de l'hyperespace. Tous les vaisseaux du système hexasolaire nous détectèrent sur leur écran radar, et après vingt bonnes secondes de délai, sans doute dues à la stupéfaction généralisée, un déluge de transmissions s'abattit sur nous – une véritable avalanche de messages de bienvenue. Amador était enchanté que nous soyons de retour, et il souhaitait se plaindre de la cupide Grandeé Wallstrom... Wallstrom nous adressa quant à elle un salut des plus succincts et se déclara très mécontente d'Amador et de Fordyce, et...

Le flot fut ininterrompu tout le temps que le *Héra* se fraya un chemin dans la gravité anarchique du système de six étoiles. On nous saluait, on se disait ravi que l'empereur soit revenu ! Chaque grandiloquin affirmait que lui seul ou elle seule n'avait jamais douté de son retour, tous critiquaient la mauvaise conduite de tel ou tel rival politique.

– Qu'Hélios nous vienne en aide, maugréa Tyrus en se passant les mains sur le visage. Ils sont restés exactement les mêmes.

Mais, lorsqu'il leva les yeux au ciel et s'apprêta à répondre aux transmissions les plus vitales, je le sentis détendu pour la première fois depuis que nous avions appris l'existence de la théorie de la relativité. Après nous être arrimés au *Valor Novus*, nous émergeâmes dans une foule agitée de courtisans déjà avides de parler à l'empereur, et Tyrus m'attira plus près de lui pour me chuchoter à l'oreille :

– La priorité, notre première action, c'est de rassembler la haute grandiloquie dans la salle impériale.

– Tu as le décret à portée de main ?

– Ce n'est pas tout ce que je veux leur montrer.

Son doigt caressa mon épaule, et je souris en pensant à la marque du proscripteur.

– Némésis !

De nombreuses voix criaient mon nom à notre passage à travers la multitude, mais cette voix-là, celle de Néveni, capta mon attention. Je vis mon amie en marge de l'assemblée, juste à côté d'une embrasure, et lorsque nos regards se croisèrent elle me fit signe de venir à sa rencontre.

Tyrus la vit aussi.

Il donna de petits coups sur son oreille, pour me rappeler de rester en contact à la première anomalie. Puis je me dirigeai vers Néveni, qui me tournait le dos et scrutait ses pieds.

Un fourmillement de malaise m'envahit.

– Néveni, qu'est-ce qui se passe ?

Sa voix ne fut qu'un chuchotis :

– Je suis désolée.

Puis j'entendis un bourdonnement étrange tandis qu'on s'emparait de moi par-derrière et qu'on m'immobilisait au sol. Ma main fila à mon oreille, mais quelqu'un d'autre avait déjà arraché mon transmetteur. J'eus beau pousser de toutes mes forces sur mes bras, je fus incapable de me lever. Je ne parvins pas à me libérer de la main plaquée sur ma bouche...

Néveni m'observait d'un air hagard, parmi la foule placée stratégiquement – je m'en rendais compte à présent – pour me cacher à la vue de Tyrus. Puis une projection jaillit d'un visiocercle. Un double de moi, qui adressa un signe de la main à Tyrus. Un homme apparut dans mon champ de vision.

Mon sang se glaça.

C'était Pasus.

Un de ses domestiques lui tendit l'oreillette. Un bandeau métallique – un transformateur vocal – enserrait la gorge du sénateur.

– Par ici, Tyrus, déclara Pasus. Tout va bien. Je te rejoins tout de suite.

Les lèvres de mon double holographique remuèrent simultanément avec ses mots !

Ne l'écoute pas, Tyrus, ne crois pas ce que tu entends ! pensai-je, de plus en plus inquiète de la faiblesse de mes membres. Puis un domestique massif, aux ordres de Pasus, s'avança et m'asséna un coup de pied à la tête.

22

J'avais besoin d'air. Je suffoquais.

Un vrombissement grave résonnait autour de moi.

Je repris connaissance petit à petit. Lorsque je penchai la tête en arrière pour soulager la pression sur ma gorge, je me cognai contre le mur, et le choc me réveilla tout à fait. Un arceau de métal froid, en forme de U, m'entourait le cou et m'immobilisait magnétiquement contre la surface à laquelle j'étais adossée… Je portai vivement les mains à mon cou et palpai le collier. C'était un carcan mobile, de ceux qui pouvaient toujours se révéler utiles à bord d'un vaisseau.

Je tirai dessus.

Il ne s'écarta pas du mur. Dans un tourbillon de souvenirs, je me rappelai comment j'avais atterri là, et l'horrible réalité me rattrapa.

Néveni.

C'était un piège.

On nous avait tendu une embuscade.

– Bonjour, Némésis.

Je levai brusquement les yeux vers la voix. Le sénateur von Pasus était là en face de moi, en vie, et à bord du Chrysanthème. J'eus soudain l'impression d'avoir du plomb dans l'estomac. Néveni avait été manipulée. Il l'avait obligée à m'envoyer de fausses informations, ou il s'en était chargé lui-même, et… Il inclina la tête sur le côté, une lueur mauvaise dans le regard.

– Vous avez les jambes en coton en me voyant ? railla-t-il.

Je compris alors pourquoi le carcan magnétique ne cédait pas. Pourquoi je me sentais bizarre, lente et vaseuse. Pourquoi j'entendais un bruit inhabituel. En plus du bourdonnement de l'éclairage, du grondement des bouches d'aération… Un son nouveau. Anormal.

Le neurobloqueur, compris-je, saisie d'effroi. Le dispositif était implanté dans le bas de mon dos, placé à un endroit trop risqué pour qu'on puisse le retirer.

– Ce sont vos semblables Diabolics qui m'ont appris l'existence de ce bloqueur, expliqua Pasus. Quel instrument remarquable ! Grâce à cette technologie, il suffisait d'un coup de poing pour assommer Supplice, le Diabolic à la carrure monstrueuse.

Il haussa les épaules.

– Certains Grandés se sont beaucoup amusés à tester leur force contre un Diabolic affaibli. Ça m'a rapporté un joli pactole. Et maintenant… nous voilà tous les deux.

Pasus. Ici. En train de m'observer de ses yeux d'un bleu glacial, le visage encadré par ses cheveux noirs qui lui arrivaient maintenant au menton. J'essayai de nouveau de me libérer, tout en sachant que je n'y parviendrais pas.

– Qu'est-ce que vous voulez ? Où est Tyrus ?

Je reconnaissais le couloir où nous étions, situé à deux pas de la salle du trône. J'y avais affronté Hostilité dans un combat à mort.

– L'empereur est tout près d'ici. Il n'a aucune idée de ma présence, si ces imbéciles suivent leurs instructions à la lettre et l'occupent avec leurs doléances ridicules, indiqua Pasus en désignant la salle impériale d'un mouvement de la tête.

– Qu'est-ce que vous allez lui faire ?

– C'est plutôt de votre sort que vous devriez vous inquiéter.

– Répondez-moi !

– Ça fait très longtemps que je vous attends, maintenant. Quand Devineé est morte, j'étais résolu à m'exiler, et vous n'imaginez pas ma colère lorsque j'ai compris que vous l'aviez empoisonnée. Pourtant, vous n'êtes pas revenus. Aucun signe de vous. Alors j'ai attendu. Longtemps. Votre amie excédente s'est manifestée pour expliquer vos projets, et, en les découvrant, j'aurais pu rire à m'en tenir les côtes. Je l'ai fait enlever sur sa planète et conduire ici pour que nous puissions apprendre tous les détails. Savez-vous combien de personnes dans l'empire connaissent la vérité concernant la Cité sacrée ? Je pourrais les compter sur les doigts d'une seule… non, allez, de deux mains.

Une nausée brûlante me gagna.

– Par chance, j'en fais partie. J'ai donc pris le commandement du Chrysanthème.

Il s'agenouilla devant moi… Si seulement il s'approchait encore un peu, je pourrais lui asséner un coup de pied…

– Il a joué un coup magistral, dommage qu'il ait tout perdu à cause d'une terrible erreur. J'aurais été prêt à payer une fortune pour voir sa tête quand il a appris l'existence du facteur de dilatation. Je suppose qu'il fera la même quand j'entrerai dans la salle.

Je levai les yeux vers lui, le cœur cognant à me briser les côtes. Quels étaient ses projets ? Quel sort réservait-il à Tyrus ? Et à moi ? Pourquoi étais-je encore là, prisonnière, affaiblie, au lieu d'être morte ? Je me rendis à l'évidence :

– Vous n'avez pas l'intention de m'exécuter.

Pasus se releva.

– Ce serait un plaisir pour moi de vous écorcher vive, Némésis dan Empyreé. Il y a un an, je doute que j'aurais pu résister à la tentation, mais j'ai eu le temps de réfléchir. Vous allez m'être utile.

Puis une curieuse expression se peignit sur son visage. Il s'agenouilla soudain de nouveau et écarta le col de ma tunique.

Il avait aperçu le tatouage. La marque du proscripteur. Il n'avait distingué que la partie supérieure, mais, lorsqu'il découvrit les soleils concentriques, il blêmit en se rendant compte que « la bête sauvage » qui avait tué sa fille avait été consacrée par le proscripteur.

– Je m'appelle Némésis Empyreé, maintenant, rétorquai-je, d'une voix calme et implacable.

Pasus eut un mouvement de recul.

– C'est impossible, il n'a pas pu...

– Et pourtant si. Votre religion m'a accueillie comme l'un de ses enfants.

Son visage flamboyait d'une colère ardente.

– Vous croyez que ça a la moindre valeur ? C'est ce que vous vous imaginez, espèce de *monstre* ?

– Votre proscripteur le pense, lui.

Il me fixa d'un regard débordant de dégoût, presque d'un sentiment de trahison.

– Sénateur, relâchez-moi. Quels que soient vos projets pour Tyrus, annulez tout. Le proscripteur lui-même a...

– Il a dégradé le Vif Cosmos, cracha Pasus. Tout comme notre dernier Domitrien a tenté de dégrader notre empire. Ça ne se reproduira plus. C'est terminé.

Mon cœur se serra. Je tirai de toutes mes forces sur le carcan, sans parvenir à me libérer.

– Qu'est-ce que vous manigancez, Pasus ?

Il se délectait de ma détresse.

– J'ai beaucoup réfléchi à ce que j'allais vous infliger pour venger Élantra. J'ai songé à mille tortures, Némésis. Quand vos semblables, Supplice et Péril, me sont tombés entre les mains, j'ai cherché à déterminer ce qui les terrifiait. Ce qui les meurtrissait. Ce qui les avilissait ou les brisait. Et savez-vous ce que j'ai découvert ?

Ne voulant pas me risquer à émettre une hypothèse, je me murai dans un silence buté.

– Ils n'ont jamais eu peur de rien. Ils n'ont jamais craqué. Ils se contentaient toujours de me fixer de leurs yeux aussi froids et morts que les vôtres, et c'est à ce moment-là que j'ai compris qu'ils étaient invulnérables. La vulnérabilité, c'est trop humain. Je ne peux donc pas vous infliger de souffrance.

Puis il sourit.

– Vous avez un point faible, pourtant. Une faiblesse que vous ne surmonterez jamais. Vous êtes invulnérable à mes attaques, mais l'empereur qui siège dans la salle voisine... il ne l'est pas, *lui*. Lui, je peux le torturer. Et tout ce que je lui ferai subir, vous le ressentirez au quintuple. Restez donc en vie, Némésis. Et profitez du spectacle.

Je le fixai du regard, rendue muette par l'effroi. Il fit glisser sa main sur le mur en face de moi pour allumer un écran... un flux vidéo de la salle du trône.

Puis il se détourna.

– Non, attendez ! m'écriai-je en comprenant qu'il allait me cloîtrer là pour que j'assiste à ce qui allait se produire.

À l'image, Tyrus hochait la tête d'un air impatienté, et d'un signe de la main congédiait Wallstrom, qui ne cessait de revenir à la charge en babillant je ne sais quoi.

C'était un stratagème pour aider Pasus. Tous étaient ses complices.

– Pasus. PASUS ! lui criai-je, ne voulant surtout pas qu'on m'abandonne ici.

Mais il franchit le seuil et je me retrouvai seule, impuissante. Inutile.

À l'écran, le sénateur entra dans la salle. Les grandiloquins qui entouraient l'empereur se firent silencieux. Tyrus remarqua qu'ils dirigeaient leur attention ailleurs et se tourna en souriant, sans doute convaincu que leur réaction était due à mon arrivée.

Son sourire s'effaça dès qu'il vit Pasus.

23

– Votre Suprême Grandeur, dit Pasus, avant d'exécuter la révérence officielle des courtisans : il effectua trois pas vers l'avant, s'agenouilla la main posée sur le cœur, puis fit encore trois pas.

Enfin, il alla jusqu'à Tyrus, et ses complices s'écartèrent pour lui céder l'autorité.

– Sénateur von Pasus, fit Tyrus, qui affichait un air impassible, même si, je le savais, il était abasourdi. Voilà un plaisir inattendu, sénateur. *Très* inattendu.

Von Pasus s'empara des mains de Tyrus.

– Quelle immense joie de vous revoir ! déclara-t-il en pressant les doigts de Tyrus contre ses joues avec lenteur et une déférence feinte.

Tyrus retira vivement ses mains dès que Pasus les eut relâchées et croisa les bras pour éviter qu'on les lui saisisse de nouveau. Des grandiloquins continuaient à affluer par d'autres entrées… Soudain, Tyrus se figea. Son regard s'attarda sur Credenza Fordyce, et, pendant une fraction de seconde, une drôle d'expression passa sur son visage.

Je savais pourquoi. Credenza faisait partie des otages qu'on avait laissés sur Lumina.

Ce n'était pas la seule... Tyrus repéra Gladdic sur le devant de l'assemblée.

Tous les deux étaient revenus sur le Chrysanthème. Libres.

Pasus avait enlevé Néveni. Avait-il exigé qu'on libère la douzaine de membres de la grandiloquie en échange de sa vie ? Comment avait-il réussi à retenir Néveni par la suite ? Pourquoi les Lumines auraient-ils accepté un échange aussi désavantageux – douze otages et toutes les garanties qu'ils leur conféraient contre la vie d'une seule des leurs ?

Tyrus semblait réfléchir à toute allure. Il avait compris que les grandiloquins s'étaient unis contre lui pendant notre absence, et que l'on avait relâché les otages de Lumina... ce qui signifiait que les Lumines avaient conclu un marché.

– Comme vous pouvez le deviner en voyant ceux qui sont réunis dans cette salle, déclara Pasus, je viens vous soumettre une doléance officielle au nom de mes proches et d'autres. Nous estimons que Votre Suprématie devrait accéder à la volonté des membres les plus éminents de votre grandiloquie. À vrai dire, nous l'exigeons.

Enfin, il dévoilait l'arme absolue qu'il avait ingénieusement dissimulée jusqu'alors. Il mettait le couteau sous la gorge de Tyrus, et tous les deux le savaient.

Tyrus contempla l'assistance. Un sourire affleura à ses lèvres, aussi glacial que la nuit cosmique.

– Mes alliés vous soutiennent, à ce que je vois, dit-il d'un ton acide. Combien de temps vous a-t-il fallu, à vous tous, pour aller manger dans la main du premier homme fort à se présenter ?

Quelques-uns, tels qu'Amador et Wallstrom, remuèrent d'un air mal à l'aise, eux, les « alliés » qui avaient rejoint Pasus.

– Quelle importance ? s'enquit le sénateur en écartant les mains. Vous avez fui les conséquences d'un crime terrible… l'assassinat de votre propre cousine.

Tyrus releva vivement les yeux, affichant une surprise d'apparence si sincère qu'il aurait presque pu me convaincre.

– Ma cousine ? Qu'est-ce que vous… quoi ? Elle est morte ?

– Ne faites pas semblant de ne rien savoir.

– Est-ce que ma cousine a péri ? tonna Tyrus en balayant du regard tous les visages qui l'entouraient, avant de se tourner vers Pasus. Que lui avez-vous fait ?

– C'est à moi que vous posez cette question ?

– A-t-elle refusé de collaborer à votre trahison ? enchaîna Tyrus d'un ton méprisant. Vous avez enlevé et assassiné une femme sans défense, et maintenant vous osez vous présenter devant moi avec du sang sur les mains…

Comme il avait l'air furieux !

– Vous m'accusez de meurtre, *moi* ? répliqua Pasus. Vous pensez qu'on va croire ces mensonges alors que vous vous êtes employé à distribuer des infamies hérétiques à l'excédent ?

Tyrus secoua la tête.

– Ce ne sont pas des infamies hérétiques, non. J'aurais bien ajouté « plus maintenant », mais elles ne l'ont jamais été. Le décret du proscripteur a été mal interprété. De l'aveu du proscripteur lui-même.

Il plongea la main dans sa poche, et de nombreux grandiloquins autour de lui se crispèrent, comme s'il s'apprêtait à dégainer une arme. Tyrus sortit le coffret contenant le décret électronique que le proscripteur nous avait remis.

– Certains d'entre vous possèdent peut-être un de ces objets vieux de plusieurs siècles. Regardez, profitez-en bien.

Il y eut quelques halètements de surprise étouffés. Ils savaient ce qu'on leur montrait.

– Dans cette boîte se trouve un décret, annonça Tyrus. Signé par le proscripteur Orthanion. Avec qui j'ai passé de longues heures, et même de longs mois, pourrait-on dire, à discuter.

Pasus poussa un grognement rageur, se précipita sur Tyrus et lui arracha le coffret des mains.

Tyrus ne lui opposa pas de résistance, et se contenta d'afficher un sourire calme et triomphant.

– N'hésitez pas à l'examiner, sénateur. Mon absence prolongée était nécessaire. Je me posais des questions concernant la formulation du décret sur les sciences de Notre Ultime Ascendant, alors j'ai agi comme doit le faire tout homme pieux, et je suis allé le rencontrer en personne pour qu'il m'apporte lui-même des éclaircissements.

Des murmures de stupéfaction bruissèrent autour de lui.

– Il m'a remis ce nouveau décret en mains propres, reprit Tyrus, et m'a *personnellement* ordonné d'initier une renaissance intellectuelle. Il a appris dans quel état se trouve l'empire, et il est atterré. Il m'a chargé de réhabiliter les sciences. Pour m'aider dans cette tâche gigantesque, il a attribué à Némésis le statut d'être humain. Ce soir, je transmettrai cette nouvelle à l'excédent et je diffuserai l'image de la marque qu'elle porte sur son cœur, de façon que tous puissent la voir. J'ai entendu les prélats qui souhaitaient être convaincus à son sujet, et je n'ai pas ménagé mes efforts pour tenir compte de leurs inquiétudes, comme tous pourront le constater. L'affaire est réglée. Vous tenez votre prochaine impératrice, et je gage que la question du sceptre sera résolue sous peu.

Un silence de plomb accueillit ses déclarations.

– Ce document est très clairement un faux, affirma Pasus. Tout cela n'est qu'une grotesque supercherie, Votre Suprématie.

Si mes yeux avaient été des rayons laser, ils auraient pu transpercer l'écran.

– Ne mentez pas à vos pairs, rétorqua Tyrus, car vous savez que ce décret est authentique. Depuis toujours, les membres de votre famille sont d'ardents défenseurs de notre foi. Quel dommage qu'un arbre si noble ait pu donner une branche aussi corrompue !

– C'est de l'hérésie !

– C'est le *proscripteur* que vous accusez d'hérésie ? répliqua Tyrus, d'une voix lourde de menace. Vous osez ?

– Je ne fais rien de tel ! Ne déformez pas mes propos. J'ignore à quelle ruse vous avez recouru pour le manipuler et le persuader d'accorder une telle distinction à cette créature, pour le convaincre d'avilir sa fonction…

– Et maintenant vous accusez le proscripteur d'être *simple d'esprit* ?

Des hoquets stupéfaits retentirent.

– Je ne vous permets pas !

– Vous vous enfoncez un peu plus chaque fois que vous ouvrez la bouche, sénateur.

– Ce n'est pas *légitime* ! insista Pasus. Voilà ce que j'en pense !

Il jeta le document par terre et l'écrasa sous son talon.

Mais la réaction que Pasus avait dû escompter n'eut pas lieu. Il y eut des exclamations outrées, des halètements horrifiés, et l'éclair de satisfaction fugace qui passa sur le visage du sénateur fut vite enfoui.

– Je suis indigné, sénateur. Indigné ! Vous insultez l'intelligence de notre proscripteur, vous le qualifiez quasiment d'hérétique… et voilà que vous détruisez son décret ?

Avant que Pasus ait pu se défendre, Tyrus porta le coup de grâce :

– Autour de moi, je vois une assemblée d'hommes et de femmes de qualité, fourvoyés par une *vipère*. Le péché du sénateur est impardonnable, mais pas le vôtre, mes chers amis... pas si vous le désavouez tout de suite.

Je me réjouis, et je tremblais d'impatience, parce que... Oui ! Tyrus avait réussi à prendre le dessus, et j'aurais pu danser de jubilation si j'avais été libre de mes mouvements...

– Que les enjeux soient tout à fait clairs, poursuivit Tyrus, profitant de son avantage.

Il écarta les bras en grand, et je vis alors qu'il tenait son sceptre du bout des doigts, rappel symbolique du pouvoir qu'il allait détenir de façon inévitable, de l'intérêt que chacun avait à s'attirer ses bonnes grâces sur-le-champ.

Il aurait pu les commander sans sa crosse. Il ne portait aucun attribut d'empereur, il était plus jeune que tous les sénateurs présents, et pourtant il les subjuguait. Un simple regard suffisait à déterminer qu'il était leur chef.

– Alliez-vous à cet homme aujourd'hui, et vous ne perpétrerez pas seulement un acte de trahison envers votre empereur et votre galaxie. Vous deviendrez des ennemis avoués du Vif Cosmos. Du proscripteur *lui-même*.

Tyrus attendit que ces menaces fassent leur chemin, et poursuivit :

– Je me suis absenté, et tous les actes accomplis dans cette situation sont compréhensibles et excusables. Je ne condamne pas les erreurs commises en toute bonne foi. Tout vous sera pardonné si vous joignez vos voix à la mienne maintenant. Vous tous, désavouez Pasus.

Ils oscillèrent nerveusement, et l'espace autour de Pasus s'élargit comme s'il dégageait des radiations nocives. Je vis une terreur funeste s'emparer du visage du sénateur à mesure que son isolement grandissait. Ses alliés lui filaient entre les doigts ; il allait se retrouver seul, répudié.

Puis son expression changea. Il releva le menton, galvanisé par un savoir secret.

– Désavouez-moi si vous le voulez. Ça n'effacera pas le passé. Nous avons été unis il y a cinq mois de cela. Dans cette même salle, nous avons pris une décision ensemble. Une décision qui nous liera tous jusqu'à la mort.

Et ces paroles...

Ces paroles résonnèrent dans la salle du trône, suivies par un silence absolu. Ceux qui avaient commencé à s'éloigner de Pasus se figèrent. Ceux qui marmonnaient s'agitaient comme s'ils étaient prêts à se retourner contre leur maître... ils se turent. Ceux dont la poitrine s'était gonflée, dont la figure s'était illuminée, ceux qui s'apprêtaient à crier leur soutien à l'empereur (sans doute tous avides d'être les premiers à le faire)...

Comme la flamme d'une bougie, cette pulsion fut étouffée. Les épaules s'affaissèrent, les têtes se courbèrent, et l'influence que Tyrus avait acquise sur la grandiloquie s'évapora.

Tyrus paraissait à présent seul au milieu de l'assemblée. À en juger par la façon dont son regard fusait d'un visage à un autre, il ne comprenait pas plus que moi ce qui venait de se produire.

– Vous avez été très intelligent, Votre Suprématie, reprit Pasus.

Tyrus se tourna vivement vers lui.

– Très intelligent, oui. Mais voyez-vous, nous tous qui sommes présents aujourd'hui, nous avons pris des mesures pour limiter les dégâts que vous seuls aviez provoqués. Nous avons travaillé de concert. Nous tous, sauf les quelques-uns que vous aviez laissés en otages sur Lumina. Nous avons voulu remédier aux hérésies que vous aviez semées sur cette planète. Et ne me répétez pas que ce n'en sont pas. Vous avez peut-être forcé la main au proscripteur, mais, pour ma part, je n'ai vu aucun décret, et quand bien même il aurait existé, j'aurais remis sa légitimité en question, provenant d'un homme qui a accordé le statut d'humain à une Diabolic.

Tyrus promena un regard incrédule sur l'assemblée, parce que les propos de Pasus constituaient une remise en question flagrante de l'autorité du proscripteur lui-même.

Son attitude aurait dû provoquer l'indignation.

Il n'y eut que le silence.

Puis Tyrus adopta une expression totalement impassible, signe révélateur qu'il s'efforçait de cacher son inquiétude grandissante. La peur s'insinua aussi dans mon cœur.

– Gladdic, approche, ordonna Tyrus très bas.

Si seulement j'avais pu me libérer, j'aurais pu franchir cette porte… et quoi ? Qu'est-ce que j'aurais fait ? Je ne pouvais pas l'aider. Je n'avais même pas assez de force pour blesser Pasus.

Torturée par la frustration, je regardai Gladdic s'agenouiller devant Tyrus.

– Je te connais depuis très longtemps, lui dit Tyrus en lui adressant un regard oblique. Réponds-moi en toute honnêteté.

Puis un spasme anima le visage de Tyrus, une craquelure provoquée par une véritable émotion.

– Est-ce qu'elle est encore en vie ?

Moi. C'est de moi qu'il parlait.

Une douleur me comprima la poitrine. C'était là sa première pensée. Il craignait qu'ils m'aient tuée.

– Oui, fit rapidement Gladdic. Némésis est en vie.

L'anxiété tordit les traits de Tyrus quelques secondes de plus, avant qu'il la réprime pour présenter de nouveau une façade inexpressive, et j'eus l'impression qu'un crochet au ventre m'avait coupé la respiration. J'étais sa plus grande faiblesse. Lui qui parvenait à conserver une extraordinaire maîtrise de lui face à n'importe quel revers... la perspective de me perdre le minait. J'étais son point faible comme il était le mien, et, si une crainte pouvait le désarçonner, c'était bien celle qu'il m'arrive malheur.

Pasus s'interposa :

– Votre abomination est encore vivante, pour la seule raison que j'en ai décidé ainsi... C'est une faveur que je vous accorde. Il faut que vous compreniez la situation que vous retrouvez. Regardez donc par là.

Il dirigea l'index vers un anneau d'imagerie fixé au sol. Une projection holographique prit vie au-dessus du cerceau, et je reconnus ce qu'on y montrait. C'était la Place centrale de Lumina.

– Vous leur avez confié la technologie, déclara Pasus, tandis que Tyrus, perplexe, contemplait l'image de Lumines allant et venant dans leur capitale. Vous leur avez octroyé l'indépendance. Pourtant, il ne vous incombait pas de leur offrir l'une ou l'autre. Vous avez eu l'habileté de laisser des boucliers humains issus de nos rangs. Nous ne pouvions les sauver tous les douze, parce qu'ils étaient disséminés en différents endroits de la planète. Au lieu de ça, nous leur avons rendu visite tour à tour et nous les avons immunisés.

– Immunisés ? répéta Tyrus.

Je vis alors contre quoi on avait immunisé les otages grandiloquins.

Un nuage d'un jaune beigeasse se répandit dans la foule. À l'image, les passants se mirent à courir, mais il était trop tard, et le nuage s'étendait, se déployait toujours plus. Une terrible révélation me coupa le souffle.

Aucun son n'accompagnait la projection, mais on devinait les hurlements de ceux qui se trouvaient sur la Place centrale engloutie par la vague nuageuse.

Sans en avoir jamais vu auparavant, je savais à quoi j'assistais : il s'agissait d'une arme biologique en action. La plus puissante de l'empire.

La Brume expédiente.

Atterrée, je compris : on n'avait pas libéré les otages.

On les avait immunisés. Puis on avait tué tous ceux qui les entouraient. Chaque sénateur présent dans la salle du trône avait participé au complot.

Tyrus fit un pas en arrière tandis qu'au-dessus du visiocercle les Lumines s'agitaient dans tous les sens, en proie à la panique. Ils se bousculaient dans l'espoir d'échapper à l'air empoisonné, s'entassaient, tentaient de se traîner au sol, de s'agripper les uns aux autres, se griffaient eux-mêmes…

C'était donc ça, le pacte qui les liait, le lien trop puissant pour être rompu – ils avaient commis ensemble un meurtre de masse. En contemplant l'image de Lumina, où des malheureux agonisaient, une profonde certitude enfla dans mon cœur : Tyrus et moi étions condamnés. Les Lumines avaient été ses alliés les plus loyaux, et voilà le sort que Pasus leur avait réservé. Il s'agissait d'humains ordinaires, et il n'avait pas hésité à leur infliger cette mort atroce. Il avait porté son coup avec une cruauté et une ingéniosité inouïes en impliquant les puissants de l'empire jusqu'au dernier, pour s'assurer qu'ils ne pourraient jamais le trahir en rejoignant Tyrus.

Parce que Tyrus ne pourrait pas tolérer ce crime.

Tyrus, s'il en avait le pouvoir, ne le laisserait pas impuni. Tous partageaient la culpabilité de Pasus. Tous méritaient un châtiment.

Nul décret édicté par le proscripteur, nul appel à la raison, nulle manœuvre habile ne pouvait l'empêcher.

Les oreilles bourdonnantes, je regardai les victimes de Lumina tousser et vomir, cracher le sang de leurs hémorragies internes, avant de s'effondrer… Puis le phénomène s'acheva aussi promptement qu'il avait frappé. En moins d'une minute, tout s'était figé.

J'observai le flux vidéo de la salle du trône ; Tyrus était comme tétanisé, incapable de dissimuler le sentiment d'horreur que lui inspirait ce spectacle.

– Ce n'était pas réel, contesta-t-il d'une voix étranglée. C'est forcément un… Vous n'avez pas osé… Ça ne s'est pas passé pour de vrai.

Il jeta un regard autour de lui, attendant que quelqu'un révèle la supercherie, mais personne ne lui confirma que ses craintes n'étaient pas fondées. Il blêmit.

Pasus profita de la stupéfaction de Tyrus pour prendre le dessus. À grands pas, il alla se poster juste derrière Tyrus et posa les mains sur ses épaules. Il l'attira vers lui d'une manière beaucoup trop familière, débordante d'irrespect.

– Ce que vous venez de voir, c'est ce qui s'est produit, insista-t-il doucement en parlant tout près de son oreille. C'est une catastrophe terrible, qui a eu lieu *à cause de vous*.

Tyrus semblait incapable de prononcer le moindre mot. Toute sa maîtrise de soi savamment travaillée, toute sa discipline avait été annihilée par l'horreur, et si j'avais été à ses côtés… je n'aurais rien pu faire. Je me contentai d'observer la scène, abasourdie et muette, car rien ne paraissait réel.

– En votre absence, c'est le cœur gros que j'ai assuré la régence, Tyrus, oppressé par la crainte que vous ne rentriez jamais… Je me suis préparé à cette éventualité. J'ai dû cacher mon jeu, dissimuler toutes les nouvelles en provenance de Lumina au reste de la galaxie en prétextant qu'il fallait préserver nos fragiles pourparlers d'indépendance…

Les propos de Pasus semblèrent arracher Tyrus à sa paralysie. Il s'avança brusquement pour se libérer.

– Combien de victimes ? demanda-t-il.

Personne ne se manifestant, il fit volte-face et considéra les grandiloquins qui l'entouraient d'un air effaré.

– COMBIEN SONT MORTS ? Quelqu'un doit bien le savoir. Combien de Lumines avez-vous assassinés ? Sur quelle superficie votre arme s'est-elle déployée ?

N'obtenant toujours pas de réponse, il empoigna ses cheveux, le reflet figé de l'hologramme projetant une lueur blafarde sur son visage.

– Il y a des milliards d'habitants sur Lumina. J'exige qu'on m'informe. *Combien sont morts ?*

Pasus répondit enfin :

– Tous, jusqu'au dernier.

Tous jusqu'au dernier.

Ces mots effroyables résonnèrent dans ma tête.

Tout se mit à tanguer autour de moi. Il fallait que j'accède à la salle voisine. Il fallait que je m'y rende sur-le-champ. Mais j'avais beau tirer sur le carcan magnétique, celui-ci refusait de céder. Lâchant un rugissement de frustration, je refis une tentative à deux mains, allant jusqu'à pousser avec mon cou… ce fut une mauvaise idée.

Je suffoquai, le souffle coupé, toujours entravée.

Des voix me parvinrent du flux vidéo.

– Votre Suprématie se rend sûrement compte de la situation qui est la vôtre. Je vais vous énoncer nos conditions.

Il prit le silence de Tyrus comme une invitation à poursuivre :

– Nous avons besoin d'un empereur. Voilà qui était établi avant que vous disparaissiez pendant presque une année. Sachez que nous voulons vous voir porter le sceptre, mais seulement si…

– Vous avez perdu la raison ? l'interrompit Tyrus d'une voix rauque.

Je pivotai sur moi-même pour éviter que le carcan m'étrangle, puis repliai les jambes afin de pouvoir pousser sur mes bras et mes jambes, et… enfin un petit écart ! Le collier s'éloigna du mur mais s'y recolla aussitôt.

J'étais sur la bonne voie. Il me fallait juste reprendre mon souffle… et jeter toute mon énergie dans l'effort.

– Vous êtes complètement fou, Pasus !

Je me tournai vers l'écran et vit Tyrus encerclé par les grandiloquins.

– Quel… quel genre de… Qu'est-ce qui…

Il balbutiait, comme s'il ne parvenait pas à trouver ses mots… Puis il leur hurla dessus :

– Comment pouvez-vous assister à ça et vous regarder dans le miroir ? Comment pouvez-vous continuer à vivre avec ce crime abject sur la conscience ? Et vous avez des conditions ? Des *CONDITIONS* ? Vous croyez sincèrement que je vais fermer les yeux sur un génocide ?

Il s'élança vers Pasus, mais des membres de l'assemblée lui bloquèrent le passage.

– Vous pensez que je vais consentir à être votre pantin, régner selon vos exigences, vos désirs, alors que vous avez assassiné des milliards de gens ? poursuivit-il, débordant de colère. Je préfère sombrer dans un trou noir ! Vous méritez de périr dans le feu d'une étoile, tous autant que vous êtes.

Les mâchoires serrées, je réitérai ma tentative, et poussai un hurlement rageur lorsque je réussis à me libérer de l'aimant, qui vola jusqu'au mur et s'y reconnecta dans un grand fracas métallique.

Je m'écroulai à quatre pattes, hors d'haleine, en nage. Je me relevai à toute vitesse, et malgré l'immense lourdeur de mes jambes, la pesanteur *anormale* dont les accablait le neurobloqueur, je franchis le seuil de la salle du trône tandis que Pasus rétorquait d'une voix mielleuse :

– Vous semblez penser que nous vous demandons d'agir selon nos souhaits. Vous vous trompez.

Le passage était encombré. J'enrageais d'avoir perdu ma force, car d'ordinaire j'aurais pu éjecter les spectateurs comme des quilles, ou me propulser sur leurs épaules.

– Nous avons anticipé votre réticence, Votre Suprématie. C'est pourquoi j'ai eu la prévoyance d'épargner votre abomination. On lui permettra même de siéger à vos côtés en tant qu'impératrice, à la condition que vous coopériez.

J'eus un temps d'arrêt, car je compris pourquoi j'étais encore en vie. Pasus avait l'intention de m'utiliser contre Tyrus.

– Je ne vous crois pas, rétorqua celui-ci d'une voix chargée de mépris. Vous vous arrangerez pour la tuer d'une façon ou d'une autre. Je ne vous en laisserai pas l'occasion.

À travers un interstice entre les corps serrés devant moi, je le vis sortir un objet de sa manche – une arme à pulsation énergétique. Exclamations et cris retentirent autour de moi. Les domestiques et les laquais de Pasus formèrent un bouclier humain devant lui. À l'abri derrière cette barrière de chair, cette ordure interpella Tyrus, avec un certain amusement dans la voix :

– Qu'espérez-vous accomplir, Votre Suprématie ? Vous ne pourrez pas nous abattre tous avec ça !

Tyrus recula à grands pas délibérés.

– Vous avez raison, confirma-t-il d'un ton calme, résolu. Je n'ai qu'une seule chance. Autant qu'elle compte.

Puis Tyrus dirigea son pistolet vers la mince épaisseur de diamant qui protégeait la salle du trône du néant impitoyable du Cosmos.

Afin de faire exploser la verrière. Et d'expédier dans l'espace tous ceux qui se trouvaient là, jusqu'au dernier.

24

Une seule personne dans cette salle comptait pour moi, et c'était celle qui se trouvait le plus près de la vitre.

– Tyrus, NON ! hurlai-je à pleins poumons.

Il ouvrit de grands yeux horrifiés en entendant ma voix.

– Sors d'ici ! m'ordonna-t-il.

Je secouai vigoureusement la tête. On s'empara de moi par-derrière ; affaiblie comme je l'étais, je fus incapable de me libérer. Pasus me vit, fit signe d'approcher à l'homme qui me tenait, puis me saisit par le bras et me tira vers Tyrus.

– Si vous videz la salle de son air, elle mourra elle aussi, menaça Pasus, le souffle court.

Il me serrait si fort qu'il me faisait mal.

Je ne me débattis pas, parce que je voulais que sa stratégie fonctionne. Je voulais qu'il fasse entendre raison à Tyrus, qui, pendant un bref instant d'hésitation, nous regarda comme s'il s'étranglait... Puis on se jeta sur lui, on le maîtrisa, et certains crièrent :

– Désarmez-le !

– Emparez-vous de l'empereur !

– Plaquez-le au sol !

Tout près de moi résonna le murmure rocailleux de Pasus :

– Bien joué.

Nos regards se croisèrent. Si le mien avait été une lame, Pasus aurait été transpercé. Il m'entraîna vers l'avant, en hurlant à ceux qui retenaient Tyrus de ne pas l'étouffer et de le mettre debout.

Des hommes saisirent les bras et les jambes de Tyrus, puis le relevèrent. Une main me poussa assez fort dans le dos pour me déséquilibrer. Peu m'importait de rentrer dans le jeu de Pasus. Je me précipitai vers Tyrus et me jetai à son cou. Il me serra vigoureusement contre lui à son tour.

– Hélios soit loué, tu n'as rien ! déclara-t-il d'une voix nouée.

– Il faut que tu restes en vie, Tyrus. Ne recommence jamais ça. Je te l'interdis.

J'eus vaguement conscience que l'on congédiait ceux qui l'avaient plaqué au sol, que Pasus nous contournait en se maintenant à bonne distance, ne manquant rien de notre étreinte. Je savais que nous affichions notre terrible faiblesse devant des yeux hostiles, que c'était inévitable, mais le cœur de Tyrus battait contre le mien, son souffle saccadé ébouriffait mes cheveux. Nous allions nous sortir de ce mauvais pas, j'en étais convaincue.

Dans la salle à présent presque vide, où Pasus, assis avec nonchalance sur le rebord d'une fenêtre, tenait l'arme énergétique sur ses cuisses, je collai les lèvres à l'oreille de Tyrus et lui susurrai de nouveau ma supplication :

– Reste en vie. Surtout, reste en vie.

Tyrus chercha mon regard, et pour la première fois je lus dans ses yeux une terreur pure, que des années d'entraînement ne parvenaient pas à cacher – que pouvait-on contre un ennemi capable d'assassiner des milliards d'humains ?

– Et si nous discutions, maintenant ?

Tyrus et moi continuâmes à nous regarder dans les yeux un dernier instant. Puis son visage se figea en un masque de granit, et mon cœur devint une pierre noire glaciale. Nous dirigeâmes notre attention sur le sénateur.

Il eut un rictus mauvais.

– Après avoir perdu Élantra, dit-il, je n'ai plus eu qu'une idée en tête : la venger. Mais, pour vous, Tyrus, j'y renoncerai.

– Pour garder le moyen de pression que vous avez sur moi, rétorqua Tyrus en me serrant plus près de lui. N'essayez pas de nous faire croire que vous agissez par générosité.

– Comment dire… Sans l'amour que vous lui portez, nous serions tous les deux des cadavres dérivant dans le vide stellaire, alors vous avez raison, ce n'est pas une affaire de générosité. Sa survie est de toute évidence une nécessité.

Une lueur brilla dans son regard.

– Quelle tragédie pour l'empire si vous aviez tiré sur cette vitre ! Je ne parle pas des vies anéanties, que ce soit la mienne ou celles de tous les personnages présents dans la salle… Je parle de la perte du dernier Domitrien. La galaxie ne s'en serait pas remise.

Tyrus le fixa d'un air incrédule.

– Vous me tenez le couteau sous la gorge, sénateur. Gardez vos simagrées pour vous.

– Je suis sincère. J'ai connu Randevald jeune homme. Chaque jour, je pensais… cet homme n'est pas plus remarquable que moi. Puis je l'ai vu obtenir le sceptre et prendre le contrôle du Chrysanthème. Mon couteau est là par nécessité, pas par choix. Mon plus grand souhait, depuis toujours, est d'intégrer votre famille. D'unir ma lignée à la grandeur des Domitrien… Parmi les simples mortels, vous êtes ce qui se rapproche le plus des divinités d'autrefois. J'avais espéré que vous épouseriez ma fille.

Après m'avoir lancé un regard glacial, il poursuivit :

– Et nous savons pourquoi ça ne s'est pas produit. J'ai ensuite aspiré à épouser votre cousine, mais elle a péri. Là encore, nous savons pourquoi.

– Oui, parfaitement, rétorquai-je d'un ton cinglant. Parce que vous avez essayé d'assassiner Tyrus.

– Je suis votre partisan le plus fervent, insista Pasus. Certains estimaient qu'il aurait fallu vous lobotomiser à votre retour, et régner par votre intermédiaire… mais cette idée me déplaisait. Votre cousine n'avait pas sa tête, et j'ai été aux premières loges pour constater qu'il était difficile de la contrôler. Il nous reste donc la troisième solution, qui, je pense, nous paraîtra raisonnable à tous.

Pasus plongea la main dans sa poche et en sortit un étui orné de pierres précieuses.

Une veine palpita à la tempe de Tyrus. Je pris la boîte des mains de Pasus et l'ouvris. Elle contenait un flacon. Ce n'était qu'un stupéfiant. Tyrus le considéra d'un regard dédaigneux.

– Qu'est-ce que c'est ?

– C'est ce qui va nous permettre d'établir entre nous une relation de confiance. C'est une drogue, le Vénalox, expliqua Pasus. Vous allez la prendre.

– Du Vénalox ? fit Tyrus. Je n'en ai jamais entendu parler.

– C'était aussi mon cas, jusqu'à récemment. C'est grâce à vous que j'ai découvert sa formule chimique. J'ai recherché des substances méconnues, dans l'espoir d'en trouver une qui puisse protéger la vie de votre cousine. Et puis… je suis tombé sur ceci. Je l'ai testé sur des excédents pour être certain qu'il était sans danger. Je vais vous en fournir une dose tous les jours.

– Pourquoi ? Quels sont ses effets ?

– Il provoque une puissante dépendance qui trompe les sous-processus de désintoxication des médibots. Voici comment nous allons procéder : je vais vous donner cette substance et vous allez la prendre. Parce que vous en aurez besoin, et que moi seul la détiendrai, cela garantira ma sécurité et la durabilité de notre alliance.

– Si vous aviez voulu obtenir ma confiance, si vous cherchiez un allié, déclara Tyrus, il vous aurait suffi de m'approcher en toute sincérité.

– Non, ça n'a jamais été possible. Je n'aurais pas pu me fier à la moindre de vos promesses. Voyez-vous, je croyais sincèrement que vous étiez aussi fou que les autres. Vous avez été beaucoup trop convaincant, et maintenant vous devez en payer le prix, car je ne sais même pas qui vous êtes en réalité. Le seul moyen pour moi de ne pas douter de vous, c'est d'instaurer cette confiance selon *mes* conditions. Avec le Vénalox. Soyez prévenu que, sous sa forme intraveineuse, ses effets sont très puissants. Un peu comme un sédatif avec lequel on serait assez lucide pour obtempérer à des suggestions élémentaires. Mais je propose qu'on ne vous l'injecte que dans un premier temps, pour être tout à fait certain qu'il ait pénétré votre organisme. Ensuite, nous passerons à une nouvelle forme.

– Laquelle ? maugréa Tyrus entre ses dents.

– Une poudre à inhaler. Vous pourrez vous l'administrer vous-même... après que je vous l'aurai fournie, bien entendu.

– Vous pensez que je vais accepter de tomber dans la dépendance ?

– Votre Suprématie, l'addiction détruit ses victimes, qui y laissent leur santé, leur statut, leurs ressources financières. Tout cela restera entre mes mains. Vous ne courrez aucun risque, et vous régnerez avec l'impératrice que vous aurez choisie. C'est une offre que vous ne pouvez pas refuser. Prenez votre décision.

– Laissez-lui le temps de la réflexion, intervins-je. Il peut bien avoir un moment pour se décider ?

– Il n'y a pas matière à tergiverser, rétorqua Pasus en plissant les paupières. L'empereur n'est pas en position de décliner ma proposition. Mais, par courtoisie, je vais vous accorder à tous les deux un intermède pour que vous puissiez vous rassurer. Je dois superviser l'arrimage du *Colossus*... Je devais attendre votre arrivée avant de le réintégrer à l'anneau intérieur.

En toute logique, il l'avait dissimulé parmi la multitude de vaisseaux lointains. La présence de son bâtiment au cœur du Chrysanthème nous aurait indiqué au premier coup d'œil qu'il était ici. Tyrus ferma les yeux jusqu'à ce qu'il soit parti.

Puis il les rouvrit vivement, et je ne décelai aucune trace de renoncement dans les profondeurs bleu clair de ses iris. Il sortit le flacon de sa boîte et l'examina.

– Grâce à Pasus, ça va être très facile, déclara-t-il.

– Comment ça ?

– Par le passé, j'ai toujours dû m'inventer une faiblesse pour que mes ennemis baissent leur garde, et leur faire avaler cette faiblesse était en tous points aussi difficile que d'exploiter le moment où ils me sous-estimaient... Mais il me place dans une situation idéale.

– Tu as un plan, donc.

Il hocha la tête. Il me prit par la nuque comme pour me donner un baiser, mais en réalité il souhaitait pouvoir me murmurer à l'oreille le plus bas possible :

– Il nous a déjà tout expliqué. Il veut me transformer en drogué. Je vais jouer le jeu. Il va l'avoir, son drogué. Ça l'attirera dans notre piège, et, là, nous riposterons.

Mille doutes m'assaillirent. Jamais je n'avais été dans un état second provoqué par un stupéfiant, mais je connaissais les capacités intellectuelles phénoménales de Tyrus. Son esprit constituait l'arme la plus puissante de son arsenal, et on ne pouvait prévoir dans quelle mesure le Vénalox pourrait l'amoindrir.

– Non, Tyrus. Surtout pas. Montons dans le vaisseau le plus proche et détournons-le. Mes forces sont diminuées, mais nous bénéficierons de l'effet de surprise. Ensuite, nous retournerons chercher le soutien du proscripteur.

Il soupira.

– Pour cela, il faudrait que nous nous rendions à la Cité sacrée et que nous repartions avant la fin de la fenêtre gravitationnelle, sinon tout serait perdu. Tu as vu le calendrier : la prochaine ouverture aura lieu dans trois ans. Nous ne pouvons pas nous permettre de gaspiller encore trois années. Avec cet accord, nous pouvons agir de l'intérieur. Nous ne pouvons pas prendre le risque de perdre ce temps.

Je m'écartai et scrutai son visage.

– Mais… tu n'as jamais consommé cette… ce Vénalox. Et si tu ne réussissais pas à contrôler ses effets ?

– J'y parviendrai, affirma Tyrus en me caressant la nuque. C'est une substance chimique comme les autres. La mithridatisation, tu te souviens ?

La mithridatisation. Le procédé par lequel il s'exposait à de petites doses de substances pour s'y habituer.

– La victoire de l'esprit sur la matière. Dans le pire des cas, je deviendrai vraiment dépendant… et ce sera une question de volonté, et j'en ai à revendre. Je supporterai les conséquences du sevrage.

Il m'attira contre lui pour m'embrasser, et me dit encore à l'oreille :

– Quoi que je fasse, et quoi que tu voies, surtout ne t'inquiète pas. Tu dois te fier à moi.

J'allais lui faire confiance. Je n'avais pas le choix.

– Dès qu'il baissera sa garde, chuchota Tyrus, je te promets que nous l'anéantirons.

25

Une fois que le *Colossus* se fut arrimé, Pasus retourna à la salle du trône et nous regarda tous les deux, dans l'expectative. Dès que le sénateur eut reparu, Tyrus afficha un masque d'incertitude et de nervosité.

– Très bien, vous avez gagné, dit-il. D'accord ? Je vais... je vais prendre le Vénalox. Tant que Némésis sera en sûreté, je m'y astreindrai.

– Formidable, fit Pasus, qui s'approcha de Tyrus et plaqua les mains sur ses épaules. C'est le début d'une nouvelle ère pour nous tous. Il ne s'agit pas d'une victoire pour moi. Un jour, vous constaterez que cette victoire nous appartient à *tous les deux*.

Puis il le lâcha et recula.

– Une dernière petite requête, reprit Pasus. Je n'ai pas fait le deuil de ma fille. J'aimerais voir votre promise le moins possible. Némésis dan... Némésis Empyreé, ne mettez jamais les pieds sur le *Colossus* sans invitation expresse de ma part...

Surprise, je le rassurai :

– Je n'ai aucune envie de me rendre à bord de votre vaisseau.

Pasus sourit.

– Je suis ravi que vous vous montriez tous les deux aussi raisonnables.

– Est-ce que nous commençons tout de suite ? demanda Tyrus en élevant la fiole.

– Oui, ce serait parfait. Six millilitres, en intraveineuse.

Il appela un médibot d'un geste de la main, puis Tyrus laissa la machine saisir le flacon avec sa pince métallique et liquéfier son contenu en projetant un vif éclair lumineux.

Tyrus me fixa du regard avec une détermination inébranlable. *Fais-moi confiance,* articula-t-il en silence lorsque Pasus eut la tête tournée.

Puis le bot piqua la seringue dans son avant-bras. Tyrus grimaça.

– À l'avenir, je serai capable de trouver mes veines moi-même…

Il s'interrompit.

Il regarda dans le vide un instant, puis dit :

– Oh, c'est très…

Il bascula en avant.

Je ne m'attendais pas à ça.

Pasus, lui, était prêt. Il rattrapa aussitôt Tyrus et, d'un signe de tête, ordonna à deux de ses employés de venir vite. Il dégagea les cheveux qui tombaient sur le visage de Tyrus.

– Hmm… Ce n'est pas ce que vous aviez prévu, n'est-ce pas ? commenta-t-il en souriant. Ça vous arrive souvent, en ce moment, j'ai l'impression.

Je fixai Tyrus du regard. Il avait les yeux révulsés, ses cils papillonnaient. J'avais vu ces symptômes chez des Grandés victimes d'une overdose d'opiacés ou d'autres substances sédatives.

– Vous êtes sûr qu'il…

– Il va très bien, répondit Pasus en secouant Tyrus. Votre Suprématie. Votre Suprématie !

– Tyrus ! m'écriai-je.

Ses yeux s'ouvrirent avec lenteur, perdus dans le vague, pupilles dilatées. Une profonde angoisse m'oppressa.

– Vous êtes satisfaite ? me dit Pasus avant de se pencher pour retirer le sceptre du fourreau. Un jour, Votre Suprématie, vous sentirez le poids de ceci dans votre main, mais seulement quand vous maîtriserez un art qui vous est trop étranger, à vous les Domitrien. J'y aurais volontiers initié Devineé, si elle avait conservé assez de facultés pour parler, mais je crois que je préfère vous l'enseigner à vous.

Il effleura la joue de Tyrus avec le bout de la crosse.

– Vous allez apprendre à dire « s'il vous plaît ».

Il coinça alors le sceptre sous son bras et claqua des doigts. Deux domestiques soulevèrent Tyrus. Lorsqu'ils s'éloignèrent, la tête de Tyrus bascula en arrière vers le sol, exposant sa gorge.

Cela m'arracha à mon hébétude, et je m'élançai pour le suivre.

La main de Pasus jaillit et m'attrapa le bras.

– Non, ordonna-t-il en dressant l'index avec sévérité.

Par réflexe, j'avais levé le poing, prête à frapper, même si chaque instant me semblait s'étirer avec pesanteur, à cause du neurobloqueur.

– Vous avez consenti à ne jamais monter à bord de mon vaisseau.

Je jetai un regard surpris vers Tyrus, vis les hommes s'enfoncer dans le couloir menant au *Colossus*.

– Attendez. Non ! Revenez par…

Ici.

Ce dernier mot ne quitta jamais mes lèvres. Je comprenais à présent pourquoi Pasus m'avait interdit l'accès à son vaisseau. Il avait l'intention d'y garder Tyrus.

Notre haine mutuelle créait des éclairs entre nous.

– Quand pourrai-je le voir ?

– S'il vous réclame, j'organiserai une rencontre, répondit Pasus, dégoulinant de condescendance.

Je me rendis compte seulement après son départ qu'il était resté très vague. S'il administrait des doses assez fortes à Tyrus, celui-ci ne demanderait jamais à me voir.

Après que Tyrus eut disparu dans le vaisseau de Pasus, je ne le vis pas pendant une semaine entière. Au début, je fis les cent pas dans le *Valor Novus*, les yeux rivés sur le couloir qui menait au *Colossus*. De plus en plus inquiète, je finis par aborder tous ceux qui y entraient ou en sortaient, mais les hôtes grandiloquins se contentaient de m'adresser un sourire méprisant ou de m'opposer un refus gêné ; quant aux serviteurs ou aux employés de Pasus, ils m'ignoraient lorsque je les questionnais sur l'état de santé de Tyrus. Malheureusement, je n'avais plus la force physique d'obtenir des réponses par mes méthodes de prédilection.

Puis j'appris par le bouche-à-oreille que l'empereur allait donner un gala pour célébrer la réconciliation de toute la grandiloquie.

À cette occasion, j'allais enfin le voir.

Shaezar nan Domitrien vint me présenter une sélection de tenues, comme son devoir l'exigeait, mais lui aussi s'était vu interdire l'accès au *Colossus*.

– À ce qu'il paraît, seuls les domestiques les plus fidèles peuvent l'approcher, déclara Shaezar. Nous, ils ne nous parlent pas.

De mauvaise humeur, je choisis le premier ensemble et le premier assortiment de couleurs qu'il me montra. J'eus pour seule consigne de porter un col échancré qui devait laisser visible la marque solaire gravée par le proscripteur. Shaezar m'équipa d'anneaux de guidage en or, cerceaux magnétiques enserrant mes poignets et mes chevilles pour que je puisse me diriger en apesanteur.

Puis nous nous rendîmes dans le dôme de bal, qui se décrocha du reste du Chrysanthème et s'éloigna à une courte distance de la superstructure, où la gravité disparut. Je me penchai en dehors de la loge, contrainte d'écarter sans cesse mes cheveux, qui flottaient devant mon visage en formant une auréole de cheveux bleu-violet.

Pour l'instant, personne n'occupait la loge impériale.

J'attendis, à cran, en promenant un œil distrait sur les décorations : des algues ondoyantes, une poignée d'animaux spécialement conçus pour l'occasion. Je me pris à observer une créature qui remuait ses huit tentacules. Aux premiers accords de musique, alors que Tyrus ne s'était toujours pas montré, une terrible appréhension m'envahit.

Pourtant, en tant que future impératrice, je devais m'élancer dans le dôme la première ; je me jetai donc dans le vide en espérant avoir une vue plus large. Tyrus était peut-être ailleurs. Peut-être qu'il allait me rejoindre.

Mais ce fut le sénateur von Aton qui plana jusqu'à moi, vêtu d'une tenue qui flottait telle une anémone de mer. Grâce à la similijeunesse, il ressemblait à son fils Gladdic... en beaucoup moins beau.

– Je serai votre premier cavalier, ce soir, annonça Aton en me présentant sa main.

J'avais conscience des innombrables regards tournés vers moi, de tous les grandiloquins ridicules qui m'épiaient, engoncés dans leurs costumes aux écailles irisées. Pour amuser la galerie, un Grandé faisait semblant de valser avec l'animal à huit membres après l'avoir attrapé au vol. L'orchestre jouait, mais je ne pris pas la main d'Aton.

– Où est l'empereur ?

– Pour l'instant, c'est moi qui suis là.

Constatant ma réticence, Aton saisit ma main d'office.

– Je suis impatient d'en savoir plus sur vous.

S'il espérait que j'allais jouer le jeu, danser et me comporter comme si tout allait bien, il risquait d'être déçu. Je ne bougeai pas le moindre muscle, en sorte qu'on ne voie de nous qu'un Grandé arrogant s'agitant autour d'une femme tout à fait immobile.

– L'empereur va-t-il venir, au moins ?

– Oui, affirma Aton. Je saute du coq-à-l'âne, mais saviez-vous que j'ai possédé un Diabolic ?

Il glissa son bras sous le mien pour me faire tourner sur moi-même, même si je ne faisais rien pour l'aider, comme s'il n'avait pas remarqué ma froideur.

– Il s'appelait Rancœur. Une créature énorme aux cheveux d'un roux flamboyant.

– Passionnant, raillai-je.

– Il m'était plus fidèle qu'un chien, poursuivit Aton d'un ton triste. Ça m'a été pénible de devoir le broyer dans ma chambre à gravité, mais j'ai obéi au décret impérial. Je voulais le regarder mourir, par respect, mais je n'en ai pas eu la force. Quand j'ai appris que vous aviez dupé Gladdic, je me suis demandé comment un imbécile pareil pouvait être mon fils.

Je dévisageai Aton, consumée par une colère noire. Croyait-il que je n'allais pas réagir à ses provocations ? D'un mouvement brusque, je le fis basculer vers moi et bloquai sa tête entre mes genoux.

– Rancœur a dû vous expliquer que même affaiblis les Diabolics restent des machines à tuer. Je pourrais vous briser la nuque sans aucun mal. Où est l'empereur ?

Aton empoigna mes cuisses, et je mis un instant à me rendre compte qu'il n'essayait pas de se libérer… Il en profitait pour poser ses mains lubriques sur moi.

– L'empereur est avec Alectar von Pasus.

Son rictus me parut trop satisfait, d'une insolence repoussante.

– Très bien. Et Alectar von Pasus, *où est-il* ?

– En compagnie de l'empereur, répondit-il en serrant plus fort. Il va falloir vous montrer plus convaincante pour que j'en dise plus.

Oh… comme j'aurais voulu le mutiler ! Les mâchoires serrées, je secouai la jambe pour l'éjecter, sans me soucier des hoquets outrés de ceux qui avaient remarqué ma conduite grossière et inconvenante. Tremblant de colère et d'impatience, je m'élançai dans la loge située juste en face de celle de l'empereur. Je fixai du regard les sièges vides et attendis. Je restai ainsi toute la durée du gala, sans prêter attention aux imbéciles qui s'ébattaient autour de moi comme des créatures marines. En dehors du dôme de bal, de grosses explosions de lumières éclatantes s'embrasaient dans le vide interstellaire, et tout d'abord je n'y accordai aucun intérêt…

Puis je me pris à les observer, à me demander qui finançait ce spectacle.

Entre deux danses, des convives se mirent à lancer des vivats pour célébrer leur récente bonne fortune. Perplexe, je décidai de consulter le registre des transactions du Chrysanthème. Dans la loge, l'écran d'ordinateur afficha la liste des cadeaux que ces Grandés et Grandeés avaient reçus récemment.

L'*Hypérion*. C'était un vaisseau domitrien, inactif depuis la mort des sœurs de Randevald. À présent, il appartenait au sénateur von Amador. Le *Tigris* était allé à Aton. Le *Crinoline,* qui par le passé servait de résidence aux domestiques des Domitrien, était devenu la propriété de la sénatrice von Wallstrom. Pire que tout, l'*Alexandria*, le vaisseau de Tyrus, revenait à la sénatrice von Locklaite, la première à s'être ralliée à Pasus.

En parcourant cette liste longue comme le bras, je compris avec horreur que Pasus avait divisé toutes les possessions de Tyrus, des Domitrien, et du Chrysanthème en général, avant de les distribuer.

Pasus avait même eu le culot de s'attribuer le Bras de la Gorgone, que Tyrus lui avait offert en échange de Lumina. Désormais, il possédait les deux.

Ainsi qu'un bail de quatre-vingts ans pour le *Valor Novus*.

Tyrus n'était dorénavant qu'un invité sur le vaisseau des Domitrien de la branche impériale.

Il ne restait plus que le *Héra*.

Pour l'instant.

Je n'avais jamais vraiment compris la valeur de l'argent, moi qui n'en avais jamais eu à ma disposition, mais je savais que Pasus venait de nous porter un coup dévastateur. Vers la fin de la soirée, lorsque la danse Hadès et Perséphone commença, des applaudissements retentirent dans le dôme. Puis soudain… Tyrus apparut en face de moi. D'abord une simple silhouette dans sa loge, suivie d'une autre qui devait être celle de Pasus.

Je me précipitai hors de mon balcon et me dirigeai vers lui pour voir comment il se portait, pour estimer l'étendue des dégâts provoqués par le Vénalox, ou…

Ou…

Tout à coup, mes anneaux magnétiques m'immobilisèrent net ; on m'empêchait à distance de voler dans la direction de Tyrus. Je pataugeais là au milieu des applaudissements, comme si je nageais dans de la boue, cependant qu'on montrait Tyrus aux Grandés, gage que l'empereur approuvait l'évènement.

Très bien. Je ne pouvais pas aller directement jusqu'à lui, mais j'allais quand même me rapprocher. J'allais voir son visage. Il le fallait.

Je me propulsai d'abord vers un mur, puis, juste avant de l'atteindre, arrachai mes anneaux. Je poussai alors le plus fort possible sur mes jambes. Grandés et Grandeés s'écartèrent en hâte de mon chemin en lâchant des cris de surprise, mais la sénatrice von Wallstrom ne réagit pas assez vite. Nous nous percutâmes, et le choc nous fit dévier de nos trajectoires. Sans mes anneaux, je poursuivis ma course par mouvements incontrôlés.

J'entraperçus la loge de Tyrus, mais je ne vis que Pasus, qui croisa mon regard un instant et eut un sourire mauvais...

Puis un écran d'opacité s'éleva pour me boucher la vue.

Des couples se mirent à valser autour de moi, puis des trios exécutèrent la danse intitulée « le Triumvirat », et je continuai à tournoyer sur moi-même presque sans avancer. Je distinguai un scintillement d'écailles artificielles, puis on m'attrapa, et je me trouvai nez à nez avec Gladdic. D'humeur massacrante, je fus incapable de le remercier, et ne pus qu'ordonner :

– Dirige-moi vers le côté.

– Si c'est ce que vous voulez. Vous ne souhaitez pas que je vous aide à récupérer vos anneaux ?

Des coups sourds me martelaient la tête. Une folle pensée me traversa : ces anneaux étaient sans doute trop précieux pour que je les perde, maintenant qu'il ne restait plus de la fortune des Domitrien que le *Héra*. J'eus l'impression que j'allais vomir.

Gladdic me ramena vers la loge qui faisait face à celle de l'empereur. Sa voix me parvenait comme une sorte d'écho :

– Je m'excuse pour mon père. Je ne sais pas ce qu'il vous a dit, mais vous avez l'air encore en colère, et je ne vous en veux pas... Père est... Il s'ennuie tellement qu'il traite tout le monde comme...

– Gladdic, je m'en moque. Arrête de parler.

– D'accord.

Il se tut, mais, au bout d'un moment, ce fut plus fort que lui.

– J'ignorais qu'ils allaient utiliser la Brume expédiente. Je n'en savais rien.

– Quand on t'a immunisé, tu ne t'es douté de rien, peut-être ? rétorquai-je, sans pitié.

Je n'avais aucune compassion à lui offrir.

– Je ne savais rien, insista gravement Gladdic. Je croyais qu'on m'avait implanté une diode de pistage, peut-être. Mais… j'étais présent quand ça s'est produit.

Son visage se froissa. Une larme coula sur sa joue et laissa une traînée de khôl noir dans son sillage.

– Ils ne méritaient pas ce qui leur est arrivé. Les Lumines… ils m'ont bien traité. J'étais un otage, mais jamais je ne me suis senti prisonnier.

Il semblait avoir besoin qu'on le prenne dans les bras – il s'adressait à la mauvaise personne.

– Où est-ce que tu veux en venir ?

– J'ai demandé à mon père d'aider Néveni.

Néveni. Mes mains se nouèrent de rage, et je pensai à l'embuscade qu'on m'avait tendue avec son aide. C'était bien à elle que j'avais eu affaire, pas à son hologramme.

– Je ne veux pas le savoir. Elle a collaboré avec Pasus. Il a anéanti sa planète, et elle s'est *quand même* rangée de son côté.

– Elle ignorait le sort qu'a connu Lumina.

Je détournai mon regard vers lui.

– Ah bon ?

– Un mois après votre départ, elle a transmis votre message. Et puis… elle a disparu. J'étais encore en résidence chez ses parents. Son père s'est inquiété, et moi je me suis même préparé à revenir ici. Ils m'ont confié la tâche de me renseigner, de la rechercher... Ensuite, vous savez ce qui s'est passé.

– La Brume expédiente.

– Pasus a isolé Néveni pendant des mois. Il l'a persuadée qu'il détenait ses proches, que si elle voulait qu'ils vivent elle devait se montrer docile. Après... quand vous êtes arrivée, j'ai enfin eu l'occasion de la voir. Je lui ai dit que j'étais navré pour Lumina, et c'est là...

Il se décomposa.

– C'est là que j'ai compris qu'on ne l'avait pas prévenue.

– Oh... Oh, non...

– Juste avant, par contre, elle m'a expliqué... qu'elle était contrariée. Elle avait tenté de vous avertir qu'on la manipulait sans que Pasus s'en aperçoive. Elle m'a confié qu'elle l'avait indiqué dans sa communication. Grâce à un détail concernant Devineé.

J'eus l'impression qu'on m'avait coupé la respiration.

Le plus important d'abord : la Prime héritière est morte. C'est arrivé deux semaines après ton départ. Je ne connais pas tout en détail, mais, comme tu t'en doutes, je ne parviens pas à sécher mes larmes...

J'avais pris cela pour du sarcasme.

Elle avait essayé de me transmettre un message. Jamais elle n'aurait pleuré cette femme, et elle savait que je le savais. Des larmes troublèrent ma vue. J'avais cru que Néveni m'avait trahie, qu'on l'avait amenée par la ruse à conclure un marché dans l'intérêt de Lumina. Je n'avais pas eu une seule pensée pour elle après avoir appris la destruction de sa planète. J'avais eu trop de motifs d'inquiétude pour moi-même et Tyrus. Ma colère contre elle s'évapora.

– Les autres Diabolics sont encore vivants, eux aussi. On n'a pas planifié leur exécution… au cas où vous vous poseriez la question.

Rien ne m'importait moins que le sort qu'on leur réservait, mais Néveni, elle… elle avait cherché à me mettre en garde. Il fallait la sauver.

– Gladdic, j'ai besoin que tu me rendes un service. Renseigne-toi pour connaître la date de son exécution. Préviens-moi dès que tu la connaîtras. Si tu as la moindre influence, insiste pour qu'on recoure à la décompression explosive, pas au broyage gravitaire. S'ils choisissent le broyage, avertis-moi assez vite, afin que je puisse saboter le caisson de gravité. Je pense que… il se pourrait bien que je tente quelque chose.

Il hocha la tête et me fixa de ses yeux verts, comme s'il mourait d'envie de me demander quoi, mais il se ravisa. Malgré la difficulté de la situation, lorsque je contemplai les danseurs, un petit bourgeon d'espoir s'ouvrit en moi. J'ignorais si j'allais pouvoir sauver Tyrus. Ou moi-même.

Mais Néveni était mon amie.

J'allais la sortir de là.

26

On me convoqua pour la première assemblée de la cour organisée depuis notre retour. Je savais ce que ça signifiait : Tyrus serait présent. J'allais enfin pouvoir vérifier s'il allait bien. Je choisis une robe dont l'échancrure en V laissait paraître la marque du proscripteur, puis j'entrai dans la salle impériale et plongeai dans l'océan de regards hostiles.

Il y avait un deuxième trône, plus modeste que celui de Tyrus, mais disposé plus haut… destiné à sa future impératrice. J'y pris place, et éprouvai une vive satisfaction en voyant le ressentiment et l'amertume qui se peignaient sur le visage des uns et des autres. C'était le seul plaisir que je pouvais retirer du marché imposé par Pasus.

Et là… enfin.

Lorsque Pasus pénétra dans la salle, je remarquai avec colère que le sceptre se trouvait dans un fourreau accroché à sa taille. Il était suivi par deux domestiques, qui guidaient Tyrus en le tenant par les bras. Je me levai, le fixai d'un regard insistant en attendant que ses yeux croisent les miens, mais ils ne me cherchaient pas. Tyrus paraissait être dans le brouillard.

Voilà pourquoi il ne m'avait pas rendu mon signe de la main au gala, pourquoi il était resté en retrait.

Fais-moi confiance, m'avait-il dit.

J'avais confiance en lui. Mais la confiance impliquait une condition : il fallait qu'il soit en position d'agir en bien ou en mal. Quand ses yeux passèrent sur moi, pourtant, je constatai avec effroi que le Vénalox était plus fort qu'il l'avait prévu.

S'il jouait la comédie, il allait me donner un indice. Même le plus discret.

Mais, lorsqu'on l'installa sur le trône, sa tête, que personne ne tenait, retomba en arrière. Les doigts pendant mollement dans le vide, il ne se tourna pas une seule fois vers moi.

Tyrus, regarde-moi, l'adjurai-je par la pensée.

Puis je l'appelai :

– Tyrus. *Tyrus !*

L'air absent, il fit pivoter sa tête vers le son de ma voix. Je lui touchai le bras, et son regard se fixa sur ma main avec une expression candide, hébétée, qui appartenait à un enfant… pas à *Tyrus*.

Mon sang se figea dans mes veines. Il nous fallait un plan.

– C'est bon, vous l'avez aidé, intervint Pasus. Retirez votre main, à présent.

Au lieu d'obéir, j'affermis mon étreinte.

– Vous voudriez que je n'aie plus aucun contact physique avec mon fiancé ?

Pasus s'approcha de moi comme un prédateur et déclara à mi-voix, d'un ton irrité :

– Les stimuli sensoriels le troublent. Vous allez le perturber.

– Quelle quantité de drogue lui avez-vous administrée ?

– Une dose suffisante. Lâchez-le, ou j'annoncerai que vous êtes souffrante et qu'il faut vous évacuer.

Dans ma situation, je ne pouvais pas lui opposer de résistance. Tremblant de colère, j'obtempérai. J'aurais tant aimé sentir le cœur de Pasus palpiter entre mes doigts comme l'avait fait celui d'Élantra, regarder la vie de Pasus s'échapper de ses yeux…

Je me renfonçai dans mon siège, consciente de la nature de ces pensées.

C'étaient là les songeries bestiales d'une Diabolic.

Du bout du doigt, je suivis le contour des soleils concentriques sur ma poitrine et me répétai : *Je suis un être humain*.

Même si les êtres humains, méditai-je en observant le sénateur, *sont capables eux aussi des actes les plus barbares.*

– Je propose que nous ouvrions la séance, annonça Pasus, qui obtint l'assentiment enthousiaste de ses pairs.

Il croisa les mains dans son dos d'un geste empreint d'autorité naturelle, passa en revue les aristocrates présents, puis se détourna avec grâce et se dirigea vers le trône de Tyrus en exécutant une des révérences de la grandiloquie – trois pas, à genoux, les mains sur le cœur, trois pas, à genoux.

Pourquoi se donner cette peine ? Ces étranges bribes de cérémonial auquel il s'accrochait me stupéfiaient. Il savait que Tyrus n'était pas en état de remarquer sa présence ni son absence. Dans l'assistance, personne n'était dupe. Lorsque Pasus atteignit le pied du trône, Tyrus ne le regardait pas. Il scrutait un lustre de cristal comme si, fraîchement arrivé dans notre monde, il voyait cet objet pour la première fois.

Pasus claqua des doigts. À deux reprises. La deuxième fois, les yeux vitreux de Tyrus furent attirés par le bruit.

– Votre Suprématie, dites-moi de me relever, indiqua doucement Pasus. Comme nous l'avons répété. Vous vous souvenez ? Levez-vous. *Levez-vous.*

– Levez-vous ?

Satisfait, le sénateur von Pasus se redressa – ce fut là la dernière intervention de Tyrus avant un long moment. Pasus s'adressa alors aux grandiloquins réunis comme s'il était leur empereur. Il en donnait en tout cas l'impression, même si au bout d'un moment il se reprit, retira le sceptre de son fourreau et le posa sur les genoux de Tyrus.

Tyrus examina la crosse avec perplexité, puis sa tête bascula de nouveau en arrière.

– Je ne sais pas si tu comprends grand-chose quand je te parle, dis-je à Tyrus, sans me soucier que l'on puisse être enregistrés par un appareil de surveillance. Mais ce n'est pas du tout ce que nous avions prévu. Tyrus, je t'en supplie, si c'est pour la galerie…

Rien.

– Oh, non, me désolai-je.

J'avais comme une boule énorme dans la gorge. Une profonde panique me traversa.

J'étais aux abois.

– … en coordination avec les grands médias d'Eurydice, expliquait Pasus aux Grandés et Grandeés. Au cas où notre première version n'aurait pas l'efficacité escomptée, nous préparons un deuxième récit. Un plan de secours.

Mon regard se riva sur lui, aussi concentré qu'un rayon laser.

– Notre empereur est très jeune, et bien sûr, avant son accession au trône, sa personnalité plutôt instable n'était un secret pour personne. Il est amoureux d'une… d'une femme, dirons-nous, dont le tempérament violent l'aura influencé. Si notre explication ne convainc pas, nous la ferons passer pour une tentative de dissimuler la vérité : les Lumines ont essayé de profiter des pourparlers pour se révolter, et ce garçon, ayant trop peu l'expérience de l'exercice du pouvoir, a paniqué. Cela permettra par ailleurs d'étouffer les spéculations concernant ma décision de rester à bord du Chrysanthème…

Saisie d'une colère noire, je me levai d'un bond.

– Non. Non ! Vous ne nous ferez pas accuser à votre place !

Tous les regards se tournèrent vers moi, la femme qui siégeait à côté de Tyrus, celle qui avait l'audace de parler plus fort qu'eux, mais j'avais le sentiment de crépiter comme la foudre, galvanisée par une rage à l'état pur.

– Vous ne ferez pas porter le chapeau à *Tyrus* pour le crime que *vous* avez commis sur Lumina ! hurlai-je. Ce n'est pas lui le coupable ! Les assassins, c'est vous. Comment osez-vous dire ça !

De nombreux grandiloquins voulurent répondre, mais Pasus les fit taire d'un geste autoritaire, l'air blasé.

– Nous ne dirons rien. Si tout se passe comme prévu, nos concitoyens croiront que les Lumines, qui ont toujours été un peuple belliqueux, procédaient à des essais secrets d'armes bactériologiques et ont été victimes d'un accident malheureux. Le reste n'est qu'un plan B au cas où cette version ne convaincrait pas.

– C'est vous le responsable. Vous ne vous défausserez pas sur Tyrus.

– C'est un *Domitrien*. C'est d'ailleurs le *dernier*. Lui seul peut endosser la responsabilité du sort de Lumina sans le payer de sa vie. Notre empereur lui-même consentira à ce geste d'abnégation pour le bien de sa grandiloquie. Aujourd'hui. Ici même.

Je compris alors pourquoi on avait injecté une dose si forte à Tyrus. Ils allaient l'utiliser comme filet de sécurité… avec sa complicité.

– Je ne vous laisserai pas faire, jurai-je.

J'aurais tout donné pour retrouver ma force…

– Ramenez-la dans ses quartiers, ordonna Pasus à ses gens. Elle perturbe la séance.

Je me penchai vers Tyrus et m'emparai du sceptre, toujours posé sur ses cuisses. Lorsque le premier domestique fut à ma portée, je fis volte-face et le frappai à la tête… comme Tyrus l'avait fait à Péril. Puis je levai l'arme au-dessus de moi, mais le deuxième employé l'attrapa par-derrière. Confrontée à quelqu'un qui résistait, qui prenait le dessus – une sensation inédite pour moi –, j'enrageai et lui mis un coup de talon dans le tibia.

Puis je reçus un coup de poing au visage.

En temps normal, je l'aurais encaissé sans rien sentir. Là, des éclairs lumineux fusèrent de partout, et je m'effondrai aux pieds de Tyrus. Ses yeux vitreux étaient dirigés vers moi, ses sourcils tremblants semblaient se froncer.

On se saisissait déjà de moi.

– Ne dis rien, l'implorai-je alors. Surtout, ne parle pas, Tyrus… NE DIS RIEN !

Des forces irrésistibles m'éloignèrent. Tyrus regardait dans ma direction, mais distinguait-il quoi que ce soit ? Je luttai à chacun de mes pas. Pasus s'approcha de Tyrus, s'empara de son visage et le fit pivoter de sorte que Tyrus ne voie que lui.

– Vous avez ordonné qu'on utilise la Brume expédiente sur Lumina.

– Non, c'est faux ! m'écriai-je, mais on plaqua une main sur ma bouche.

J'y plantai les dents en traînant les talons par terre. Pasus déploya les mains devant Tyrus pour l'empêcher de me voir.

– Il vous suffit de répondre oui. Reconnaissez que c'était vous. Dites oui. Comme nous l'avons répété.

Je mordis plus fort, mais la main ne bougea pas.

Pasus s'était mis à crier :

– Avouez ! Dites *oui* !

Dans l'assemblée, tous ces criminels coupables de génocide observaient la scène d'un air absorbé, pleins d'espoir ! Pleins de l'espoir que leurs crimes leur seraient pardonnés grâce à un innocent drogué et poussé à en endosser la culpabilité.

– Allez : « Oui ». Comme nous l'avons répété ensemble. *Oui !*

Tyrus chavira vers l'avant, et je ris presque, ravie ; de toute évidence il essayait de s'enfuir. Pasus le serra dans ses bras pour l'immobiliser, l'empêcher de quitter son trône, et tous les deux se retrouvèrent comprimés entre les accoudoirs. Quel spectacle ridicule !

– Dites-le. *DITES OUI !*

Tyrus tourna la tête et regarda le sénateur d'un air hébété…

– … Oui ?

Des applaudissements retentirent. Tyrus jeta un regard abasourdi aux grandiloquins qui poussaient des cris de soulagement et joignaient les mains. Pasus eut un sourire carnassier, et ce fut tout ce que je vis avant d'être emmenée hors de la salle du trône. Mais la voix odieuse du sénateur s'éleva encore :

– Vous avez tous entendu. La parole de l'empereur est sacrée, et elle a été prononcée devant notre assemblée de témoins. Nous pouvons affirmer en toute honnêteté que nous avons entendu son affirmation… tous autant que nous sommes. Nul sérum de vérité, nul détecteur de mensonges ne pourra jamais nous confondre pour tromperie. Félicitons notre jeune souverain d'œuvrer pour la paix ! Un immense bravo à vous, Tyrus. Nous sommes très fiers de vous.

Mon instinct combatif m'avait abandonnée. C'était terminé. Si l'excédent refusait de croire que les Lumines s'étaient anéantis eux-mêmes, on nous accuserait, Tyrus et moi, d'être responsables de la mort de quatre milliards d'humains.

Lorsqu'un serviteur vint me remettre un billet éphémère, je faillis broyer le message dans ma main, ayant peu d'appétit pour l'intrigue. Mais je consultai le message, qui provenait de Gladdic :

Décompression explosive ce soir. 20 heures, par le sas de la grande salle de Justice.

Je réduisis le papier en poudre.

Ça, au moins, j'en étais capable.

Je n'avais encore jamais porté de combinaison spatiale, mais je savais qu'il était prudent de les contrôler pour détecter d'éventuelles fuites avant de les utiliser. Je n'en fis rien, parce que je n'en avais pas le temps. Je fouillai dans les combinaisons moulantes noir et argent à disposition sur le *Héra*, et en trouvai une à ma taille. La matière caoutchouteuse résista quand je l'enfilai par les jambes et en remontai la fermeture à glissière jusqu'à mon cou, mais lorsque j'eus mis les gants et le casque la tenue se gonfla et se pressurisa. Les anneaux directionnels intégrés s'ajustèrent, puis la gaine se durcit pour former une carapace rigide.

De l'oxygène fut injecté dans le casque, et je concentrai toute mon attention sur le sas du *Héra*. D'un petit geste de la main, la porte s'ouvrit et je fus propulsée dans l'espace.

Poussée par mon élan, je plongeai dans le silence sidéral. Je dérivai quelques instants, subjuguée par la sensation d'apesanteur, à la fois plus vive et plus irréelle, dans ce vide où le corps humain ne pouvait pas exister, ne pouvait pas survivre.

Puis je recourus à une astuce mentale : j'imaginai que je me trouvais en fait dans un dôme de bal pourvu d'une verrière tout à fait transparente. Quant aux immenses vaisseaux de métal et de granit, ce n'étaient que des murs. Des obstacles sur mon chemin, qui faisaient partie d'un jeu.

Je bougeai donc les jambes pour me diriger comme dans n'importe quel dôme, planant sans bruit devant les vitres du *Héra*. Comme le vaisseau de Cygna semblait robuste et imposant, vu du dehors ! Lorsque je parvins au dernier sas, je tirai un grand coup sur la porte et la laissai ouverte. Je pris alors la direction du *Valor Novus*, auquel le *Héra* était attaché par un couloir qui me fit l'impression d'être un bras long et frêle, alors que j'avais emprunté cette structure robuste des centaines de fois.

Je gardai les yeux rivés sur les vitres. Même si quelqu'un s'était trouvé à proximité d'une baie du *Valor Novus*, on n'aurait jamais pu distinguer ma combinaison noire et argent, qui se confondait avec les vaisseaux interstellaires à l'arrière-plan. Je jetai un coup d'œil par toutes les fenêtres, tâchant de m'orienter à l'extérieur d'un bâtiment dont je connaissais l'intérieur comme ma poche.

Puis j'atteignis mon objectif : la grande salle de Justice.

Il me restait à espérer que Néveni aurait la prévoyance de recracher tout son air avant d'être expulsée. Si elle retenait sa respiration, ses poumons éclateraient aussitôt. Tout dépendait d'elle.

Je me positionnai juste au dessus du sas, mon souffle et les battements de mon cœur résonnant dans mon casque… Dans l'espace régnait un silence absolu. À perte de vue, des appareils étincelants s'intégraient à la structure du Chrysanthème. Tout était si calme, ici.

Une pensée réjouissante me vint : les ondes sonores ne voyageant pas dans le vide, le neurobloqueur ne pouvait pas être activé par voie acoustique. Je disposais donc de toutes mes forces, même si à cause de l'apesanteur je ne les sentais pas.

Je promenai le regard autour de moi, à la recherche du *Colossus*, car je venais d'entrevoir une possibilité. Plus tard, je pourrais faire évader Tyrus par l'extérieur. Personne ne s'y attendrait.

Il y eut un violent éclat lumineux, et Néveni fut éjectée, sans la moindre protection, expédiée vers la mort dans le néant cosmique.

Je me propulsai aussitôt pour la sauver.

27

Son corps fit des pirouettes dans les ténèbres comme une poupée molle. Elle avait dû perdre connaissance très vite, car je ne rencontrai aucune résistance lorsque je m'emparai d'elle et l'emportai vers le *Héra*.

De précieuses secondes s'écoulèrent lentement, le temps que j'approche du sas et la pousse à l'intérieur. Je la rattrapai avant qu'elle ait pu rebondir au fond et ressortir du caisson, puis je scellai l'écoutille derrière moi. La séquence de pressurisation s'enclencha.

Je sus tout de suite quand l'oxygène revint, parce que Néveni aspira alors une grande goulée d'air. Je m'adossai mollement contre la paroi, le cœur battant à toute allure. Dès que la porte qui nous séparait du reste du *Héra* s'ouvrit, je m'empressai de retirer mon casque. Un médibot qui passait à proximité, alerté par les signes vitaux très faibles de Néveni, fit irruption dans la petite pièce.

– Néveni ! la stimulai-je tandis que la machine s'affairait autour d'elle. Néveni, tu m'entends ?

Un son à peine audible s'échappa de sa gorge.

– Tu es dans le coma ? lui demandai-je.

Si ça avait été le cas, elle n'aurait évidemment pas pu me répondre, mais je constatai qu'elle était consciente, car son visage se froissa en une grimace contrariée.

Dès qu'elle en fut capable, elle maugréa :

– Pourquoi tu ne m'as pas laissée mourir ?

À cause de sa voix rocailleuse, je crus l'avoir mal comprise.

– Pas question que je t'abandonne, déclarai-je. Je ne t'en veux pas pour la transmission que tu m'as envoyée. Je sais que Pasus t'a forcé la main, et même sans ça il aurait trouvé un moyen de nous piéger. Alors... si tu imagines que je t'en veux, détrompe-toi. Ça ne justifiait pas que je les laisse te tuer.

– Tout ne tourne pas autour de toi, Némésis. Pourquoi tu ne m'as pas laissée mourir pour *mon bien* à moi ? s'écria-t-elle. Je voulais mourir. J'étais contente que ça se finisse. J'aurais dû être auprès de mes parents. Je veux les rejoindre.

– L'espace n'a pas disparu, rétorquai-je. Il est encore là. Il me suffirait d'appuyer sur un bouton pour te réexpédier dans le vide, si ça peut te faire plaisir.

– Alors vas-y, lâcha-t-elle dans un sanglot.

– Non, répondis-je, indignée. Je viens de me donner un mal de chien pour te sauver. Expédie-toi dans le cosmos toi-même, si c'est ce que tu veux.

Je m'apprêtai à partir, puis me ravisai, de crainte qu'elle me prenne au mot.

– Mais je préfère que tu ne le fasses pas, enchaînai-je en vitesse. Ce serait mieux que tu restes en vie. Même si tu as perdu tous ceux que tu connais et que tu aimes, tu te doutes bien que les choses vont bientôt s'améliorer.

Elle eut un hoquet étranglé et enfouit le visage dans ses mains. Malgré la brièveté de son exposition aux rayons cosmiques, sa peau avait cloqué, et le médibot dirigea ensuite son attention sur ces blessures.

Ne sachant pas quoi ajouter, je m'en allai. Les bruits qu'elle produisit et qui m'accompagnèrent dans le couloir auraient pu être aussi bien des sanglots que des rires. Je pris soin de lui envoyer un bot de service qui allait lui apporter des drogues récréatives. Le Vénalox était une substance épouvantable, mais je croyais toujours à l'utilité des autres stupéfiants. Ils offraient un excellent moyen de supporter le chagrin.

Pour la première fois, Pasus m'avait convoquée sur le *Colossus*. À bord, je trouvai Tyrus dans un jardin, assis en face du sénateur à une longue table. Des serviteurs disposèrent devant eux un assortiment de fruits fraîchement tranchés. Sous le dôme céleste, à la lumière vive des trois soleils, la peau de Tyrus paraissait blafarde, cireuse. Il avait beaucoup maigri.

– Ah, Némésis, fit Pasus. Installez-vous. Prenez donc le petit-déjeuner avec nous.

Plutôt avaler du poison. Je dévisageai Pasus en me demandant quel mauvais coup il préparait. Il avait placé le sceptre sur la table, sur un socle bas... plus près de lui que de son véritable propriétaire.

– Votre Suprême Grandeur, regardez qui vient se joindre à nous ! annonça Pasus d'une voix forte.

Tyrus s'anima, son regard croisa le mien un instant.

– Il n'a pas d'appétit, me confia Pasus. C'est à cause du sevrage.

Le sevrage, vraiment !

Je levai des yeux pleins d'espoir vers Tyrus. À l'évidence, il savait de quelle façon on l'avait manipulé quand il était sous l'emprise de la drogue, car il affichait une expression de profonde amertume.

– Tu vas bien ? lui demandai-je doucement, consciente que nous ne pourrions pas parler sans que Pasus nous entende.

– Je me sens barbouillé, c'est tout, répondit Tyrus d'une voix éraillée.

– Est-ce que tu...

Je regardai Pasus, dont l'air satisfait et condescendant me donna envie de lui fracasser le crâne.

– Tyrus, est-ce que tu te souviens de tout ?

– Je me souviens d'avoir cédé toutes mes possessions. Et accepté d'endosser la responsabilité d'un génocide que je n'ai pas commis. J'ai assez de souvenirs pour savoir que je viens de vivre le pire trip de ma vie. Maintenant, j'ai recouvré ma lucidité. Pourquoi ?

Il se tourna vers Pasus.

– Avez-vous amassé un butin suffisant à votre goût ?

– J'estime que nous sommes partis du bon pied, Votre Suprématie. Les injections ne sont plus nécessaires. Désormais, vous n'aurez plus qu'à me demander vos doses quand vous en ressentirez le besoin, et je vous les fournirai afin que vous puissiez les inhaler selon votre désir.

Tyrus ferma les yeux.

– Je n'ai plus mes vaisseaux, plus aucune colonie, plus aucune ressource… Il ne me reste que le nom de mon ascendance tant vantée… Comment vais-je payer ma redevance pour l'oxygène ? Ma nourriture, mon eau ? Maintenant que vous avez la jouissance du *Valor Novus*, dois-je m'installer ailleurs ou vous payer un loyer ? Cela nous ramène à la question de l'argent. Je quitterais volontiers les lieux, mais je soupçonne que vous ne m'y autoriserez pas. Vous comprenez mon dilemme, n'est-ce pas ?

– Vous avez raison, reconnut Pasus. Vous ne serez pas en mesure d'assumer ces dépenses. D'autant plus que Votre Suprématie a exclu d'épouser une héritière fortunée. Par chance, je suis disposé à vous prêter ce dont vous aurez besoin.

– Ça ne résout pas notre problème. On ne peut pas emprunter à l'infini.

– Vos ancêtres ne voyaient pas d'inconvénient à être débiteurs, eux. Je mettrai en place les mesures qui vous permettront de me régler vos dettes par le biais d'impôts.

De taxes, de charges. Vous êtes maître des mécanismes de l'État. Votre oncle y recourait avec une grande prodigalité.

– Pas moi, rétorqua sèchement Tyrus.

– Pas encore, vous voulez dire.

Les yeux de Pasus luisirent d'un éclat mauvais. Tyrus n'avait pas le choix. Tous les deux le savaient.

Tyrus se renversa sur sa chaise, et, les yeux levés vers le plafond, eut un rire fataliste.

– Entre le génocide et l'extorsion de l'excédent, vous tenez vraiment à faire de moi un empereur populaire. Pourquoi vous donner la peine de m'administrer du Vénalox ? Un emprunteur est déjà l'esclave de son créancier.

– Vous souhaitez arrêter de prendre le Vénalox ? s'enquit Pasus.

Tyrus ne répondit pas, conscient qu'il y avait un piège.

– Je ne vois pas l'intérêt de lui demander ça, intervins-je.

– Le sevrage est très désagréable, indiqua Pasus. Mais, si vous voulez cesser d'en consommer, vous en aurez la force. Vous en baverez environ deux jours, d'après ce que j'ai observé chez les excédents qui l'ont testé.

– Je ne vous crois pas un instant, dit Tyrus. Vous ne m'autoriserez pas à arrêter.

– Détrompez-vous.

Il saisit son verre et le soupesa.

– Bien entendu… je ne peux pas vous garantir qu'au bout des deux jours je ne vous imposerai pas une injection pour vous rendre à nouveau dépendant. Nous répéterons ce cycle le temps qu'il faudra pour que vous compreniez que vous n'avez aucune prise sur votre situation.

– Très bien, fit Tyrus en levant la main, le regard dur. Considérez que c'est entendu. L'autre forme de la drogue, vous allez me la donner, maintenant ?

– Vous n'avez pas posé votre question comme il convient, répondit Pasus, qui sembla alors peser ses mots : Ce que j'attends de vous, c'est que vous employiez mon titre, que vous vous adressiez à moi d'un ton respectueux, et que vous disiez « s'il vous plaît ». Je veux que vous vous mettiez à genoux. Nous procéderons dans la salle du trône.

– Vous êtes devenu complètement fou ? fit Tyrus.

– Pourquoi lui infliger ça ? m'offusquai-je. Vous prenez plaisir à l'humilier ?

– Ça n'a aucun rapport avec ses sentiments. Ce qui m'importe, c'est la façon dont on va nous percevoir. Il faut que les grandiloquins me voient en position dominante face à l'empereur, pour qu'ils comprennent qui est le maître. Et ce sera aussi pour votre bien, Tyrus.

– Pour mon bien ? répéta Tyrus avec un sourire sardonique. Je serais curieux de savoir comment.

– Vous allez vous en souvenir vous aussi. Vous ne l'oublierez jamais. Bien, allons dans la salle du trône, voulez-vous ?

Tyrus entrecroisa les doigts et les considéra comme s'il souhaitait s'inspecter les ongles. Ceux-ci étaient sales, remarquai-je soudain. Tyrus, qui était si méticuleux, avait de la saleté sous les ongles. J'eus un mal fou à en détacher le regard.

– Vous retirez de tout cela une satisfaction beaucoup trop grande, commenta Tyrus.

Pasus réfléchit un moment, puis sourit.

– Bien sûr, Tyrus. Pourquoi m'en priverais-je ? Je l'avoue, c'est très gratifiant. Le Sénat était à ma botte quand vous portiez encore des couches, et, par un énorme coup de chance, j'ai pu éviter que vous réduisiez mon pouvoir en miettes. Vous qui aviez déjà repoussé ma fille pour l'humanoïde qui l'a assassinée. Vous m'avez insulté de mille façons, alors je ne prétendrai pas que tout cela ne me procure pas... un certain plaisir.

– Je ne me serais jamais doutée que vous étiez aussi sensible, sénateur, lui dis-je. Tenez-vous le compte de ses offenses depuis tout ce temps ?

– C'est dans la nature humaine, et bien trop compliqué à comprendre pour un Diabolic, répondit Pasus, sans quitter Tyrus des yeux. Il est peut-être inévitable que les jeunes précipitent la chute des anciens, Tyrus, mais, en ce qui me concerne, ce ne sera pas vous, et pas aujourd'hui. Dans cent ans, quand vous serez beaucoup plus vieux, quand un gosse insolent se mettra en tête de détruire tout ce que vous avez accompli de haute lutte... vous ressentirez peut-être le besoin d'écraser ce jeune impertinent comme un insecte. Pour l'instant, je me contenterai de vous voir à genoux devant moi, à la vue de tous.

28

Je n'avais jamais été malade. Quant à Sidonia, à ma connaissance, elle n'avait jamais rien eu de plus sérieux qu'un rhume. Le mal le plus virulent dont j'avais été témoin était celui qui avait affecté Tyrus après notre premier séjour sur Lumina, et, en ce temps-là, je gardais le plus possible mes distances avec lui. À présent, je décelais des signes de fièvre dans ses yeux brillants et le teint cireux de son visage.

Tyrus leva péniblement le regard vers moi et dit d'une voix râpeuse :

– Némésis, avant qu'on en arrive là, quand on a discuté de mon plan…

Je savais quel plan il évoquait. Son projet de supporter la substance qu'on lui imposait.

– Il se pourrait que je me sois surestimé, reconnut Tyrus. Un petit peu.

Plus qu'un petit peu, et nous en avions conscience tous les deux, mais j'esquissai un sourire.

– Je sais, Tyrus.

Il m'adressa un regard tendre et affligé. Puis il se plia en deux et vomit.

Par réflexe, j'eus encore un mouvement de recul face à cette manifestation de maladie, même si cette fois il ne s'agissait pas d'un virus. C'était seulement la réaction du corps humain qui, après s'être accoutumé, souffrait d'un phénomène de manque.

D'un manque terrible.

Peu après, Tyrus ne put même pas avaler d'eau sans être pris de nausée. Des tremblements agitaient ses bras et ses jambes en permanence, et je devais l'aider à bouger pour éviter qu'il soit pris de crampes. Tyrus n'étant pas autorisé à quitter le *Colossus*, nous nous limitions à des promenades dans le jardin dont il disposait.

D'une voix hésitante, Tyrus tenta de m'expliquer les effets qu'avait sur lui le narcotique.

– J'ai l'impression d'être submergé dans un marécage. Une vase épaisse engourdit tous mes sens...

Pour la première fois, je remarquai concrètement le problème que me posait le neurobloqueur parce que, par les astres, ce qu'il était lourd ! En temps normal, je pouvais porter Tyrus à bout de bras, mais ce jour-là, alors qu'il se contentait de s'appuyer sur moi, je vacillais.

– Ensuite ça s'éclaircit, juste un peu, murmura Tyrus, et là je m'entends parler, je me vois manger et bouger, et je me rends compte que ça se passe comme ça depuis le début. Et que je continue. On me fait signer ceci, affirmer cela, et cette personne que je n'habite pas tout à fait est ravie d'accéder aux diverses demandes. Par moments, je retrouve toute ma lucidité, et je suis horrifié par tout ce que j'ai cédé, mais avant que j'aie eu le temps de protester je suis de nouveau englouti. Quand on m'a demandé d'endosser la responsabilité pour Lumina… tu as essayé d'intervenir. Je n'en étais pas sûr… mais je devinais que tu étais en danger, et j'ai refait surface…

– Tu as tenté de t'en aller au lieu de plier. Je l'ai vu.

– Et puis plus rien, susurra Tyrus. En une fraction de seconde, tout a encore disparu.

– Pasus prétend que la forme inhalée est moins puissante.

– Je l'espère. Je n'ai plus rien à lui abandonner.

– Si, des titres. Et le *Héra*, peut-être.

Il ferma les yeux un instant.

– Tu peux me croire, ce vaisseau, il ne l'a pas oublié. Je lui en ai accordé la propriété.

– Mais le *Héra* est à moi. Tu ne peux pas faire ça.

– Il deviendra notre bien commun dès que nous nous serons mariés, et… et le bon côté des choses, c'est que le sénateur a tout intérêt à ce que notre mariage ait lieu vite.

– Sa cupidité n'a pas de limites, maugréai-je.

– Je suis désolé, Némésis.

Ce n'était pas de sa faute. Il n'avait aucune raison de s'excuser.

Même si dans mon esprit le *Héra* demeurait l'appareil de Cygna, l'idée de devoir m'en séparer suscita en moi un vif sentiment possessif. Pas question que Pasus le récupère.

Je devais le conserver d'une façon ou d'une autre.

Un abattement profond chassa cette pensée. Comment pouvais-je m'y prendre ? J'avais été incapable de préserver quoi que ce soit d'autre. Tyrus tremblait à présent tout entier, comme traversé par un courant électrique, et, même s'il s'efforçait encore de la cacher, son visage débordait de souffrance.

– Tyrus, tu n'as pas le choix, il faut que tu supplies Pasus de te donner la dose en poudre. Sinon il va te laisser souffrir le martyre deux jours, t'injecter une autre dose, et ça recommencera. Mets ton orgueil de côté.

Il poussa un soupir lent et haché.

– Ce n'est pas la question. Mon orgueil, je le ravale depuis toujours, et si je dois mendier, quitte à passer pour un faible pathétique et irrécupérable aux yeux des puissants de l'empire, je le ferai. Je n'aurai aucun mal à m'agenouiller devant lui, à présenter le visage d'un empereur pitoyable et soumis. Il veut que la grandiloquie comprenne qu'il est son nouveau maître en lui montrant qu'il est le mien, et je suis capable d'encaisser cela. C'est juste que…

– C'est juste que quoi ?

Je caressai son front brûlant.

– Ce manque que je ressens… cette nécessité de le satisfaire, dit-il, l'air hagard. Je peux faire semblant, mais je ne jouerai pas complètement la comédie. Je suis prêt à me mettre à genoux et à supplier. Mais la prochaine fois ? Et celle d'après ?

Je hochai la tête.

– Dans ce cas… il faudrait peut-être envisager de nouveau ma suggestion.

Il me fixa du regard.

– Qu'en penses-tu ? insistai-je.

Il nous fallait retourner à la Cité sacrée. La fois précédente, Tyrus avait été assez sûr de lui pour écarter cette idée, mais à présent… il y réfléchissait sérieusement.

Le proscripteur était désormais notre seul allié. C'était le seul dont la voix était trop puissante pour être étouffée. Il nous suffisait de le ramener sur le Chrysanthème.

Tyrus se mit alors à rire. Je le regardai d'un air réprobateur.

– C'est ce que tu avais suggéré en premier, tu te rappelles ? murmura-t-il, un drôle de sourire aux lèvres. Souviens-toi : tu voulais qu'il voie l'empire, mais moi j'ai préféré utiliser le trou noir pour l'effrayer. Et si j'ai choisi cette solution…

Il s'esclaffa de nouveau.

– … c'est parce que je pensais que ton idée nous prendrait beaucoup trop longtemps.

Tyrus en pleurait de rire, mais pour ma part je restai silencieuse.

Lorsqu'il vit mon air sévère, son hilarité s'évapora.

– Némésis, j'ai… j'ai perdu la notion du temps. Est-ce que tu sais… le calendrier des passages… nous avons eu de la chance, la première fois.

– Je connais les fenêtres d'ouverture, indiquai-je, du bout des lèvres.

On espionnait potentiellement tout ce que nous disions, chaque mot que nous prononcions dans l'enceinte du *Colossus*.

Mais c'était vrai : j'avais mémorisé les dates. Il nous fallait vingt-trois jours de voyage pour atteindre notre destination, une journée pour pénétrer dans le système et une pour en repartir, et, d'après le calendrier des fenêtres gravitationnelles, nous disposions d'un peu plus de deux semaines pour quitter le Chrysanthème.

– La prochaine fois, ça restera fermé combien de temps ? s'enquit Tyrus en demeurant assez vague pour que je sois la seule à le comprendre. Rafraîchis ma mémoire. Je suis encore dans le brouillard.

– Trois ans.

Il jura à voix basse.

– C'est maintenant ou jamais, alors.

Il déglutit, et je me rendis compte qu'il luttait de nouveau contre la nausée.

– J'ignore comment je… réfléchirai quand j'aurai pris une nouvelle dose. Même si j'étais capable d'agir, on m'observe et on m'écoute partout. C'est pour ça qu'on m'interdit l'accès au *Héra*. Ses parois sont hermétiques aux oreilles et aux regards indiscrets.

Mon vaisseau était protégé de la surveillance, donc. Parfait.

– Tu m'as donné le meilleur.

– Ça t'étonne ?

– Je vais trouver une solution, affirmai-je en serrant sa main dans la mienne. Fais-moi confiance.

Il hocha la tête. La gratitude l'envahit, malgré sa peur profonde qu'il était trop mal en point pour me cacher.

Je lui caressai le visage, seul réconfort que je pouvais lui apporter. Il posa le front contre le mien, et je réfléchis à toute allure. Je venais de lui faire une promesse gigantesque. J'allais devoir tout élaborer et tout planifier, et je ne savais pas par où commencer.

Je distinguais bien quelques germes d'idées, mais j'ignorais quelle direction elles prenaient et où elles pouvaient me mener. J'avais toutefois une certitude : Tyrus ne pouvait pas agir, et, pour ma part, je possédais toute ma lucidité. C'était à moi de prendre les choses en main. Je devais nous sauver, sinon nous étions condamnés.

J'allais donc réussir.

J'allais nous sauver.

Lorsqu'il se plia en deux, encore malade, je pris ma première décision en tant que responsable des opérations.

– Ça suffit. Je t'emmène dans la salle pour que tu t'adresses à Pasus comme il le souhaite. Je refuse que tu souffres sans raison.

Il se frotta le visage d'un air dépité.

– J'ai une faveur… à te demander.

– Tout ce que tu veux.

– Quand je le supplierai, ne regarde pas, dit-il à voix basse.

Je lui passai la main sur les cheveux et hochai la tête.

J'allais détourner le regard pour ne pas voir son humiliation publique. Ou du moins, la prochaine étape.

Pasus avait inventé de toutes pièces des prétextes pour convoquer le plus de monde possible dans la salle du trône. Il attendait comme l'aurait fait un aristocrate requérant une audience, mais, les mains croisées dans le dos, il affectait une posture calme et autoritaire. Lorsque Tyrus s'approcha de lui, je tournai les yeux vers la baie vitrée et contemplai le *Héra*, ce magnifique et puissant vaisseau astéroïde que je m'étais juré de ne jamais céder.

– Sénateur von Pasus, je vous prie de me donner le Vénalox.

– Un instant, déclara Pasus, qui sortit le sceptre de Tyrus et le lui tendit. Répétez votre demande, maintenant.

Je perçus l'agacement dans la voix de Tyrus et devinai qu'il lui en coûtait de se soumettre à cette mascarade ridicule.

– Je vous en prie, sénateur von Pasus, j'aimerais que vous me fournissiez du Vénalox.

– Vous me surprenez, vous qui étiez si réticent, déclara Pasus d'une voix forte.

Tyrus devait se montrer plus convaincant. Il s'agenouilla et se répandit en supplications, comme le désirait Pasus. Ne pouvant pas me boucher les oreilles, je me concentrai sur le *Héra* et sa puissance phénoménale. Même une attaque surprise et un bombardement de mines automatiques n'avaient pas réussi à l'égratigner. Les forces gravitationnelles du système transaturnin l'avaient à peine ébranlé. Il allait être l'instrument de notre libération.

– ... très généreux et aimable de votre part..., disait Tyrus.

Ce vaisseau m'appartenait. Je n'allais pas l'abandonner. Il allait me permettre de tout arranger.

Des murmures résonnaient autour de moi, et, lorsque malgré moi je reportai le regard vers la salle, Pasus rayonnait d'une satisfaction absolue, jubilant que l'empereur s'avilisse à ses pieds sous les regards de toute l'assemblée – de tous ceux qui détenaient la moindre position de pouvoir dans l'empire.

– Mon cher garçon, qu'il m'est pénible de vous voir souffrir. Évidemment que vous pouvez avoir ceci, Votre Suprématie, déclara Pasus d'un ton mielleux en débouchant le flacon.

Tyrus voulut se relever, mais la main de Pasus s'abattit sur son épaule et l'obligea à rester à genoux.

– Non, asséna le sénateur d'un ton ferme quand Tyrus tenta de prendre la fiole.

J'avais beau lui avoir promis de ne pas le regarder, je ne pus m'en empêcher, et je vis alors un tremblement de haine pure traverser son corps lorsque Pasus refusa de lâcher le flacon.

– Allez-y, ordonna le sénateur en l'approchant du nez de Tyrus.

Tyrus ne pencha que la tête et inhala la substance. J'observai son visage, essayant d'évaluer la puissance de la drogue, pour savoir s'il garderait sa lucidité. Le narcotique fit effet, et un brouillard tomba sur ses traits.

Tyrus s'affaissa vers l'avant. Pasus le maintint en équilibre d'une main, puis dit à son public :

– Comme vous pouvez le constater, l'empereur et moi sommes enfin réconciliés.

Des rires retentirent et m'écorchèrent les oreilles. C'étaient peut-être des rires polis, des rires serviles offerts à un sénateur qui avait désormais toute autorité sur l'assemblée réunie dans cette salle… mais je ne les pardonnerais pas. Les mains frémissantes, je brûlais d'arracher les cordes vocales à tous les traîtres rassemblés là. Je n'avais qu'une envie, précipiter le *Héra* contre ce bâtiment pour le réduire en…

Je tournai brusquement le regard vers le magnifique vaisseau astéroïde, galvanisée par cette idée. Celle-ci était plus qu'un germe ; elle prit une forme concrète et me montra un chemin praticable. L'espoir s'éveilla en moi, et je le serrai contre mon cœur comme un bouclier. Pasus rappela à Tyrus de ramasser son sceptre, qu'il avait fait tomber, puis promena son empereur un peu partout comme un tigre dressé à sauter dans un cerceau enflammé.

Tyrus et moi avions les mains liées, mais ça n'allait pas durer, et, lorsque nous nous retournerions contre Pasus, rien ni personne dans la galaxie ne pourrait le sauver. J'allais m'en assurer.

29

Dans la grande héliosphère, où Tyrus et moi allions recevoir la consécration, Pasus se tenait au premier rang. Il serrait le sceptre négligemment dans sa main – il le portait « pour l'empereur », comme il se plaisait à le répéter. Il avait les yeux braqués sur ma poitrine. Chez un autre homme, j'aurais cru à un regard libidineux. Mais lui, c'étaient les soleils concentriques du proscripteur qui retenaient son attention. La marque établissant mon humanité, apposée par le chef suprême de la foi à laquelle il adhérait de toute son âme, marque qu'il avait néanmoins choisi d'ignorer pour servir ses intérêts.

Comment justifiait-il ce sacrilège à ses propres yeux ?

Fustien nan Domitrien s'immobilisa devant Tyrus, qui n'avait pas eu de dose de Vénalox depuis le soir précédent et semblait ne pas avoir fermé l'œil depuis un siècle. On lui accordait une dose en début de journée, aussi se sentait-il mal dès le soir, moment auquel il en recevait une autre. Quand arrivait le matin, il souffrait déjà de nausées et de manque. Il endurait un calvaire qui croissait et décroissait sans cesse. Il se frotta les bras tandis que le prélat lui versait un filet d'huile consacrée sur le front. Puis Fustien s'arrêta en face de moi.

J'attendis, le menton levé vers lui.

Après une courte hésitation, Fustien me consacra.

Le proscripteur avait décidé pour lui, ce qui paraissait lui suffire. Lorsque les lumières s'éteignirent, à la fin de l'office, Pasus s'approcha et saisit Tyrus par l'épaule. Il fut à deux doigts de prendre la mienne, mais il se ravisa et posa la main sur l'autre épaule de Tyrus.

– Grand Prélat, il serait souhaitable que l'empereur et sa future impératrice se marient bientôt.

Fustien nan Domitrien dodelina de la tête d'un air songeur.

– Le problème du statut d'être humain est réglé. Qu'en est-il des descendants ? Il subsiste la... difficulté génétique. De toute évidence, il faudra que les enfants soient... entièrement humains.

Jusqu'alors, Tyrus n'avait prêté aucune attention au déroulement de la cérémonie. Il s'était contenté de fixer Pasus avec des yeux injectés de sang en attendant sa dose matinale. Soudain, son regard fusa vers le prélat.

– Je n'aurai pas d'enfants.

– Bien sûr qu'il en aura, le contredit Pasus d'un ton posé. Et nous extrairons les éléments humains de Némésis, car il y doit bien y en avoir quelques-uns, puis nous prendrons l'ADN de l'empereur...

– Je préfère me faire castrer plutôt que d'engendrer un héritier dans ces circonstances ! rugit Tyrus.

– L'empereur ne sait pas ce qu'il dit. En ce qui concerne... Némésis, tout ce qui n'est pas d'origine humaine dans son génome pourra être remplacé par des parties du mien.

Tyrus éclata d'un rire suraigu et se plia en deux. Quant à moi, je me contentai d'adresser un regard noir à Pasus, qui semblait peu apprécier l'hilarité de son souverain.

– Ça, c'est la meilleure ! fit Tyrus en essuyant ses larmes.

À moins qu'il s'agisse de sueur, car il paraissait en piteux état.

– Nous allons avoir un bébé ensemble, tous les trois. Tous les rêves du sénateur vont se réaliser.

– L'idée de mêler votre ADN au mien vous répugne-t-elle ? C'est insultant, Votre Suprématie, protesta Pasus, qui sortit une fiole de Vénalox et la contempla. J'aimerais que vous me présentiez des excuses. Sinon je brise votre prochaine dose.

Les yeux de Tyrus flamboyaient de haine, mais le manque prit le dessus. Je me détournai par réflexe ; pourtant, encore une fois, je regardai malgré moi.

Le manque semblait être animé d'une volonté propre, qui parasitait l'esprit de Tyrus et chassait tout ce qui s'y trouvait auparavant. J'en étais convaincue, car Tyrus n'aurait jamais accepté de poser les lèvres sur les bottes de Pasus, ni supporté la main qui lui caressa la tête pour le récompenser de sa soumission.

– Bref, reprit Pasus en agitant la crosse, lorsque Tyrus fut tout à fait absent de la conversation, avachi contre la jambe de Pasus, abandonné tout entier aux effets du Vénalox. Nous sommes en train d'organiser un spectacle grandiose en urgence, mais je tiens à ce que la promise de Sa Suprématie soit montrée à tous les prélats de l'empire, maintenant qu'elle a reçu l'assentiment de Notre Ultime Ascendant. Les prêtres seront sans doute plus tolérants le moment venu, quand je souhaiterai revenir sur la question du sceptre.

– Quand ce moment se présentera-t-il ? s'enquit Fustien.

Pasus considéra le jeune homme affalé à ses pieds et parut se livrer à un calcul.

– D'ici un an au plus tard, je pense. Quant au mariage, nous pouvons y procéder sans tarder. Dans quatre jours, nous aurons une vue magnifique sur les soleils. Je propose de profiter de cette occasion.

– Très bien, répondit le prélat.

J'eus l'impression d'avoir reçu une décharge électrique. Quatre jours ? Si tôt ?

– Parfait, fit Pasus avec un sourire réjoui. C'est décidé.

Puis il s'adressa à Tyrus :

– Quelle nouvelle formidable pour vous !

Tyrus grommela, réaction qui aurait pu être aussi bien une marque d'agrément que d'objection, et je le fixai du regard, atterrée. Quatre jours. Plus que quatre jours avant de perdre le *Héra*. Pasus se l'approprierait dès qu'il deviendrait notre propriété commune.

Je ne pouvais pas envisager la moindre tentative d'évasion sans ce vaisseau !

Quoi que je décide de faire, je devais agir au plus vite.

Mes pensées fusaient à toute vitesse, dans tous les sens. Une de mes ébauches de projets consistait à exfiltrer Tyrus en passant par l'extérieur de l'appareil, avant de m'appuyer sur la puissance du *Héra* pour foncer dans tout ce qui se dresserait sur notre chemin.

C'était un plan réalisable, excepté que Tyrus ne se trouvait plus forcément sur le *Colossus*, à un endroit prévisible me permettant d'organiser mon intervention.

On changeait son lieu de résidence tous les soirs.

Tyrus s'était trompé en affirmant qu'il n'avait plus rien à vendre. Pasus pouvait encore ajouter un élément de très grande valeur au nom de l'empereur – l'aura de l'empereur. Les Domitrien étaient la famille la plus éminente de l'empire, et, par son seul rang, Tyrus était un symbole de prestige auquel Pasus trouvait de nombreuses utilités.

La simple présence de Tyrus dans une salle signifiait que l'on devait se présenter à lui avec cérémonie. Il n'avait jamais appliqué cette formalité, sauf lors des occasions importantes, mais depuis que Pasus s'était attribué le rôle d'empereur mandataire il exigeait qu'on témoigne ces hommages à Tyrus – et Pasus ne manquait jamais de les savourer comme s'ils ne s'adressaient qu'à lui.

On pouvait distribuer des clichés de Tyrus portant certaines tenues afin d'encourager les ventes. On pouvait faire la publicité des mets, boissons et stupéfiants qu'il appréciait en décrivant ces produits comme « si raffinés que même l'empereur s'en régale ». Et, bien entendu, toute chambre dans laquelle Tyrus passait la nuit entrait vite dans les annales de l'histoire de la famille. Les futurs invités pouvaient s'enorgueillir de dormir dans une pièce qu'on avait jugée digne d'un empereur galactique.

Je soupçonnais Pasus d'avoir instauré une tutelle partagée de Tyrus en partie pour étouffer dans l'œuf les inquiétudes concernant sa trop forte influence sur le souverain. Paraissant chaque fois plus mal à l'aise, il remettait une dose de Vénalox à l'un ou l'autre membre de la grandiloquie afin que celui-ci puisse tenir la bride haute à l'empereur pour la soirée.

Des querelles avaient éclaté. Puis on avait organisé une session extraordinaire de la cour pour définir les grandes lignes de ces arrangements, séance pendant laquelle Tyrus s'était contenté de plaquer les poings sur ses tempes, sans prêter la moindre attention au déroulement des débats. Pour ma part, je m'étais infligé le calvaire de les écouter, tremblant de colère lorsque la Grandeé Wallstrom, qui s'exprimait toujours d'un ton sirupeux et abusait de la similijeunesse, avait demandé :

– Que faire si c'est *lui* qui vient chez nous et souhaite avoir un rapport sexuel ?

– Avec vous ? s'était enquis Pasus d'un air dubitatif.

– Avec moi ou une autre !

Je n'avais pas pu rester les bras croisés. Je m'étais levée d'un bond et... Tyrus m'avait retenue par le poignet. Je lui avais décoché un regard furieux, à lui qui jusqu'alors était resté immobile, les yeux fermés, donnant presque l'impression d'être endormi.

– Ce n'est pas à eux d'en décider, avais-je lâché d'un ton hargneux.

Tyrus avait secoué la tête.

– Ne dis rien. Reste assise.

En proie à une fureur noire, j'avais écouté Pasus réprimander l'assemblée :

– L'ADN des Domitrien est une affaire d'*État*. On ne peut pas l'éparpiller à tout bout de champ. Un héritier naîtra quand nous aurons convenu tous ensemble que le moment est venu. Pas avant.

J'avais eu envie de tous les étriper. Mais Tyrus, lui, semblait juste vouloir dormir.

J'étais horrifiée qu'il ait renoncé à tout pouvoir de décision sur une question si fondamentale.

Nous allons quitter cet endroit, me répétais-je, hors de moi. *Tyrus, tu n'auras plus à endurer ça très longtemps... Ça se terminera d'une façon ou d'une autre.*

Je ne pouvais pas en faire part à Tyrus. Quoi que je lui dise, on m'entendrait. Je ne pouvais parler qu'à Néveni dans le refuge du *Héra*.

Tout le monde dans la galaxie la croyant morte, je l'avais à mon entière disposition. Je la bombardais de tout ce que je devais garder pour moi par ailleurs, mais autant m'adresser à un mur.

Elle passait d'ailleurs le plus clair de son temps à fixer les murs ou, pire, à s'égratigner les bras et les jambes en traçant de petites lignes ensanglantées sur sa peau avec un diamant qu'elle avait découvert sur le vaisseau. Elle semblait préférer cette activité morbide même aux substances les plus euphorisantes. La seule fois que je la vis exprimer une émotion, ce fut quand je laissai un écran allumé par erreur, une émission diffusée depuis Eurydice qui relatait la tragédie ayant frappé Lumina. Le présentateur annonçait que les habitants de la planète développaient des armes biologiques et en avaient déclenché une par accident.

C'était la version officielle.

Elle brisa l'écran, puis retomba dans le silence.

Malgré son mutisme, je persistais à lui parler. Je n'avais jamais été très bavarde, mais un monologue valait mieux que le néant oppressant qui se refermait sur moi quand j'étais seule, vulnérable à tous mes doutes et à toutes mes craintes.

Comme à mon habitude, je lui rabâchais mes histoires :

– … et bien sûr rien ne sera vraiment réglé tant que nous ne serons pas retournés voir le proscripteur. Le temps presse et…

– Le proscripteur ?

Je ne m'attendais pas à entendre le son de sa voix, qui, faute d'avoir servi depuis longtemps, fut éraillée. Néveni me dévisagea d'un air détaché.

– C'est ça ton plan ? Aller demander de l'aide au proscripteur ?

– C'est un homme de conscience.

– C'est un vieux lâche arrogant qui se cache du reste de la galaxie depuis cinq cents ans.

– Je te l'accorde, mais il va nous aider, insistai-je. S'il apprenait que Pasus a utilisé la Brume expédiente, s'il découvrait ce qui se passe… Il faut que je te fasse un dessin ? Tous les hélioniques lui jurent une obéissance absolue. C'est la seule personne de la galaxie qui soit intouchable. Même la faction du sénateur Pasus n'osera pas contester son autorité. Quelques mots de sa part suffiront à tout régler.

Néveni me regardait pour de bon, à présent, et je compris que mes arguments avaient fait mouche.

– Tu as raison, répondit-elle, presque pour elle-même. Le proscripteur est très important pour eux. Ils le vénèrent tous, ils le considèrent comme un dieu.

Une lueur de vie se ralluma dans ses yeux foncés.

– Je vais t'aider à te rendre là-bas.

– C'est vrai ?

– Oui, affirma-t-elle d'une voix déterminée qui claqua comme un fouet.

Puis elle se leva, se dirigea vers la porte à toute vitesse et annonça :

– Je vais me doucher. C'est horrible, ce que je sens mauvais. Ensuite… ensuite on préparera notre coup.

30

Tyrus devait passer la soirée sur le *Zeppelin,* le vaisseau du sénateur von Vanderfuld, et le plan était simple : j'allais m'introduire dans le bâtiment par l'extérieur, munie d'une combinaison spatiale supplémentaire pour lui. À mon signal, Néveni arracherait le *Héra* à ses amarres, Tyrus et moi monterions à bord, puis nous prendrions la fuite.

Néveni se montrait sceptique :

– J'aurais quand même préféré qu'on ait plus de temps pour élaborer notre plan.

– On n'en a pas, rétorquai-je d'un ton catégorique.

Le mariage devait avoir lieu dans deux jours. J'étais prête à tout tenter.

Il fallait à tout prix que ça réussisse.

Mon trajet en apesanteur en direction du *Zeppelin* dura presque une heure. Je retins ma respiration chaque fois qu'une ombre apparaissait derrière une vitre près de moi, redoutant que des yeux hostiles m'aperçoivent. Mais j'atteignis ma destination sans encombre.

Par chance, personne ne pensait à verrouiller son vaisseau de l'extérieur. J'ouvris donc le sas du *Zeppelin* et me précipitai à l'intérieur. Une fois dedans, le plus difficile fut de m'extirper de la combinaison spatiale avec la force d'une fille normale.

À l'instant même où j'émergeais du sas, un servibot passa. Je m'étonnai qu'aucune alarme ne retentisse. Mais pourquoi cette machine aurait-elle réagi en me voyant ? J'étais une citoyenne comme les autres. Un deuxième bot, chargé d'un plateau de narcotiques, passa à toute vitesse, et je le suivis dans le couloir. Des portes s'ouvrirent à son approche et il entra dans une salle d'où s'échappaient des bavardages et des rires. Je me plaquai contre la paroi le temps que les portes se referment.

La soirée battait donc encore son plein. Il fallait que j'en attende la fin... en supposant que Tyrus se trouve parmi les Grandés.

La question ne se posait pas. On ne soudoyait pas le sénateur von Pasus pour accueillir l'empereur chez soi sans en profiter pour impressionner ses invités. Il me fallait un emplacement d'où je pouvais le guetter sans attirer l'attention, où je pouvais me cacher tout en le surveillant.

Mon regard vagabonda jusqu'à la gaine d'aération. Si je parvenais à m'y hisser... Alors que j'hésitais, je vis approcher un serviteur, qui se dirigeait vers la salle.

Je l'arrêtai. Ses yeux dépourvus d'expression se tournèrent vers moi sans se focaliser, conservant l'air vague et absent caractéristique des serviteurs.

– Garde cette position, lui ordonnai-je.

Je lui fis alors entrecroiser les mains pour qu'il me fasse la courte échelle, puis lui grimpai sur les épaules. Mon équilibre, au moins, était toujours aussi bon.

Je poussai le panneau, m'agrippai aux rebords du conduit et... et je fus incapable d'effectuer une seule traction pour m'y introduire. C'était ridicule ! Les simples humains étaient-ils si faibles ?

– Lève les bras, dis-je au serviteur, essoufflée.

Il obtempéra, et, grâce à ce marchepied, je me propulsai dans la gaine. Alors que je m'apprêtais à remettre la trappe en place, je m'aperçus que la créature n'avait pas bougé, les mains encore levées vers le ciel.

Je veux interdire l'usage des serviteurs, avais-je dit à Tyrus.

Même ça, nous n'y étions pas parvenus.

– Maintenant, rends-toi où tu allais au départ, commandai-je.

Il se remit en marche.

– Et baisse les bras ! sifflai-je.

Ses mains retombèrent le long de son corps, et je pus enfin refermer le conduit.

Lorsque j'atteignis une grille située au-dessus d'un passage entre le salon que j'avais vu depuis le couloir et une pièce voisine, les conversations des convives me parvinrent – des bavardages sans intérêt. Je dénombrai huit personnes et sentis l'odeur d'un cristal narcotique au parfum douceâtre. D'un coup d'œil, j'entraperçus le serviteur du couloir, à présent rudoyé par les grandiloquins, qui supportait son sort avec la même absence d'expression qu'au moment de lever les bras quelques minutes plus tôt.

Les pas lourds et maladroits d'un homme seul résonnèrent dans le passage, puis Tyrus apparut juste au-dessous de moi. Mon cœur s'emballa, mais je n'eus pas le courage de descendre de ma cachette.

Attends qu'il ait pris congé pour la nuit. Ce n'est qu'une question de temps.

Une voix retentit :

– Votre Suprématie.

– Je suis souffrant, répondit Tyrus. Laissez-moi tranquille.

– Je vous appelle un médibot.

Le sénateur von Vanderfuld, dépenaillé, entra dans la pièce derrière lui.

Tyrus repoussa la main que son hôte avait posée sur son bras.

– Fichez-moi un peu la paix, le rabroua sèchement Tyrus. Je ne peux donc pas avoir une minute de tranquillité ?

Vanderfuld fit quelques pas en arrière, puis le sénateur von Aton le rejoignit. Les deux hommes penchèrent la tête l'un vers l'autre. Aton murmura alors à l'intention de Vanderfuld – et, involontairement, à la mienne :

– Alectar nous avait prévenus qu'il fallait être vigilants : Tyrus a beau être empereur, c'est aussi un jeune homme qui vient d'avoir vingt ans. C'est normal qu'il soit d'humeur maussade.

– Mais mes invités vont s'impatienter, protesta Vanderfuld. Dois-je lui donner son Vénalox…

– Non. Gardez la dose encore un peu. Je vais lui parler.

Vanderfuld se retira, et je dirigeai mon regard entre deux lames de la grille. Aton observa Tyrus, puis se racla la gorge pour signaler sa présence.

Je m'inclinai pour entrevoir la scène, et je vis que Tyrus s'appuyait des deux mains sur un piédestal surmonté d'un buste. Je constatai que la salle entière regorgeait de statues en bronze de… d'anciens Domitrien de la famille impériale.

Alors que de mon côté je fixai les yeux mornes de Randevald, Aton désigna la sculpture d'un signe de tête et déclara :

– C'est très ressemblant, n'est-ce pas ?

Tyrus soupira et soupesa l'objet dans sa main.

– Je la connaissais bien, vous savez, Horatio.

– Pardon ?

Tyrus garda le silence et se contenta de remettre le buste à sa place.

J'aperçus la sculpture, et j'eus un léger sursaut en reconnaissant la femme qu'elle représentait. C'était sa grand-mère – la Grandeé Cygna.

– On a l'impression qu'elle est dans la salle avec nous, en train de nous observer, commenta Aton.

– Oh, si elle pouvait nous voir, vous le sauriez, rétorqua Tyrus, amer. Nous n'aurions pas fini de l'entendre rire.

– J'appréciais beaucoup votre grand-mère, murmura Aton. Quelle intelligence prodigieuse... mais elle n'était pas aussi généreuse que Votre Suprématie. À ce propos, je ne vous ai pas encore remercié comme il se doit pour le *Tigris*. Quel cadeau somptueux !

– Oui, fit Tyrus d'un ton brusque. Je m'émerveille sans cesse de découvrir mon immense prodigalité.

– J'envisage de le renommer en votre honneur.

– Appelez-le l'*Ozymandias*[1], alors. Ce nom s'y prêtera à merveille.

– La référence m'échappe, malheureusement. Je suis moins porté sur les vieux livres que vous. Je sais que vous aimez beaucoup vous y plonger. L'élément le plus intéressant du *Tigris*, poursuivit Aton, d'un ton entendu, est sans doute le trésor que représentent les archives des caméras de surveillance.

Sa réplique fut suivie par un silence.

Les soupçons m'assaillirent. Je n'avais jamais pu supporter le père de Gladdic. Quel mauvais coup préparait-il ? De son côté, Tyrus resta immobile un long moment.

– Sénateur, je préfère vraiment que vous effaciez les enregistrements.

1. « Ozymandias » : titre d'un poème de Percy Bysshe Shelley sur le déclin inéluctable des empires et de leurs dirigeants (NDT).

– Je vous assure que je suis très discret, Votre Suprématie. Je n'ai aucune intention de les rendre publics. Quel puits d'informations ! Je vous comprends beaucoup mieux, Tyrus. Je sais à quel point cette situation doit vous peser.

– Tiens donc.

– Vous n'avez pas une seconde à vous. On vous utilise comme une source de divertissement. Des tas d'hommes de pouvoir cherchent à se venger dans leur vie privée, mais pas vous. Ça force le respect.

– Qu'est-ce que vous attendez de moi, sénateur ?

– Je vous propose mon aide, répondit Aton en sortant un flacon.

Tyrus se raidit. Il ne se rendait pas compte que son manque se peignait sur son visage, sinon il aurait tout fait pour le dissimuler.

– Je préférerais que ça reste entre nous : je me suis procuré la composition chimique du Vénalox. Rien ne vous oblige à ne vous fournir qu'auprès d'Alectar. Ce serait un grand soulagement, non ? De temps à autre, cela vous accorderait un répit et vous éviterait de quémander quand il souhaite vous faire languir.

Tyrus grimaça.

– Qu'est-ce que ça me coûtera ?

Aton fit deux pas en arrière, et Tyrus le suivit, sans jamais détacher son regard de la fiole.

– Je veux vous inviter à bord de mon vaisseau. Une fois par semaine, deux peut-être, si c'est possible. Et, quand vous serez là, vous ne me verrez *même pas*. Cela vous conviendrait-il ?

Tyrus ne répondit pas. Il savait, tout comme moi, qu'Aton ne révélait pas tout. Il se méfiait des motivations du sénateur, qui devait encore lui annoncer quelle contrepartie il attendait. Mais un voile assombrit son visage, qu'il enfouit dans ses mains.

– Je voudrais seulement pouvoir dormir.

– Je vous demande pardon ?

– Je suis épuisé. En permanence. C'est peut-être à cause du Vénalox, mais ce n'est pas sûr. Je ne suis jamais libre de dormir quand j'en ai envie, ou aussi longtemps que je le souhaiterais, alors je voudrais juste… Dites-moi votre prix, sénateur. Vous tardez tant à me le dévoiler que je suis certain qu'il est astronomique. Si vous désiriez simplement ma présence à bord de votre vaisseau, vous vous adresseriez à Pasus.

– Non, vous ne comprenez pas. Mon prix n'a rien d'astronomique. Tout ce que je veux, c'est ce que je viens de vous demander : de me rendre visite sur le *Tigris*. Et j'aimerais par ailleurs que vous ameniez… votre future femme.

Encore un silence.

Tyrus laissa retomber ses mains et fixa le sénateur du regard.

– Je l'ai observée dans vos archives de vidéosurveillance, ainsi que dans le dôme de bal, et je suis absolument sous le charme. Alors si vous lui dites de vous accompagner…

– Vous avez perdu la raison.

Tyrus n'avait pas haussé le ton, mais on devinait chez lui une colère dévastatrice.

– Vous êtes devenu fou ! Vous croyez que j'accepterais de…

Tyrus s'interrompit un instant, avant de reprendre :

– Non. Jamais de la vie ! Effacez ces archives, et chassez ces idées de votre tête !

Aton abandonna tout semblant de respect.

– Votre Suprématie n'est pas sans savoir que le refus ne fait que renforcer les ardeurs d'un homme, déclara-t-il d'un ton acerbe. Je me dois d'insister. Je suis venu vous consulter par courtoisie, mais vous avez vu juste… j'ai les moyens de vous circonvenir complètement. Je n'ai d'accord à demander à personne, ni à vous ni à *elle*…

Tyrus s'empara du buste en bronze de Cygna et l'abattit sur la tête d'Aton. Son attaque fut si soudaine que même moi je ne compris pas tout de suite ce qui se passait, alors que les coups répétés de Tyrus défonçaient le crâne d'Aton dans un affreux bruit sourd…

Des voix s'élevèrent dans le salon voisin, les convives s'attroupèrent, puis des hurlements retentirent.

J'émergeai de ma stupéfaction et m'agrippai de toutes mes forces au bord du conduit. Ce fut le seul moyen que je trouvai pour me retenir d'arracher la grille et de descendre comme une furie.

Je ne pouvais pas intervenir. C'était impossible. Je m'efforçai de rouvrir les mains, qui me donnaient l'impression d'être des griffes, et de m'écarter. En contrebas,

Tyrus continuait à marteler la tête d'Aton alors qu'elle avait été réduite en bouillie depuis longtemps. Des curieux horrifiés les entouraient, mais aucun n'osa s'approcher. Lorsque Tyrus remarqua enfin leur présence, sa tunique était éclaboussée d'un motif ensanglanté surréaliste.

Il se redressa, essuya le buste de sa grand-mère et le remit sur le socle. Puis il ramassa la fiole de Vénalox tombée au sol et alla près de la vitre pour la consommer comme si de rien n'était.

Un silence de mort s'installa. Il venait de mettre fin à la fête.

Toujours perchée dans la gaine d'aération, je fermai les yeux. Seul me parvenait le bruit de ma respiration. Dépitée que mon plan d'évasion me file entre les doigts, je ne pus que prendre mon mal en patience cependant qu'une véritable foule s'agglutinait autour du cadavre. Puis Pasus arriva et renvoya tous les autres.

– Eh bien, cette fois vous avez dépassé les bornes, Tyrus.

– Ah bon ?

– Cet homme et moi étions amis depuis un demi-siècle. Vous connaissez les conséquences de votre acte.

Puis, d'une voix plus forte pour qu'un domestique tapi derrière la porte puisse l'entendre, il ordonna :

– Qu'on m'amène Némésis.

Mon sang se glaça. Ils allaient se rendre dans le *Héra* – où se cachait Néveni.

J'hésitai à jouer le tout pour le tout, à me jeter dans l'arène… mais Tyrus se contenta de pousser un petit rire.

– Non, Alectar, vous ne lui ferez aucun mal.

Sa voix était un peu pâteuse à cause de la drogue, mais il s'exprimait plus clairement que d'ordinaire lorsqu'il venait d'absorber une dose.

– Je vous ai prévenu que toute violence de votre part se traduirait par une violence contre elle ! tonna Pasus. On va l'amputer d'un membre. Je suis tenté de lui en prendre deux…

– Aton n'était pas votre ami, le coupa Tyrus. Un véritable allié m'aurait-il fourni ceci ?

Encore un silence. Pasus avait saisi la fiole de Vénalox qu'Aton avait glissée à l'empereur à son insu.

– Je suis sûr que cela me vaut l'immunité contre d'éventuelles conséquences.

Un nouveau silence.

– Oui, répondit Pasus, avant d'ajouter, une seconde plus tard : Pour cette fois.

– Un demi-siècle d'amitié. Vous étiez très proche de lui, n'est-ce pas ? commenta Tyrus dans un chuchotement venimeux en feignant la compassion. Quelle trahison ! L'univers peut être bien cruel.

Il ne croit pas si bien dire.

L'univers était cruel, en effet. Tyrus m'avait accordé un répit, moi qui aurais dû payer le prix de sa violence, mais il avait aussi réduit à néant toutes mes chances de nous sortir de cette cage. On allait le surveiller de trop près pour que je puisse le faire évader.

Je fermai les yeux de toutes mes forces. Des coups lancinants cognaient dans ma tête.

Plus qu'un jour de liberté, et le lendemain cette liberté s'achèverait. Nous serions mariés, Pasus récupérerait le *Héra*, et je n'entrevoyais aucune issue.

31

À mon retour, il suffit d'un regard à Néveni pour qu'elle comprenne que notre plan avait échoué. Elle ne parut pas étonnée. Elle s'était peut-être habituée à devoir accepter le pire.

Pas moi.

– Je ne suis pas surprise. Je suis un peu soulagée, en fait.

– Pourquoi ?

Néveni m'aida à me débarrasser de ma combinaison encore à moitié rigidifiée.

– Je n'ai pas arrêté de songer à tout ça. Même si tu avais enlevé l'empereur, que tu m'avais envoyé le signal, puis qu'on l'avait évacué à bord du *Héra*, eh bien… Réfléchis. Tous les vaisseaux de guerre de la grandiloquie nous auraient pourchassés jusqu'à l'autre bout du système. Je suis sûre qu'ils auraient pu nous bloquer.

Le sang cognait à mes tempes.

– Je suis contente que tu sois rassurée. Nous venons quand même de perdre toutes nos chances de nous échapper, je te signale.

– Non, pas tout à fait… il nous en reste une. Une chance prometteuse. J'y ai pensé trop tard pour te retenir avant que tu sortes, mais maintenant… je crois que j'ai trouvé le moment idéal pour exécuter ton plan.

Je tournai vivement la tête vers elle.

– C'est vrai ?

Néveni sourit.

Nous étions la veille du mariage, et Tyrus et moi allions recevoir l'Élogiale, puis commencer notre Nuit prénuptiale. Comme l'exigeait la tradition, un régiment de femmes et de maris de sénateurs allaient être mes consacrants, ceux qui allaient m'administrer l'onction. Ces grandiloquins montèrent avec fracas à bord du *Héra* pour faire semblant de me réveiller, et je les laissai procéder au rituel.

J'avais été la demoiselle d'onction d'Élantra avant son Élogiale, et ce jour-là… j'avais vécu la tragédie la plus dévastatrice de ma vie.

Le parfum de la jarre d'huile que la Grandeé von Canternella ouvrit pour m'enduire le dos fit remonter dans ma mémoire des images des yeux mourants de Sidonia, et l'expression de mon visage dut refléter ma détresse. Le mari de la sénatrice von Wallstrom, qui se trouvait directement face à moi, émit un bruit étranglé lorsque je croisai son regard, recula en vacillant et trébucha contre la table basse derrière lui.

Malgré moi, je souris, et de petits rires gênés résonnèrent autour de moi. Involontairement, il m'avait divertie de mes funestes réflexions. Lorsqu'on m'eut passé ma chasuble de liquisoie, je déclarai :

– Procédez à l'onction entre vous. Je vais dans le cabinet de toilette.

Sûre qu'ils étaient occupés, j'allai m'enfermer.

– C'est bon, je suis seule, annonçai-je.

Néveni sortit du compartiment destiné au bain.

– C'est ce que j'ai trouvé de mieux, dit-elle en me montrant un morceau de corde. Elle est plus solide qu'elle en a l'air. Je pourrais me servir d'une synthétiseuse pour en fabriquer plus, mais…

Je secouai la tête. Pasus avait confisqué toutes les synthétiseuses du *Héra* sauf une, et j'étais sûre qu'il la surveillait pour s'assurer que je n'essayais pas de me procurer un substitut de Vénalox ou un explosif.

Je tirai un coup sec sur la corde pour en éprouver la robustesse. Elle ne se rompit pas, mais à cause du neurobloqueur ça ne signifiait pas grand-chose.

– Ça suffira pour me relier à Tyrus.

Néveni me jeta un regard réprobateur.

– Tu devrais utiliser le nœud que je t'ai montré pour t'attacher à la paroi. Lui, il n'aura qu'à s'accrocher à toi.

– Non, il n'a pas assez de force.

– Tu ne sais même pas si toi tu as assez de force, me fit-elle remarquer, d'une voix tendue.

– J'en aurai vite le cœur net.

– Je... euh... je pense que tu devrais lui expliquer notre plan en détail. À l'avance. Si tu en as l'occasion.

– Évidemment.

Mais rien n'était moins sûr.

J'avais commencé à nouer la corde pour la maintenir autour de ma cuisse, mais Néveni écarta mes mains et fit un nœud élaboré en laissant dépasser une extrémité, de sorte qu'il suffisait de tirer légèrement dessus pour la libérer.

– Merci, lui dis-je sincèrement, avant de baisser ma chasuble.

Nous nous regardâmes en silence quelques instants. Néveni débordait de détermination depuis qu'elle s'était arrachée à son état de stupeur, mais elle n'était quand même que l'ombre d'elle-même. Elle était trop maigre, comme si on l'avait creusée. Elle afficha un bref sourire.

– Tu es stressée, toi ? s'enquit-elle.

– Ça ne servirait à rien. Soit notre plan réussit et nous sommes libres, soit c'est échec et nous mourons.

Je l'observai d'un air songeur.

– Et toi...

– Je n'ai pas peur. Dans le pire des cas, nous échouons, on m'arrête et on m'exécute... et ça, je m'en fiche.

– Je ne vais pas m'excuser de t'avoir sauvé la vie.

Alors que je m'apprêtais à repartir, Néveni me confia :

– Ça vaut ce que ça vaut, mais merci de m'avoir sauvée. Tu es une meilleure amie envers moi que je pourrai jamais l'être envers toi.

En effet, je lui avais évité la mort, je ne l'avais frappée qu'une seule fois en tout et pour tout depuis que nous nous connaissions, et je m'étais montrée très patiente avec elle.

– C'est vrai. Je suis une excellente amie, hein ? C'est bizarre que je n'en aie pas d'autres que toi.

Néveni rit.

– Très bizarre, oui.

Elle se pencha vers moi, me donna un baiser sur la joue, et déclara :

– On se retrouve dans l'au-delà.

D'ordinaire, l'Élogiale se déroulait bien avant la Prénuptiale.

Cette cérémonie marquait le début des fiançailles officielles. Bien souvent, elle unissait deux grandiloquins qui ne s'étaient jamais rencontrés, et qui n'avaient donc jamais couché ensemble. Le prélat commençait les trente jours en administrant au couple des stimulants hormonaux conçus pour synchroniser leurs corps. Chaque matin, les fiancés se rejoignaient après avoir pris des narcotiques euphorisants, afin qu'ils associent la présence de l'autre à des sentiments agréables.

Le soir, ils partageaient d'autres expériences destinées à les rapprocher : ils prenaient des psychotropes pour encourager leurs liens spirituels, des amphétamines pour accomplir une tâche minutieuse ensemble (la plupart du temps, l'installation méticuleuse de leur future chambre à coucher). On leur donnait des stimulants afin qu'ils se livrent à de longues discussions jusque tard dans la nuit, ou des sédatifs pour qu'ils passent leur première nuit de sommeil tous les deux. Enfin venait la Prénuptiale : le soir où le prélat leur administrait le Baiser du Feu, un puissant aphrodisiaque.

C'était à cette occasion qu'ils consommaient leur union.

De nombreux mariages avaient été annulés à la suite de Prénuptiales décevantes. Si deux futurs époux ne pouvaient se donner satisfaction en étant au sommet de leur désir affectif et physique l'un pour l'autre, ils n'y parviendraient jamais. La Prénuptiale étant un évènement qui se déroulait en général devant témoins, les proches et les amis du couple émettaient aussi un avis sur leur compatibilité intime.

Puisque Tyrus et moi avions déjà couché ensemble, nous allions procéder directement à la Prénuptiale après l'Élogiale. Malheureusement, même si nous étions certains que le courant passait entre nous, nous n'allions pas échapper à la surveillance de ceux qui souhaiteraient nous critiquer ou offrir leur point de vue.

Sur le chemin de la grande héliosphère, mes dames d'onction ne se doutaient pas que je les entendais conjecturer à ce sujet :

– … je parie que c'est une furie avec lui.

– Elle ne risque pas de le blesser ?

– Non, il paraît qu'elle est inoffensive, maintenant.

– Il ne craint rien, avec elle. Les Diabolics sont très doués en la matière…

Je me désintéressai de leurs chuchotis lorsque nous entrâmes dans le dôme, et les nombreux consacrants de Tyrus se firent silencieux. Je vis Tyrus, vêtu de la même chasuble de liquisoie blanche que moi. Je ne parvenais pas à penser à autre chose qu'à la corde nouée autour de ma cuisse… au plan que je devais lui révéler. D'une façon ou d'une autre.

Nous prîmes place devant Fustien nan Domitrien, qui commença son Élogiale.

– En temps normal, j'aurais dû recevoir des témoignages de vos proches concernant leurs exploits charnels, mais Votre Suprématie n'a plus de proches en vie. Quant à la future mariée… sa situation est des plus compliquées…

Je perçus un murmure que la sénatrice von Wallstrom adressa à une voisine :

– Il devrait encenser les performances des synthétiseuses…

Il y eut de petits rires étouffés, inaudibles pour Fustien.

– … à la place, je ferai donc l'éloge des prouesses de nos souverains Domitrien, vos ancêtres, Tyrus. Séphias, notre premier empereur, était un homme humble, dérouté par le pouvoir qui lui incombait. Il considérait l'acte sexuel comme un sport agréable qu'il fallait pratiquer avec enthousiasme et ardeur…

Il passa ensuite à la fille de Séphias. Je constatai à l'expression horrifiée de Tyrus qu'il était parvenu à la même conclusion que moi : Fustien avait l'intention d'évoquer chaque empereur Domitrien un par un.

Nos consacrants le comprirent eux aussi ; ils commencèrent à quitter la salle, d'abord en catimini, puis sans chercher à être discrets.

Lorsque Fustien arriva à Randevald (après avoir loué d'innombrables Domitrien pour leur « vigueur » et décrit un grand nombre d'entre eux par le qualificatif ambigu de « non conformiste »), la grande héliosphère avait perdu la majorité de ses ordinants, y compris le sénateur von Pasus.

– … j'ai présidé trois Prénuptiales pour Randevald dans cette même héliosphère…

Fustien s'interrompit alors, se rendant compte qu'on ne pouvait pas présenter de manière flatteuse trois Prénuptiales n'ayant débouché sur aucun mariage, et que, lorsqu'on n'était pas soi-même un membre de la famille impériale, mieux valait éviter d'insulter un Domitrien.

Pour couronner le tout, tous les regards étaient rivés sur une des rares dames d'onction encore parmi nous, la Grandeé von Canternella, la maîtresse de l'empereur précédent. Elle rougit.

– Il était très inventif, balbutia-t-elle.

Un bruissement de malaise parcourut l'assemblée. Fustien s'empressa de conclure :

– À présent, voici venu le tour de Tyrus von Domitrien, et nous sommes tous impatients de nous émerveiller des prouesses que ces deux jeunes amants vont nous offrir.

Fustien se détourna pour prendre le Baiser du Feu, et j'en profitai pour jeter un coup d'œil derrière nous.

– Nous avons perdu la plus grande partie de notre public, indiquai-je à Tyrus. Comment saurons-nous si le courant passe entre nous ?

Ma raillerie ne fit même pas sourire Tyrus. Son visage n'était qu'un masque de colère contenue.

– Ils vont revenir. Ils ne rateront cet évènement pour rien au monde.

Puis il baissa les yeux et déclara :

– Mais nous allons les décevoir.

Il inclina son avant-bras pour me le montrer, et, peu après, je décelai la légère différence de teint avec le reste de son bras. S'il n'avait pas attiré mon attention dessus, je n'aurais rien remarqué… Il s'était collé de la peau factice pour s'immuniser contre le Baiser du Feu.

Ce n'était qu'un détail insignifiant, dérisoire, et pourtant cette infime victoire faisait briller une lueur morne dans ses yeux. Je ressentis un accablement profond. Étions-nous vraiment revenus sur le Chrysanthème avec l'intention d'interdire les serviteurs, de réinstaurer l'étude des sciences et d'apporter des solutions aux problèmes de la galaxie ? Voilà à quoi nous étions réduits – à nous réjouir de ne pas être épiés sans notre consentement lors de notre Prénuptiale.

Tyrus fit semblant de succomber au Baiser du Feu. Lorsque Fustien l'appliqua sur nos poignets, Tyrus se mit à respirer bruyamment et à vaciller, puis il me couva d'un regard grivois.

Alors que nos consacrants nous accompagnaient jusqu'à la chambre impériale du *Valor Novus*, il se dirigea vers moi comme s'il voulait me rejoindre à tout prix. Les ordinants firent leur travail et l'empêchèrent de m'approcher.

Nous touchions au but.

Puis des grandiloquins qui s'étaient éclipsés nous rattrapèrent. Parmi eux se trouvait un homme qui, à force d'observer Tyrus de très près, était le seul qui soit capable autant que moi de voir clair dans son jeu.

– Le Vénalox de Votre Suprématie se trouve dans la chambre, annonça Pasus, profitant du fait que Tyrus tourne la tête vers lui pour lui attraper le menton et l'immobiliser.

– Arrêtez, fulmina Tyrus, qui se libéra d'un mouvement brusque.

Fustien nan Domitrien tira sur la manche de Pasus et chuchota :

– Il vaut mieux ne pas le toucher tant qu'il est sous l'effet du Baiser du Feu…

– Il simule, affirma Pasus. Allons, vous êtes aveugle ?

– Qu'est-ce que vous… Vous vous faites des idées, maugréa Tyrus.

Il tenta de se saisir de moi, mais Pasus abattit les mains sur ses épaules et le tira en arrière.

– Avez-vous payé quelqu'un pour le trafiquer ?

– Ce n'est pas le moment de me toucher, pesta Tyrus entre ses dents.

– Ce n'est pas moins le moment qu'en temps normal, parce que… Qu'est-ce que vous avez fait ? Vous avez pris un anxiolytique pour neutraliser l'aphrodisiaque ?

Tyrus le foudroya du regard.

– Lâchez-moi !

Pasus retira ses mains, mais il baissa la voix et s'exprima dans un murmure menaçant :

– Vous savez très bien que votre dignité me tient à cœur. Tenez-vous vraiment à ce que je vérifie devant tout le monde… devant *elle*… si vous me mentez ?

Elle. C'est-à-dire moi.

Tyrus ferma les yeux, puis griffa son avant-bras assez fort pour entailler la peau factice.

– Très astucieux, commenta Pasus.

Il fit signe à Fustien d'approcher, puis administra lui-même le Baiser du Feu à Tyrus, le fit pénétrer directement dans les veines de son cou.

Ainsi, même cette petite victoire, la plus infime de toutes, lui fut arrachée.

J'allai l'attendre dans la chambre, ne souhaitant pas le voir succomber aux effets de la drogue comme j'avais dû l'endurer si souvent avec le Vénalox.

Je dénouai la corde et la cachai sous les draps. Personne ne s'intéresserait à la vidéosurveillance tant que j'étais seule, mais dès que nous serions tous les deux...

La porte coulissa, et des voix tapageuses me parvinrent. Tyrus resta un instant agrippé à l'embrasure, le regard trouble. Le désir le consumait, mais je ne pensais qu'à la profonde détermination dont il avait fait preuve dans l'héliosphère, à son refus inébranlable de donner satisfaction aux voyeurs. Je pris ma décision.

Je fonçai jusqu'à lui, le tirai sans ménagement à l'intérieur, et refermai la porte pour nous protéger des regards. Tyrus m'enlaça.

– Némé...

Puis il plaqua les lèvres sur les miennes avec fougue et insistance.

– Tyrus, c'est le..., protestai-je en m'écartant.

– Mmm ?

Il m'entoura de nouveau de ses bras et me serra contre lui, très empressé, avec une grande brusquerie. La chaleur de son corps contre le mien affola le sang dans mes veines. Si j'avais encore eu largement plus de force que lui, cette situation ne m'aurait pas mise mal à l'aise. Je me libérai d'une poussée énergique.

– Par ici, ordonnai-je en tentant de nous diriger vers la salle de bains attenante.

Les yeux brillants d'un éclat fébrile, il essayait de me retenir, mais je réussis à l'entraîner dans la pièce voisine tandis qu'il cherchait des lèvres et des doigts tout ce qui se trouvait à sa portée. Nous butâmes contre le lavabo, et il me renversa dessus, me forçant à passer mes jambes autour de lui.

– Tyrus, tu ne voulais pas…

– Comme je t'aime…, haleta-t-il en m'embrassant avec avidité.

Je l'esquivai et le poussai sur le côté. Je profitai de son déséquilibre pour le contourner et entrer dans l'espace consacré aux bains. Lorsqu'il m'y rejoignit, je regardais autour de moi, perplexe.

– Il n'y a pas de baignoire ? demandai-je. Où est la douche ?

Cette pièce semblait ne contenir que des rochers.

– Comme tu es belle…, insista-t-il, peu secourable, en m'attirant de nouveau dans ses bras.

– Remplissage ! lançai-je à la cantonade en essayant la commande vocale habituelle.

Cela fonctionna. De l'eau jaillit des murs, se déversa sur les rochers en torrents écumeux qui emplirent le bassin aux allures de petite mare. Les parois d'un gris terne changèrent d'aspect pour diffuser un décor de ciel orageux. Des gouttes de pluie artificielle tombèrent du plafond et s'abattirent en crépitant dans l'eau fumante.

Tout était donc prévu pour imiter un environnement naturel.

– Je comprends mieux les rochers, dis-je à Tyrus.

– Les rochers…, gémit Tyrus comme si je venais de tenir des propos aguicheurs.

À cause de la drogue, le moindre de mes mots devait lui donner cette impression.

Je basculai sur la fonction eau froide. Un panache de vapeur s'éleva du bassin et, aux murs, les gros nuages cédèrent la place à un ciel bleu limpide. Tyrus ayant ses bras autour de moi, je n'eus qu'à pivoter sur mes talons pour le pencher vers le bord.

– Dis-moi si c'est froid.

Je dus répéter mon injonction plusieurs fois avant qu'il trempe les doigts dans l'eau, son autre main se promenant partout sur ma peau.

– Trop froid. Comme la glace.

– C'est parfait.

Je le poussai dedans la tête la première.

Il refit surface en criant, mais l'eau glacée l'avait secoué comme une bonne gifle. Il me regarda en clignant des paupières, les cheveux plaqués sur la tête, les yeux écarquillés.

– Ça va mieux ? lui demandai-je.

Il rougit.

– Je me sens mieux, oui, répondit-il avant de s'enfoncer dans l'eau et d'émerger de nouveau. Beaucoup mieux.

– Le Baiser du Feu va faire effet combien de temps ?

– Donne-moi dix minutes. Après ça, je serai capable de me contrôler. Némésis, est-ce que… est-ce que j'ai fait quelque chose de déplacé ?

– Tu as dit à une Diabolic que tu l'aimais et qu'elle était belle. La plupart des habitants de la galaxie jugeraient ça très déplacé.

Il ne sourit pas.

– Est-ce que je t'ai fait mal ? insista-t-il, l'air tracassé, presque en colère.

– Tu n'as rien fait de mal, Tyrus.

– Je déteste tout ce qu'on m'impose, déplora-t-il d'une voix éteinte. Parfois, j'ai l'impression de devenir fou.

Je promenai le regard autour de nous. Pasus serait très contrarié que j'aie gâché le divertissement de la soirée, mais maintenant que j'examinais cette salle de bains, ses jets d'eau bouillonnants et sa cascade frémissante…

– Tyrus, j'ai quelque chose à te dire, dès que tu te maîtriseras assez pour t'approcher de moi.

Cette information éveilla son intérêt.

– Reste… reste en dehors de l'eau, dit-il. Je vais me…

Quand je me penchai vers lui, il prit une inspiration haletante, mais ne me toucha pas.

Je lui susurrai alors à l'oreille :

– Demain, nous nous échappons.

32

Néveni et moi avions échafaudé notre plan. Celui-ci était très risqué, mais c'était notre dernier espoir.

Le lendemain matin, Tyrus et moi devions commencer la journée de notre mariage par un sacrifice de sang. Celui-ci aurait lieu dans l'arène du *Tigris*. Le sacrifice prévu par Pasus était destiné à être une insulte envers moi : nous devions donner le coup d'envoi à un combat à mort entre Supplice et Péril.

Pasus voulait me jeter au visage leur statut d'êtres inférieurs en me forçant à les regarder mourir comme des animaux pour le divertissement de la foule.

Mais ce sacrifice comportait une faille que j'allais pouvoir exploiter. Les grandiloquins n'y accourraient pas en nombre pour voir s'affronter deux hommes ordinaires. Ils souhaitaient assister à une lutte sans merci entre deux Diabolics au maximum de leurs capacités.

Cela signifiait que leurs neurobloqueurs seraient désactivés.

Et, par conséquent, le mien aussi.

Nous nous trouverions sur le plus faible des vaisseaux de la flotte, entourés par les maîtres qui commandaient tous les autres bâtiments du Chrysanthème. Quant à moi, pendant quelques heures encore, je contrôlais l'appareil le plus puissant des Domitrien.

Nous réussirions à nous enfuir.

Ou nous péririons.

Shaezar nan Domitrien devait arriver avec ses domestiques à 8 heures. Tyrus et moi nous levâmes. Nous avions continué à décevoir quiconque nous observait en nous contentant de consacrer la nuit à un repos dont Tyrus avait un besoin vital... Pourtant, chaque fois que j'ouvrais les yeux, je le surprenais en train de me regarder d'un air étrangement paisible.

– Je t'en prie, dis-moi que tu as dormi, l'implorai-je.

– J'ai dormi, oui.

– Promets-moi que tu ne me dis pas ça pour me faire plaisir.

Il rit – d'un rire sincère, authentique. Blottie contre Tyrus, j'aurais aimé pouvoir ne jamais le lâcher. Il était si revigoré par notre plan qu'il aurait voulu faire l'impasse sur le Vénalox. Je le persuadai de le prendre ; il fallait surtout éviter qu'il soit en état de manque pour la suite des évènements.

Tout en nous habillant, Shaezar nan Domitrien fit la conversation :

– Comment s'est passée la Prénuptiale ?

– C'était affreux, répondit vivement Tyrus.

– Oui, nous avons l'intention de tout annuler.

Nous affichions tous les deux un air sévère, mais lorsque nos regards se croisèrent nous ne pûmes nous empêcher de sourire. Shaezar, qui s'était crispé, comprit la plaisanterie et nous gratifia d'un rire poli.

Le métal étant proscrit dans l'arène, nous portions tous les deux une tenue de cuir noir. Celle de Tyrus comportait une longue veste à queue de pie, et la mienne formait une combinaison sans couture au décolleté destiné encore une fois à laisser paraître la marque sur ma poitrine. On me passa soigneusement une essence brillante sur le visage pour conférer à mes traits une lueur saisissante, et l'on donna à mes cheveux une nuance platine à peine plus foncée que ma couleur naturelle.

Tyrus, de son propre choix, se présentait sous son apparence habituelle. Ses cheveux cuivrés étaient peignés en arrière, et ses vêtements noirs devaient contraster avec le sceptre que Pasus allait lui apporter afin qu'il le brandisse devant la foule. Cet instrument de pouvoir étant inutile, cette mise en scène avait pour fonction de nous tourner en ridicule. J'espérais que, bientôt, Pasus s'en mordrait les doigts.

– Tu as des doutes ? me demanda Tyrus d'un air grave.

Si on nous épiait, on penserait que nous parlions du mariage.

– Aucun. Et toi ?

– Pas le moindre, répondit-il avec détermination.

Il me prit la main, et nous nous élançâmes à grands pas vers notre destinée.

L'arène du *Tigris* était pleine à craquer. Le sacrifice de sang donné en l'honneur des noces impériales représentait un évènement à ne pas manquer. Un grand nombre de grandiloquins fardés et costumés avaient bataillé pour obtenir les places les plus prisées. La deuxième zone la plus recherchée était celle qui permettait d'avoir une vue imprenable sur ma réaction devant le spectacle. Tous espéraient assister à la plus cuisante des humiliations.

Tyrus observait d'un regard noir les aristocrates de haut rang qui avaient fait le choix inhabituel d'avoir meilleure vue sur nous que sur les combattants.

– Ne parle pas de nos projets à Supplice et Péril, me dit-il tout bas.

– Mais s'ils ne sont pas au courant…

– Nous ne les mettrons pas en garde, me coupa-t-il, le regard implacable. Ils ne le méritent pas.

Quand j'avais déterminé le rôle que les Diabolics allaient jouer dans notre plan, Néveni nous avait fait la même recommandation. Je lui avais opposé mon veto, à elle aussi.

– Nous devons les prévenir.

Tyrus gonfla les poumons et souffla. À l'évidence, il désirait protester, mais la foule devenait de plus en plus dense, et l'espace autour de nous se réduisait. Nous étions entourés par des membres de la grandiloquie, tous trop près de nous. J'avais vaguement conscience de la musique de cérémonie impériale exécutée par les harmonides, de la présence de vidéobots qui bourdonnaient au-dessus de nos têtes, prêts à filmer le combat.

Dans la multitude, je repérai une seule personne qui ne semblait pas se réjouir d'assister au sacrifice.

Je ralentis.

– Un instant, dis-je à Tyrus.

Je sentis qu'il me suivait du regard tandis que je me dirigeais vers le garçon dont il avait tué le père.

Gladdic sursauta en me voyant approcher et voulut prendre ma main pour la porter à sa joue.

– C'est inutile…, lui indiquai-je. Sénateur von Aton.

Il ferma les yeux. C'était en effet son titre, dorénavant.

– J'ai appris la triste nouvelle, repris-je. Toutes mes condoléances.

Horatio Aton avait mérité son sort, mais Gladdic ne devait pas pour autant payer pour son infamie. Nombreux étaient ceux qui avaient amplement mérité ce qui allait leur arriver, mais ce n'était pas son cas.

– Gladdic. Va pleurer la mort de ton père dans l'intimité.

– Je tenais à être là pour vous témoigner mon soutien.

Je secouai la tête.

– Ne reste pas là.

Je l'attirai vers moi, soudain très solennelle.

– Si tu es vraiment mon ami, n'assiste pas à ce spectacle.

Il jeta des regards nerveux autour de nous, puis se pencha tout près.

– Il faut que je vous prévienne de quelque chose. Je suis le nouveau sénateur von Aton. Alors… on m'a confié un secret, mais il faut que vous soyez au courant. C'est au sujet du Vénalox.

D'ici quelques heures, cela n'aurait plus d'importance. Je lui étreignis les épaules pour lui signifier de partir sans plus tarder, mais son chuchotis claqua comme un coup de fouet :

– C'est un neurotoxique. Pasus, Locklaite, Fordyce… Ils sont tous au courant. Cette drogue lui empoisonne le cerveau, et elle a un effet cumulatif. Selon eux, c'est pour ça que l'empereur… c'est pour ça qu'il a tué mon père.

Je regardai Gladdic fixement, affolée.

– Il… il n'a pas l'air moins vif d'esprit.

– Ce n'est pas son intellect qui subit des dégâts. C'est… je ne suis pas sûr des termes exacts.

Il désigna sa tête d'un geste approximatif.

– C'est son empathie. Sa conscience. C'est pour cette raison qu'ils ont entrepris de le ruiner… Privé de son autonomie et de sa fortune, il ne représente aucune menace…

Une colère ravageuse me gagna. Comment n'y avais-je pas songé ? Le plus efficace pour empêcher un ennemi de vous étrangler consistait à lui couper les bras.

– Mais le véritable motif…, ajouta Gladdic dans un murmure quasi imperceptible.

Il avait remarqué, comme moi, que les regards commençaient à se tourner vers nous. Bientôt, on tenterait de surprendre notre conversation.

– ... c'est qu'ils espèrent que le Vénalox va vous effacer.

– M'effacer, moi ?

– Les différentes parties du cerveau... Elles sont interconnectées. En faisant disparaître l'empathie, la conscience, ils pensent qu'ils pourront aussi vous faire disparaître, vous.

En d'autres termes, ils comptaient détruire l'attachement qu'il ressentait pour moi.

Une main glaciale empoigna mon cœur ; je comprenais exactement quel objectif ils visaient. N'avais-je pas moi-même été incapable d'éprouver la moindre empathie, le moindre scrupule... le moindre amour ? Jusqu'à ce qu'on me lie à Sidonia, de tels sentiments m'avaient été étrangers.

Lorsque je m'écartai de Gladdic et retournai vers Tyrus, qui, entouré de nos ennemis, m'observait de ses yeux pâles et intelligents, des frissons d'angoisse m'envahirent. Un souvenir surgit avec fracas dans ma mémoire. Le jour où Pasus avait décidé de la date de notre mariage dans la grande héliosphère, Fustien avait demandé quand on allait accorder le contrôle du sceptre à l'empereur.

Et Pasus avait jeté un long regard attentif à Tyrus.

Afin d'évaluer combien de temps il lui faudrait pour atteindre son but – débarrasser Tyrus de son attachement envers moi. Pasus croyait-il qu'il pourrait me tuer le jour où Tyrus n'éprouverait plus d'amour pour moi ? Ou espérait-il que Tyrus lui-même désirerait se débarrasser de moi ?

Tyrus glissa ses doigts entre les miens en me regardant d'un air doux et rassurant.

Il n'était pas trop tard.

– Tu ne l'as pas averti, quand même, déclara-t-il, une pointe de mise en garde dans la voix.

Peu lui importait que Gladdic meure – pourtant, ce dernier n'avait jamais agi dans l'intention de nous nuire. L'indifférence de Tyrus ne pouvait pas s'expliquer par sa seule colère contre Pasus et ses alliés. Je chassai ces considérations de mes pensées.

– Je lui ai ordonné d'aller pleurer son père dans l'intimité. Personne n'a envie de voir ses larmes.

Tyrus se rembrunit. *Non, je n'ai pas oublié ce que tu as fait à son père*, pensai-je.

– J'avais d'excellentes raisons, se justifia-t-il.

– Je sais.

Je n'étais pas assez hypocrite pour lui reprocher d'avoir commis un meurtre. Il existait toutefois des actes qui ne me semblaient pas dignes de Tyrus. Ce déchaînement de violence ne lui ressemblait pas. À présent, je comprenais pourquoi.

Tyrus et moi avions pris notre première mesure politique contre les combats d'arène. Pasus avait donc décidé que nous fêterions notre mariage en les rétablissant. J'attendis qu'on fasse monter les créatures d'échauffement par une trappe au milieu du sol, et qu'on les libère dans l'arène pour exciter les spectateurs, les préparer au sacrifice de sang auquel ils étaient venus assister. Un des animaux était la manticore de Randevald, l'autre, un ours hybride.

L'ours parut hébété par sa liberté soudaine. Ce ne fut pas le cas de la manticore, qui poussa un cri strident et bondit. Le premier sang fut versé, et la foule hurla son enthousiasme.

Je profitai de cet instant pour me pencher vers Tyrus et lui donner des baisers dans le but de m'approcher de lui. Quiconque nous observait aurait cru que, contre toute décence, je lui titillai l'oreille en public.

En réalité, je lui relatai la vérité au sujet du Vénalox.

Tyrus resta impassible. Je me demandai d'abord s'il m'avait mal entendue, puis il croisa les doigts pour les empêcher de trembler.

– Alors il y a une bonne raison… Ça explique pourquoi je me sens…

Sa voix se cassa.

L'ours était déjà mort, sans même avoir livré un combat digne de ce nom. Des grognements de déception résonnèrent autour de nous. La manticore lécha ses babines ensanglantées, puis son adversaire suivant fut introduit dans l'arène – un étrange mélange de lion et de requin. Dans l'assemblée, on tapota les écrans de paris par gestes effrénés pour miser sur les combattants.

– Tu vois pourquoi je ne peux pas accepter, dis-je d'un ton calme, que tu refuses d'utiliser Supplice et Péril.

– Tu penses que… que je devrais me sentir plus impliqué, commenta-t-il.

Je hochai la tête.

Le lion détecta l'odeur du sang et fut aussitôt sur ses gardes. Quand la manticore se jeta sur lui, l'hybride était prêt, et leur affrontement fut plus incertain. La manticore, se sentant dominée, se rabattit sur sa botte secrète – dont on l'avait pourvue à la demande de Randevald –, et abattit sa queue empoisonnée. Parmi la grandiloquie, on se plaignait en privé que le venin paralysant « gâchait tous les combats ».

Puis une ombre glissa sur nous, et Pasus s'approcha de nous en affichant un sourire tout aussi venimeux.

– Votre Suprématie. Némésis. J'espère que vous avez bien dormi. Des tas de gens ont été déçus, cette nuit.

Tyrus écarta les bras sur les dossiers des sièges, sans dissimuler le profond dégoût que lui inspirait Pasus.

– Vous allez devoir leur rembourser ce qu'ils vous ont versé pour avoir le privilège d'assister au spectacle.

– Quelle basse opinion vous avez de moi ! gronda Pasus. Jamais je n'aurais cherché à m'enrichir sur un évènement aussi sacré. On ne m'a rétribué qu'en témoignage d'amitié et de reconnaissance.

Il posa le sceptre sur le piédestal destiné à l'accueillir.

– Ne vous éloignez pas trop de nous, déclara Tyrus d'un ton doux. Nous allons devoir discuter du combat.

Pasus lui décocha un regard interrogateur.

– Je ne suis jamais très loin.

Un sourire se forma sur les lèvres de Tyrus. Pasus prit place juste devant nous dans la rangée inférieure.

J'observai l'arène, où des servibots nettoyaient le sang et les entrailles de l'hybride de lion, pendant qu'on assommait la manticore à coups de pistolet électrique, de façon que d'autres bots puissent l'emporter dans une cage et la ramener au sous-sol.

L'écran permettant de parier sur l'issue de l'affrontement suivant sortit du sol, mais ni Tyrus ni moi n'y touchâmes. Je vis que Pasus avait misé sur Supplice.

Puis mon neurobloqueur se désactiva. Je m'en rendis compte parce que mes muscles fourmillèrent soudain comme s'ils venaient d'émerger d'un sommeil profond, et l'air qui m'entourait me parut plus léger.

Je bandai mon biceps, et Tyrus eut un sourire en coin.

– Voyons voir, fit-il en me présentant sa main.

Je la saisis, nous posâmes tous les deux nos coudes sur les accoudoirs, puis il tira de toutes ses forces pour rabattre mon bras vers lui. Je le laissai s'échiner quelques secondes, avant de plaquer sa main sur mes genoux sans aucun effort. Il eut un sourire satisfait, et moi aussi.

J'avais retrouvé cent pour cent de mes capacités.

– Tu auras besoin d'aide ? lui demandai-je en désignant Pasus d'un signe de tête.

– Oh non, surtout pas, affirma-t-il tout bas.

Dans son regard, une lueur sinistre indiquait qu'il avait hâte de passer à l'action. Il allait tuer Pasus tout seul.

– Ce n'est pas dû au Vénalox. Je veux qu'il meure.

– Je sais. Le Vénalox n'y est pour rien.

Avec un peu de chance, dans le tumulte, j'aurais l'occasion de le voir se charger du sénateur.

Puis une clameur s'éleva lorsqu'on fit monter les deux Diabolics dans l'arène. Nus comme des vers, ils exhibaient leur musculature surdéveloppée. On avait déjà mis un râtelier d'armes à leur disposition. Péril et Supplice ignorèrent le public d'un air dédaigneux, comme si leur condition d'humanoïdes ne faisait pas d'eux des créatures inhumaines mais des êtres supérieurs.

– C'est le moment d'y aller, annonça Tyrus. Vous venez, mon amour ?

Je glissai la main dans la sienne et nous nous avançâmes pour donner le coup d'envoi du sacrifice de sang.

Mais ce sacrifice n'allait pas être celui qu'on attendait de nous. Pour l'instant, les spectateurs poussaient des vivats.

Bientôt, ils allaient tous hurler de terreur.

33

La plateforme à lévitation accomplit un tour complet de l'arène de sorte que tout le monde puisse contempler l'empereur et sa promise. Tyrus et moi nous tenions en son centre et nous regardions droit dans les yeux. Personne d'autre n'avait d'importance.

Lorsque nous nous immobilisâmes au milieu de la piste, Tyrus, sans détourner les yeux, parla doucement… aux Diabolics qui, un peu plus bas, pouvaient entendre chacun de ses mots.

– Vous n'allez pas être offerts en sacrifice. Ne vous entretuez pas.

– Supplice, Péril, enchaînai-je, le champ de force qui entoure l'arène ne fait que dix mètres de haut. Le générateur se trouve à trente degrés à ta droite, Péril. Attendez la troisième décharge électrique. Ensuite, massacrez tous les spectateurs que vous voulez. Si vous suivez ces recommandations, vous pourrez vous échapper.

Tous les deux levèrent un regard soupçonneux vers nous.

– Pourquoi vous nous épargneriez ? s'enquit Supplice. Vous croyez que ça vous vaudra notre bienveillance ?

Je me moquais de leur bienveillance. Je savais qu'ils tueraient Tyrus à la première occasion, aussi était-il crucial qu'ils meurent aujourd'hui. Je répétai les questions du Diabolic à Tyrus, car il ne possédait pas mes capacités auditives.

Sa réponse fut inattendue.

– Oui, j'attends votre clémence. Pas pour moi, je ne suis pas idiot, mais pour Némésis, qui ne vous a jamais nui. Alors écoutez ses conseils. Et quand ce vaisseau se mettra à trembler, faites comme elle. Accrochez-vous à quelque chose de solide.

Je serrai sa main comme dans un étau, et Tyrus grimaça ; je me rappelai tardivement que je n'avais pas eu autant de force depuis bien longtemps.

Mais je ne le comprenais pas. Pourquoi leur avait-il donné ces recommandations ? À quoi jouait-il, bon sang ?

Nous avions besoin de Péril et Supplice, mais pendant un temps très limité. S'ils s'en sortaient, eh bien… S'ils survivaient, il me faudrait les affronter ! Nous leur avions promis qu'ils pourraient s'échapper, mais je ne voulais pas qu'ils s'enfuient avec nous pour de bon. Ils allaient tuer Tyrus.

Qu'est-ce qui lui prenait ?

Tyrus se tourna vers le public et leva les mains, et un silence de plomb s'abattit sur les tribunes. Il promena le regard sur les visages de ceux qui nous observaient, les grands propriétaires terriens de l'empire et les parasites qui vivaient à leurs crochets. Ceux qui s'empressaient de l'encenser quand il agissait selon leurs désirs, et qui le torpillaient dès qu'il soutenait ceux qui n'appartenaient pas à leur rang.

– Je suis ravi que vous soyez venus si nombreux, annonça Tyrus. Je vais passer un très bon moment.

Il s'agissait d'une déclaration atypique pour un empereur, mais elle lui valut quand même les acclamations des grandiloquins. Tyrus sourit et porta la main sur son cœur, puis il regarda les spectateurs l'imiter, s'agenouiller et se relever.

J'essayai de comprendre ses motivations tandis que la plateforme nous ramenait à notre loge.

Nous regagnâmes nos places. Les champs de force qui entouraient Supplice et Péril se coupèrent, la foule poussa des cris d'excitation. On ne s'intéressa plus à nous. Je glissai la main sous ma chasuble et dénouai la corde.

Je pus l'attacher en hâte à ma taille sans même que Pasus se retourne… mais Tyrus me saisit fermement le poignet quand j'entrepris de nouer l'autre extrémité autour de lui.

– Non, attends, dit-il.

– Il vaut mieux que nous nous y prenions à l'avance.

– Ne m'attache pas à toi du tout.

Péril et Supplice n'ayant toujours pas bougé, une décharge électrique jaillit pour les aiguillonner.

– Il faut que tu sois assuré, insistai-je. J'ai l'impression que tu ne comprends pas qu'on va en baver…

– Non, c'est toi qui ne comprends pas. Regarde un peu l'immensité de cette salle. Tu vas avoir assez de mal à encaisser le choc comme ça. Je ne veux pas qu'on meure tous les deux à cause de moi. Tu as plus de chances de t'en sortir seule.

J'ouvris et fermai la bouche sans un bruit, et, dans les tribunes, la foule hurla son impatience lorsqu'une deuxième décharge éperonna les Diabolics.

Tyrus était… Il tenait des propos incohérents. Ça ne rimait à rien.

– Si c'est difficile pour moi, alors pour toi ce sera…

Impossible, pensais-je, à deux doigts de prononcer ce mot.

Puis j'eus un déclic. Tout devint limpide. Tyrus ne pourrait pas survivre sans être arrimé à moi. Horrifiée, écœurée, je compris qu'il avait déjà conclu que ses chances de survie étaient *nulles*.

– Par le feu des étoiles, tu crois que tu es condamné, dis-je dans un souffle.

En contrebas, la troisième décharge fusa dans l'arène. Péril et Supplice réagirent enfin. Tous les spectateurs se dressèrent brusquement, avides de regarder Péril, qui allait jusqu'au râtelier d'armes. Il se munit d'une épée dans une main et d'une hache dans l'autre. Supplice balaya les alentours d'un regard chargé de dédain.

– Tyrus, tu ne peux pas renoncer, l'implorai-je.

– Je ne renonce pas, répondit-il, avec une sérénité troublante qui ne fit que me terrifier davantage. Je suis réaliste, c'est tout.

Dans l'arène, Péril fonça sur Supplice, hache levée, et le public poussa une clameur approbatrice. Puis Péril bondit sur les épaules de Supplice et se propulsa par-dessus le champ de force.

Je saisis le bras de Tyrus, prête à le secouer.

– C'est pour ça que tu les as prévenus ! Tu crois que tu ne seras plus là quand tout sera fini !

– Némésis..., fit-il d'une voix étranglée, les yeux brillants.

Il me caressa le visage, puis reprit avec une profonde tendresse :

– C'est inévitable. Ne t'y oppose pas. Je vais tenter le maximum pour m'en sortir. Je te le jure.

Péril retomba au milieu des spectateurs, puis fit volte-face et abattit sa hache dans le générateur de champ de force. La lame s'y enfonça et projeta une pluie d'étincelles.

– Non ! me récriai-je, horrifiée. Tu es fou ? Pas question ! On annule l'opération.

– C'est trop tard.

– Je refuse que ça...

Je me levai vivement à mon tour, mais il me força à me rasseoir. Les hurlements de la foule avaient changé de tonalité ; Péril s'était mis à tailler en pièces les grandiloquins les plus proches. Supplice, enfin libre, sortit de l'arène avec un rictus démoniaque aux lèvres.

S'étant rendu compte que les Diabolics ne se comportaient pas du tout comme prévu, Pasus criait des ordres à ses collaborateurs afin qu'ils interviennent.

– Qu'on rallume les bloqueurs !

Mais les cris d'effroi allaient étouffer leur fréquence assez longtemps pour que je n'aie pas à m'en soucier.

Supplice brandit une énorme masse à pointes et fracassa le crâne d'un Grandé. En proie à la panique, des membres de la grandiloquie fuyaient les Diabolics et affluaient vers les issues.

– Nous nous battons pour des enjeux qui nous dépassent ! lança Tyrus avec véhémence. Tu le sais !

Il prit le bout de la corde pour y attacher le sceptre.

– Tout va se mettre à trembler. À ce moment-là, je tiendrai ma revanche, poursuivit-il d'un ton calme, une lueur machiavélique dans le regard. Ensuite, je ferai tout mon possible pour tenir bon, mais en aucun cas je ne m'accrocherai à toi. Quant à ce... ce dispositif, si je ne m'en sors pas... Si je disparais... Jette-le dans une étoile... asperge-le de thermonite. Il faut t'en débarrasser, c'est tout. S'il y a un Domitrien quelque part, c'est le moins que je puisse faire pour lui.

Je secouai vivement la tête, abattue... Je remarquai que Pasus regardait vers nous, le visage éclairé par une soudaine lucidité – il savait que nous avions joué un rôle dans cet incident. Et qu'il n'y pouvait plus rien. Tyrus m'attira contre lui, me donna un baiser vigoureux, et, alors que le vaisseau se mettait à trembler, approcha les lèvres de mon oreille :

– Tu as été la seule joie de ma vie, me dit-il d'une voix rauque. Tous les moments de malheur que j'ai connus au cours de mon héliomaudite existence, je veux bien les revivre mille fois pour les quelques instants que j'ai passés avec toi. Maintenant, par la lumière de toutes les étoiles, *sauve ta peau* !

Le bâtiment était agité de violentes secousses. J'aimais Tyrus plus que tout au monde, et Pasus se frayait un chemin dans les rangs pour monter vers nous. Il savait forcément que je possédais toute ma force, pourtant il fonçait sur nous, parce que...

Parce que son premier réflexe était de s'emparer de l'empereur.

Parce qu'il avait plus à perdre que n'importe qui si Tyrus mourait.

C'était une constatation terrifiante. C'était lui qui avait eu une peur bleue pour Tyrus quand celui-ci avait pointé son arme vers la verrière, menaçant de précipiter le dernier Domitrien dans l'espace. Les tremblements étaient devenus si puissants que je dus réfléchir à toute vitesse, et je parvins à une solution révoltante.

Tyrus vit Pasus approcher lui aussi. Il s'avança pour aller à sa rencontre, l'air ravi de le voir, parce qu'il s'apprêtait à extérioriser toute sa rancune et sa colère sur son persécuteur.

J'attrapai fermement Tyrus par l'épaule.

Il me décocha un regard interrogateur.

Je l'assommai d'un coup de poing à la mâchoire.

Il s'effondra. Pasus s'arrêta net, mais je ne voulais pas qu'il reparte. Je me précipitai sur lui et le saisis par les bras… J'aurais tant voulu pouvoir lui broyer les os ! Je n'en avais pas le temps.

Je l'entraînai jusqu'à Tyrus.

– Prenez-le et *fuyez* ! Quittez ce vaisseau ! TOUT DE SUITE !

Pasus blêmit, mais il s'empara aussitôt du corps inanimé de Tyrus et le jeta par-dessus son épaule. Il préférait mourir plutôt que de s'enfuir sans l'empereur Domitrien, son bien le plus précieux ; comme il me pesait de le laisser s'en tirer ! Je bousculai les grandiloquins pour dégager le passage à Pasus, sans prêter attention à rien d'autre avant d'être certaine qu'ils étaient en lieu sûr. Les grondements devinrent assourdissants.

À mon tour de sauver ma peau.

Je me détournai et descendis les marches instables. Il restait peu de grandiloquins pour me barrer le chemin. Au bord de l'arène, j'empoignai la rambarde de mes mains tremblantes et serrai de toutes mes forces.

J'entendis un gémissement.

Je tournai la tête et vis… la sénatrice von Wallstrom, qui avait choisi de se cacher au lieu de s'enfuir, et qui se tenait à quatre pattes sous un banc non loin de moi.

– Est-ce que vous… est-ce que vous allez me tuer ? me demanda-t-elle d'une voix chevrotante.

– Non, répondis-je, avant de pointer l'index vers le ciel, mais ça, oui.

Puis le *Héra* percuta le plafond de plein fouet.

34

L'effet de la collision fut instantané et d'une violence inouïe. Au-dessus de nos têtes, le *Tigris* s'effondrait sur lui-même, du feu et des gerbes d'étincelles jaillissaient des parois enfoncées par le vaisseau astéroïde, dans un vacarme si assourdissant que j'eus l'impression d'avoir les tympans percés.

Les flammes se déployèrent en projetant une chaleur infernale, puis l'atmosphère fut aspirée et s'échappa du *Tigris* dans un rugissement, entraînant avec elle dans l'espace les grandiloquins qui fuyaient en hurlant. Je croisai un bref instant le regard de la sénatrice von Wallstrom, pétrifiée d'horreur, avant qu'elle soit emportée dans le néant infini.

Je m'agrippai à la rambarde, tirée vers le cosmos par les tourbillons d'atmosphère, et je sus alors que Tyrus avait eu raison, que nous n'aurions pas pu réussir en étant attachés l'un à l'autre. Une force phénoménale écartelait mes muscles, mes doigts, et même mes épaules ; un simple être humain n'aurait pas survécu. Si nous avions été reliés par une corde, Tyrus aurait été un poids mort ajoutant à la difficulté, et mon corps tout entier avait déjà le plus grand mal à résister... Je plissai les paupières, le visage fouetté par le vent déchaîné, et peu après la tempête se calma, mais cela signifiait que l'air allait vite s'amenuiser... Où était le sas ? Où était-il, à la fin ?

Soudain... je décelai un petit disque lumineux à la surface du *Héra*. Là !

J'expirai de façon involontaire ; mes poumons se vidaient de leur air malgré moi, signe que le compte à rebours des minutes qui me restaient avant de perdre connaissance avait commencé. N'ayant pas une seconde à perdre, j'observai les courants ascendants, évaluai leur direction, m'orientai vers eux et lâchai la barre de fer. Je fus emportée à toute vitesse, à la merci des violentes bourrasques, et percutai le vaisseau. L'atmosphère chargée de débris et de flammes fusait autour de moi, cherchait à m'entraîner avec elle. Je crochai les doigts dans une anfractuosité, mais je glissai et fus précipitée le long de la coque. Les bras tendus vers la surface rocheuse, j'essayai de me cramponner à quelque chose, de trouver une prise. Je finis par en attraper une. Tout le poids de mon corps tira violemment sur mes doigts, mais je tins bon.

Je n'étais pas seule : Supplice s'accrochait lui aussi à la structure du *Héra*. Puis Péril heurta le bâtiment à son tour et parvint à s'y agripper.

Un banc de l'arène arriva à toute allure, percuta Péril et le fit dévisser.

En une fraction de seconde, il disparut dans l'obscurité.

Ne reste pas là ! Grouille-toi ! Mes poumons continuaient à se vider. Un voile noir envahissait ma vision, et j'escaladai la roche en direction du disque de lumière. Je devais absolument l'atteindre avant de m'évanouir !

Mes membres commençaient à faiblir, et les gaz du *Tigris* me bombardaient sans répit... Malgré moi, je lâchai...

Je fus propulsée devant le sas...

Une main m'attrapa la jambe et me tira vigoureusement dans la cavité lumineuse. Je rebondis sur la paroi du fond, puis la porte du sas se referma brusquement juste avant que je la percute. On entendit le sifflement de l'air de la mise sous pression...

Puis... puis j'inspirai par grandes bouffées avides, et, tournant la tête au prix d'un immense effort, je vis Supplice avachi contre la paroi, en train de haleter lui aussi...

Puis, le visage déformé par la colère, il poussa un hurlement de rage et de désarroi.

Je pensai alors à Péril.

Il était mort. Lui, un Diabolic en pleine possession de ses forces – notre plan lui avait été fatal. Aucun spectateur se trouvant encore sur le *Tigris* au moment de la collision n'avait pu en réchapper...

Tyrus, lui, s'en était sorti à temps.

Avec Pasus.

Pasus. Oui, Pasus – *PASUS* ! Qui avait *survécu* ! J'abattis mon poing contre le mur, mais la douleur ne m'apporta aucun soulagement. Il était en vie, il tenait Tyrus... Si seulement j'avais pu le tuer...

Je me levai d'un mouvement énergique. Tyrus aurait dû m'indiquer dès le début qu'il se préparait à mourir. Il aurait dû me le dire clairement, et là j'aurais pu... j'aurais pu...

Je lâchai un grognement et me forçai à me mettre en mouvement. Je poussai les portes pour pénétrer en trombe dans le compartiment principal du *Héra*. Mes jambes me portèrent à travers le vaisseau qui tanguait. Le télescopage avec le *Tigris* avait ébranlé le *Héra*, qui demeurait néanmoins intact. Lorsque j'entrai d'un pas vif dans le centre de commande, Néveni était assise par terre, une main plaquée sur la tête.

– Désolée. Je me suis cognée. Il faut juste que..., balbutia-t-elle, le regard trouble, du sang dégoulinant entre ses doigts.

– Ne t'inquiète pas.

Le *Héra* attendait un ordre de ma part pour définir un cap afin de quitter le système. Mes yeux se fixèrent sur ce qui restait du *Tigris*... et l'autre vaisseau niché un peu plus loin.

Nous devions fuir, mais d'abord j'avais une idée en tête.

J'enclenchai la navigation automatique, puis le *Héra* percuta le majestueux *Colossus* de plein fouet.

Néveni eut un rire étouffé en voyant l'appareil du sénateur se désintégrer, et j'éprouvai le plaisir pervers d'avoir pris quelque chose à défaut de *quelqu'un* – à Pasus. La plupart des capitaines des vaisseaux qui nous entouraient ayant péri à bord du *Tigris*, seuls deux ou trois bâtiments tentèrent quelques tirs vers nous lorsque nous traversâmes le couloir gravitationnel menant à l'extrémité de notre système.

Ensuite…

Il me suffisait de presser un bouton. Rien qu'un seul.

Mes mains se glacèrent. J'examinai le tableau de bord.

J'allais partir sans Tyrus. Je le laissais à la merci de nos ennemis… même si j'en avais tué un grand nombre au cours de l'opération.

Qu'est-ce que je suis en train de faire? MAIS QU'EST-CE QUE JE SUIS EN TRAIN DE FAIRE? m'affolai-je, ébranlée par un sentiment d'horreur.

Puis Néveni se colla derrière moi, et, d'une pression de la main, nous expédia dans le vide sans étoiles de l'hyperespace, loin du Chrysanthème, qui disparut en une fraction de seconde.

Mes jambes se dérobèrent, et je m'assis par terre.

Les dés étaient jetés.

J'avais abandonné Tyrus aux griffes de Pasus.

35

Quarante-six jours. Au minimum. Quarante-six jours d'absence. L'adrénaline de la fuite m'abandonnant petit à petit, je serrai ma tête entre mes mains et me contentai de rester là, sur le sol du centre de commande. Plusieurs minutes s'écoulèrent avant que je remarque le sceptre qui me comprimait la hanche. Je le décrochai et posai les yeux dessus, la vue encore trouble.

Quels effets deux mois supplémentaires de Vénalox allaient-ils avoir sur Tyrus ?

Puis une pensée bien plus épouvantable me frappa.

– Par tous les trous noirs, et s'il était sur le *Colossus* quand nous l'avons détruit ? m'écriai-je en me relevant dans un sursaut, terrifiée.

Un médibot soignait la tête de Néveni.

– Quoi ? fit-elle.

– Tyrus, expliquai-je, les lèvres engourdies. Je l'ai forcé à évacuer le *Tigris*. Je l'ai fait partir avec Pasus. S'ils se sont réfugiés à bord du *Colossus*…

– Une seconde. Je ne comprends pas…

– J'ai dit à Pasus de l'emmener, alors j'ai peur que Pasus l'ait conduit sur… Non, non, il n'en a pas eu le temps…

– Qu'est-ce que tu me racontes ? fit Néveni d'un ton véhément.

Je la regardai en clignant des paupières, comme si des eaux marécageuses se déversaient dans mon crâne.

– Attends, tu m'inquiètes. Tu n'as quand même pas épargné Pasus !

– Si.

– Tu plaisantes ? C'est une blague !

– Je n'avais pas le choix, Néveni. Sans ça, Tyrus serait mort, et Pasus était le seul qui allait le sortir de là…

– MAIS T'ES MALADE ! hurla Néveni. Tu l'as laissé s'en tirer VIVANT ? Notre objectif, c'était justement de *LE TUER* !

– Pas en sacrifiant Tyrus…

– Tyrus n'est pas un imbécile ! Tu crois vraiment qu'il a accepté ce plan sans avoir conscience qu'il n'y survivrait pas ?

Je la fixai, la bouche sèche.

– Tu savais qu'il n'en réchapperait pas ?

– Bien sûr, me confirma-t-elle, le visage débordant de colère. Personne ne pouvait survivre à ça ! Je n'étais même pas sûre que *toi* tu pourrais y survivre ! Et Pasus aurait dû y passer, surtout ! Pourquoi je t'ai dit de tout expliquer à Tyrus avant, à ton avis ? C'était pour qu'il soit au courant de tout ! IL AVAIT *TRÈS BIEN* COMPRIS ! Il savait qu'il était condamné, il a décidé lui-même de se sacrifier, et tu as tout fichu en l'air !

– Je n'en reviens pas que tu m'aies caché ça.

– Tu n'aurais pas agi, sinon ! Et apparemment Tyrus te l'a caché aussi ! asséna-t-elle, la voix pleine de venin, ses yeux noirs brillant de larmes. Tyrus a eu le choix, lui. Contrairement aux habitants de ma planète, qui ont été assassinés par l'homme que tu as épargné, il a pu choisir son sort ! Et maintenant... À quoi ça a servi ? Comment tu as pu tout gâcher ?

Elle poussa un cri rageur, s'écarta de moi d'un mouvement vif et se prit la tête entre les mains.

– Je n'ai pas pu faire autrement, grondai-je. Je ne m'excuserai pas d'avoir sauvé Tyrus.

Tremblant d'hostilité, Néveni fit volte-face vers moi.

– Tant mieux si tu es contente. Tu sais qui ne le sera pas du tout ? Tyrus. Qu'est-ce qui va lui arriver, coincé là-bas sans toi ? Tu ne te soucies que de la vie ou de la mort. C'est toujours binaire, pour toi. Tu te rends compte que Pasus ne va plus le quitter des yeux, maintenant. Tyrus a joué un rôle dans notre complot et s'était résolu à mourir, mais il leur est trop utile pour qu'ils acceptent que ça se produise. Ils vont être sur leurs gardes. Ils vont le surveiller. Ils ne le laisseront jamais s'échapper, même si ça doit devenir invivable.

– Parfait ! Je ne veux pas qu'il meure.

– Dieu merci, tu n'es pas tombée amoureuse de moi, rétorqua Néveni d'un ton acerbe.

À cet instant, Supplice entra dans le poste de commande, et Néveni poussa un cri de stupéfaction... puis émit un petit bruit étranglé.

Elle venait de s'apercevoir qu'il était entièrement nu.

– Sa-salut, fit-elle.

Quels que soient les mots qu'ils échangèrent, je n'y prêtai pas attention. Je me retirai dans les profondeurs de mon vaisseau, munie du sceptre.

Je contemplai ce symbole de pouvoir pendant des heures. Dans ma main, il me semblait froid et insignifiant.

L'agacement de Néveni à mon égard atteignit un nouveau pic lorsque je nous fis sortir de l'hyperespace dans le seul but de récolter des transmissions qui auraient pu indiquer si Tyrus avait survécu. Comme la fois précédente, les informations ne firent qu'embrouiller les choses, et je passai des heures à tout éplucher afin de déceler un semblant de vérité.

À la troisième interruption du voyage, Néveni faillit se jeter sur moi.

– Ah non, ça suffit, maintenant ! s'écria-t-elle.

– C'est mon vaisseau, et c'est moi qui décide, répliquai-je.

Elle fonça sur moi, mais Supplice se dressa en travers de son chemin et la serra dans ses bras.

– Ne t'attaque jamais à plus fort que toi, lui recommanda-t-il en l'éloignant de moi avec fermeté, mais en douceur.

– Tu veux y aller, à la Cité sacrée, OU PAS ? hurla-t-elle.

Je récoltai toutes les transmissions possibles, puis nous expédiai de nouveau dans l'hyperespace.

La troisième fois fut la bonne.

Chaque bulletin d'information rendait compte du même évènement : des nouvelles terribles en provenance du Chrysanthème. Une tragédie avait frappé le cœur de l'empire. Des extrémistes de l'excédent avaient assassiné un grand nombre de grandiloquins, ainsi que la future épouse de l'empereur, le matin de leur mariage.

Fustien nan Domitrien livra un long discours, très ému, puis l'image se focalisa sur le jeune homme assis derrière lui, avachi dans un fauteuil comme un pantin désarticulé, les traits tirés, le regard absent. Son conseiller dévoué, le sénateur von Pasus, se tenait à proximité. Le jeune empereur – « comme on pouvait le comprendre » – était trop accablé pour s'exprimer.

Il avait survécu.

Et je sus que c'était vraiment Tyrus ; s'ils avaient voulu le remplacer par une doublure, ils ne l'auraient pas montré aussi émacié et abattu. Ils auraient présenté un empereur robuste, comme ils l'avaient fait pendant nos mois d'absence.

Un doux soulagement inonda mon cœur, même si à force de regarder la vidéo en boucle je remarquai de nouveaux détails. La lourdeur de ses paupières… L'affaissement de ses épaules… On lui avait de nouveau injecté du Vénalox. Je ne voyais pas d'autre explication.

Pasus ne pouvait pas prendre le risque que Tyrus se montre imprévisible pendant un enregistrement en direct.

Je visionnai la transmission une énième fois, et mes pensées s'emballèrent lorsqu'on évoqua les coupables : les extrémistes lumines, qui ne s'étaient pas contentés de détruire leur propre planète à cause de leur orgueil démesuré... Il leur avait fallu assassiner la future impératrice...

En général, j'interrompais la vidéo avant ce passage, mais Néveni fit irruption dans le poste de commande au moment où je me la repassais, et elle m'ordonna d'un ton brusque de ne pas l'arrêter.

– Je le connais, lui, déclara-t-elle en plissant les yeux, alors que les supposés terroristes responsables de l'attaque apparaissaient à l'écran. Est-ce qu'on lui reproche un crime ?

Je pris une inspiration pour me donner du courage.

– La destruction du *Tigris*.

J'étais trop lessivée, trop à vif, pour rester là pendant qu'elle découvrait qu'on faisait encore porter le chapeau à son peuple. Je ne voulais pas voir la douleur se peindre sur son visage lorsqu'elle comprendrait que les noms des accusés lui étaient familiers parce qu'il s'agissait de Lumines employés à bord du Chrysanthème. On les avait exécutés en représailles pour le *Tigris*.

– Tu savais qu'ils allaient propager un tissu de mensonges..., commentai-je en me tournant vers elle.

Alors qu'elle fixait l'écran du regard, un sourire narquois se forma soudain sur ses lèvres. Surprise, je jetai un coup d'œil au passage de la vidéo jusqu'auquel je n'étais pas encore allée.

– « … jeune fille est le cerveau du groupe. Ses parents avaient des penchants extrémistes, et tout porte à croire que… »

C'était Néveni.

J'ignorais si Pasus avait tiré les vers du nez à Tyrus, ou si l'on avait remonté l'historique de mes faits et gestes, mais nos ennemis avaient découvert le rôle de Néveni dans cette attaque. Apparemment, c'était la criminelle lumine sur qui pesait toute la responsabilité de l'hécatombe du *Tigris*. Et de ma mort.

Elle se mit à rire aux éclats. Apprendre qu'elle était désormais la terroriste la plus recherchée de la galaxie l'emplit d'une joie sans égale.

Lorsque nous sortîmes définitivement de l'hyperespace, Néveni et Supplice me rejoignirent dans le centre de commande pour assister à notre approche de la Cité sacrée.

Je me fis alors la réflexion que mes deux compagnons de voyage avaient perdu tous ceux qui leur étaient chers. Comme prévu, une fenêtre gravitationnelle était ouverte, mais il aurait été plus sûr de patienter deux jours. Les forces d'attraction du système transaturnin étaient plus puissantes que la fois précédente. Les courants d'énergie qui me rendaient nerveuse semblèrent divertir Néveni. Supplice restait allongé sur le dos, les mains derrière la tête, et admirait les torrents d'hydrogène en combustion qui se précipitaient sur nous.

Ni l'un ni l'autre ne paraissait s'inquiéter pour sa survie. Ils étaient même assez détendus pour bavarder.

– … deux lunes. L'une était plus grosse que l'autre, possédait une atmosphère et servait de réserve naturelle. La deuxième disposait d'un dôme habitable, parce qu'elle avait été colonisée avant que Lumina ait été terraformée. J'imagine qu'elles sont encore là toutes les deux…

La voix de Néveni se fit toute basse.

– … en orbite autour d'un monde mort.

– Je n'aime pas les planètes, lui confia Supplice. Ça grouille d'insectes.

Le *Héra* fut secoué par un violent soubresaut qui me fit retenir ma respiration. Comment pouvait-il penser aux insectes dans un moment pareil ?

Néveni retrouva l'équilibre et dit :

– Tu es un Diabolic hyper balèze et effrayant, et tu as peur des *petites bêbêtes* ?

– Ce n'est pas que j'en aie peur, c'est que je ne les supporte pas. Et il y en a partout. Si les insectes attaquaient en grand nombre, je ne disposerais d'aucun moyen de défense pour les repousser.

– Vous ne pourriez pas vous taire ? m'impatientai-je, le regard rivé sur l'extérieur.

Je finissais par douter : profitions-nous bien d'une fenêtre gravitationnelle ? J'étais pourtant sûre d'avoir mémorisé les dates.

– Il a peur d'un soulèvement d'insectes ! se moqua Néveni.

– Il plaisante, la rabrouai-je. Qu'est-ce qui te met d'humeur si joyeuse, au fait ? Tu es ivre ou quoi ?

– Ça, c'est une super-idée. Je boirais bien un godet.

– Je ne plaisante jamais, indiqua Supplice avec un temps de retard.

– Némésis ne plaisante jamais, elle non plus, enchaîna Néveni. Ne t'inquiète pas, Supplice. J'écraserai les araignées à ta place, surtout si tu sais où je peux m'en jeter un petit en attendant que ça s'arrête de secouer.

À mon grand soulagement, ils partirent en quête de la boisson que réclamait Néveni. Ils étaient devenus complètement fous, tous les deux.

Lorsque nous arrivâmes à la Cité sacrée, Néveni empestait, ayant de toute évidence renversé sur elle une bonne partie de son breuvage. Elle ne se départit pourtant pas de sa surprenante jovialité quand nous passâmes dans l'anneau détecteur de pathogènes. Je repoussai d'un geste les prélats stupéfaits de me revoir si tôt.

Le proscripteur s'enferma pour visionner les images de Lumina dévastée par la Brume expédiente, que nous avions récupérées sur le Chrysanthème. J'avais vu Néveni les regarder en boucle.

Néveni dessoûla vite de l'alcool qui avait survécu aux turbulences et qu'elle avait réussi à boire.

– Dans cet endroit… Ils sont isolés de tout, ici, constata-t-elle.

Elle faisait les cent pas en examinant les lieux.

– Le proscripteur est censé être immortel et infaillible, déclara Supplice.

– Infaillible, tu parles. Il n'y a qu'à voir comme ses décrets ont été efficaces. Vous imaginez à quel point il faut être imbu de sa personne pour vivre dans ce petit sanctuaire douillet, loin de tout, et dicter à tous les autres ce qu'ils doivent penser, comment ils doivent se comporter ?

– Parle moins fort, l'admonestai-je, même si apparemment nous étions seuls.

– Ce type n'est entouré que de gens qui le vénèrent. Il n'a d'échanges qu'avec des disciples qu'il forme pour qu'ils répètent ses paroles comme des perroquets. C'est dingue. Alors ce serait bien qu'il entende tout ça, au contraire.

– Ce n'est pas toi qui le lui diras, rétorquai-je sèchement. Et ce n'est pas le moment.

Lorsque Orthanion ressortit enfin, il était livide, plus ébranlé encore qu'après avoir constaté l'ignorance de Tyrus au sujet des trous noirs.

– Cette infamie a été commise en mon nom, déplora-t-il d'une voix caverneuse. Ces criminels prétendaient appliquer mon décret.

– Ils ont détruit le nouveau. Votre Ultime Ascendant, nous ne pouvons pas attendre trois ans que vos prélats soient prêts. Nous avons besoin de vous. Vous seul pouvez rétablir l'ordre, lui expliquai-je.

– Mon enfant, je ferai ce qui s'imposera, répondit-il avant de s'approcher de moi et de me prendre les mains. Comment puis-je vous aider ?

– Il faut que vous repartiez avec nous.

Je me penchai vers lui et plongeai le regard dans ses yeux hébétés, pleins de tristesse, sachant que c'était l'unique voie possible, le seul salut. Pour réussir, je devais obtenir son soutien.

– Nous devons sauver…

Sauver Tyrus. Mon amour. Mon âme sœur.

Nous nous battons pour des enjeux qui nous dépassent. La destinée de l'empire était bien plus importante que la nôtre.

– Joignez-vous à nous, lui dis-je, et ensemble nous sauverons la galaxie.

36

Le proscripteur se mit à trembler, et je ne réussis pas à déterminer si c'était dû à la nervosité ou à l'impatience de prendre le départ, d'embrasser son destin et de sauver ses fidèles. Je n'entendis pas son échange houleux avec ses prélats, mais je vis les regards méfiants et inquiets que ceux-ci jetèrent sur moi. Ils se rappelaient sans doute trop bien que j'avais enlevé le proscripteur lors de ma dernière visite.

Bien sûr, après m'avoir regardée, ils observèrent Supplice, et un seul coup d'œil suffit à les dissuader d'émettre la moindre objection supplémentaire.

Le proscripteur me fit signe de le suivre. J'obtempérai, Néveni et Supplice sur mes talons.

Orthanion s'adressa à moi à toute vitesse, d'un ton nerveux :

– Ce vaisseau s'appelle le *Conciliateur*. C'est le seul appareil en ma possession qui dispose de sa propre force de propulsion. Mes inquisiteurs sont en train de constituer un groupe pour nous accompagner. Quant au *Héra*, je suggère qu'il nous accompagne, avec à son bord d'autres prélats en renfort. Votre vaisseau sera entre de bonnes mains.

Entre de meilleures mains que s'il était revenu à Pasus. Une plateforme à lévitation nous fit monter jusqu'à la passerelle d'accès. De cette position surélevée, je contemplai le *Conciliateur*, qui jusqu'alors ressemblait à un simple mur incurvé. Je constatai alors qu'il était composé de six cercles concentriques reliés entre eux.

– Mon système immunitaire n'est plus à jour, fit remarquer le proscripteur.

– Nous pourrons récolter des anticorps dans mon sang.

Je chargeai Néveni et Supplice d'explorer l'appareil, de repérer d'éventuelles réparations à effectuer avant le départ. Dans l'infirmerie, les médibots analysèrent mon sang. J'avais été exposée à quelques pathogènes, mais assez peu.

– Néveni serait une donneuse idéale, mais…

Je ne terminai pas ma phrase.

– C'est une Lumine, n'est-ce pas ? questionna Orthanion. J'ai reconnu son accent.

– C'est juste.

Il eut une moue désolée.

– Je comprendrais qu'elle refuse.

Elle ne s'était pas contentée de refuser. Elle m'avait fait savoir qu'elle préférait se vider de son sang plutôt que d'en donner une seule goutte au proscripteur.

– Nous trouverons d'autres volontaires quand nous aurons quitté ce système. L'important, c'est que vous le quittiez avec nous.

Le médibot termina d'isoler mes leucocytes, puis une synthétiseuse les dupliqua, et l'on n'eut plus qu'à les inoculer à Orthanion.

– La première chose à faire, c'est d'annoncer mon retour, déclara le proscripteur. Je dois avoir l'audience la plus large possible. Je peux également ordonner à mes prélats de cesser de traîner les pieds concernant le sceptre... Quoique... si la situation est aussi dramatique que vous me l'avez rapporté, nous devrions peut-être attendre que l'empereur ne soit plus sous l'emprise de ses ennemis.

– C'est inutile, répondis-je en sortant le sceptre de ma veste. Le voici.

Vous permettez ?

Je le laissai le prendre et le retourner entre ses mains.

– La dernière fois que j'ai tenu ceci, dit-il d'un ton songeur, on venait de réveiller l'empereur Amon de son coma artificiel. L'aptitude à maîtriser ce dispositif varie beaucoup d'un Domitrien à l'autre, et Amon n'était pas le plus habile d'entre eux, mais même une utilisation rudimentaire du sceptre faisait de lui une menace. On l'a placé sous sédatif pendant toute la durée du voyage jusqu'à la Cité sacrée, et l'on n'a pas cessé de le purger de son sang avant de le lui réinjecter. On a mis son corps en état de choc de façon répétée. Je n'avais qu'une vague idée des mesures à prendre pour amenuiser le pouvoir qu'il avait sur le sceptre. Finalement, nous avons entrepris d'arrêter son cœur. Au bout du troisième arrêt cardiaque artificiel, cette machine s'est préparée à passer entre les mains de son successeur. Ce procédé avait profondément dégradé les capacités cognitives d'Amon, mais il était encore assez lucide pour paniquer en constatant que cet objet ne lui obéissait plus.

Il fronça les sourcils et conclut :

– C'était vraiment pathétique.

– Vous n'avez reculé devant rien pour désamorcer le danger que représentait cette machine, commentai-je.

– Le sceptre n'aurait jamais dû se trouver en notre possession, Némésis. Sa place n'est pas ici. En quittant la Terre, nos ancêtres ont abandonné un vaste pan de la technologie… et la crosse aurait dû en faire partie. C'est une machine qui a été conçue pour être commandée par un souverain ayant été lui-même colonisé par… les *machines*.

Je le fixai d'un regard scrutateur.

– Comment ça, colonisé ?

Le proscripteur me contempla un long moment, comme s'il réfléchissait. Puis il sembla parvenir à une décision.

– Ce que je vais vous expliquer est un secret.

N'osant pas prononcer un seul mot, je hochai la tête.

– Tous les humains qui sont restés sur la Terre étaient des êtres augmentés par des machines. C'était une des premières étapes de l'hybridation technologique. Des nanorobots infestaient le corps tout entier dès la naissance. On les trouvait dans les spermatozoïdes, les ovules, et les embryons formés par leur rencontre. Ils s'adaptaient à l'ADN de chaque nouveau-né, se multipliaient au cours de sa croissance, et, lorsqu'ils étaient assez nombreux, ils constituaient un réseau interne au sein du corps de l'enfant. Nos ancêtres se sont démenés pour s'en débarrasser, ainsi que des technologies qui nécessitaient un tel réseau pour être contrôlées. Mais un homme n'a pas respecté leur volonté. C'était Domitri Orlov.

Domitri. Était-ce le fondateur de la dynastie ?

– Domitri s'est rendu compte que, dans le nouveau monde, tous les autres humains seraient des êtres naturels et que, s'il conservait un avantage technologique sur eux, il pourrait s'imposer comme leur roi.

– Pas de doute, c'était un Domitrien, alors.

– En fait, non. Domitri n'a pas eu de descendance. Je suis à peu près certain qu'il est mort en prison après avoir été démasqué. On a purgé son sang contre son gré, et on a enfermé le sceptre dans un coffre-fort. Le problème, c'est que Domitri n'était pas le seul à avoir eu cette idée. D'autres ont essayé de garder un atout sur les autres, et très vite on les a affublés d'un surnom péjoratif… les Domitrien. Enfin, le jour tant espéré est arrivé : une seule fille était née infestée par les nanorobots, et il suffisait d'attendre qu'elle soit assez âgée pour l'en débarrasser.

Je devinai la suite :

– Pourtant, cette Domitrien est devenue la première souveraine de la lignée impériale.

Il se toucha le nez.

– Quand une première guerre d'ampleur a éclaté entre les nouvelles colonies, quelqu'un s'est souvenu de ce dispositif, qui pouvait permettre à la fille de prendre le contrôle de tous les vaisseaux ennemis d'un claquement de doigts. Ce stratagème a mis fin au conflit de façon si radicale qu'on n'a jamais purgé la fille des nanorobots, puis, lorsqu'elle a eu un enfant, on l'a préservé lui aussi. L'empire tout entier est né de cette lignée.

Il fit glisser ses ongles sur la surface de la crosse jusqu'à ce qu'ils butent contre un relief. D'une légère pression, il ouvrit un petit compartiment... À première vue, celui-ci semblait vide...

Mais Orthanion en sortit une tige métallique, de la longueur d'un auriculaire et de la finesse d'une aiguille.

– Voici le véritable sceptre royal. C'est un super-ordinateur. L'enveloppe extérieure n'est qu'un ornement. Je suggère que vous portiez cet écrin, et que moi je conserve le super-ordinateur en attendant de pouvoir remettre les deux à Tyrus en toute sécurité.

Je hochai la tête.

– Comment allez-vous...

Le proscripteur perfora son avant-bras avec l'extrémité pointue de la tige, qu'il inséra sous sa peau. Ce devait être inconfortable, mais il se contenta de le couvrir avec sa manche.

– Nous devrions commencer par...

Puis tout bascula.

Un grincement métallique assourdissant me déchira les tympans. Le *Conciliateur* fut pris de secousses qui firent tomber Orthanion. Je l'aidai à se relever.

– Qu'est-ce qui se passe ? demandai-je.

– Je ne sais pas.

– Où est le poste de commande ?

– Par ici.

Nous entrâmes en trombe dans la salle, où Néveni se trouvait seule, et, par la baie vitrée, nous vîmes l'arrière du vaisseau tirer sur les sabots d'arrimage qui le rattachaient à la Cité sacrée. Supplice surgit dans le poste et me regarda d'un air soupçonneux.

Néveni nous accueillit avec un sourire.

– Juste à temps.

– Néveni, il y a un problème ?

– J'ai l'impression qu'on se décroche de nos amarres.

Quoi ? m'écriai-je.

Puis le *Conciliateur* s'arracha aux sabots d'arrimage et nous précipita dans l'espace. Je me jetai vers le panneau de navigation et constatai qu'il était verrouillé.

Ce qui signifiait que quelqu'un l'avait bloqué volontairement.

Je lançai un regard à Néveni, dont les yeux noirs étaient braqués sur la vitre.

– Orthanion. Admirez le spectacle, déclara-t-elle.

– Je vous demande pardon ?

– Si vous clignez des paupières, vous risquez de tout rater, poursuivit Néveni, d'une voix débordant de poison.

Le *Héra* surgit dans notre champ de vision, et mon cœur se figea quand je compris que lui aussi s'était détaché de son dock. Contrairement à nous, il effectuait un demi-tour et fonçait droit sur la Cité sacrée. Le *Conciliateur* continuait à s'éloigner tandis que le redoutable vaisseau astéroïde accélérait vers la station astrale.

Puis la collision se produisit.

Le *Héra* percuta la Cité de diamant à pleine vitesse. Cette fois, il ne rencontra pas un vaisseau spatial qu'il pouvait déchirer comme une feuille de papier, mais un corps céleste de masse supérieure dont la destruction provoqua une gigantesque déflagration de lumière aveuglante.

– Néveni !

Mon hurlement fut étouffé par le choc violent qui nous secoua.

Dehors, un déluge de feu, d'éclats de diamant et de graphite déferla autour de notre fragile vaisseau, qui tournoyait comme une toupie. Les restes enflammés du lieu le plus sacré de l'empire fusaient de partout. Ma tête heurta la paroi, et la force centrifuge de nos rotations folles me plaqua au sol. Une silhouette menue rampait vers le proscripteur avec détermination ; lui aussi avait été projeté à terre. Je criai, mais le bruit d'une nouvelle explosion couvrit ma mise en garde.

Néveni atteignit Orthanion, un poignard dans la main.

– Voilà ce que ça fait de voir son monde entièrement détruit ! hurla-t-elle.

Puis elle plongea son couteau dans la poitrine du proscripteur.

– NON ! m'écriai-je.

Mais la lame s'abattit encore, et encore, elle le frappa au cœur, au ventre, à la gorge. Il leva les mains pour se protéger, mais le métal lui lacéra les bras…

– *NON !*

Je me traînai jusqu'à eux avec difficulté, m'emparai du corps frêle de Néveni et l'expédiai plus loin. Sans me soucier de savoir où je l'avais propulsée, je me jetai au-dessus du proscripteur pour le protéger.

Il y avait du sang partout. En abondance. Beaucoup trop. Je plaquai les mains sur sa poitrine chaude, essayant à tout prix de contenir l'hémorragie qui jaillissait de son aorte.

– Tenez bon ! Il ne faut pas mourir ! VOUS NE DEVEZ PAS MOURIR ! hurlai-je.

Supplice porta Néveni jusqu'au panneau de navigation, et, un sourire dément aux lèvres, elle actionna une commande.

Le vaisseau s'arrêta dans un soubresaut, et tout devint silencieux.

Néveni considéra l'homme ensanglanté que je couvrais de mon corps, et rit comme elle l'avait fait en voyant apparaître son propre visage sur l'écran – elle, la nouvelle plus grande terroriste de l'empire. Titre à présent mérité, qui n'avait plus rien de fictif. Elle était encore ivre de sa fièvre meurtrière, mais Supplice la serrait contre lui avec fermeté, cherchant davantage à la réconforter qu'à la retenir.

Les rouages de mon esprit se grippèrent. Interloquée, je regardai le sang du proscripteur qui coagulait déjà sur mes mains. Cet homme était notre seul espoir de salut. Je soulevai ses paupières et ne décelai aucun signe de vie dans ses yeux troubles.

C'était fini.

Néveni chuchota à l'intention d'Orthanion, mais sa question aurait tout aussi bien pu m'être adressée :

– Alors, il est où, ton Vif Cosmos, maintenant ?

37

Notre vaisseau s'éloigna lentement de la Cité sacrée dévastée. Furieuse, je me tournai vers la jeune fille qui avait réduit nos chances à néant.

– Pourquoi ? demandai-je. Tu… Je t'avais expliqué… Tu savais… Néveni, pourquoi ?

– Tu oses me poser la question ? hurla-t-elle. Les grandiloquins ont tué tous les habitants de ma planète, alors j'ai tué leur dieu ! J'ai détruit leur Cité sacrée sans que leur merveilleux Vif Cosmos fasse rien pour m'en empêcher, et je n'ai jamais été aussi heureuse.

Elle tremblait d'une colère encore bouillante.

– Qu'ils voient que leur religion n'est qu'une vaste plaisanterie ! Qu'ils se noient dans le sang des Lumines, comme leur proscripteur.

Après ces paroles triomphantes et hargneuses, Néveni se recroquevilla par terre et fondit en pleurs, elle qui venait de se prétendre heureuse.

Hébétée, je la fixai du regard, essayant de comprendre ces réactions contradictoires. Elle était furieuse, et pourtant elle pleurait. Elle avait assassiné un homme, tout anéanti, et, malgré tout, elle versait des torrents de larmes.

– Pourquoi je tenais à te prêter main-forte, d'après toi ? sanglota-t-elle. Pourquoi, hein ?

Écœurée, je me rappelai notre conversation quand je lui avais fait part de mon projet d'aller chercher le proscripteur. À ce moment-là seulement, elle s'était intéressée à mon entreprise. Elle prévoyait de tuer Orthanion depuis le début. Elle n'avait pas agi sur un coup de tête. Cela expliquait pourquoi elle s'était montrée de plus en plus enjouée à mesure que nous approchions de la Cité sacrée – elle touchait au but.

Elle n'avait jamais eu l'intention de m'aider.

Son seul objectif était d'annihiler l'espoir que Tyrus et moi avions encore.

Des pans entiers de la Cité sacrée avaient été propulsés vers l'horizon du trou noir. Ils s'enfonçaient dans une zone temporelle de plus en plus lente, où jamais je ne pourrais m'aventurer. Pas sans risquer de perdre des années que je ne pouvais pas me permettre de gaspiller.

Je déambulai dans le *Conciliateur* avec l'impression d'avoir sombré dans un rêve étrange et absurde. Près d'une fenêtre, je me figeai en voyant ce qui restait de la Cité sacrée. D'énormes segments encore intacts flottaient dans le vide en tournoyant, leurs entrailles livrées à la merci de l'espace. Je songeai aux pâturages, aux plantes. Aux exaltés, aux danseurs, et au prélat qui s'enthousiasmait pour les Baroudeurs du Bras de la Gorgone...

Et le *Héra*... Mon majestueux et magnifique vaisseau galactique. Pulvérisé.

Au bout d'un moment, mon regard se décala sur l'image mate de mon reflet sur la vitre. Pendant quelques instants troublants, je ne reconnus pas cette jeune femme trop gracile pour être moi. Cette femme affublée de vêtements trop prétentieux pour elle, mais que j'avais portés pour impressionner le proscripteur. Je ne distinguai pas de traits précis. Je levai la main et touchai mon nez gauchi. Le mien. Moi. Ça, c'était moi.

Quelqu'un entra dans la pièce. Supplice.

– Le vaisseau a été endommagé quand il s'est arraché au dock. Nous avons aussi été percutés par une partie de la Cité sacrée. Je pense qu'on ne pourra pas passer dans l'hyperespace sans courir un gros risque.

J'écartai les doigts à plat sur la vitre. Quelle ironie ! Avoir enduré toutes ces difficultés pour mourir à cause d'un saut dans l'hyperespace raté... et être engloutis par l'espace dévoreur.

Il nous fallait réparer le *Conciliateur* ou prendre ce risque. Sans module d'hyperpropulsion, il nous faudrait des millions d'années pour regagner le Chrysanthème. J'appuyai le front contre la vitre fraîche et fermai les yeux.

– Je n'ai aucune compétence technique, dis-je. À moins que tu t'y connaisses, la seule qui pourrait être en mesure de réparer le vaisseau, c'est *Néveni*.

– Tu crois qu'une excédente saurait réparer l'hyper-propulsion ?

– À mon avis, Néveni réussira à réparer le mécabot qui pourra en réparer d'autres à son tour. Ce sont eux qui s'occuperont de la propulsion. La mère de Néveni était la vice-reine de Lumina, elle a tenté de réhabiliter les sciences. Et Néveni est… Je suis sûre qu'elle est plus calée qu'on pourrait le penser.

– Elle regorge de surprises, fit remarquer Supplice.

Je le fixai du regard.

– Tu savais qu'elle allait faire ça ?

– Elle ne m'a rien dit, la petite.

La petite.

Petite. Quel drôle de mot ! Néveni n'était « petite » que dans le sens physique du terme, et seulement comparée à *nous*. Je ne pouvais pas qualifier de « petite » quelqu'un qui venait de bouleverser nos destinées et de modifier le cours de l'histoire galactique de façon sans doute irréversible.

Sur la vitre, je vis le reflet fantomatique de mes yeux, qui avaient l'aspect de puits noirs sans fond.

Le proscripteur ne pouvait plus arranger la situation. Cela signifiait que quelqu'un d'autre allait devoir le faire à sa place.

Quelqu'un s'en chargeait toujours. Ce quelqu'un, ça ne pouvait être que moi.

– Nous devons savoir ce qui reste de la Cité sacrée. Je vais nous rapprocher des débris. Tu peux aller voir s'il y a des combinaisons utilisables ?

Ma voix fut glaciale. Dure comme le granit.

– Je vais vérifier.

Quelques minutes plus tard, j'avais ramené le vaisseau à proximité du morceau le plus volumineux de la ville céleste, et Supplice revint sans un mot, muni des combinaisons. Aucune n'était à sa taille, mais moi je pouvais en enfiler une.

– L'atmosphère de Lumina sera débarrassée depuis longtemps de la Brume expédiente, déclara Supplice. Je suggère que nous nous y rendions…

– Non. Nous devons rentrer.

– Pour quoi faire ?

– Chercher Tyrus.

– Tu veux retourner au Chrysanthème ?

– C'est ce que je viens de te dire.

– Tu es folle ou quoi ? On nous tuera dès que nous mettrons les pieds à bord.

– Nous sommes des Diabolics, rétorquai-je froidement. Tu ne vas pas me faire avaler que tu as peur.

– Si je retourne sur le Chrysanthème, ce sera pour défoncer le crâne de ton jeune empereur. Je ne ferai pas courir de risques à la petite.

– Moi si, grognai-je. J'ai cessé de me soucier de sa sécurité quand elle a tout fichu en l'air.

– Et tu t'imagines qu'elle réparera le vaisseau pour tes beaux yeux, si c'est ça ton plan ?

– Elle n'a pas le choix. Si tu souhaites avoir la moindre utilité, c'est *toi* qui vas t'occuper de l'en convaincre pendant que je m'absente.

Il tourna vivement les yeux vers moi.

– Si tu me suggères que je dois la torturer pour qu'elle obéisse...

– Si je te le suggère ? Non. Je t'en donne l'ordre. Sinon c'est moi qui m'en chargerai.

– Nous ne pourrons lui infliger aucune souffrance qui surpassera son chagrin.

– Ça reste à prouver.

Alors que je m'apprêtais à enfoncer mon casque sur ma tête, l'énorme main de Supplice l'expédia contre la paroi du fond. J'eus l'impression qu'une décharge électrique avait traversé mon cœur.

La gorge serrée, je me précipitai vers le précieux casque et l'examinai. Pas de fissure. Sauvée. J'étais si furieuse que j'aurais pu lui broyer les membres. J'aurais pu le tuer... Il se pencha vers moi, les yeux flamboyants de rage lui aussi.

– Si tu touches à un seul de ses cheveux, Némésis dan Empyreé, je te rendrai sa douleur au quintuple.

La provocation et l'hostilité qui imprégnaient ces menaces firent vibrer une corde enfouie au plus profond de mon être depuis longtemps, et une délicieuse pulsion de prédateur me propulsa jusqu'à lui.

– Tu veux la jouer comme ça ? rétorquai-je avec un sourire mauvais.

– Exactement, confirma-t-il.

Son instinct était attisé autant que le mien par la perspective de la violence – l'agressivité qui brillait dans son regard ne trompait pas.

Peu m'importait qu'il soit beaucoup plus massif et plus puissant que moi. Quel plaisir je prendrais à lui porter des coups, à le voir saigner ! Nous nous tournions autour comme deux fauves dans l'arène, tous les deux galvanisés par l'envie d'en découdre.

– Elle nous a tous condamnés, répliquai-je d'une voix chevrotant de colère.

– Elle a condamné ton jeune empereur, tu veux dire.

– Et toi tu le méprises. Tu dois trouver tout ça très réjouissant, alors.

Il me provoqua d'un sourire sarcastique.

– Oui.

C'en était trop. Je me jetai sur lui en poussant un hurlement rageur. Il encaissa mon attaque et me fit pivoter afin que je chute violemment par terre, écrasée sous son corps. Je levai la tête et mordis la chair à ma portée, et, lorsque mes dents s'enfoncèrent dans son épaule, du sang au goût de cuivre s'écoula dans ma bouche. Il fut surpris assez longtemps pour que je puisse lui expédier mon genou dans l'entrejambe. Au même moment, son poing s'abattit assez fort sur mon flanc pour faire jaillir une remontée acide dans ma gorge…

– ARRÊTEZ !

De l'eau glacée nous trempa de la tête aux pieds. Supplice se releva en hâte, puis je me redressai à mon tour, les cheveux dégoulinants, mes vêtements collant à ma peau. À côté de nous, Néveni serrait entre ses mains une bassine d'où tombaient encore quelques gouttes.

– Arrêtez, répéta-t-elle. Je vais le réparer, ce vaisseau.

Elle lâcha la cuvette, qui heurta le sol dans un fracas métallique. On avait l'impression que chaque os, chaque cellule de son corps la faisaient souffrir, et l'on décelait chez elle une extrême fragilité.

– Je ne veux pas qu'on reste coincés, condamnés à attendre la mort, déclara-t-elle. Alors je vais faire de mon mieux. Si c'est pour ça que vous vous battiez, c'est pas la peine. Tenez-vous juste à bonne distance l'un de l'autre. Je plaisante pas.

Après quoi, elle nous laissa seuls. Supplice et moi échangeâmes un dernier regard noir, puis je m'en allai à mon tour.

La baie d'arrimage ayant disparu, j'eus le plus grand mal à m'orienter lorsque je pénétrai dans la partie de la Cité sacrée la plus proche de nous. Il me fallut un certain temps pour sceller les portes et réactiver l'atmosphère artificielle, mais assez vite je pus retirer mon casque et respirer l'air froid de la structure. Les jours suivants, je multipliai les allers-retours. Je rapportai toutes les rations lyophilisées que je pus trouver, tous les bots que je pus récupérer – en état de marche ou pas –, pendant que Néveni s'attelait à la réparation d'un mécabot qui l'aiderait à en réparer d'autres.

Quatre jours. C'est ce qu'il fallut à Néveni pour comprendre le fonctionnement de la machine en consultant la base de données du *Conciliateur* chaque fois qu'elle butait sur un problème. Comme prévu, une fois qu'elle eut remis un premier bot en service, celui-ci s'occupa des autres, et tous se chargèrent de l'hyperpropulsion. Je réprimai les pensées affolantes qui m'aiguillonnaient, me rappelaient sans cesse que sur le Chrysanthème des mois entiers s'écoulaient.

Puis Néveni nous fit venir dans le poste de commande.

– Je crois qu'on peut se tirer de là. À moins qu'on explose en plein vol. En tout cas, on va être vite fixés.

Un silence pesant s'abattit. Néveni regarda Supplice et hocha la tête. Tous les deux se tournèrent vers moi, et je devinai qu'ils allaient me mettre au courant de leur décision pour la suite des évènements.

– Némésis, nous n'allons pas au Chrysanthème.

– D'accord.

Mon assentiment surprit Néveni. Supplice plissa les yeux d'un air méfiant.

– D'accord, répétai-je. J'y ai réfléchi, et d'ici nous pouvons nous rendre dans la colonie de Caladrale. Ça ne nous prendra pas trop de temps. Je vais vous y déposer, et ensuite je continuerai sans vous.

– Pour nous, ce n'est pas une solution, protesta Néveni. Je suis une fugitive, tu te souviens ? Je ne peux pas reprendre ma vie comme si de rien n'était.

– Ah oui, à cause de ta réputation de terroriste, rétorquai-je d'un ton acerbe.

Elle eut un sourire en coin

– On peut dire que la prophétie s'est réalisée, mais le problème, c'est que ma renommée va limiter mes choix. Si on se rend sur Caladrale ou n'importe quelle autre grosse colonie, je serai arrêtée au bout de deux secondes et, sur une planète plus petite, on se ferait trop remarquer. Il faut qu'on trouve un coin avec une population de passage… une frontière, par exemple. Et Supplice, alors ? Tu crois qu'un mec comme ça arrivera à passer inaperçu, toi ?

– J'en suis capable, la contredit Supplice.

– C'est à elle que je posais la question, et c'était pour la forme. Je lui rappelais que tu es une montagne de muscles et que tu fiches les jetons.

J'aurais juré qu'il semblait flatté.

– Qu'est-ce que tu proposes, alors ? lui demandai-je.

– Je suggère qu'on se sépare. Toi tu peux retourner au Chrysanthème sans le *Conciliateur*.

– Ah oui, comment ? raillai-je. En *flottant* dans l'espace ?

– Rends-toi. Les grandiloquins te reconduiront au Chrysanthème pour qu'on t'y exécute en toute discrétion. J'en suis sûre. Il faut être honnête : si tu rentres, autant dire que tu es morte. Je préfère que tu ne nous entraînes pas tous avec toi. Je vois pas trop comment ton cadavre serait utile à Tyrus, par contre.

– Tu as une autre solution, peut-être ? fulminai-je. Tu veux que je le laisse tomber ?

– Exactement ! Pars sans lui. Tu l'as déjà fait. Tu n'as pas eu le choix, et lui était d'accord pour ne pas s'en sortir. Tu ne peux pas le sauver.

– À cause de toi, oui, ripostai-je.

– Eh bien, vas-y, va mourir pour lui ! Génial ! À quoi ça vous avancera, tous les deux ?

Elle leva les mains d'un air blasé.

– Dans la vie, reprit-elle, les gens s'aiment, les gens meurent, les gens voient disparaître ceux qu'ils aiment de tout leur cœur. Ça arrive tout le temps, et les gens passent à autre chose, Némésis. Comme moi, par exemple. Les habitants de ma planète ont tous été assassinés, je n'ai plus personne, et ma seule amie est décidée à se sacrifier pour la plus *idiote* des raisons. Tu nous as expliqué ce que tu as appris sur le Vénalox. Si c'est vrai, Tyrus n'éprouvera même plus de sentiments pour toi.

– Il y a encore une chance si nous arrêtons de perdre notre temps et que nous partions tout de suite, insistai-je. On ne pourrait pas discuter de ça dans l'hyperespace, plutôt ?

– C'est ça qui est cruel quand on est un Diabolic, dit Néveni. Nous vivons dans un univers immense, aux frontières et aux possibilités infinies, et toi tu ne vois pas plus loin que les liens qui te rattachent à une seule personne. Si tu veux gâcher ta vie, je ne peux pas t'en empêcher.

En effet. Elle n'y pouvait rien.

Elle se tourna vers Supplice.

– *Toi*, occupe-toi d'elle.

– Hein, quoi ?

J'adoptai aussitôt une position défensive… à l'instant même où le poing de Supplice s'écrasait sur mon visage.

J'avais l'impression qu'on me perforait le crâne à la perceuse. Mes paupières s'entrouvrirent, et la lumière décupla ma douleur… Je gémis – ma voix me sembla étrange, anormale.

J'ouvris brusquement les yeux et distinguai mes jambes au-dessus de moi. Stupéfaite, je me rendis compte que je portais une combinaison spatiale, mais j'ignorais où je me trouvais. Je tendis le bras sur le côté et heurtai une surface dure. De la roche…

Je me rapprochai du mur, que je voyais flou. Une porte de sas m'apparaissait par intermittence, et je me propulsai dans sa direction, puis me glissai à l'intérieur. Longtemps après la fin de la pressurisation, mon cerveau sembla se remettre en marche dans un soubresaut, et j'essayai tant bien que mal de comprendre.

Puis je vis le cadavre du proscripteur à l'endroit où je l'avais déposé.

– Oh, non. NON !

Ma voix résonna contre les parois, et je me précipitai vers la vitre… le *Conciliateur* n'était plus là.

Des volutes d'hydrogène éblouissantes et tumultueuses s'enroulaient dans l'obscurité du cosmos, à perte de vue. Tout se troubla autour de moi, et j'eus l'impression de manquer d'air. Je savais à quoi j'assistais : l'action de la gravité. Une puissante pesanteur qui malmenait le système transaturnin à présent que la fenêtre gravitationnelle s'était refermée.

– Tu vas me le payer, Néveni. Je vais te tuer, promis-je d'une voix sans timbre, sans personne d'autre que moi pour m'entendre.

Ils avaient pris le vaisseau.

Ils m'avaient abandonnée dans les ruines de la Cité sacrée.

Je m'avachis par terre, la tête martelée par des élancements douloureux, et je pris toute la mesure des terribles conséquences de leurs actes. À de nombreuses reprises, j'avais examiné le calendrier d'Orthanion pour déterminer la date de notre retour à la Cité sacrée…

Ce calendrier, je le connaissais par cœur. Je savais exactement quelle fenêtre gravitationnelle venait de se refermer. Un hurlement gonfla dans ma poitrine, mais il resta bloqué dans ma gorge.

J'allais être coincée là douze jours.

Pour Tyrus, quand je réapparaîtrais…

Il se serait écoulé trois ans.

38

Trois ans.

Trois années entières.

Si l'on y ajoutait l'année complète qui s'était écoulée lors de notre premier voyage jusqu'à la Cité sacrée, Tyrus serait donc sous l'emprise du Vénalox depuis quatre ans. Ce calcul résonna encore un long moment dans ma tête lorsque j'eus fini de crier ma rage et de m'imaginer en train d'étrangler Néveni.

Quatre ans de Vénalox. J'avais eu l'espoir de rentrer à temps pour limiter les dégâts. J'avais eu l'espoir de sauver ce qui resterait de Tyrus après une année d'absence…

Mais pas après autant de temps.

C'était trop tard.

Néveni m'avait laissé des rations. Elle avait également gravé des flèches au sol, indications qui me conduisirent à une des capsules-navettes des prélats. Autant monter à bord tout de suite et me faire pulvériser par la gravité. Ici, je n'avais rien d'autre à faire qu'à attendre que le temps file à toute vitesse pour les autres. Pourtant, je continuai mon exploration.

Je contemplai les panaches éclatants de lumière astrale, qui se vrillaient et se contorsionnaient sous les assauts des forces gravitationnelles du trou noir. Un gros débris passa devant la vitre en décrivant des rotations paresseuses. Je le suivis d'une fenêtre à l'autre. Puis à la suivante. Sa surface étincelait, et je constatai qu'il s'agissait d'un arbre en bronze provenant du jardin métallique de Cygna à bord du *Héra*.

Cygna avait influencé, manipulé et manœuvré un nombre incroyable de ses enfants pour les mener à leur perte. Dans le même temps, elle s'était aussi procuré un astéroïde et avait trouvé le moyen de l'intégrer à un vaisseau, avant de le tailler comme un joyau, avec une infinie patience. Elle avait comploté et lutté pour s'approprier le contrôle de l'empire, et pourtant elle avait dû s'interrompre de temps à autre pour admirer son œuvre magnifique et savourer la satisfaction tranquille de l'accomplissement.

Le résultat d'une vie de dévouement, d'amour et d'efforts, réduit à néant en une seconde.

L'univers était d'une cruauté sans nom.

Quelle idiote j'étais de l'avoir oublié !

Il ne restait presque plus rien de la Cité sacrée. Le système de régulation du milieu ambiant ayant été détruit, il y régnait un froid glacial, et certaines portes ne s'ouvraient plus, les voyants d'alarme qui les surmontaient clignotant pour avertir qu'elles donnaient sur le vide cosmique.

Je fis une entaille au bras du proscripteur et en sortis la tige métallique… le super-ordinateur.

Néveni avait pris le sceptre. Si elle l'avait encore en sa possession lorsque je l'aurais retrouvée, j'avais la ferme intention de m'en servir pour lui fracasser le crâne.

– Au moins, elle a choisi le mauvais élément. Nous avons été plus malins qu'elle, grommelai-je en m'adressant au proscripteur. Même si je me doute que ça ne vous réjouit pas plus que ça. Au fait, il fait assez froid ici pour que je puisse enfin répondre à votre question : non, je n'hiberne pas.

Ce fut le point de départ d'une très fâcheuse habitude. Durant mes pérégrinations dans les secteurs de la Cité sacrée que je pouvais explorer, forçant des portes chaque fois qu'elles ouvraient sur une atmosphère respirable, j'emportais son corps rigide partout avec moi. En l'absence de micro-organismes pouvant provoquer sa décomposition, c'était comme avoir la compagnie d'un Orthanion endormi et très silencieux.

– Je connais la fréquence du transpondeur du *Conciliateur*, lui indiquai-je avec une sombre satisfaction. Je sais exactement comment retrouver la trace de ce vaisseau. Je vais sortir d'ici, et… et elle va me le payer cher.

Oh, que de souffrances atroces je réservais à Néveni ! Quant à Supplice, sa mort me suffirait, et…

Il m'était plus facile de m'attarder sur la haine ardente que je nourrissais pour Néveni que sur l'horreur insondable de ce qui s'était passé.

Je trouvai des collecteurs de déchets et me mis à les ouvrir à coups de pied l'un après l'autre. Je ne jetai qu'un bref coup d'œil à leur contenu. Je n'avais besoin de rien. Ça me permettait seulement de tuer le temps.

Je ne pouvais pas m'empêcher de penser à Tyrus. Dans quatre ans, il se pouvait qu'il ait épousé une autre femme. Qu'il ait une impératrice. Une véritable Grandeé que Pasus lui aurait imposée. Le sénateur n'aurait pas manqué d'empocher les pots-de-vin de ceux qui cherchaient à influencer son choix.

Ils auraient des petits Domitrien. La lignée ne devait pas s'éteindre.

Allait-on exécuter Tyrus lorsqu'il aurait eu un enfant ? Cette possibilité me pétrifia pendant plusieurs secondes.

– Non, dis-je au cadavre du proscripteur, étendu non loin de moi. Pasus n'aura pas besoin d'un bébé pour affermir son emprise sur l'empereur. Il tient déjà Tyrus à sa merci. Il peut l'obliger à faire tout ce qu'il veut. Alors qu'un bébé ne parle même pas, et peut encore moins servir de pantin. Pas avant plusieurs années, en tout cas.

Comme on pouvait s'y attendre, Orthanion ne répondit rien.

Mais je songeai à ce que je venais de dire et lui fis part de mes réflexions :

– Ou alors… ou alors, *au contraire*, il ne voudra pas qu'un enfant naisse, tout simplement parce que pour cela il faudrait une mère. Quelqu'un qui apporterait l'autre moitié de l'ADN. Pour que ça se produise, Pasus n'aurait pas d'autre choix que d'ajouter une tierce personne dans l'équation. Il ne l'accepterait jamais.

J'eus un rire amer, parce que je venais seulement de comprendre, trop tard pour que ça compte.

Pasus m'aurait choisie comme épouse de Tyrus sans la moindre hésitation.

Jamais il ne consentirait à partager son influence. Si la grandiloquie tolérait qu'un des siens détienne un pouvoir excessif, c'était parce que cet homme avait pris soin de les rendre complices de son crime. Parce qu'il accordait des faveurs çà et là, ils acceptaient que l'empereur soit quasiment son jouet, et que par lui il contrôle l'empire en plus du Sénat.

Ce qu'ils ne supporteraient jamais de la part de Pasus, c'est qu'il essaie de s'unir lui-même à l'empereur. L'étape ultime dans son appropriation du pouvoir. Il l'avait envisagé, je n'avais aucun doute à ce sujet, mais la grandiloquie refuserait qu'il devienne le prince consort, parce qu'il aurait alors possédé un pouvoir officiel, direct et manifeste. Les préférences personnelles de Tyrus étaient trop connues pour que l'excédent croie à une union authentique, et la grandiloquie aurait profité de l'occasion pour négocier un accord avec Tyrus. Ils auraient cherché à obtenir l'amnistie, même pour le génocide auquel ils avaient participé – en échange, ils l'auraient libéré du joug de Pasus dans l'espoir d'obtenir sa gratitude.

Non. Ça ne pouvait pas se produire. Pour Pasus, l'épouse idéale, c'était *moi*.

Je n'avais ni amis, ni fortune, ni alliés, je n'étais pas avenante, et, par ma nature même, je répugnais aux autres grandiloquins… En répondant à merveille à tous les critères, j'avais empêché quiconque de prétendre à la place d'impératrice. Après avoir découvert la véritable nature du Vénalox, j'avais imaginé que Pasus voulait dissoudre l'amour que Tyrus me portait afin de pouvoir me tuer, voire persuader Tyrus de s'en charger.

Mais je m'étais trompée.

Depuis le début, il prévoyait de me garder une place à la cour, même quand Tyrus n'aurait plus éprouvé aucun sentiment pour moi, me condamnant ainsi à des décennies de souffrance et de tristesse… Et Pasus se serait réjoui d'être responsable de cette souffrance. Il aurait tenu là sa vengeance. Il était bien content de m'avoir sous la main. Il fallait que je reste en vie.

Si seulement je l'avais compris plus tôt.

Il était inutile que je me morfonde. On ne pouvait pas remonter le cours du temps, mais, si j'avais pu anticiper ce qui se profilait à l'horizon, j'aurais appris à me montrer avenante ! J'aurais appris à forger des amitiés, à sceller des alliances, et même… même à flirter avec les Grandés grivois comme Aton. C'était ainsi que l'on construisait son influence, et j'aurais pu être utile à Tyrus en devenant un atout... au lieu d'être un fardeau pour lui, et de servir ainsi les intérêts de Pasus.

Tourmentée par cette idée, j'ouvris d'un coup de pied le dernier collecteur, regrettant déjà de ne plus en avoir d'autres sous la main... signe incontestable de l'ennui profond que je ressentais.

Dans celui-là, toutefois, je distinguai une forme rectangulaire bien reconnaissable.

Je plongeai la main dans la benne et sortis le livre. J'eus un frisson dans le dos lorsque je contemplai sa couverture, sur laquelle figuraient des inscriptions d'aspect vaguement familier.

Du bout des doigts, je suivis le dessin des caractères. *H-A-M-L-E-T.*

C'était moi qui l'avais apporté ici, non ? Avant notre départ de Lumina, Tyrus et moi avions dû rassembler un tribut pour le proscripteur, au cas où nous le rencontrerions. Sur l'*Alexandria*, Tyrus possédait des objets de valeur d'une grande rareté : ses livres. Ne croyant pas à l'existence du proscripteur, il m'avait laissée en emporter plusieurs sur le *Héra*. S'il avait su qu'il y avait vraiment une Cité sacrée et un chef suprême de la foi hélionique qui allait recevoir son offrande, il les aurait choisis avec plus de soin. Ces livres, il y tenait beaucoup.

C'était Locklaite qui détenait l'*Alexandria* et sa bibliothèque, désormais.

Ce livre devait être le seul qui restait à Tyrus.

Une colère acide bouillonna en moi.

– Vous n'avez pas honte ? lançai-je à Orthanion. Nous vous l'avons offert, et vous l'avez jeté à la poubelle. Vous vous rendez compte de l'importance que ça a pour lui ?

Je m'efforçai de trouver les termes les plus appropriés pour traduire le sacrilège que représentait cet acte… Jeter les livres de Tyrus !

– Vous êtes… Vous n'avez *aucune* notion de ce qui a de la valeur. Pas la moindre.

Je fus contente de moi, puis je me rappelai que je m'adressai à un cadavre, et que c'était ridicule. C'était le comportement d'une folle. Je me détournai et m'éloignai de la dépouille. J'avais un livre, maintenant.

Je ne savais pas déchiffrer cette langue ancienne, mais je voyais les traces que les doigts de Tyrus avaient laissées sur le vieux papier. De temps à autre, une page était cornée, mais Tyrus n'était pas du genre à malmener un si bel ouvrage, ou à le plier pour marquer un passage… Je l'imaginai qui s'endormait en le lisant, puis j'eus une telle certitude que ça s'était produit que j'eus l'impression d'avoir été présente et d'avoir assisté à la scène.

Peu importait si je ne comprenais pas le texte qui noircissait ces pages, hormis un mot de-ci de-là. Dans ma poitrine, un grand vide venait d'être comblé, et un doux apaisement m'envahit.

J'allais le lui rapporter.

J'avais échoué sur toute la ligne, mais ça, c'était dans mes cordes.

Le douzième jour, je regardai par les vitres jusqu'à ce que les turbulences cosmiques s'atténuent, puis je montai à bord d'une capsule de prélat. Ces appareils n'étaient pas conçus pour parcourir de longues distances, seulement pour naviguer sur les courants gravitationnels du système transaturnin et rejoindre des conditions de vol normales, afin d'être recueillis par des hélioniques.

J'enfouis la tige métallique entre les pages du livre, que je serrai contre ma poitrine, puis je me livrai à la volonté de ces immenses corps mouvants qui déformaient l'espace. Leurs forces d'attraction me portèrent comme une rivière entraînerait une feuille.

Il me fallut une journée entière pour atteindre l'extrémité du système, où une vive secousse de la capsule me réveilla en sursaut. Lorsque je levai les yeux, je vis un petit vaisseau qui me tractait dans sa baie d'appontage.

Pendant que la chambre se pressurisait, j'aperçus les visages impatients d'excédents qui attendaient derrière la porte. Ces convertis à l'hélionisme aspiraient à devenir prélats et cherchaient à montrer leur ferveur pour le Vif Cosmos en vivant parmi les étoiles, prêts à recevoir les rares décrets édictés par le proscripteur.

Je sortis de la chambre de pressurisation, et, lorsqu'ils constatèrent que je n'étais pas un prélat, ils furent abasourdis.

– Vous allez comprendre, annonçai-je.

– Vous ! hoqueta l'un d'eux.

– Némésis Empyreé, dit un deuxième.

– Némésis est...

– C'est elle ! Elle est ici !

Je les regardai l'un après l'autre. Tous me reconnurent sur-le-champ. Tous se courbèrent, s'agenouillèrent, et mon premier réflexe fut de leur faire signe de se relever.

Non. Pas tout de suite. Mets cette situation à profit, pensai-je.

– Je vous remercie, dis-je en les laissant se prosterner encore un peu.

– Alors c'est vrai, vous êtes en vie, commenta la fille qui se trouvait le plus près de moi.

– Oui. Et... et pour l'instant je ne peux pas vous expliquer pourquoi. Relevez-vous. J'ai beaucoup de questions à vous poser. Que s'est-il passé depuis ma... mort ?

Tyrus n'était pas marié.

Il n'y avait pas d'héritier impérial.

On levait des impôts très lourds, la rumeur faisait état d'une dette galopante. Nul n'ignorait que Pasus était le favori de l'empereur, et que l'empereur était un jeune homme dévasté par la mort violente de son grand amour.

Je fus à la fois très surprise et légèrement amusée d'apprendre que la version officielle accusant les Lumines d'avoir détruit le *Tigris* était mise en doute.

La plupart des habitants de l'empire croyaient à un complot interne. Une conspiration à l'objectif très précis, fomentée par une personne en particulier.

– Tout le monde sait que…, commença une des excédentes, une jeune femme qui avait bu pendant son repos et ne tenait pas l'alcool.

Elle se rendit compte qu'elle parlait trop et se mordit la lèvre.

– Continuez. Vous avez un avis très éclairé. Parlez donc.

Je lui souris en espérant pouvoir l'inciter à tout déballer. Si elle résistait, je me rabattrais sur les menaces.

Elle s'empourpra.

– L'empereur vous aimait tellement. Votre histoire était si romantique ! Il a défié l'empire entier parce que pour lui vous comptiez plus que tout dans la galaxie, mais ça déplaisait à Pasus. Le sénateur a essayé de vous tuer, n'est-ce pas ? Il s'en est pris à vous pour se débarrasser de votre influence.

Cette théorie du complot me plaisait beaucoup.

– Je ne peux pas m'étendre sur la question. Le sénateur n'était pas friand de ma présence, en effet. Il sera très mécontent de me voir revenir. Maintenant, plus un mot.

Je plaquai l'index sur ma bouche d'un air énigmatique, et la jeune femme fit mine de sceller ses lèvres avec une fermeture à glissière, les yeux étincelants d'adoration.

Tous me fixaient avec la même vénération. Après ma mort supposée, le moindre de mes traits de caractère, jusqu'au plus banal, avait été érigé en marque de grandeur. Ce nouveau statut allait me servir.

Je leur commandai de garder le silence sur mon retour jusqu'à notre entrée dans le système solaire d'Eurydice, puis je l'annonçai à la planète en émettant sur une fréquence générale. À présent, il était trop tard pour que des ennemis grandiloquins puissent fondre sur nous.

Alors que nous effectuions notre descente vers la capitale, je regardai par la vitre et contemplai les mouvements ondoyants de… Qu'est-ce que c'était ? De l'eau ? Qu'est-ce que je voyais, là, qui s'accumulait dans les rues, sur la place centrale ?

Une vive émotion m'ébranla quand la réponse m'apparut : c'étaient des habitants.

Une foule immense s'était rassemblée pour assister à mon arrivée, malgré mon annonce de dernière minute. J'avais passé mes journées seules dans la Cité sacrée, furieuse de ne m'être jamais constitué un socle sur lequel appuyer mon pouvoir, mais il semblait qu'il s'en était formé un sans moi, et je ne pus réprimer un sourire ébahi quand les vivats tonitruants de la multitude pénétrèrent dans le vaisseau.

La grandiloquie ne pourrait pas lutter contre une telle ferveur populaire.

Il n'y aurait pas d'assassinat caché, pas d'exécution secrète. Maintenant que j'étais revenue, que je m'étais présentée devant une population beaucoup plus nombreuse que la grandiloquie tout entière, ils n'avaient plus le choix.

Les grandiloquins n'oseraient pas réagir autrement qu'en acclamant mon retour miraculeux.

39

Je n'eus pas à attendre longtemps sur Eurydice. Quand je fus convoquée sur le Chrysanthème et qu'on m'envoya une garde d'honneur de vaisseaux spatiaux, j'embarquai sans crainte. L'accueil de la population avait garanti ma survie. Désormais, il me fallait l'exploiter.

Ceux qui m'accompagnaient étaient des partisans de Pasus – ou des mercenaires à sa solde. Ils ne me quittaient jamais des yeux, me posaient des questions sans relâche, mais ne répondaient jamais aux miennes. Je cessai donc de leur adresser la parole.

À la fin des dix-huit jours de voyage, lorsque nous sortîmes de l'hyperespace, je conclus que l'ensemble de la grandiloquie avait appris la nouvelle, car nous commençâmes à croiser des bâtiments sidéraux arrimés bien plus loin que d'ordinaire du cœur du Chrysanthème. Il y en avait au moins mille de plus, qui s'ajoutaient à la superstructure déjà gigantesque.

Plus nous approchions, plus je remarquais de détails. Les vitres de plusieurs pylônes étaient plongées dans le noir. On avait dû les désactiver pour économiser de l'énergie, ou, faute de système de maintenance centralisé, elles étaient trop endommagées pour fonctionner.

Je fus assaillie par des milliers de messages – les salutations superficielles de rigueur.

Puis une communication supplanta toutes les autres et passa en priorité.

Tyrus.

Une profonde terreur me tirailla. En sueur, j'activai la transmission d'une main tremblante

Quand Pasus apparut devant moi sous forme holographique, mon cœur se durcit. Je ne lui ferais pas le plaisir de laisser paraître ma déception.

– Sénateur.

– Némésis.

Nous nous scrutâmes quelques instants.

– Vous voilà enfin de retour.

– On m'a réservé un accueil très chaleureux, répondis-je d'un ton glacial.

– Vous nous rapportez quelque chose ?

– C'est-à-dire ?

– Le sceptre, par exemple ? précisa-t-il, avant de se pencher vers moi. Ou le proscripteur ?

– Vos espions vous ont sans doute prévenu que je suis seule.

Depuis le temps, il avait forcément appris que nous avions eu l'intention de ramener le proscripteur. En revanche, il ne pouvait pas savoir qu'Orthanion avait péri... À moins que Néveni l'ait révélé.

Elle avait une bonne longueur d'avance sur moi.

– Avez-vous perdu le sceptre ? s'enquit Pasus.

– Non.

Il semblait serrer les dents.

– Envisagez-vous de le restituer ?

– Vous verrez bien.

– Très bien jouée, votre réapparition en public. Tyrus et moi avons été très impressionnés.

Avec quelle désinvolture il avait prononcé son nom... son prénom, même... Je craquai :

– Est-ce qu'il va bien ?

En posant cette question, je venais de concéder la première manche au sénateur.

Celui-ci afficha un sourire froid, puis son hologramme disparut dans un vacillement. J'allais devoir le découvrir par moi-même.

L'apparence de la station orbitale avait assez peu changé depuis que je l'avais quittée. Il manquait le *Héra*, le *Tigris* et le *Colossus* au cœur de l'édifice, mais d'autres appareils avaient pris leur place. À proximité du centre, les vitres étaient illuminées de façon plus uniforme, mais la branche Berneval était percée d'un immense trou béant, les mécabots n'ayant pas pu intervenir à temps après la collision qui avait emporté une partie du pylône. Trois ans d'avaries mal réparées avaient laissé des séquelles. La formation même des vaisseaux paraissait branlante, ressemblant plus à un agglomérat désordonné qu'à un Chrysanthème agencé avec précision.

Lorsque je pénétrai dans le *Valor Novus*, je fus accueillie par le silence. Après l'accueil tonitruant qu'on m'avait réservé sur Eurydice, ce calme absolu fut assourdissant, mais pas surprenant. Deux domestiques des Domitrien m'attendaient.

– L'empereur vous demande.

– Je vous suis.

Lorsque j'entrai dans la salle du trône par les grandes portes, personne ne sembla s'intéresser à mon arrivée, même si j'avais été convoquée par l'empereur lui-même. Toutes les personnes présentes étaient rassemblées autour de quelque attraction plus captivante, et je donnai congé aux domestiques d'un signe de la main. Je pouvais me débrouiller seule.

Je n'avais pas encore vu Tyrus, mais mon cœur se mit à battre la chamade. Des voix tapageuses me parvinrent.

– Essayez avec une pastèque, ensuite.

– Et un verre ?

– ... permet de faire fonctionner le broyage gravitationnel partout, Votre Suprématie. Pas seulement dans la grande salle de Justice. Vous imaginez les possibilités de divertissement que ça créerait ?

– Des possibilités innombrables, en effet, convint une voix que j'aurais reconnue entre toutes.

Tyrus.

Sa voix. Enfin, j'entendais sa voix… Je me figeai, sans que personne fasse attention à moi.

– Je n'en avais jamais vu d'aussi transportable. Il a la taille d'un visiocercle. Et il pèse le même poids ? C'est impressionnant. Sur quelle puissance est-il réglé, maintenant ? demandait Tyrus.

Puis je le vis.

C'était bien lui, mais il avait légèrement changé. Ses cheveux étaient plus clairs, toujours cuivrés mais tirant plus sur le doré, et son visage avait perdu toute trace de rondeurs juvéniles. Ses traits plus affirmés, ses sourcils à l'inclinaison sévère et ses yeux d'un bleu très clair lui donnaient à la fois une apparence plus dure et une beauté plus classique. Je décelai même un soupçon de vanité dans ces changements ; je le soupçonnai d'avoir revu son jugement concernant les esthétibots et d'avoir commencé à les utiliser.

Avant mon départ, sa musculature naturelle s'était amoindrie à cause du Vénalox, dont la consommation ne se prêtait pas à une activité physique soutenue, bien que Pasus eût autorisé Tyrus à s'entraîner. Sa silhouette présentait désormais la symétrie artificielle des muscles sculptés par les esthétibots, et ses épaules larges étiraient la longue cape qu'affectionnaient les Grandés soucieux d'être à la mode.

Tyrus ne m'avait pas encore remarquée, mais les courtisans les plus proches de moi m'avaient vue et s'étaient tus.

– Je suis curieux de savoir ce que ça donne réglé sur huit atmosphères, indiqua Tyrus.

On augmenta la puissance de l'appareil bourdonnant. Je constatai qu'il s'agissait d'une sorte d'anneau métallique.

– Et maintenant, voyons voir..., fit Tyrus, qui promena le regard sur les visages qui l'entouraient.

Un sourire machiavélique aux lèvres, il s'arrêta sur une cible.

– Gladdic. Mets ta main là-dedans.

Gladdic. À cause des modifications apportées à ses cheveux, à présent d'une couleur platine qui contrastait avec sa peau légèrement basanée, je ne l'aurais pas reconnu. Je n'identifiai que son trait caractéristique, ses yeux d'un vert d'une clarté anormale.

– Votre Suprématie, je pense que c'est risqué, protesta-t-il.

– Justement. Mets ta main, pour voir. À force de bouder, tu gâches un moment agréable. Fais un effort pour nous divertir. Avance la main, ordonna Tyrus.

Gladdic voûta les épaules, s'approcha de l'anneau... et tendit le bras. Un crépitement résonna dans la salle, et le jeune homme poussa un cri atroce – du sang jaillit de sa peau déchirée et sa chair se détacha de ses os... Il retira la main d'un mouvement brusque et se mit à gémir, en larmes. Des médibots se précipitèrent pour le soigner, et Tyrus éclata de rire.

Autour de Tyrus, les grandiloquins firent ce qu'on attendait d'eux : tous prirent exemple sur l'empereur et rirent aussi.

– Regarde-moi ça. *Rhââ*, c'est répugnant ! Quelle idée de s'infliger un supplice pareil, voyons ! Par la fournaise d'Hélios, Gladdic, tu te doutais bien que je plaisantais.

Toujours hilare, il se détourna et lança :

– Bien, montons l'appareil au niveau maximum et jetons-y un des serviteurs qu'on a en trop...

Puis il posa le regard sur moi.

– Votre Suprématie, balbutiai-je, la gorge sèche.

Tyrus devint tout à fait immobile, son visage se vida de toute expression.

– Némésis... Alors tu es revenue.

D'ordinaire, un soupçon d'émotion perçait toujours sous son masque d'impassibilité. En cet instant, je n'en décelai aucun.

– Oui, répondis-je d'une voix sans timbre.

– Tu as pris ton temps.

– Je n'ai pas eu le choix.

– Bien sûr.

Tyrus inclina la tête. Il me scruta cependant que je cherchais chez lui une trace de sentiment... ne serait-ce qu'un souvenir de ce qu'il éprouvait autrefois.

Je ne trouvai que le néant.

Je ne prêtai attention que de loin aux grandiloquins qui profitaient du spectacle. Certains s'étaient emparés d'un serviteur, mais Tyrus avait déjà oublié sa requête.

– Bien. Il n'y a qu'une chose à faire, annonça-t-il en se tournant vers l'assemblée. Montez-moi ça à vingt atmos, et j'offre un délicieux stupéfiant à qui balancera Némésis dedans. Qu'on voie un peu si ça marche bien !

Quoi ?

On s'agglutina autour de moi et on m'empoigna les bras, mais j'étais tellement médusée que je restai quelques secondes sans réagir... Puis on m'entraîna vers l'anneau gravitationnel, qui allait me broyer en un instant, et mon instinct de survie reprit le dessus. Je m'arrachai aux mains qui m'agrippaient, j'expédiai mon poing dans le visage le plus proche et ma jambe fracassa des côtes. J'attrapai le col d'une veste et projetai un Grandé dans l'anneau pour qu'il en goûte les plaisirs ; l'homme poussa un hurlement vite interrompu lorsque sa poitrine et son crâne s'aplatirent...

– ASSEZ !

Un silence de plomb s'abattit sur la grande salle, et je fis volte-face vers Tyrus, furieuse et abasourdie, mais je détectai un changement chez lui. Ses yeux brillaient d'une intensité électrique en contradiction avec l'expression prudente de ses traits soignés.

– C'est vraiment toi.

– Oui, comme je te l'ai dit ! tonnai-je.

– Maintenant, j'en suis sûr.

Il désigna le malheureux Grandé à la tête broyée.

– Qu'on nettoie le Grandé Falcaunt.

– C'est Rutherfain.

Tyrus secoua la tête. Peu lui importait.

Une jeune fille se présenta devant moi.

– Avez-vous vu la Cité sacrée ? Nous avons entendu des rumeurs affreuses.

Soudain, tous les regards convergèrent vers moi.

– Silence.

D'un seul mot, sans même hausser le ton, Tyrus obtint des grandiloquins qu'ils s'écartent de moi en baissant les yeux.

– C'est une affaire d'État… J'en discuterai en privé avec ma… bien-aimée.

J'examinai son visage avec espoir.

D'un signe de tête, Tyrus m'invita à l'accompagner dans les appartements impériaux, puis porta son gant de palladium à sa bouche et demanda :

– Alectar, vous êtes dans les parages ?

Alectar, me répétai-je, horrifiée.

– Je suis dans mon cabinet, répondit Pasus.

– Excellent.

Lorsque nous entrâmes dans les appartements impériaux, Pasus émergea d'une des pièces. J'en restai bouche bée.

Il sortait de son cabinet.

Ici.

Dans les appartements privés de Tyrus.

Pasus n'aurait pas dû s'installer là ; il n'en avait pas le droit. Quel culot il avait de s'imposer ainsi ! Mes mâchoires se crispèrent.

On avait disposé de nouveaux meubles, de nouveaux objets de décoration... Tableaux et sculptures qui ne correspondaient pas aux goûts de Tyrus. Sur une table, une marque de brûlure m'indiqua que ces pièces étaient sans doute des vestiges du *Colossus*. Pasus les avait récupérées, puis il s'était accroché à Tyrus comme un parasite et avait élu domicile là.

C'était donc à moi de l'éliminer définitivement.

40

Lorsque je leur relatai la destruction de la Cité sacrée, Tyrus rit. Pasus blêmit.

– Je ne vois pas ce que ça a de drôle, déclara ce dernier. Ça va précipiter l'empire dans le chaos.

– Vous avez abandonné toute piété depuis longtemps. Ne jouez pas les dévots catastrophés, rétorqua Tyrus d'un ton méprisant. La galaxie ne sombrera dans le chaos que si le peuple apprend la nouvelle. Nous ferons donc en sorte qu'elle ne se répande pas.

– Des rumeurs circulent, pourtant, répondit Pasus.

Néveni, pensai-je. Elle en était forcément la source.

– Les rumeurs, ce n'est pas ce qui manque. Nous ne livrerons aucune confirmation officielle, Alectar. Le proscripteur est en vie, la Cité sacrée est intacte, et s'il reste des sceptiques… qu'ils aillent poser la question au proscripteur.

Je fus troublée de les voir discuter ainsi, élaborer une stratégie comme de véritables alliés. Tyrus dirigea alors son attention sur moi et me toisa de la tête aux pieds.

– Donc, je t'ai envoyée chercher le proscripteur, mais au lieu de ça il est mort et la Cité sacrée a été détruite.

Il rit de plus belle.

– Je suis surpris que vous ne trouviez pas ça hilarant, dit-il à Pasus.

Puis il leva la main, et la lumière se refléta sur une bague qu'il portait au doigt. D'un petit geste brusque, il ouvrit la pierre qui la surmontait.

– Je n'aurais peut-être pas dû confier cette mission à une Diabolic.

Tyrus approcha la narine du bijou et prisa le Vénalox qu'il contenait.

– Posez-lui la question, commanda Pasus à voix basse.

– Mon amour, as-tu encore le sceptre ? me demanda Tyrus.

Je plissai les paupières et grinçai des dents, dépitée qu'il obéisse ainsi à Pasus.

– Comme je l'ai déjà dit au sénateur. Je l'ai expédié dans l'espace avec une fréquence de transpondeur que je suis la seule à connaître.

C'était un mensonge, mais je savais que Pasus faisait fouiller de fond en comble le vaisseau qui m'avait ramenée, à la recherche de la crosse que Néveni avait volée. Ils ne trouveraient pas la tige métallique cachée dans le livre – en tout cas je l'espérais.

– S'il m'arrive quoi que ce soit, il sera perdu à tout jamais. Je préférerais avoir une raison de te le rendre. Je veux qu'on accepte mes conditions.

Tyrus eut un sourire jusqu'aux oreilles.

– Vous entendez ça ? dit-il à Pasus. On a l'impression que c'est elle qui a eu plusieurs années pour affûter ses arguments. Explique-moi donc tes conditions, Némésis.

Je les regardai successivement. L'emprise que Pasus avait sur lui était-elle encore totale ? Je la mis à l'épreuve :

– Je veux que tu te débarrasses de lui.

Tyrus haussa les sourcils et pointa le pouce d'un air interrogateur vers Pasus.

– Lui, oui, confirmai-je.

– Son absence ne l'a pas adoucie, fit remarquer Tyrus.

– Ni envers moi ni envers vous, enchaîna Pasus. Elle semble croire que nous sommes restés aussi figés qu'elle.

– Alors il faut lui faire un petit compte rendu de rattrapage.

Tyrus prit brusquement un mouchoir à un serviteur, essuya le résidu de Vénalox sous son nez, et le laissa tomber par terre. Je contemplai le carré de tissu. Il s'agissait d'un geste décadent typique de la grandiloquie, d'un gaspillage auquel Tyrus ne se serait jamais abaissé auparavant.

– Ma chérie, beaucoup de temps a passé pour nous, mais pas pour toi. L'époque de l'amertume est loin derrière nous. Alectar et moi sommes réconciliés.

– Il a gagné le droit d'occuper les appartements impériaux ?

Tyrus leva les yeux au ciel.

– Alectar, allez prendre vos quartiers ailleurs. Faites emporter vos affaires. Tout de suite.

Tyrus s'agita.

– Maintenant ? Il faudrait peut-être que je…

– Sur-le-champ.

Les deux hommes échangèrent un long regard silencieux.

– Bien entendu, accepta enfin Pasus, qui inclina la tête et se retira.

Tyrus prit ma main, qui resta molle, mais ne tenta pas de m'attirer plus près de lui.

– Je conçois que ce soit dur à comprendre, pour toi. Après la destruction du *Tigris*, mon existence est devenue très inconfortable. Nous avions des dizaines de morts sur les bras, et on savait que j'avais joué un rôle dans ce drame. Certains membres de la grandiloquie voulaient qu'on me lobotomise. On a suggéré de procéder à l'ablation de mes organes génitaux, qui auraient servi à créer de nouveaux Domitrien après mon exécution.

Même s'il esquissa un sourire, une ombre passa sur son visage.

– À l'époque, j'étais… je n'étais pas en état de m'en soucier. En fait, j'ai peut-être même contribué à répandre la rumeur qu'Alectar lui-même était responsable du massacre du *Tigris*. Encore aujourd'hui, sa réputation est entachée par ces soupçons. Quoi qu'il en soit, c'est lui qui m'a protégé. Grâce à lui, on m'a évité les sorts les plus radicaux.

La théorie du complot que m'avait exposée la jeune excédente… C'était Tyrus qui l'avait échafaudée. Je ne pus que secouer la tête.

– Il n'a pas agi par bonté, Tyrus. Il a besoin que tu restes en vie, et que tu sois à sa botte. Et maintenant il loge dans les appartements impériaux, comme un prince consort ou un…

– Un membre de ma famille.

– De ta famille ?

Tyrus avait une conception de la famille très différente de la plupart de gens. Je ne savais pas en employant ce mot, si il cherchait à me faire comprendre qu'ils étaient proches, ou que Pasus était encore son ennemi juré. J'assistais peut-être à une guerre larvée – de celles dont j'étais incapable –, dissimulée sous une apparente courtoisie. Il s'affala dans un fauteuil, les jambes écartées.

– Pasus avait besoin de moi vivant. On aurait pu m'infliger des conditions de vie bien pires, Némésis.

– Pires que la dépendance forcée à la drogue ? Pire que l'humiliation permanente ?

Son regard se durcit.

– C'est toi qui as pris la décision à ma place. Tu as décidé que j'allais rester ici. Alors oui, c'était une solution préférable. J'ai appris à être reconnaissant de pouvoir compter sur quelqu'un, même sur lui… C'était mieux que d'être seul. Par le passé, je lui ai indiqué que je n'envisageais pas qu'on te mette à l'écart, et maintenant je dois te faire savoir la même chose à son sujet. Est-ce que tu m'aimes encore, Némésis ? Si c'est le cas, c'est formidable. Nous devrions nous marier sans tarder, comme nous l'avions prévu. Tu souhaites procéder à un échange contre le sceptre, n'est-ce pas ? Je trouve cette idée charmante.

Charmante. Ce mot me surprit.

– Tu es vraiment sûr qu'Alectar partage ton avis ? maugréai-je.

– Sans la moindre réserve. Il est ton champion autant que le mien, désormais.

J'eus un petit rire moqueur. C'était faux. Aux yeux de Pasus, j'étais l'épouse qu'il lui fallait pour Tyrus. Celle qui ne représentait aucune menace, qui n'empiéterait jamais sur son pouvoir, et qu'à présent, après quatre ans de consommation de Vénalox et trois ans de séparation, Tyrus ne regardait plus qu'avec un profond détachement. Il n'y avait plus de tendresse dans ses yeux. Plus maintenant.

Je l'avais anticipé. Je m'y étais préparée. Je m'étais armée contre cette possibilité, qui pourtant menaçait toujours de me meurtrir.

M'attarder sur l'amour que j'avais perdu risquait de me détruire.

– Quand ? m'enquis-je.

– Alectar ! appela Tyrus.

Pasus revint si promptement que je compris qu'il écoutait depuis le début, qu'il attendait ce moment. En le voyant, je tremblai de haine. Ce qui se passait me stupéfiait. J'avais prévu de retrouver un Tyrus qui aurait changé d'attitude envers moi. Mais je décelais chez lui un désintérêt qui ne lui ressemblait pas, même quand il me souriait. Jamais je n'aurais imaginé qu'il se serait rapproché de

Pasus, et encore moins qu'il pourrait le considérer comme un confident.

– Que pensez-vous de demain ? dit Tyrus.

– Le mariage ? me récriai-je. Demain ?

– Si vite ? intervint Pasus, lui aussi interdit.

Tyrus eut un sourire carnassier.

– Pourquoi pas ? On ne pourra pas nous reprocher de ne pas avoir procédé à un sacrifice de sang. Lançons-nous sans tarder.

Pasus croisa les bras.

– Et nos accords… tout reste comme nous en sommes convenus ?

– Dans les moindres détails.

Tyrus renifla une nouvelle dose de Vénalox et, cette fois, s'essuya sur sa manche.

– Ça fait trois ans que nous sommes fiancés. Personne ne pourra dire que c'est précipité.

Puis il rit et pointa l'index vers la vitre.

– Regardez un peu tous ces vaisseaux rassemblés autour du Chrysanthème. Vous ne croyez pas qu'on devrait offrir un beau spectacle à ce public immense ?

Pasus se tourna vers moi.

– Quand l'empereur obtiendra-t-il les coordonnées du sceptre ?

Tyrus me scrutait, attendant lui aussi la réponse.

– Avons-nous le soutien des prélats ? demandai-je.

– Je n'ai jamais cessé de préparer le terrain dans l'espoir que vous reviendriez, indiqua Pasus.

– Je respecterai ma part du marché s'il respecte la sienne, précisai-je à Tyrus.

Puis je m'adressai à Pasus :

– Ne me posez plus jamais de questions en son nom, et ne m'adressez plus la parole si ce n'est pas nécessaire. Je vous haïrai de tout mon cœur tant que je serai en vie.

– Et j'aurai la même haine à votre égard, tant que vous serez en vie.

Tyrus étouffa un rire et aspira une autre grande prise de Vénalox.

– Vous voyez ? Chamailleries et menaces de mort à peine voilées… Il ne nous reste plus qu'à essayer de nous entretuer, et nous serons enfin de véritables Domitrien.

Je choisis Gladdic comme garçon d'honneur pour la cérémonie, car c'était la seule personne à bord du Chrysanthème qui ne m'inspirait pas de dégoût.

Dès que je mis les pieds sur son vaisseau, je vis la sculpture juchée sur un haut piédestal.

Le buste en bronze de la Grandeé Cygna.

Je contemplai ses yeux vides. Qu'est-ce qui pouvait pousser un jeune homme à exposer comme un bien précieux l'arme qui avait servi au meurtre de son père ? Quand Gladdic apparut sur le seuil, il s'immobilisa.

– Némésis ! C'est vous ! Comme je suis content que…

Je balayai ses effusions d'un revers de la main et désignai la statue d'un signe de tête.

– Qu'est-ce que ça fait chez toi ?

Il prit une inspiration haletante.

– C'est l'empereur qui me l'a offerte.

Je le regardai, l'examinai de très près. Je décelai chez lui une vive tension nerveuse, l'air épuisé d'un animal traqué depuis trop longtemps par un prédateur. Ses yeux semblaient trop grands pour son visage.

– Il… il me l'a donnée en échange de ce vaisseau.

– Quoi ?

– Je le lui ai troqué contre ce buste. Il a immédiatement revendu l'*Atlas* à quelqu'un d'autre. Il joue des sommes folles dès qu'il en a l'occasion, alors il a déjà sans doute dilapidé ce que la transaction lui a rapporté… Il me répète sans cesse qu'il a l'immense bonté de m'autoriser à y loger en attendant que le nouveau propriétaire en prenne possession.

Gladdic fit la grimace.

– Je n'ai pas fait une bonne affaire, se désola-t-il.

– Mais pourquoi tu as accepté ça ?

Puis je me rappelai qu'il avait consenti à mettre la main dans l'anneau gravitationnel.

– Il te terrorise donc à ce point ?

– En ce moment, je suis sa source de divertissement préférée, expliqua-t-il d'un ton amer. Il s'est mis en tête de me forcer à consommer du Vénalox avec lui, parce que ce n'est pas une drogue agréable et que personne d'autre ne veut l'essayer. Ça a commencé après votre départ. Il m'a imposé ça tous les jours pendant un certain temps.

Ensuite, il s'est lassé… jusqu'au jour où on a appris que vous étiez en vie… Il a voulu fêter ça. Il m'a poussé à en prendre une dose, puis il m'a convaincu de lui céder mon vaisseau. Ce vaisseau-là. En échange de ce buste.

J'en restai sans voix.

– Le Vénalox, ça détraque vraiment le cerveau, marmonna Gladdic en se frottant la tête. Quand il m'a suggéré ce marché, j'ai eu l'impression de faire une excellente affaire.

– Oui, je me rappelle les effets que ça produit.

– C'est une plaie, cette statue, poursuivit-il d'une voix chevrotante. C'est avec ça qu'il a tué mon père. Je… Vous vous doutez de ce que je ressens de l'avoir sous les yeux. Mais c'est aussi le buste d'une Domitrien. Je *ne peux pas* refuser de l'exposer. Pas sans que ça constitue une insulte contre l'empereur. Du coup, je suis obligé de la voir tous les jours. Sans exception.

Je repensai à Gladdic lorsqu'il avait mis la main dans l'anneau gravitationnel. Tyrus lui en avait donné l'ordre, avant de tourner la chose en dérision. C'était de la cruauté pure et dure. Tout à fait délibérée. Une fraction de ce qu'il endurait lui-même depuis des années, mais un signe évident des dégâts causés par le Vénalox. Le vrai Tyrus n'aurait jamais eu un tel comportement.

– Je ne peux rien changer à ce qui s'est produit, lui indiquai-je en contemplant les yeux aveugles de Cygna, mais je te promets qu'à l'avenir j'interviendrai pour empêcher ce genre de brimades.

– Némésis, vous m'avez déjà sauvé la vie une fois, avant la destruction du *Tigris*. Jamais je ne vous demanderais de prendre des risques pour des broutilles pareilles…

– Les petits ruisseaux font les grandes rivières, rétorquai-je sèchement. Je me battrai donc aussi contre toutes les mauvaises actions, même mineures. Et ce n'est pas la peine de me remercier de ne pas t'avoir assassiné.

Il sembla rassembler son courage pour surmonter sa difficulté à me regarder dans les yeux.

– Je… je me considère comme… J'aime à penser que je suis votre ami. Alors, s'il vous plaît, écoutez-moi. Tout a changé. Tyrus n'est plus celui que vous croyez.

Je contemplais toujours le buste. Je ne me berçais d'aucune illusion concernant Tyrus après quatre ans passés à consommer ce poison. Je savais reconnaître la cruauté. Je savais que le Tyrus que j'avais quitté n'aurait jamais accepté de voir en Pasus un ami. Un membre de sa famille. Pas sans qu'une part essentielle de sa personnalité ait été détruite d'abord, ce dont le Vénalox s'était sans nul doute chargé.

– Je vous en prie, soyez prudente quand vous avez affaire à lui.

– Tu as oublié que je suis loin d'être un agneau sans défense, répondis-je avec un léger amusement.

– Ce que je souhaiterais…, reprit-il d'un air songeur. J'aimerais vraiment que vous vous échappiez tant que vous le pouvez. Nous pourrions nous enfuir, avec ce vaisseau ou un autre, nous trouverons bien un moyen…

Je lui jetai un regard mauvais.

– Gladdic, tu n'es pas encore amoureux de moi, j'espère ?

– Je… Je ne… non. Non, plus du tout.

– Tant mieux. Parce que, si c'était le cas, je t'ordonnerais d'arrêter tout de suite.

Il se fit silencieux, puis un sourire timide se dessina sur ses lèvres. Ses yeux demeuraient tristes, comme s'il était en train d'assister à une tragédie.

– Je suis content de vous retrouver.

– Je suis venue parce qu'il me faut un garçon d'honneur pour demain. Tu es le seul ici pour qui je n'ai pas de mépris. Est-ce que tu acceptes ?

– Bien sûr.

Je m'éloignai, puis me tournai vers lui une dernière fois.

– Et en tant que future impératrice j'exige un cadeau de mariage de ta part. Un buste de la Grandeé Cygna fera très bien l'affaire.

Je pouvais au minimum le soulager de ce supplice.

Les larmes qui brillèrent dans ses yeux me poussèrent à prendre congé le plus vite possible, de peur qu'il ait bientôt besoin qu'on le réconforte.

J'avais pris ma décision, et mon plan était bien défini : épouser Tyrus, lui parler seule à seul, évaluer la gravité de la situation que j'avais trouvée à mon retour, puis le convaincre d'œuvrer à notre vengeance. Si j'échouais… s'il restait vraiment loyal à Pasus…

Il me faudrait alors échafauder une nouvelle stratégie. Il existait forcément un moyen de remédier à cette situation. J'étais prête à mourir pour y parvenir.

41

La Colonnade était l'un des pylônes les plus vastes du Chrysanthème. On dut retarder le mariage de douze heures à cause de la pressurisation de cet immense volume, qui dura plus longtemps que prévu. La Colonnade engloutissait une telle quantité d'énergie que, même lorsque le sceptre centralisait le système et que la superstructure fonctionnait de façon optimale, on ne l'utilisait que pour les grandes cérémonies impériales.

Lorsque j'y entrai, j'eus l'impression de fouler une passerelle s'élançant à même l'espace. Des champs de force l'entouraient de toutes parts afin de fournir une protection contre le vide cosmique. J'éprouvai une étrange sensation de désorientation, car j'y étais déjà venue. Pas en chair et en os, mais... sous forme d'avatar. Des plateformes s'élevaient autour de nous, occupées par des spectateurs qui semblaient se tenir en suspension parmi les étoiles.

J'avais rencontré Tyrus pour la première fois dans un forum virtuel ayant pour décor cet endroit même.

J'utilisais alors l'avatar de Sidonia, et Tyrus s'était présenté nu devant moi, feignant de ne pas me croire quand je lui avais fait remarquer sa nudité.

Un déferlement de chagrin me paralysa.

Arrête. Ce n'est pas le moment d'y repenser.

On me toucha délicatement le bras ; c'était Gladdic, qui portait une tenue dorée étincelante pour l'occasion. Des chants aériens d'harmonides retentirent, le public s'agità ; la célébration allait commencer.

Marche. Ravale ta douleur.

Je passai entre deux haies de cristaux acoustiques, minéraux qui résonnaient des voix des harmonides, puis m'avançai dans le solarium, la partie centrale de l'immense salle, d'où l'on voyait les six étoiles du système.

Comme l'exigeait la tradition, Tyrus me tournait le dos, la main tendue sur le côté. À ce moment de la cérémonie, la fiancée pouvait choisir de ne pas la saisir, et l'empereur ne se retournerait pas, ne verrait pas le visage de celle qui avait refusé de l'épouser. C'était ainsi qu'on justifiait la coutume, en tout cas.

Sa tenue en liquisoie ivoire était brodée, chamarrée de cristaux scintillants, comme la mienne, et, tandis que je m'approchais de lui et posais ma main sur la sienne, les reflets sur ses vêtements m'éblouirent. Alors que les voix des harmonides gagnaient en volume, je me mis dos à Tyrus moi aussi et regardai droit devant moi. Le prélat Fustien tournait autour de nous tel un satellite pour nous asperger d'essence de lumière astrale.

Puis Tyrus et moi nous éloignâmes l'un de l'autre, les harmonides se turent, et les spectateurs installés de part et d'autre de la Colonnade, qui nous observaient directement ou à travers un écran, se firent silencieux à leur tour.

J'effectuai un cercle autour du périmètre du solarium. À la moitié du parcours, qui me sembla à la fois interminable et trop court, je rejoignis Gladdic ; Pasus attendait Tyrus de l'autre côté.

Gladdic leva vers moi sa paume badigeonnée de réactif. Je plaquai la main contre la sienne afin d'enduire la mienne de la même substance. Tyrus et moi terminâmes notre tour, et nos regards se rencontrèrent enfin.

Son visage n'exprimait plus le moindre amusement détaché et sinistre. Il me contemplait avec un curieux mélange de douleur et de tendresse qui, l'espace d'un terrible instant, me dupa. Nous portâmes la main à notre cœur.

Le réactif présent sur nos paumes activa l'essence de lumière astrale dont nous étions couverts.

Nous brillions d'un éclat si fort, propageant de la lumière tels des soleils, que je n'y voyais presque plus, mais j'entraperçus Tyrus, et soudain j'eus l'impression que j'allais m'effondrer sur moi-même, me consumer, me désintégrer…

Parce que le Tyrus d'autrefois n'existait plus ; l'empereur qui se tenait devant moi n'était pas lui.

Je ne me sentais pas capable de continuer. C'était au-dessus de mes forces.

Pourtant, lorsqu'il s'avança vers moi, étincelant de mille feux, et qu'il m'attira vers lui, je me laissai faire. Les mains dans les miennes, il me fit tourner autour de lui – ou était-ce lui qui tournait autour de moi ? Nous étions semblables à deux étoiles binaires. Puis il se rapprocha de moi et me prit alors par la taille. Ses lèvres réclamèrent les miennes, insistantes, exigeantes et brûlantes, tandis que notre linceul de feu indolore s'évaporait.

Nous n'étions plus un soleil flamboyant, mais deux êtres humains, et les applaudissements qui me parvinrent semblaient provenir d'un autre monde. Je contemplai ce jeune homme, désormais mon mari, hébétée, attristée par ces noces qui auraient dû être le jour le plus joyeux de ma vie, et il leva nos mains jointes devant toute l'assemblée. Il ne restait plus que le dernier acte de la cérémonie : le lien électrique. Un élancement douloureux parcourut ma main lorsque Fustien y piqua une électrode, après avoir fait la même chose à Tyrus. Je sentis des fourmillements à l'endroit où ma paume était en contact avec la sienne. Mon cœur battait à toute vitesse.

Puis Fustien déclara d'un ton solennel :

– De la fusion produite au cœur des étoiles sont nées toutes les particules du Vif Cosmos, et en ce jour deux jeunes gens s'unissent pour en former une.

Il sépara nos mains pour laisser apparaître le courant qui jaillissait entre elles.

C'était un phénomène indolore, tant que nous demeurions proches, et qui devait se dissiper vite – dès que nous aurions consommé notre union. Nous allâmes tous les deux à grands pas au bout du solarium, qui menait à l'alcôve astrale.

Le tonnerre d'applaudissements et le feu des innombrables regards nous suivirent jusqu'à ce que les portes se referment derrière nous. Puis l'alcôve se détacha, et je me retournai pour voir s'éloigner tous les yeux braqués sur nous.

Le silence nous enveloppa.

Il n'y eut plus que Tyrus et moi. Une femme et son mari, confinés dans une capsule, seuls parmi les étoiles.

Je le regardai et constatai qu'il m'observait, me caressait des yeux, et un frisson me parcourut lorsque je songeai que ce moment était enfin arrivé.

Tyrus m'observa dans la pénombre, à la lueur de l'étincelle qui crépitait entre nos mains, puis il s'écarta de moi. Le courant électrique s'intensifia, sans toutefois devenir douloureux.

– J'ai un cadeau pour toi, annonça-t-il.

Je fis courir ma main le long de la vitre… Ce n'était pas une vraie, me rappelai-je. C'était un écran donnant l'illusion que nous étions entourés par un panorama cosmique pour que nous puissions profiter du spectacle, mais le verre allait passer à une opacité totale au cas où des voyeurs tenteraient de nous épier avec des caméras grossissantes.

Tyrus toucha la paroi, d'où sortit le plateau portant le présent qu'il me destinait. Il le prit avec délicatesse, et les angles nets des rubis et des saphirs attirèrent mon regard. C'était une pince à cheveux sertie de pierres précieuses.

Mais pas n'importe laquelle.

Mon cœur fit un bond, et je contemplai le bijou.

– Tu te souviens de cette pince ? s'enquit-il en m'observant de près.

Bien sûr que je m'en souvenais. C'était le premier cadeau qu'il m'avait offert, à l'époque où notre relation n'était qu'une ruse imaginée par une Diabolic et un Prime héritier aux dents longues.

– Comment est-ce possible ? m'étonnai-je.

Il me l'avait retirée des cheveux avant de la jeter dans la fontaine d'azote liquide du *Héra*, quand Élantra était encore en vie et que nous ne nous étions pas avoué notre amour.

– Je l'ai récupérée.

– Quoi ? Mais comment ? Quand ?

– Dès que tout le monde a eu le dos tourné.

– Tu ne t'es pas brûlé la main ?

– Ça en valait la peine.

Tyrus recourba le doigt pour que j'approche et baisse la tête. Il rassembla mes cheveux dans ses mains, les lissa vers l'arrière, presque avec déférence, avant de refermer la pince pour me dégager le visage. Il se redressa, caressa ma peau sous sa paume rugueuse, et promena sur moi un regard doux et curieux.

Je frissonnai et fis un pas en arrière. Je fus effrayée de la facilité avec laquelle, dans un moment de distraction, je pourrais me laisser aller. La douleur que j'en éprouvai me frappa droit au cœur.

– Moi aussi j'ai ton cadeau, annonçai-je brusquement, d'une voix froide et distante.

D'un petit geste, j'ouvris l'autre compartiment.

Lorsque le livre en sortit, Tyrus ne put dissimuler sa surprise.

– *Hamlet*, dit-il dans un souffle.

– Alors c'est comme ça que ça se prononce.

– Némésis, où est-ce que…

– Dans la Cité sacrée. Il a échappé à la destruction. Je savais… je savais que c'était forcément un des tiens. Par contre, je n'y comprends rien.

J'observai Tyrus de près ; une part de moi refusait de perdre espoir et cherchait à tout prix à déceler une réaction.

Il caressa la couverture, tourna l'ouvrage vers lui et l'ouvrit.

– C'est un des tiens, insistai-je, à présent sûre de moi.

– C'est vrai…

L'émotion assombrit son visage, comme si l'idéaliste qu'il avait été se rappelait à lui.

– C'était un livre très important pour moi, quand j'étais plus jeune, me confia-t-il, la voix cassée.

– Je n'ai pas réussi à le lire.

– C'est écrit dans une langue ancienne. C'est compliqué, mais…

Il leva vers moi des yeux embués.

– En voici un passage :

« Doute que les étoiles soient ardentes,
Doute que le soleil suive son cours,
Doute que la vérité soit constante,
Mais point ne doute de mon amour. »

Soudain, ma force et ma vigueur parurent plier sous le poids de ce que j'entreprenais. Je fermai les yeux, et l'émotion qui gonflait ma poitrine sembla sur le point de déborder. Je m'assis par terre, comme en suspension au-dessus des étoiles froides et lointaines.

Je serrai les poings si fort que mes ongles laissèrent une indentation dans ma peau, puis Tyrus s'accroupit devant moi et me prit par les épaules.

– Tu as mal ?

Je sentais le courant qui traversait mon bras pour nous unir.

– Ce n'est pas une douleur que tu pourras soigner, répondis-je. Tu vois... il n'y a pas si longtemps, tu étais dans ma vie. J'avais ton amour, ton cœur, mais pour toi je ne suis plus qu'un souvenir.

Tyrus se pencha et retira la pince de mes cheveux. Je le fixai du regard un instant, troublée, certaine qu'il me la reprenait, que je l'avais mis en colère.

Ses yeux bleus toujours rivés sur moi, il donna une tape du bout du doigt sur l'extrémité du bijou, qui clignota. Je fronçai les sourcils. Il sortit alors un petit appareil caché au milieu des pierres précieuses, puis remit la pince en place.

– J'ai apporté ça en douce, expliqua-t-il en me montrant le module de brouillage. On ne peut se parler en toute confidentialité nulle part sur le Chrysanthème, sauf ici. Je viens de bloquer tous les moyens qu'on pourrait utiliser pour nous espionner. Plus besoin de mentir, maintenant.

Je vrillai mon regard dans le sien.

– Comment ça, mentir ?

– Quand je me suis adressée à toi, les dernières fois, tu as dû comprendre que je ne m'autorisais pas la moindre marque d'affection. Je sais que j'ai été très froid, mais il le fallait. Crois-tu une seule seconde que l'homme qui me persécute depuis plusieurs années aurait accepté ce mariage s'il pensait que j'avais encore des sentiments pour toi ?

Il mentait.

C'était impossible.

Je me mis à balbutier :

– Le Vénalox... quatre ans... ce n'est pas possible. Ne fais pas ça. Je t'en prie, n'essaie pas de me duper. Tyrus, ne dis pas ça si ce n'est pas vrai. Ce serait trop dur d'espérer...

Ces mots m'échappèrent, et je m'en voulus de m'être livrée ainsi... de m'être exposée, d'offrir ma gorge à la lame de son hypocrisie. Il tendit la main vers moi, passa les doigts dans mes cheveux, puis me prit par la nuque et m'attira près de lui, son souffle caressant mes lèvres.

– Regarde-moi, Némésis. Regarde vraiment.

Je levai les yeux vers les siens et j'y vis une grande chaleur... mais ça ne pouvait être qu'un mensonge.

– Tu crois que je n'ai plus le moindre sentiment pour toi ? Et ça alors ?

Il me donna un long baiser qui me fit l'effet d'une décharge d'électricité, d'un embrasement de lumière astrale dans le cœur. J'eus un hoquet de surprise ; je ne comprenais pas ce moment fantastique, délicieux, improbable... je me dégageai brusquement.

– Tu ne peux pas être sincère.

– Je le suis, pourtant. Quand je t'ai parlé, j'ai dû me montrer mesuré, très prudent. Je ne pouvais obtenir ce tête-à-tête avec toi qu'en feignant l'indifférence totale.

Il admira longuement mon visage, comme s'il assistait à un miracle.

– J'ai peur que tu disparaisses si je ferme les yeux.

– Alors tu...

C'était impossible. J'étais terrifiée par l'espoir qui déferlait en moi, terrifiée à l'idée que ce soit une erreur.

– Tu penses tout ce que tu me dis ? haletai-je.

– Tout ce que je dis, et tout ce que je ne saurais jamais exprimer par des mots. Parfois, j'étais presque convaincu que tu n'étais que le fruit de mon imagination. Dans mes souvenirs et dans mes rêves, personne ne brillait aussi fort que toi. Puis je me réveillais, tu n'étais plus là, et il ne restait qu'un grand vide. Même dans les meilleurs jours, j'ai l'impression de ne vivre que de faibles échos de ce qu'était ma vie avec toi. Si je t'avais oublié, je suis sûr que tout aurait été beaucoup plus facile.

– Mais comment c'est possible ? Tyrus, ça fait quatre ans qu'on t'empoisonne. J'ai vu les effets que la drogue a eus sur toi en très peu de temps... Alors comment... comment...

J'aurais tout donné pour le croire, mais je n'y parvenais pas.

– Tu vas comprendre.

Tyrus me montra la bague dans laquelle il puisait son narcotique.

– Très élégant, n'est-ce pas ? Elle a été façonnée dans un alliage dont le contact neutralise le Vénalox.

Je le regardai fixement, sans même oser respirer.

– Tu as entendu ? Tu as compris ? insista Tyrus. Le Vénalox ne m'a jamais détruit. Je joue la comédie depuis des années. Je me suis fait passer pour l'ami de ce traître en attendant ton retour. En attendant de pouvoir contrôler le sceptre et éliminer Pasus... C'est moi, mon amour.

Puis il m'embrassa encore.

42

Le Tyrus que je connaissais autrefois ne cessait jamais de réfléchir. Il avait l'esprit toujours en action, en ébullition, même quand il me tenait dans ses bras, quand ses lèvres chaudes se promenaient sur moi et m'enflammaient. Mais le Tyrus que je venais d'épouser était fébrile et brûlait de désir pour moi. Cette fois, il n'eut rien de délicat, mesuré et raisonnable lorsqu'il m'embrassa, que sa paume animée d'étincelles prit la mienne, que ses doigts s'entrecroisèrent dans les miens, qu'il me serra par la taille avec une brusquerie qui aurait pu valoir des bleus à toute autre fille que moi.

Je répondis à son étreinte avec la même ardeur, le sang dans mes veines frémissant de la joie extatique que je ressentais alors, émerveillée que ce soit bien lui, que je ne l'aie pas perdu. J'avais le sentiment d'être libérée d'un cauchemar et d'être confrontée à un miracle.

Ses lèvres affamées et avides parcoururent ma peau. Puis il m'allongea sur la couche avec autorité. Par le passé, il avait toujours fait preuve d'infinies précautions avec moi, même si c'était moi qui aurais pu le broyer par la seule force de mes bras. À présent, il m'étreignait comme s'il redoutait qu'une bourrasque m'emporte, m'embrassait comme s'il craignait de ne jamais pouvoir être rassasié, avec une intensité qui répandait une chaleur torride partout en moi... m'emplissait de désir, de contentement, de vertige.

Lorsque nous nous unîmes, je le serrai le plus possible contre moi en prenant soin de ne pas le blesser, de ne pas briser les épaules que j'enlaçais, ce corps que j'aimais plus que tout autre, que j'aurais voulu ne jamais lâcher.

Plus tard, je n'osai pas le quitter du regard, et lui non plus ne put détourner le sien. Notre besoin d'admirer l'autre était insatiable. Il promenait les mains sur moi avec un profond respect, caressait ma peau comme s'il avait besoin de mémoriser ses moindres reliefs, et quant à moi je me contentai de toucher son visage... ce visage qui m'avait tant manqué.

– Regarde, dit-il en levant nos mains.

Les électrodes avaient détecté notre étreinte charnelle, et le courant s'amenuisait. Il porta ma main à ses lèvres et y déposa un tendre baiser.

– Ma femme, dit-il.

– Mon mari.

Comme tout cela me semblait étrange. Et pourtant c'était réel.

Le trou béant dans mon cœur avait disparu, comblé par la joie éclatante de ce miracle, de cette délivrance. J'aurais pu tenter pendant une éternité de mettre des mots sur le sentiment que j'éprouvais, mais il n'existait qu'une seule façon de protéger ce que nous avions. Nous devions réfléchir, nous organiser, partager tout ce que nous allions devoir garder secret dès que nous aurions quitté ce refuge.

Je lui racontai donc à toute vitesse ce qui était arrivé au proscripteur. Jamais il ne me lâcha, comme s'il craignait qu'on m'arrache à lui. À son tour, il me relata ce qui s'était passé sur le Chrysanthème. Il m'expliqua comment il avait pris le dessus sur le Vénalox.

– Je me suis rappelé quelque chose que Pasus avait dit le soir de notre Prénuptiale. Il croyait que j'avais neutralisé le Baiser du Feu à l'aide d'une autre substance, alors j'ai pensé… pourquoi ne pas tenter le coup avec le Vénalox, justement ? J'ai commencé à tester le Vénalox combiné à tout ce que je pouvais trouver. Et, là, j'ai eu l'idée de forcer quelqu'un à le consommer avec moi, pour atteindre mon objectif plus vite. J'ai donc utilisé Gladdic comme cobaye.

– Oh.

Tyrus me dévisagea.

– Il t'a mise au courant, c'est ça ?

– Il m'a expliqué que tu lui avais pris l'*Atlas*. Et que tu l'avais revendu.

Tyrus soupira.

– Ah oui… Il t'a parlé de ça. J'avais besoin d'argent, et on m'a coupé l'accès à toutes les autres ressources. J'étais prêt à tout.

– Je comprends mieux, maintenant.

Tyrus sourit.

– Je lui en ai fait baver, le pauvre. Je savais que je ne pouvais pas me servir de lui juste pour le Vénalox. Ça aurait éveillé les soupçons. Je savais aussi qu'Alectar se sentirait menacé si je donnais l'impression de forger une amitié avec quelqu'un d'autre, alors j'ai agi comme la situation l'exigeait : je l'ai tyrannisé, je suis devenu un cauchemar pour lui. Je l'ai persécuté, martyrisé, et pendant ce temps-là, grâce à lui, j'ai pu mener mes expériences en moitié moins de temps. Depuis la destruction du *Tigris*, j'avais toujours du Vénalox en surplus. Ceux qui désiraient amoindrir l'influence d'Alectar se sont mis à m'en procurer en secret. Tous m'ont aidé malgré eux. Et, quand j'ai eu cette bague, il m'a suffi de neutraliser un peu plus de substance chaque jour, jusqu'à ce que je n'en absorbe plus du tout.

Nos doigts s'entrelacèrent, et Tyrus attira de nouveau ma main jusqu'à ses lèvres.

– Tu as eu beaucoup de temps pour échafauder ton plan, lui dis-je. Est-ce que tu as déjà décidé de la prochaine étape ? Nous n'aurons peut-être pas d'autre occasion de nous parler librement.

– J'ai tout prévu, répondit-il en cherchant mon regard. Je ne peux pas te dévoiler les détails, mais… mais je ne peux que te demander de me faire confiance. Je paie des gens en secret pour qu'ils rendent visite aux prélats à ma place. Si tu me fournis la fréquence du transpondeur du sceptre…

Je lui souris.

– J'ai beaucoup mieux que ça. Regarde le livre à la page qui est marquée.

Tyrus prit *Hamlet* et l'ouvrit à l'endroit où j'avais coincé la tige métallique. Il leva les yeux vers moi, les sourcils froncés, et lut :

– « Je ne dois être cruel que pour être juste, commencement douloureux, le pire est à venir. »

– Ce n'est pas le texte qui nous intéresse. C'est le signet.

Tyrus saisit la tige. Son regard se focalisa dessus, se fit plus acéré.

– Qu'est-ce que c'est ? me demanda-t-il à mi-voix.

– La crosse ne servait qu'à abriter cette aiguille, expliquai-je. Ça, c'est le véritable sceptre. Tu tiens là le super-ordinateur qui fait des Domitrien… des Domitrien.

Cette révélation le laissa pantois.

– Tu l'avais avec toi… depuis le début ?

– Il m'a suffi d'attendre le bon moment. Quel que soit ton plan pour la suite, tu dois l'exécuter. Le proscripteur l'avait enfoncé sous sa peau pour le cacher.

Tyrus piqua son avant-bras, et une goutte de sang perla. Je lui pris le sceptre, lui allongeai le bras et glissai l'aiguille sous son épiderme. Le regard dans le vague, plongé dans ses pensées, Tyrus eut l'air de contempler un autre monde.

– Nous avons toutes les cartes en main, lui dis-je.

Je le pris par les épaules, l'attirai vers moi pour lui donner un dernier baiser empressé, et repris dans un murmure :

– Et emploie tous les moyens nécessaires, Tyrus. Sois cruel, sois indifférent s'il le faut… Ne recule devant rien. Fais en sorte que Pasus range les prélats dans ton camp, pour que nous puissions inverser la situation.

Puis il écarquilla les yeux et examina mon visage comme s'il le voyait pour la première fois. Il porta la main à ma joue et la caressa.

– Quel régal d'être aussi… agréablement surpris ! J'espère que très bientôt tu pourras en dire autant.

Sur ces mots énigmatiques, il se leva.

Après l'arrimage au Chrysanthème, la porte s'ouvrit et l'air s'engouffra dans la capsule. Puis Tyrus s'éloigna de moi, et la transformation fut immédiate… comme s'il venait de revêtir un masque pour s'adresser aux grandiloquins qui nous attendaient :

– J'ai le plaisir de vous annoncer que votre nouvelle impératrice est une diablesse au lit.

Son annonce salace faisait partie de la mascarade, mais elle me déconcerta quand même, et mon malaise s'approfondit quand Tyrus montra sa paume, où l'électricité ne flamboyait plus. Des voix paillardes lancèrent des hourras approbateurs, et Tyrus sourit sans vergogne. Puis Pasus s'approcha.

– Bravo, Tyrus. C'était très réussi.

Tyrus se tourna vers lui.

Vous parlez de mon numéro d'acteur ? Merci. Je vous avais dit que je parviendrais à le lui soutirer.

Pasus lui donna une accolade virile.

À me soutirer… quoi ?

– Avez-vous tout entendu ? demanda Tyrus.

– Absolument tout, affirma Pasus, qui s'écarta pour le couver d'un regard affectueux.

Absolument tout.

Comment ça ?

Qu'est-ce que ça voulait dire ?

Tyrus me jeta un coup d'œil, et Pasus, l'air triomphant, me regarda aussi et déclara, d'un ton émerveillé :

– Vous aviez le sceptre en votre possession depuis le début. Excellent. Nous n'avons plus besoin de vous, maintenant.

J'en restai bouche bée.

Au même moment, le neurobloqueur s'activa, et je compris que j'avais commis une erreur fatale.

43

Mes jambes se dérobèrent sous moi, et Tyrus eut un clappement désapprobateur.

– Pas sûr que cette mesure soit utile, dit-il à Pasus. Vous avez dû vous rendre compte que je peux la convaincre d'à peu près n'importe quoi.

Il releva la pierre précieuse de sa bague et aspira du Vénalox avec un frisson de soulagement. Il ne donnait pas l'impression d'absorber une substance inactive neutralisée par un alliage métallique.

– Même vous, vous ne pourriez pas la persuader d'accepter notre petit arrangement, commenta Pasus.

Tyrus partit d'un rire rauque.

– Ça ne m'aurait pas déplu d'essayer.

Un grand calme se peignit sur son visage, comme chez un drogué qui vient de prendre sa dose…

Et de quel arrangement parlait-il ? J'éprouvai une vive nausée.

Il fait semblant, pensai-je. *C'est obligé…*

Pasus le prit par l'épaule pour le stabiliser.

– Vous avez bien tenu le coup.

– Ça n'a pas été une mince affaire, répondit-il en m'adressant un sourire narquois du coin des lèvres. Les Diabolics n'utilisent pas très souvent les toilettes. Pourtant, je n'ai pas cessé de lui resservir du vin…

Maintenant que j'y repensais, il m'en avait en effet fait boire une bonne quantité.

– … dans l'espoir qu'elle irait se soulager pour que je puisse sniffer du Vénalox en douce, mais… c'est comme de se trouver face à un chameau. Ce qui est peut-être vraiment le cas, d'ailleurs. Mon amour, le proscripteur n'a-t-il pas mentionné l'ADN de chameau lorsqu'il nous a décrit la conception des humanoïdes ? Ça remonte à si loin que mes souvenirs sont flous.

Je fouillai ma mémoire… Avait-il pu prendre du Vénalox en s'isolant dans la salle d'eau ?

Non. *Non, impossible*. Nous étions seuls, et il n'avait pas eu besoin de sa dose. Il n'était pas obligé de… Non. C'était une ruse. Il m'avait certifié…

Il m'avait juré que…

– Ah, au fait, j'ai recueilli des informations très intéressantes, reprit Tyrus en se détournant d'un mouvement vif.

Il pianota un code de transmission.

– Il y a un vaisseau qui s'appelle le *Conciliateur,* dit-il à l'opérateur qui répondit. La fugitive Néveni Sagnau se trouve à son bord. Diffusez un communiqué.

– Tyrus ! me récriai-je, atterrée.

Même s'il ne faisait que jouer un rôle (et je voulais y croire… je ne cessais de *me répéter* que c'était le cas !), il allait lancer tout l'empire à ses trousses.

– Mon amour, ma douce chérie ! fit Tyrus. Sagnau est ton amie… mais ce n'est pas la mienne. Cette fille a quelque chose de rebutant. En toute franchise, nous allons régler le problème de la Cité sacrée en étouffant l'affaire, alors je ne peux pas me permettre qu'elle répande des rumeurs aux quatre coins de la galaxie. Je suis désolé, mais je vais devoir traquer ta chère petite camarade et la tuer.

– Mais…

Dans mon idée, ces informations sur Néveni n'avaient été destinées qu'à lui. Parce qu'à lui, je faisais confiance.

Tyrus, pensai-je, comme s'il pouvait m'entendre, *tu me fais peur. Je t'en prie, adresse-moi un signe pour me faire savoir que tu joues la comédie.*

– Toutes les conditions sont réunies pour qu'on commence tout de suite, dit Pasus à Tyrus. J'ai prévenu tous les intéressés. Pour beaucoup, ils utiliseront des écrans un peu partout dans le Chrysanthème, mais quelques-uns ont accepté votre suggestion. Ils vont placer leurs vaisseaux à proximité de l'héliosphère.

– Pourquoi ? demandai-je dans un murmure.

Tyrus m'ignora et s'examina.

– J'aimerais beaucoup avoir le temps de me changer. Le blanc ne me sied pas beaucoup.

Pasus sourit. Il sortit de sa poche un vêtement vert plié.

– Je suis touché, indiqua Tyrus, qui retira sa tunique et enfila la chemise ajustée devant tout le monde.

Médusée, j'essayais de comprendre.

– Vous n'avez rien dit au sujet de l'*Atlas*, fit-il remarquer à Pasus.

– Le vaisseau que vous avez acquis et revendu dans mon dos ?

Tyrus, qui était en train de lisser sa chemise, s'interrompit.

Pasus rit.

– Vous l'avez bien mérité. C'est vous qui avez conclu ce marché, alors les gains vous reviennent. À l'avenir, ce ne sera pas la peine de me cacher vos transactions.

Une sensation acide m'envahit lorsque je vis l'expression de surprise de Tyrus, ravi de constater que Pasus ne comptait pas lui confisquer ce qu'il avait volé à un autre.

– Vous êtes-vous assuré que les bâtiments de nos amis ont obtenu les emplacements les mieux situés pour le spectacle, Alectar ? Je tiens vraiment à regagner l'approbation de la grandiloquie.

– Vous vous y prenez très bien. Ce geste va les enchanter, lui certifia Pasus d'un ton sirupeux.

Tyrus eut un hochement de tête satisfait.

– Allons-y, Némésis.

Il s'engagea dans le couloir, mais je ne bougeai pas. Il fit volte-face en s'apercevant que je ne le suivais pas. La satisfaction que je lisais sur le visage de Pasus me déplaisait.

Un tableau terrible s'était formé dans mon esprit, et mes pires craintes semblaient se confirmer.

– Tu m'as dit ce que je voulais entendre, me désolai-je, d'une voix rocailleuse. Le discours que tu m'as tenu dans l'alcôve astrale, tu en avais préparé chaque mot avec lui.

– Pas chaque mot, mais, en effet, je t'ai dit ce que d'après moi tu voulais entendre, et tu m'as donné ce que je désirais, ma douce. À plus d'un titre, ajouta-t-il en promenant sur moi un regard reconnaissant. N'est-ce pas là le principe du mariage ? Maintenant, tu vas me rendre un autre service.

Il fit un brusque signe de tête. Des bruits de pas retentirent derrière moi, puis des bras me saisirent. Je ne me débattis pas.

Je restai… immobile.

Un évènement terrible allait se produire. Cette certitude carillonnait comme un tocsin dans ma tête.

Je l'avais cru.

Il m'avait laissée croire que je n'avais pas tout perdu, m'avait donné de l'espoir, avant de me le reprendre aussitôt…

S'ils projetaient de m'exécuter, je ne m'imaginais même pas capable de leur opposer une résistance. Je n'avais pas compris la réaction de Gladdic dans l'héliosphère de Lumina, lorsque j'étais venue avec l'intention de le tuer, pourtant j'étais à présent dans le même état d'esprit que lui. Pour la première fois, je me sentais si vidée que rien n'avait d'importance.

Peu m'importait que Tyrus ne me respecte même pas assez pour m'attendre, et que Pasus m'ait emboîté le pas pour se repaître de mon abattement tandis qu'on m'emmenait dans l'héliosphère.

– C'était une idée brillante de vous rendre directement sur Eurydice, me confia Pasus. J'ai été ravi que vous le fassiez. Et l'empereur aussi. Plus que lui, c'est moi qui vois l'opportunité de ce mariage. Lui, il se serait marié pour l'argent si je l'y avais autorisé. Ce qui est sûr, c'est qu'il aurait fréquenté d'autres femmes si je ne l'avais pas surveillé. Je suis devenu le plus grand défenseur de votre union.

S'il espérait obtenir une réponse de ma part, je ne lui en donnai pas.

Les mots me manquaient.

Tout me manquait.

– Grâce à votre popularité au sein de l'excédent, ce mariage est excellent à tous les égards. Il ne reste que la question des grandiloquins, reprit Pasus. Puisqu'on sait à présent que vous avez survécu à la destruction du *Tigris*, cela a confirmé leurs soupçons que vous aviez orchestré cette attaque. Un grand nombre d'entre eux ont péri, ou ont échappé de justesse à la mort, ce qui fournit aux survivants une raison supplémentaire de vous détester. Il est temps que vous satisfassiez la soif de vengeance de la grandiloquie.

– Venez-en au fait, tranchai-je. Qu'est-ce que vous voulez ? Que je vous dise que vous avez gagné ? Ça ne me coûtera rien. Tuez-moi. Égorgez-moi dans l'héliosphère, ça n'aura pas d'importance.

– Non. Hélas, votre mort pousserait l'excédent à la révolte. Nous avons besoin de vous vivante. Mais il nous faut aussi apaiser la grandiloquie. Votre mari a pensé à une solution très ingénieuse. Il se peut que je lui aie soufflé une idée similaire il y a quelques années, mais il l'a proposée lui-même dès votre retour. Sachez que tout découle de sa volonté.

Nous entrâmes dans la grande héliosphère, et, l'espace d'un instant, je fus surprise de voir tous les vaisseaux qui s'étaient rassemblés dehors, en position stationnaire, pointés vers nous. Leurs propriétaires avaient suivi la suggestion de Tyrus et venaient assister en direct à ce qui allait se produire, grâce aux loupes électroniques de leurs vitres.

Nous rejoignîmes Tyrus, qui attendait d'un air impatient près de Fustien. Mes gardes me poussèrent en avant.

– Puis-je avoir l'honneur de lui annoncer ce qui l'attend ? s'enquit Pasus d'une voix forte.

Tyrus agita la main d'un geste négligent, et sa bague scintilla. Il regardait par la coupole, le regard rivé sur les appareils qui nous entouraient.

– Vous êtes ici pour être soumise au Rituel de Pénitence, m'annonça Pasus à l'oreille.

Le Rituel de Pénitence.

Mes pensées se figèrent.

Enfin, je compris quel était leur arrangement.

C'était un compromis pour ne pas avoir à m'exécuter, mais pour épargner à la grandiloquie l'affront d'être placée sous mon autorité.

D'ordinaire, on pratiquait le Rituel de Pénitence pour ôter à un criminel toute capacité de nuire. Aux yeux des grandiloquins, c'était le châtiment idéal pour moi.

Fustien pouvait y procéder avec du Souffle de Scorpion administré à forte dose, ou il pouvait enfoncer une aiguille dans ma narine afin de me lobotomiser.

Je ne serais alors plus jamais capable d'agir selon ma volonté.

Et personne ne pourrait me guérir. Jamais.

Ce n'était pas croyable.

C'était une abomination qui dépassait l'entendement.

Et Tyrus qui attendait devant Fustien avec une impatience à peine dissimulée... J'eus le sentiment d'être invisible pour lui lorsque Pasus fit signe à un serviteur d'apporter... une longue pointe ornée de pierres précieuses.

Avec laquelle on allait atteindre et percer mon lobe frontal.

– Non ! m'exclamai-je.

Je tirai violemment sur les bras qui me tenaient, sans parvenir à me libérer.

De nouveau, Tyrus se contentait de regarder par le dôme céleste. Puis il leva sa main gantée pour parler dans son transmetteur.

– Dites-leur de resserrer la formation. Les vaisseaux qui sont en retrait vont tout rater.

– Tyrus, non, fis-je d'une voix tremblante. Je t'en prie, ne fais pas ça !

Tyrus tourna vers moi un regard placide, indifférent.

– Ne résiste pas. Inutile que ça soit douloureux.

– Tu ne peux pas... Tyrus, je t'en supplie. Pasus te manipule...

Le sénateur s'esclaffa.

– Je vous l'ai dit, c'est votre mari qui a pris cette décision. Pas moi.

Tyrus ne le nia pas. Il avait si peu d'estime pour moi qu'il préférait m'ignorer maintenant qu'il détenait ce qu'il voulait. Il ajusta sa chemise. Comment pouvait-il être soucieux de son apparence dans ces circonstances ?

Je secouai la tête un long moment. Je refusais d'y croire. Ça ne pouvait être qu'un stratagème, un piège, Tyrus n'allait pas vraiment m'infliger ça. Il ne pouvait pas aller au bout. Il lui suffisait de m'adresser un regard pour m'indiquer que cela faisait partie de son plan...

Il allait forcément effectuer encore un revirement, me délivrer de ce cauchemar, être à nouveau mon miracle... Mais quand on me força à m'agenouiller devant Fustien nan Domitrien, qui se mit à réciter une Liturgie des Méfaits – en se concentrant sur les victimes du massacre du *Tigris* –, la vérité m'apparut.

Ce n'était pas une ruse.

Il ne pouvait pas s'agir d'une feinte, d'une comédie, d'une simulation, parce que nous avions déjà basculé dans le trou noir. On ne pouvait plus faire demi-tour. Tous ces vaisseaux étaient rassemblés aux abords de l'héliosphère parce que les grandiloquins voulaient assister à ma chute, qu'ils auraient obtenue même si Tyrus n'avait pas été à l'initiative de cette machination. Ils disposaient d'une puissance écrasante. Rien ne pouvait me sauver.

C'était la réalité, et la réalité était cruelle. On ne pouvait l'ignorer qu'un temps, puis sa morsure redoublait de vigueur.

– Arrête ! criai-je. Tyrus, tue-moi, plutôt. NE FAIS PAS ÇA !

– La prochaine fois qu'elle ouvrira la bouche, tranchez-lui la langue, ordonna Tyrus à l'homme qui me tenait. Procédez, prélat.

Fustien leva une boîte hermétique. Le petit coffret contenait sans doute de la vapeur sédative, qu'on allait me forcer à inhaler pour m'étourdir. Je ne sentirais rien quand l'aiguille perforerait mon lobe frontal. Je hurlai comme une bête sauvage et me débattis de toutes les forces que le bloqueur me laissait. Je voulais me tuer en me fendant le crâne contre le sol avant de finir en créature décérébrée qu'ils pourraient manipuler à volonté…

Mais je ne parvins pas à me dégager. J'étais incapable d'échapper à mon sort. Le prélat souleva le couvercle pour libérer la brume sédative, et je me contorsionnai dans tous les sens pour éviter les volutes qui se répandaient en serpentant. Cette image fit surgir un souvenir dans les profondeurs de mon esprit.

Le gaz s'enroulait autour de nous, se propageait en panaches toujours plus gros, qui se répliquaient aussitôt en cascade… J'avais déjà vu ce phénomène, je le connaissais. Fustien, Pasus, son serviteur, et les deux excédents… ils le connaissaient aussi. Tout le monde s'écarta à toute vitesse.

Sauf Tyrus. Il resta immobile au milieu du nuage d'un brun jaunâtre qui s'épaississait autour de lui, son regard implacable se dirigeant un instant vers les bouches d'aération. Puis des hurlements retentirent et me confirmèrent la nature de ce gaz.

C'était de la Brume expédiente.

44

La Brume expédiente était une arme biologique intelligente. Elle s'adaptait à la densité de l'air et ne se déployait que dans les strates atmosphériques susceptibles d'accueillir des mammifères vivants, au lieu de se répandre au hasard et de se disperser.

Chaque spore se dupliquait spontanément jusqu'à ce que le gaz sature une zone, puis ces spores se déplaçaient pour répéter le processus un peu plus loin. La substance « marquait » chaque endroit où elle passait, afin de ne pas remplir le même espace deux fois. L'arme bactériologique implacable devint vite si épaisse que je ne vis plus personne dans la grande héliosphère, puis la brume se dissipa.

J'entraperçus les corps sans vie du serviteur de Pasus et des deux excédents qui m'avaient tenue. Du sang s'écoulait par leurs yeux, leurs oreilles, leurs narines et leur bouche, rejeté par leurs poumons en train de se liquéfier.

Je m'écartai d'eux à toute vitesse et me cognai dans Tyrus.

Il m'attrapa par la taille.

– Chhhut, fit-il.

Je me tournai vers lui. Le Tyrus distant et indifférent qui, peu avant, se réjouissait de porter une belle chemise verte, qui avait hâte de se débarrasser de moi... il avait disparu, remplacé par un être qui paraissait sculpté dans la pierre, alors même que les dernières vrilles de l'arme biologique se faufilaient dans les conduits d'aération.

Vers le système de ventilation générale.

Qui allait la recracher *partout*.

Pétrifié, Pasus fixait du regard les cadavres des deux excédents. Fustien poussa un cri et se précipita vers la porte...

– Je ne comprends pas... Qu'est-ce que vous..., fit Pasus.

– J'avais toujours pensé que l'empereur Amon avait dû avoir un mal fou à faire absorber du poison à tous les membres de son Sénat sans être démasqué, confia Tyrus au sénateur. Nous avons passé quelques longues soirées à en discuter, me semble-t-il. Eh bien, après avoir moi-même administré en secret un antidote à ceux que j'ai estimés dignes de survivre, je peux vous affirmer que ça n'a rien de très compliqué. Quand la vente de l'*Atlas* m'a rempli les poches, il m'a suffi de payer des collaborateurs pour qu'ils se procurent le contrepoison et s'en chargent à ma place.

Fustien hurla. Je tournai vivement les yeux vers lui. Il se tenait immobile devant l'ouverture qui menait à la promenade du *Valor Novus*, où se répandait le brouillard brunâtre.

On y distinguait de vagues silhouettes, et il s'en échappait d'innombrables hurlements, une véritable cacophonie.

Doux Hélios, pensai-je. Fustien referma la porte et se laissa tomber à genoux, se recroquevilla et se mit à murmurer. Les yeux froids et pénétrants de Tyrus étaient rivés sur Pasus, qui semblait à présent prendre toute la mesure de ce qu'il voyait.

– Tout le Chrysanthème possède une atmosphère communicante. Vous allez…

Comprenant qu'un nombre considérable d'hommes et de femmes allaient mourir, il releva brusquement sa manche et cria dans son transmetteur :

– L'empereur a diffusé la Brume expédiente, de sa seule initiative. Je ne sais pas qui a succombé. Je n'ai pas participé à cette décision. Je n'y suis pour rien…

Tyrus passa une main dans mes cheveux en considérant Pasus avec un léger amusement.

– … Apportez des combinaisons spatiales, s'affolait Pasus, cherchant à tout prix à prouver qu'il n'avait joué aucun rôle dans l'attaque. Envoyez des médibots… Et… et…

– Vous gaspillez votre salive, Alectar ! lui lança Tyrus, avant de s'adresser à moi : Depuis le temps qu'il s'évertue à me lier irrémédiablement à lui, il croit qu'il peut se désolidariser de mes actes.

– Non ! C'est vous qui allez payer pour ce crime, pas moi, se défendit Pasus. Vous êtes le seul responsable ! Parmi les maîtres des vaisseaux de guerre qui nous entourent, savez-vous combien ont des proches, ici ?

– Ils n'en ont plus, répliqua Tyrus d'un ton glacial.

Je compris à mon tour : les propriétaires de ces vaisseaux n'étaient pas des alliés qui avaient conclu un accord secret avec Tyrus. Ce dernier n'avait rien négocié, et Pasus avait raison de croire que les grandiloquins allaient riposter. Tyrus avait porté un coup à ses ennemis, et à présent les survivants allaient venger ceux qui venaient de mourir autour de nous. D'accord.

Je pouvais accepter cette fatalité.

Et même en profiter.

– Pasus, dis-je.

Pasus se tourna vers moi. Je lui expédiai un coup de pied à l'entrejambe, et il se plia en deux de douleur. Je l'empoignai par les cheveux, prête à le réduire en bouillie, mais Tyrus intervint :

– Arrête !

– Pourquoi ? protestai-je en grondant presque.

– Attends encore un peu. Donne-moi son transmetteur.

J'abattis mon pied sur la main de Pasus, sans prêter attention à son cri, puis je lui arrachai son transmetteur et le lançai à Tyrus. J'écrasai ensuite les os du sénateur sous mon talon. Comme je ne disposais pas de toutes mes forces, il réussit à se dégager et à me repousser.

Je regardai le sénateur livide et lui adressai un sourire mauvais pour lui indiquer que je lui réservais une mort brutale. Derrière moi, la voix de Tyrus retentit :

– Ici votre empereur. Je constate que vous avez reçu la

transmission du sénateur von Pasus et qu'en réaction vous mobilisez vos forces d'intervention.

Il observa les innombrables vaisseaux, d'une supériorité écrasante. Leur puissance était telle qu'ils auraient pu former leur propre superstructure.

– Le sénateur vous a dit la vérité. Je viens de tuer des milliers des vôtres. Cessez toute action offensive et battez en retraite, ou vous les rejoindrez.

Il s'agissait là de menaces en l'air. Les vaisseaux ne se retirèrent pas ; au contraire, ils étaient à présent si proches de nous que je distinguais les lumières de chacune de leurs vitres, même celles des appareils les plus éloignés. Bientôt, les grandiloquins lanceraient des câbles d'arrimage sur le Chrysanthème, forceraient les sas et débarqueraient en force, équipés de combinaisons spatiales, armés et décidés à se venger.

– Et puis mince, fit Tyrus en jetant le transmetteur. Ce ne sera pas faute d'avoir essayé.

Du feu se répandait dans mes veines, et une impatience grisante se mêlait à la peur que j'éprouvais pour lui, inquiète de ce qui allait lui arriver. Je le rejoignis.

– Nous allons trouver des armes. Nous allons nous battre jusqu'au bout et en tuer le maximum. Mais d'abord...

J'adressai un sourire cruel à Pasus.

– Je me réjouis à l'idée que vous allez connaître le même sort que nous.

– Je condamne la décision de l'empereur ! Je n'y suis pour rien. Les vidéos de surveillance le prouveront ! Les grandiloquins ont tout observé. Je suis sûr que ma surprise ne leur aura pas échappé !

– Non, ils vous ont vu enveloppé de brouillard, rétorquai-je avec un malin plaisir. Et ils ont vu que vous étiez encore en vie quand il s'est dissipé.

– Ils sauront faire la part des choses, insista Pasus.

Tyrus le considéra avec un amusement impitoyable.

– Vous comptez trop sur la rationalité des êtres humains.

– J'ai trop compté sur la vôtre ! cracha Pasus. Le Vénalox aurait dû vous débarrasser de votre sensiblerie imbécile…

– Ah, mais c'est ce qui s'est passé, reconnut Tyrus en s'approchant de lui d'un air menaçant. Je fondais autrefois tant d'espoir sur cet empire. Je souhaitais unir le peuple pour que nous affrontions tous ensemble la menace qui pèse sur notre existence. Maintenant, je me rends compte qu'il s'agissait d'illusions puériles. Les hommes ne s'unissent pas pour faire cause commune lorsqu'une catastrophe les guette. Non. Ça, c'est ce qui se produit en dernier recours. Seulement quand ils se sont tous piétinés pour dépouiller le cadavre de leur civilisation.

– Vous êtes irrécupérable.

– C'est ce que j'ai cru pendant un certain temps. Puis je me suis affranchi du Vénalox… exactement comme je l'ai expliqué à Némésis dans l'alcôve, et j'ai enfin vu clair en vous, vous qui cherchiez désespérément une approbation que moi seul pouvais vous procurer. Je me suis servi de votre arrivisme. Je vous ai fait une place auprès de moi. Je vous ai invité à loger dans les appartements impériaux.

Vous vous êtes démené comme un beau diable, à envoyer toutes vos transmissions, à mener vos affaires, toujours à ma portée, si près de moi que je pouvais surveiller vos moindres faits et gestes, et réunir toutes les armes dont j'avais besoin. J'ai observé vos échanges avec les prélats. C'est grâce à vous que j'ai découvert l'identité de chacun d'entre eux.

Pasus eut un hoquet de stupéfaction.

– Tous des hommes et des femmes de foi, railla Tyrus, mais leur Vif Cosmos ne pouvait pas les protéger de la question que je leur ai posée : «Vous préférez que je vous tranche la tête, ou la main ?» Devinez quoi... ces prélats ont tous choisi de perdre une main ! Celle-là même qui contenait la diode d'allégeance leur conférant l'autorité sur mon sceptre, ce qui m'a permis de réimplanter ces diodes chez les mercenaires de mon choix. Ceux-ci, en échange d'une partie de ce que l'*Atlas* m'a rapporté, ont récité volontiers la formule que je leur ai dictée.

– Tu peux revendiquer la maîtrise du sceptre..., haletai-je.

Tyrus fit glisser son doigt sur son bras, à l'endroit où j'avais caché la tige métallique. Autour du *Valor Novus*, les vaisseaux pointaient sur nous leurs canons-arrimeurs.

– C'est déjà fait. Il a suffi d'une goutte de sang dans l'alcôve, et depuis le bourdonnement de son pouvoir ne cesse de résonner plus fort en moi. Et si nous procédions à un essai ?

Un vif espoir m'envahit, car Tyrus était capable de figer tous ces appareils sur place…

Il eut un petit mouvement du poignet. Le bâtiment de tête de l'armada s'embrasa d'une lumière éclatante… comme s'il se chargeait d'énergie avant de faire un saut dans l'hyperespace. Puis il fut éventré, mais le phénomène n'eut rien d'une explosion. Une fissure se forma comme si l'espace avait été tranché par une main invisible. La faille se déploya, et tous les vaisseaux pris entre ses tenailles déversèrent leurs entrailles éblouissantes dans l'obscurité cosmique, du feu jaillissant de leurs propulseurs. Loin de s'amenuiser, la réaction en chaîne épaissit la crevasse lumineuse, vite si brillante qu'elle laissa une empreinte sur ma rétine. La brèche déferla comme un torrent, s'étendit, s'épanouit, de plus en plus vorace…

Je perçus le cri d'effroi de Pasus, les battements assourdissants de mon cœur. L'entaille de lumière commença à prendre une forme de ruban qui me glaça le sang.

Pasus s'éloigna de la vitre d'un pas chancelant, mais Tyrus, au contraire, s'en rapprocha.

Il posa les mains sur le verre. Sa silhouette paraissait complètement noire devant l'immense crevasse engloutissant les vaisseaux qui cherchaient à fuir.

Que les astres aient pitié de nous !

Tyrus venait de créer lui-même une faille d'espace dévoreur.

45

Pétrifiée, je contemplai l'entaille béante dans le cosmos, le monstre aveuglant qui semblait à présent presque rassasié… en suspension dans le néant et d'une étrange immobilité… D'infimes rais de lumière blanche s'en déversaient dans toutes les directions. Les vaisseaux en périphérie encore intacts tentèrent de changer de cap, mais leur élan les entraîna à leur perte. Ils disparurent dans les vrilles du rayonnement glouton. Dans un spasme, la faille reprit son expansion hémorragique, de nouveau affamée…

– Ça ne peut pas être vrai. Ce n'est pas la réalité, réagit enfin Pasus, d'une voix sans timbre.

Son exclamation de déni résonna platement dans la salle où flottait l'odeur de la Brume expédiente. Tout près de nous, une plaie ouverte mutilait la structure même de l'univers et s'élargissait un peu plus chaque seconde. J'éprouvai un curieux détachement devant ce spectacle, parce que, comme l'avait dit Pasus, ça ne pouvait pas être vrai – ça ne pouvait pas être l'espace dévoreur qui se répandait dans le système hexasolaire abritant la forteresse des Domitrien.

– Vos yeux ne vous trompent pas, Alectar, déclara Tyrus en faisant courir sa main sur la baie vitrée. Figurez-vous que c'est très facile de créer l'espace dévoreur. Il suffit de détraquer quelques paramètres lorsqu'un vaisseau s'apprête à faire un bond dans l'hyperespace, et le tour est joué. Ça offrirait une animation pyrotechnique très peu coûteuse pour les prochaines cérémonies impériales…

Il se tourna vers nous, un sourire blasé aux lèvres.

– … si je savais comment l'arrêter.

Il ne connaissait pas le moyen de réparer les dégâts. J'en restai muette.

Il avait généré un monstre qu'il ne pouvait pas détruire.

Je m'écartai de lui, choquée qu'il ait commis une telle folie. Illuminé par la lueur éblouissante de cette gangrène cosmique qu'il s'était juré de combattre, Tyrus reprit d'un ton songeur :

– Quand je pense aux occupants de ces appareils qui ont voulu tourner cette menace en ridicule… Qu'est-ce qu'ils sont en train de se dire, d'après vous, en ce moment ?

Il laissa sa question en suspens quelques instants.

– En fait, je suppose qu'ils ne se disent rien. Ils sont sûrement en train de hurler.

Le phénomène avait enveloppé l'étoile la plus proche, et je me figurai alors que le système hexasolaire était condamné. D'autres vaisseaux sombraient, disparaissaient dans les profondeurs de lumière éclatante, et Tyrus était le seul responsable. C'était lui qui avait déclenché ce cataclysme. Il devait être en train d'utiliser le sceptre, car la distance entre le Chrysanthème et le fléau cosmique ne cessait de s'accroître. Pour autant, ça ne changeait rien à ce qu'il avait provoqué.

Je ne parvenais pas à comprendre que Tyrus ait pu agir en connaissance de cause. Tout mon être se refusait à y croire. J'allais sans doute me réveiller bientôt. Pasus partit soudain à toutes jambes. Sa fuite m'arracha à mon étourdissement ; je me lançai à sa poursuite, mais Tyrus m'interpella :

– Ne te fatigue pas.

– Mais, Tyrus..., protestai-je en me retournant brusquement.

Il se contenta de désigner du regard la silhouette de Pasus.

– Il ne peut plus fuir nulle part, maintenant.

Ces mots étaient censés me rassurer.

Ils me glacèrent.

Il me rejoignit d'un pas tranquille, me prit la main et m'emmena vers la porte. Nous sortîmes de la grande héliosphère et entrâmes dans le *Valor Novus*, dont le sol était jonché de cadavres.

Les vastes baies vitrées donnaient sur le Chrysanthème, qui reflétait la lumière sinistre que nous ne voyions pas depuis cet endroit. Les vaisseaux arrimés à la structure, envahis par la Brume expédiente mais épargnés par l'espace dévoreur, ressemblaient à des membres disjoints et branlants qui s'agitaient sur un fond de lumière et de néant où tant de vies avaient été englouties quelques minutes plus tôt.

Par terre, il y avait des morts partout. Des corps par centaines. Et, agenouillé parmi eux, Alectar von Pasus, abattu, silencieux.

– Vous n'êtes pas allé loin, commenta Tyrus. Est-ce que vous vous êtes enfin rendu compte que vous avez infligé *exactement* le même sort à des *milliards* d'habitants sur Lumine ? En comparaison, le nombre de mes victimes n'est qu'une goutte d'eau.

– Qu'est-ce que vous comptez faire de moi ? demanda Pasus. Me torturer ? M'expédier dans un trou noir ? Oh, je suis sûr que c'est votre intention. Vous devez attendre ce moment depuis très longtemps.

– Pendant tout un temps, imaginer votre châtiment a été mon plus grand plaisir, reconnut Tyrus. Je fantasmais à l'idée de vous faire payer la moindre des humiliations que j'ai subies, de vous pousser à me supplier de vous tuer… Mais il y a prescription, n'est-ce pas ? Mon cher Alectar, l'un dans l'autre, vous m'avez fait plus de bien que de mal. Grâce à vous, j'ai profité d'années entières d'impunité absolue. Le Vénalox m'a permis de mettre tous mes méfaits sur votre dos. Même la tragédie d'aujourd'hui, je vais l'imputer au fidèle bouclier humain que vous êtes. On informera les grandiloquins survivants que vous en êtes l'auteur. Toutes les données montreront que vous avez financé cette infamie. Pour ma part, je sortirai indemne d'une journée où j'aurai éliminé la totalité de mes adversaires politiques. Voici venue l'heure de notre victoire ! Regardez par la vitre. Je souhaite vous récompenser.

Le fier sénateur von Pasus n'était plus qu'un homme brisé. Il obéit.

Il existait un évènement qu'on appelait l'Éveil et qu'on évoquait toujours à mi-voix. C'était le moment où le Chrysanthème réagissait à son nouveau maître, et ce phénomène se déroula sous mes yeux. Tous les bâtiments aux jointures lâches se contractèrent comme un muscle. Des systèmes d'éclairage éteints depuis longtemps se remirent à briller. Des pièces d'artillerie qui flottaient mollement dans le vide depuis des années se réveillèrent soudain, s'animèrent et relevèrent leurs doubles canons. Des éclairs de métal et de lumière étincelèrent de toutes parts, et l'agencement des vaisseaux spatiaux, jusqu'alors pêle-mêle, reprit une forme de Chrysanthème.

– Vous avez vu mon oncle accomplir ce processus et ça a changé votre vie, déclara Tyrus. Il est très approprié que vous mouriez en ayant ce spectacle fraîchement gravé dans votre mémoire.

Pasus contempla le dos de l'empereur, les traits déformés par la certitude que sa fin était imminente. Quelques secondes plus tard un sécuribot se décrocha du mur, fondit vers lui et tira une brève décharge lumineuse.

Ce fut une mort bien médiocre et vulgaire pour un homme qui voulait entrer dans la légende.

Tyrus ne daigna même pas se retourner pour assister à son exécution.

Il préféra poser sur moi un regard chaleureux et enthousiaste.

– J'ai un cadeau pour toi, Némésis. Ça fait des années qu'il me tarde de pouvoir te l'offrir, et maintenant il est à toi. Regarde par là.

D'un signe de tête, il désigna... un des cadavres.

Constatant que je ne bougeais pas, il alla jusqu'au jeune garçon et lui fit pivoter la tête avec le pied.

– Tu vois ? Un serviteur, indiqua-t-il, alors que je l'observais d'un air abasourdi.

– Tu m'offres un serviteur mort ?

– *Tous* les serviteurs morts, précisa-t-il en affichant un large sourire. Regarde autour de nous, mon amour. Il n'y en a plus un seul vivant dans le Chrysanthème, et la quasi-totalité de ceux que comptait l'empire se trouvait ici... ou à bord des vaisseaux qui ont été détruits. Tu peux considérer que leur usage est interdit.

Du bout du doigt, il se tapota le côté de la tête.

– Je m'en suis souvenu.

C'était là le présent le plus épouvantable que j'aurais pu recevoir.

– Oh, Tyrus..., balbutiai-je, abattue.

Pris dans le feu de l'action, il ne remarqua ni l'expression de mon visage ni le ton de ma voix. Il eut un petit mouvement de la main, et le bourdonnement du neurobloqueur disparut aussitôt. Le fait de sentir la force revenir dans mon corps ne me rassura pas… Cela ne fit que mettre l'accent sur le pouvoir absolu que Tyrus venait d'obtenir sur moi.

Sur tout le monde.

Il enjamba les cadavres de ses victimes et s'approcha de la vitre afin de contempler son œuvre. La superstructure s'éloigna soudain plus vite de l'espace dévoreur qui se propageait dans le système hexasolaire et anéantissait à présent un deuxième soleil.

L'hypergéante Héphaïstos. L'étoile même qui avait enflammé la grande héliosphère et déclenché cette série d'épreuves terribles.

Bientôt elle serait détruite elle aussi.

46

– Assez, Fustien.

Le prélat se répandait en un torrent de lamentations. En sanglots. En gémissements :

– Abominable… C'est abominable.

– Oui, c'est ça. Taisez-vous, maintenant.

J'avais les yeux fermés. Je m'efforçai de les ouvrir et regardai Tyrus, assis sur son trône, entouré de ses nouveaux fidèles conseillers, qui remplissaient déjà leur rôle, tels des cafards régénérant en permanence la colonie. C'était là les grandiloquins épargnés. Ceux qui allaient connaître une rapide ascension au sein de l'empire. Hommes et femmes rusés, calculateurs, cupides, ou trop débauchés pour se soucier que l'empereur ait assassiné leurs prédécesseurs afin de leur faire une place. Un seul regard me suffit à comprendre que la plupart avaient eu connaissance des projets de Tyrus. Tous faisaient semblant de croire que Pasus était le responsable du massacre. Ils s'étaient présentés les uns après les autres dans la salle, où ils s'étaient mis à discuter avec avidité des territoires qu'ils espéraient recevoir.

J'avais l'impression d'observer Tyrus depuis un autre monde. Je me tournai ensuite vers Fustien nan Domitrien, qui, à plat ventre au pied du trône, offrait un spectacle navrant d'homme éploré. Quand on l'avait amené de force devant l'empereur, il s'était débattu en hurlant comme un forcené.

– Fustien, déclara Tyrus en levant les yeux au ciel. Je ne sais pas si vous jouez la comédie ou si vous êtes sincère. Vous êtes un prélat, et vous êtes disponible. Dites-moi tout de suite si vous pouvez me rendre service ou si je dois me débarrasser de vous.

Les larmes cessèrent aussitôt. Fustien fut parcouru par un frémissement.

– Un prélat pourrait m'être utile, ce soir. Je vais donner un gala et le diffuser pour montrer que tout va bien et rassurer l'empire.

Il joignit les mains devant lui.

– Je prononcerai un discours, mais je voudrais aussi laisser la parole au proscripteur.

Les lèvres de Fustien tremblèrent.

– Mais… le proscripteur…

– Il n'est pas mort, et la Cité sacrée n'a pas été détruite. Qui prétendra le contraire ?

– Mais c'est…

Fustien entrevit soudain un espoir. Le misérable opportuniste tapi en lui prit le dessus sur l'homme de foi. Il s'agenouilla, la figure rayonnant d'un formidable espoir.

– Il n'y a pas… il n'y a pas de proscripteur, ici. Sauf si vous…

– À quoi pensez-vous, prélat ? l'aiguillonna Tyrus, résolu à l'entendre poser la question.

– Votre Suprématie souhaite-t-elle… Est-ce que vous voulez…

Il scrutait le visage de Tyrus, impatient que celui-ci mette fin au suspense.

– Avez-vous l'intention de nommer… *quelqu'un* ?

– Le proscripteur est le chef suprême de la foi. Ses paroles sont celles du Vif Cosmos, et chacun doit y obéir. Le proscripteur est mort… mais c'est comme si nous en avions un.

– J'ai peur de ne pas vous suivre…

– Fustien, fit Tyrus en se levant. Qui est votre proscripteur, d'après vous ?

À cet instant, le prélat comprit. Son air atterré arracha un sourire carnassier à Tyrus. Lui qui éprouvait pour cet homme le mépris le plus absolu, il n'aurait plus jamais à le cacher.

– Vous. C'est vous, Votre Suprématie, déclara Fustien, trop effrayé pour répondre autre chose.

– Exact.

Tyrus s'approcha du prélat et prit son visage entre ses mains.

– Qui remuera les lèvres pour prononcer les paroles du véritable proscripteur et proclamer ses décrets, tout en recevant la richesse, le respect et les honneurs dus à ce proscripteur ?

– C'est moi... je m'en chargerai. Je me ferai volontiers la voix de mon vénérable empereur.

– Voilà, je me doutais que vous accepteriez. Vous êtes un bon petit pantin. J'ai pu le constater à maintes reprises, et grâce à moi vous croulerez sous les honneurs...

Tyrus baissa la voix et ajouta dans un murmure sinistre, que moi seule fus en mesure d'entendre :

– Et je me délecterai de vous regarder mourir si vous me donnez des raisons de regretter de vous avoir choisi.

– Merci. Merci ! Merci, Votre Suprématie...

Fustien lui embrassa les pieds, comme Pasus avait forcé Tyrus à le faire quelques années plus tôt dans la grande héliosphère. Tyrus contempla Fustien avec un dédain profond un long moment, avant de repousser son visage avec le pied.

Il n'existait pas de geste plus méprisant, mais Fustien balbutia encore des remerciements. Je ne pus supporter une seconde de plus ce spectacle affligeant. Cette démonstration de toute-puissance. C'était révoltant.

Alors que j'étais à mi-chemin du couloir où l'on m'avait jadis entravée au mur avec un collier magnétique pour m'obliger à assister à la chute de Tyrus, une voix jaillit d'un haut-parleur :

– *Ma douce. Je n'ai pas droit à un petit au revoir ?*

Mon cœur se mit à palpiter. Je fis volte-face et repérai les caméras de surveillance dirigées vers moi. *Par les feux d'Hélios !* J'étais sûre qu'il m'observait directement à travers ces appareils.

– Est-ce que tu me vois ? demandai-je.

– Oui.

Un rire grave retentit.

– Je ne prends même pas la peine de parler à voix haute, il me suffit de penser ce que tu es en train d'entendre. Personne n'est mieux pourvu que moi pour utiliser le sceptre. Il suffit d'une grande capacité de concentration, d'une excellente maîtrise de soi... Grand-mère possédait ces qualités, contrairement à mon oncle. Quelle déception pour elle !

Randevald n'avait jamais été capable de cette prouesse. Dépourvu d'autodiscipline et de contrôle sur ses pensées, il avait toujours été maladroit avec les machines. Un jour, il avait essayé de nous tuer. Il avait lancé un missile sur le dôme céleste de l'*Alexandria*, où nous nous trouvions, après avoir bloqué les arrivées d'oxygène du sas de pressurisation. Il avait tenté de faire passer cette attaque pour un accident. Il avait joué là son meilleur coup.

Tyrus, lui, n'aurait jamais échoué. Son esprit était une lame acérée, plus tranchante qu'un rasoir.

Il n'échouera plus jamais, songeai-je, parcourue par un frisson de terreur. *Il ne va cesser d'accroître son pouvoir, et, à l'avenir, tous ceux dont il souhaitera la mort périront au moment de son choix.*

– Je dois aller me reposer. Arrête de m'observer, dis-je, avant d'ajouter : S'il te plaît.

Les caméras s'abaissèrent.

– Je ne te retiens pas plus longtemps, alors. Fais de beaux rêves, mon amour.

Réussirais-je à retrouver le sommeil un jour ? Rien n'était moins sûr. Faute d'une meilleure idée, je partis à la recherche du seul Grandé dont le sort m'importait un tant soit peu. On avait inoculé l'antidote à Gladdic avant le génocide de Lumina, mais cela remontait à des années, et je ne savais pas si le produit l'avait protégé encore une fois contre la Brume expédiente.

Son dernier lieu de résidence avait été le *Socrate*, un vaisseau de petite taille où le vieux sénateur von Eustache organisait souvent des colloques, des réunions de grandiloquins et d'excédents amateurs de débats intellectuels. Ces colloques, de nature apolitique et philosophique, étaient ouverts à tous. On exigeait seulement des débatteurs qu'ils soient impartiaux, observent une grande retenue et respectent une sobriété absolue. L'interdiction de consommer des stupéfiants rendait ces colloques très impopulaires. Le caractère excentrique d'Eustache n'arrangeait rien. Il ne recourait jamais à la similijeunesse et se plaisait à railler ceux de ses contemporains qui l'utilisaient. Il aimait critiquer le pouvoir, et refusait toutes les occasions de s'élever dans la hiérarchie de l'empire

– même quand Tyrus avait tenté de le convaincre de siéger au sein du conseil privé de l'empereur.

Pour le colloque d'aujourd'hui, on avait sans doute prévu de regarder mon Rituel de Pénitence, puis de discuter de ses conséquences. L'anneau de projection holographique placé au centre de la salle montrait encore l'héliosphère, où les bots n'avaient plus que deux corps d'excédents à évacuer.

De nombreux participants au débat gisaient à terre.

Gladdic était assis à l'une des grandes tables rondes, prostré. Il était si immobile qu'il paraissait presque mort lui aussi. Cette salle n'étant pas prioritaire pour les bots de service, des cadavres étaient étendus à l'endroit où ils s'étaient effondrés, souvent près de leur chaise. Je comptai plus d'assiettes que de convives ; certains avaient donc dû être épargnés et prendre la fuite.

Je ne trouvai pas le sénateur von Eustache.

– Gladdic.

Il gardait les yeux fixés sur la table. Un peu plus loin, un homme avait vomi du sang sur la nappe avant de s'affaler dans son plat. En face de Gladdic, on voyait dépasser la jambe d'une femme qui était tombée à la renverse.

– Gladdic, répétai-je, avant de le secouer fermement par l'épaule.

Toujours rien. Je m'apprêtai à lui donner une petite gifle, puis me ravisai, car il réagit soudain :

– Némésis.

Il s'était exprimé d'une voix sereine. D'un calme effrayant.

– Oui ? l'encourageai-je.

– Est-ce que... est-ce que c'est réel ?

Je me rappelai avec effroi qu'il avait déjà assisté à la catastrophe de Lumina. Lui qui avait dû en faire des cauchemars toutes les nuits pendant longtemps, voilà qu'il revivait la même horreur.

– C'est bien réel, oui.

J'en pris soudain conscience moi aussi. Je sortis de mon état de stupeur et regardai autour de moi avec lucidité. J'ouvris enfin les yeux sur ce que Tyrus avait fait. Me trouvant dans une pièce aveugle, je ne voyais pas l'espace dévoreur qui engloutissait le système hexasolaire, mais je *ressentais* son existence. J'étais hantée par cette monstruosité, cette plaie purulente que Tyrus s'était juré d'éradiquer. Qu'il venait de créer. Il avait tout planifié, tout échafaudé dès que j'étais réapparue, en connaissant les conséquences de ses actes. Il avait dû consacrer énormément de temps, de soin et d'efforts à la préparation de son stratagème. Il savait qu'il allait provoquer un cataclysme, et il avait mis son plan à exécution sans la moindre pitié.

Ce n'est plus Tyrus.

Je le sus alors au plus profond de mon cœur, de mon être. La vérité me saisit à la gorge comme une main implacable ; je ne pouvais plus l'ignorer. Quels cruels espoirs j'avais nourris quand, dans l'alcôve solaire, il avait déclaré qu'il m'aimait encore ! Quand il m'avait raconté qu'il s'était affranchi du Vénalox. C'était vrai... il avait réussi.

Mais pas à temps. Pas assez tôt pour sauver son âme.

Je serrai les poings. Il ne me restait qu'une chose à faire.

– Je connais un moyen de quitter le Chrysanthème, annonçai-je à Gladdic. Je vais t'aider à partir.

Il leva vers moi des yeux léthargiques.

– C'est vrai ?

– J'ai une fréquence de transpondeur en ma possession. Elle te permettra d'entrer en contact avec un vaisseau qui pourra venir à ton secours. Tu peux t'échapper. J'ai besoin que tu me rendes un service en échange. Il me faut de la thermonite. Tu pourrais m'en procurer ?

Il me fixa du regard.

Je fouillai les poches des morts jusqu'à ce que j'y trouve un billet éphémère, sur lequel j'inscrivis la fréquence du transpondeur de Néveni. Il contempla le papier d'un air morne.

– Contacte ce vaisseau et sauve-toi. Mais d'abord, rapporte-moi la thermonite.

– Je ne sais même pas ce que c'est.

– C'est une substance qui peut détruire une machine.

Je n'en savais pas plus.

– S'il te plaît, c'est plus important que tu l'imagines. Renseigne-toi. Je suis sûre que tu ne manques pas de moyens financiers, alors paie quelqu'un. Je n'ai rien d'autre à proposer, mais je ne peux pas en obtenir moi-même...

– Attends… Je ne peux pas… Némésis, pour l'instant, ce n'est pas… Je ne suis pas en état de m'en occuper. C'est impossible.

– Pour une fois dans ta vie, lui rétorquai-je sèchement, rien qu'une fois, ne sois pas une grosse mauviette, Gladdic ! C'est primordial !

Il laissa échapper un bruit étranglé. Nom d'une supernova, il allait se mettre à pleurer.

Quel minable ! Je m'écartai brusquement de lui, prête à fracasser quelque chose. Insulter Gladdic ne me soulagea même pas. Je me contentai d'observer la salle en songeant à ce qu'avait dû subir un être aussi sensible que lui en grandissant au sein de la grandiloquie. Son père avait préféré se débarrasser de lui pour se rapprocher du pouvoir, certain qu'on allait exécuter son fils. Puis ce même père avait été assassiné par un empereur qui n'avait cessé de tyranniser Gladdic, de lui tendre des pièges et qui l'avait forcé à consommer du Vénalox. Enfin, il avait vu à deux reprises la Brume expédiente tuer tout le monde autour de lui. Pour ma part, j'étais née avec une force de caractère dure comme le diamant, et j'avais le plus grand mal à m'adoucir… Mais Gladdic, lui, qui était accommodant, doux, faible, avait été propulsé dans un univers forgé par des prédateurs.

Je me frottai les yeux. En de tels instants, je regrettais d'avoir appris à faire preuve de compassion. C'était trop pénible.

– Je suis désolée, m'excusai-je.

Puis j'allai jusqu'à lui, et, malgré tous mes efforts pour éviter d'en arriver là, je le pris dans mes bras pour le réconforter.

Tout d'abord, il se crispa à mon contact, puis il se mit à trembler.

– Allons, allons…

Ma voix était trop sèche pour que j'aie le ton adéquat, mais au moins j'avais essayé. Son corps s'adoucit et accepta mon étreinte.

Je me dégageai, et Gladdic me fixa d'un regard suppliant, l'air perdu. Il ne m'aiderait pas à résoudre nos problèmes. J'allais devoir m'acquitter seule de cette tâche. Je repartis, l'esprit toujours occupé par la mystérieuse substance qui pouvait être notre salut : la thermonite. Elle allait détruire le sceptre et ôter des mains de Tyrus son abominable pouvoir.

Ainsi, je briserais à jamais l'emprise que Tyrus avait sur la galaxie. Ma trahison le ferait enrager, mais la véritable trahison serait de ne pas agir.

En mon for intérieur, j'avais une certitude absolue. Le Tyrus qui m'avait demandé de l'épouser, ce jour-là à bord de l'*Alexandria*, le garçon qui avait marché au-dessus du ciel avec moi dans sa bibliothèque… ce Tyrus-là aurait été horrifié de voir l'avenir et de savoir où il mènerait.

Il aurait préféré mourir plutôt que de devenir un tyran.

J'allais donc me dresser contre lui.

47

La nouvelle de l'effroyable tentative de coup d'État fomenté par Pasus se répandit comme une traînée de poudre. Dès le lendemain, Tyrus organisa un spectacle somptueux pour prouver l'unité de l'empire face à l'anéantissement du système hexasolaire provoqué par le traître Pasus.

Il le fit aussi pour propager le mythe que le proscripteur était toujours en vie. Plus tard, dans le dôme de bal – d'où l'on voyait le ruban blanc d'espace dévoreur –, ceux qui appartenaient à présent au nouvel ordre se parèrent en hâte de leurs plus beaux atours. Je dus pour ma part endurer les attentions de Shaezar.

Je n'avais pas la tête aux divertissements. Ce n'était pas le moment. Pas avec la mission que je m'étais donnée, celle que je n'avais pas encore les moyens d'accomplir – me procurer de la thermonite, détruire le sceptre et sauver Tyrus de son ambition démente. Tyrus me rejoignit dans notre loge, les cheveux plus volumineux que d'habitude à cause de l'absence de gravité. Il me conduisit à mon siège, puis s'installa à son tour.

– Toi et moi, nous allons nous rendre au centre du dôme, murmura-t-il. Fustien va d'abord présenter notre version des évènements d'hier, et je prendrai la parole pour étouffer les rumeurs, rassurer tout le monde. Toi, tu n'auras qu'à te montrer à mes côtés... histoire qu'ils voient leur nouvelle impératrice. Ensuite, nous pourrons nous retirer.

Parfait. Je ne me sentais pas la force d'en faire davantage.

– Je veux montrer de façon très claire comment j'ai l'intention de régner. Il faut tout de suite que les gens sachent à quoi s'attendre.

Des applaudissements retentirent. Dans le dôme, Fustien approchait en flottant, vêtu de la tenue du proscripteur... On avait modelé son visage pour lui donner les traits approximatifs d'Orthanion. Je fus glacée par l'obscénité de ce spectacle, outrée que ce minable usurpe l'identité d'un homme à qui il n'arriverait jamais à la cheville. L'ample chasuble qui ondulait autour de lui aurait dû chatoyer sous la lumière des astres, mais l'éclat froid de l'espace dévoreur perturbait l'effet recherché. À côté de moi, Tyrus ferma les yeux un instant... Puis les vitres de la coupole s'opacifièrent pour que Fustien, comme prévu, semble briller comme un soleil.

Fustien nan Domitrien s'exprimait à présent d'une voix un peu plus râpeuse, qui toutefois ne ressemblait pas à celle d'Orthanion.

– Comme vous le savez, déclara-t-il, je vis depuis plusieurs siècles dans la Cité sacrée.

Je tournai vivement la tête vers Tyrus, qui fixait Fustien avec une profonde concentration, et je me demandai s'il lui avait indiqué au préalable quels propos tenir, ou s'il les lui dictait en ce moment même *par la pensée*. Il lui soufflait peut-être son discours grâce à une oreillette.

Tyrus avait bien choisi son pantin – trop lâche pour profiter de la diffusion en direct de l'évènement afin de s'opposer à lui, très à l'aise avec le langage et la gestuelle de son personnage, et assez vaniteux pour se délecter de l'attention qu'on lui portait.

– Ce soir, au lendemain de l'atrocité perpétrée par le félon von Pasus, il est plus important que jamais que nous réaffirmions notre fidélité envers le Vif Cosmos. Ainsi que notre amour et notre immense respect pour notre empereur.

C'était là notre signal.

Tyrus me prit la main, et nous nous élançâmes dans le dôme de bal. L'étoffe argentée de ma robe ondoyait comme prévu, mais je constatai une anomalie avec les anneaux de guidage. J'essayai de les actionner pour ajuster ma vitesse…

Je ne les contrôlais pas.

C'était Tyrus qui les commandait.

C'était un détail anodin, infime même, et Tyrus agissait sans doute inconsciemment… pourtant, ma détermination à détruire le sceptre en fut confortée. Je ne pouvais pas tolérer cette situation.

Tyrus prononça son discours comme s'il le préparait depuis des années. Il dénonça les actes du sénateur von Pasus après qu'il s'était emparé du pouvoir, puis livra un mélange de vérités et de mensonges sur les méfaits commis par Pasus au fil des ans.

– Mais à présent cet ennemi de notre galaxie a été anéanti, et nous nous relèverons des tragédies d'hier, promit Tyrus. Nous sommes déjà en train d'identifier ses complices, qui vont payer pour leur crime. Nous serons bientôt vengés de tous les traîtres qui ont voulu voler notre empire à son peuple.

Une nuée de robots – médibots, sécuribots et mécabots – nous rejoignit alors dans le dôme et forma un véritable tourbillon, démonstration de force spectaculaire qui déclencha des cris d'enthousiasme dans les tribunes. Puis Tyrus pivota vers moi au milieu de la trombe de métal étincelant, me prit par la taille et m'embrassa... Je gardai les yeux ouverts, et lui aussi... Puis je sentis une légère pression de ses mains, ses lèvres insistantes entrouvrirent les miennes, les bots qui nous entouraient repartirent soudain dans toutes les directions, et Tyrus et moi remontâmes jusqu'à notre loge en tournant sur nous-mêmes.

On allait ensuite donner une représentation. Ne pouvant pas regarder Tyrus sans éprouver un profond chagrin, je m'efforçai de me concentrer sur les danseurs ornés de plumes qui entrèrent en piste. Les harmonides jouèrent les premières notes de musique…

Je reconnus la mélodie, qui me fit l'effet d'un coup de fouet.

Je me raidis et lançai un regard stupéfait à Tyrus alors que commençait la chorégraphie de l'Immolé du Roi.

– Tu avais interdit ce rituel. Tu l'as banni toi-même.

– C'était une décision beaucoup trop précipitée, répondit-il en croisant les doigts. J'ai négligé la portée symbolique de ce spectacle. C'est un excellent moyen d'envoyer un message fort.

– Tu veux montrer à tout le monde que tu n'es qu'un Domitrien comme les autres ?

– Je veux montrer qu'on doit m'obéir.

Lorsqu'il me fixa, je me demandai si cette remarque m'était destinée.

Les danseurs au costume d'oiseau s'élancèrent dans le dôme, suivis par l'Immolé, celui qu'on allait sacrifier…

Tout parut se figer autour de moi, car je connaissais cet Immolé. Je savais pourquoi Tyrus m'avait regardée de cet air appuyé, pourquoi il avait parlé d'un message fort.

L'Immolé était Gladdic von Aton.

– Je veux que ce soit très clair dans ton esprit, Némésis : rien ne m'échappe. Ne conspire plus jamais contre moi.

48

Je me redressai d'un bond et, à cause de l'apesanteur, faillis décoller. Je plaquai vivement la main contre le plafond de la loge pour m'arrimer. Le monde qui m'entourait semblait chanceler.

– Rassieds-toi, ordonna Tyrus.

– Je refuse. Tu vas le tuer.

– C'est exact.

– Tu n'as pas le droit.

– Je ne suis pas d'accord. Pourquoi veux-tu de la thermonite ?

Je restai silencieuse.

– Gladdic a recherché ce mot dans la base de données. Drôle de requête. Ça a attiré mon attention. Ensuite, j'ai pu examiner ses faits et gestes de ces dernières heures sur les vidéos de surveillance, et j'ai vu grâce à qui ce mot faisait partie de son vocabulaire. Et toi, alors, tu sais ce que c'est, la thermonite ? Je me rappelle t'en avoir parlé… dans un contexte très précis. Comment comptais-tu t'emparer du sceptre ? En me coupant le bras ?

– Je… Tyrus, non…

– Le sceptre n'est plus sous ma peau. La tige est toute petite, mais ça me faisait le même effet qu'une longue écharde. Alors je l'ai retirée.

Il prit un étui destiné à accueillir une paille à narcotique, mais il en sortit la longue aiguille qui le rendait si puissant.

– Tu envisageais de détruire ce sceptre, donc.

Je contemplai le super-ordinateur. Le neurobloqueur était hors fonction. Tyrus pouvait le désactiver d'une simple pensée, aussi supposai-je que l'inverse était possible également. Sinon je lui aurais arraché le sceptre des mains et j'aurais tout tenté pour le réduire en miettes.

– Oui. C'est vrai.

– Dans quel but ?

– Mettre fin à ton emprise sur cette station spatiale.

– Et me laisser sans défense, à la merci de mes ennemis ? Encore une fois ? ajouta-t-il avec un petit mouvement du poignet, d'un ton acerbe.

– Non. Je voulais te faire quitter le Chrysanthème en secret. Par la force si nécessaire. Je n'aurais jamais dû te remettre le sceptre. Regarde un peu comment tu utilises ton pouvoir. L'espace dévoreur ! Des morts par milliers ! Et Gladdic… Il est innocent. Il n'a même pas accepté de m'aider !

– Eh non ! rugit Tyrus. Il n'a pas accepté… J'aurais pu en tenir compte, mais sa vie ne signifie rien pour moi.

Tout ce qui m'importe, c'est *toi*. Par la fusion des étoiles, Némésis, tu es la seule que je n'aurais jamais crue capable de me trahir !

– C'était pour ton bien.

– Ne t'avise pas de me servir ce discours-là ! Une fois déjà, tu as pris une décision très importante sans que j'aie eu mon mot à dire, et j'ai dû en payer les conséquences pendant des années. Jamais je ne tolérerai que ça se reproduise. Les décisions unilatérales me seront réservées. Je t'aime peut-être trop pour m'en prendre à toi, mais je ne peux pas en dire autant de Gladdic von Aton. Il va mourir. Regarde bien ce qui va lui arriver, et sache que c'est le sort que subiront tous ceux que tu tenteras de monter contre moi. *Tous*, tu m'entends ? Et pour revenir au sceptre…

Il le contempla, puis, d'une pichenette dédaigneuse, l'expédia dans les airs. Deux sécuribots braquèrent aussitôt leurs lasers dessus. Tous mes muscles tressaillirent, mais les rayons continus des machines firent fondre le super-ordinateur.

– Et voilà. Il est détruit.

D'un petit geste de la main, il renvoya les bots, et mon ventre se noua.

Il les commande encore.

– Le sceptre ne fait qu'activer un lien. Ensuite, il aurait attendu ma mort pour créer ce lien avec mon successeur. Vu que je l'ai désintégré, plus aucun Domitrien ne pourra y prétendre.

Il se renversa dans son siège, silencieux, une expression de défi glacial sur le visage.

– Dis-moi, mon amour, as-tu l'intention de me fendre le crâne ? Parce que la seule façon de mettre fin à mon règne, maintenant, c'est de me tuer.

– Non. Je voulais te retirer ton pouvoir dans le seul but de te sauver.

Une lueur mauvaise brilla dans ses yeux.

– L'idée que tu te fais de me sauver, je la connais, et j'ai déjà donné. Je n'en veux surtout pas. On ne reviendra pas en arrière. On peut seulement aller de l'avant.

Il tourna la tête, et l'étau de son regard inquisiteur me libéra enfin.

– J'espère que je me suis bien fait comprendre, et qu'à l'avenir je n'aurai plus besoin d'en passer par là.

– Rien ne t'oblige à en passer par là aujourd'hui. Je… Tyrus, j'ai entendu le message que tu m'as adressé. Épargne Gladdic. S'il te plaît.

Le cœur battant la chamade, je contemplai les danseurs.

– Ce n'est pas digne de *toi*, ça. Tu ne vois pas que rien de tout ça n'est digne de *toi* ? Nom d'une supernova, tu as tué des milliers de gens hier, et ça ne te perturbe même pas ?

– J'ai agi par nécessité. Je ne vais pas m'en excuser.

– Tu as créé *toi-même* une faille d'espace dévoreur ! L'espace dévoreur, Tyrus. Autrefois, ton seul objectif était de trouver une solution à cette menace !

Il se pinça l'arête du nez.

– C'est vrai. Quand j'avais l'esprit simpliste d'un enfant. Depuis, je me suis résigné à l'idée que l'univers n'a aucun dessein pour nous, que rien n'y est rationnel, qu'il n'y existe pas de justice.

– La justice, c'est toi qui la feras respecter !

– Ce sont les enfants qui recherchent ce qui est juste, rétorqua-t-il. J'ai tout mis en œuvre pour retrouver l'excédent qui était mon père, puis je m'en suis voulu d'avoir conduit les loups à sa porte. Il est mort parce qu'on m'a obligé à dire à mon oncle qu'Arion m'avait caché. Ça m'a pesé sur la conscience. J'y ai trouvé un sens lorsque j'ai pu rationaliser la catastrophe en la considérant comme un pas vers le bien pour le plus grand nombre. Comme c'est facile d'accuser un cataclysme d'avoir tout détruit… au lieu d'accepter que mon père était un imbécile, le seul responsable de sa mort.

Je le fixai du regard.

– Comme tous les autres, d'ailleurs. Tous les habitants qui sont restés sur cette planète, qui se croyaient à l'abri, qui se persuadaient qu'ils allaient arrêter l'espace dévoreur… J'ai mis Arion en garde. Je l'ai prévenu du danger, et il m'a serré dans ses bras. Il m'a rassuré, il m'a promis que tout s'arrangerait, et moi, pauvre imbécile que j'étais, je me suis laissé embobiner. C'était grisant de se sentir protégé.

– Ta réaction… n'avait rien de ridicule, Tyrus. On ne t'avait jamais donné le droit de te comporter comme un enfant.

On ne m'y avait jamais autorisée, moi non plus.

– J'ai encore failli me précipiter à ma perte en considérant cette galaxie avec l'œil d'un enfant ! constata-t-il avec amertume. Tu sais ce que je ferais dans la même situation, maintenant ? Je détruirais leurs cuves d'oxygène, leurs réserves d'eau, leurs stocks de grains. Ensuite, s'ils persistaient à ne pas vouloir évacuer, je les abandonnerais à leur sort. J'ai perdu assez de temps à m'agiter pour rien.

– Tyrus, tu ne t'entends pas. Tu ne te vois pas...

– C'est toi qui ne vois rien, me coupa-t-il, soudain agacé.

Il s'élança brusquement hors de son siège et s'immobilisa juste devant moi, les bras tendus contre la paroi, de chaque côté de ma tête.

– Tu trouves que j'ai commis une atrocité ? Eh bien, je pourrais recommencer sans hésitation. C'est tout à fait possible, parce que ça s'imposera peut-être. J'ai créé une faille d'espace dévoreur, oui. Tout le temps que j'ai consacré à lutter contre ce phénomène, c'était du gâchis ! Être capable de détruire un système solaire, c'est une arme *surpuissante*, qui m'offre des possibilités inouïes ! Et *toi* (une violente colère flamboyait dans ses yeux), rien ne t'autorise à me le reprocher. À une époque, tu leur aurais volontiers réservé le même sort !

– Tu n'éprouves aucun remords pour ce que tu as fait ! Tu trouves ça normal ?

Il partit d'un rire cinglant.

– Évidemment que je n'ai aucun remords ! Ça fait des années que j'attends ce moment. En voyant l'espace dévoreur que j'avais créé engloutir mes ennemis… j'ai ressenti la satisfaction la plus délicieuse de ma vie. Si la terreur qu'ils ont connue dans leurs derniers instants était un nectar, je m'en abreuverais sans jamais me lasser de sa saveur. Pourquoi devrais-je éprouver le moindre remords ?

J'étais incapable de le quitter du regard. Il devait tenir ces propos pour en rajouter, pour me faire marcher. Je n'imaginais pas qu'il puisse être sincère.

– Maintenant, c'est terminé, reprit-il. C'est réglé. Nous sommes tirés d'affaire. Nous sommes en sécurité. Et nous le resterons si nous procédons comme *moi* je l'ai prévu. Si aujourd'hui je dois tuer un innocent pour que tu n'essaies jamais d'en utiliser un autre contre moi, je le ferai. Sans hésiter.

– Et ma détresse est-elle un autre nectar dont tu ne te lasseras jamais ?

Il leva vivement une main, et, incrédule, je crus un instant qu'il allait me frapper. Mais sa paume tremblante s'immobilisa tout près de ma joue, sans me toucher.

– Je t'aime de toute mon âme, répondit Tyrus d'un ton calme, et parfois je t'en veux vraiment à cause de ça.

Puis, d'une poussée sur ses bras, il s'éloigna de moi et regagna sa place.

Je restai immobile, adossée contre le mur. Telle était donc sa vision des choses. Par cette mise au point, il avait l'intention de donner le ton pour la suite. Si j'acceptais qu'il exécute Gladdic, il me faudrait tout accepter à l'avenir.

Et il comptait bien ne pas me laisser le choix.

La chorégraphie entrait dans son acte final, et l'on avait enfin accordé à Gladdic sa liberté de mouvement. La figure crispée par la panique, il fléchit les jambes pour se propulser le plus loin possible de ceux qui essaieraient bientôt de le tuer.

Il savait forcément qu'il ne pouvait pas s'échapper.

J'observai Gladdic, ce jeune homme doux, faible, bienveillant et peureux. C'était un seul être humain. Une seule vie. Rien qu'un fragment minuscule des atrocités d'hier, et pourtant c'était de lui que tout dépendait.

Tyrus m'avait questionnée quand j'avais empoisonné Devineé – à quel moment la mort de quelqu'un était celle de trop ? À présent, je connaissais la réponse.

La mort de trop, c'était celle-ci.

Celle d'aujourd'hui.

– C'est donc ça, être ton impératrice ? dis-je à Tyrus. C'est ça, ta vision du pouvoir ? Tu as décidé de tuer Gladdic, et je ne peux pas t'en empêcher…

Tyrus ferma les yeux un instant.

– Tu prends tout ça trop à cœur. Quand il sera mort, nous passerons à autre chose. Demain, nous nous réveillerons et nous reprendrons le cours de notre vie comme si ça ne s'était jamais produit.

Non, pas moi. Je n'en serais jamais capable.

– Tu te rappelles quand tu m'as confié ce que tu aimais chez moi ? lui demandai-je. Ce que tu aimes le plus, c'est que je n'hésite jamais à *agir*.

Sur quoi, je me précipitai dans le dôme pour sauver Gladdic.

49

Je me débarrassai des anneaux directionnels avant que Tyrus ait pu s'en servir pour me ramener, et les danseurs stupéfaits se figèrent en me voyant surgir parmi eux, emportée par mon élan. Je me raccrochai au premier que je croisai et lui arrachai son épée des mains.

– Viens par ici ! criai-je à Gladdic.

Il se dirigea vers moi, si reconnaissant qu'il était au bord des larmes. Je ne lui prêtai attention qu'à moitié, car j'avais les yeux braqués sur la loge d'où j'avais sauté.

Pendant un long moment, dans le silence qui s'était abattu sous la coupole, l'empereur Tyrus me contempla, aussi immobile qu'une statue. Je m'attendais à tout instant à entendre le bourdonnement du neurobloqueur.

Rien ne se produisit. Je me mis devant Gladdic pour le protéger et le collai contre moi le plus étroitement possible. Je ne pourrais pas empêcher un sécuribot de le foudroyer d'un coup de rayon laser, mais je savais que Tyrus aurait peur que je sois touchée par le tir… J'étais trop près pour qu'il prenne un tel risque. L'un après l'autre, les vidéobots se désactivèrent et s'inclinèrent dans le vide. Cette cérémonie n'était qu'une émission de propagande, et je venais d'en bouleverser le déroulement.

Tyrus descendit d'un mouvement fluide et s'immobilisa devant moi, froid comme la glace.

– Sors de la scène. Je trouverai un moyen de faire passer ton intervention pour un élément du spectacle.

– Pour expliquer que tu as épargné l'Immolé ? répondis-je d'un ton de défi.

– Non. Renonce, Némésis. Ton entêtement ne te mènera à rien.

– Je ne suis pas d'accord. Tu vas le gracier. Sinon je le protégerai en me battant jusqu'à la mort. Contre toi.

Il venait de m'exposer ses conditions, la façon dont il envisageait notre avenir : il voulait que je sois passive et que je ferme les yeux sur ses actes.

Cette fois, c'était à mon tour de lui faire part de mes exigences.

Tyrus détenait un trop grand pouvoir. Il n'était plus l'idéaliste d'autrefois. Je ne pouvais pas le laisser continuer sans restriction. Je devais acquérir la certitude que je pouvais le juguler.

Si je n'en étais pas capable, je refuserais de rester à ses côtés, d'être son impératrice et de faire l'autruche. J'avais eu l'intention de détruire son sceptre, de le priver de sa puissance absolue. Ce n'était plus possible. Il me fallait donc trouver un autre moyen de le freiner.

– Pourquoi tu tiens autant à lui ? demanda-t-il entre ses dents.

– C'est à *toi* que je tiens. C'est pour ça que je le protège de toi. Épargne-le, Tyrus.

Mon cœur battait à toute vitesse. Si je réussissais à le convaincre, l'espoir serait permis. L'espoir que je puisse l'empêcher de passer à l'acte la prochaine fois qu'il déciderait d'éradiquer ses adversaires en masse. La prochaine fois qu'il jugerait opportun de créer une faille d'espace dévoreur, qu'il envisagerait de recourir à la Brume expédiente, qu'il voudrait charger des sécuribots d'éliminer un ennemi... Ma voix aurait du poids. Il m'entendrait. Il m'écouterait. Voilà ce que je devais instaurer aujourd'hui – mon influence sur lui. Si je n'y parvenais pas maintenant, je la perdrais à tout jamais.

Tyrus fit signe à un danseur d'approcher de lui, lui prit son épée, puis le repoussa brusquement. Il leva alors l'épée devant lui, me montrant sa lame qui étincelait sous les rayons de l'espace dévoreur.

– Voici ce qui va se passer, Némésis : je ne vais pas réactiver le neurobloqueur. Je te laisse ta force surhumaine. C'est donc à toi de décider ce que tu veux faire ensuite, car, vois-tu, Gladdic va mourir. De ma main. Pour le sauver, il faudra me tuer.

Oh, non !

Tyrus ne m'accorda pas plus de temps pour réfléchir. Il se précipita sur nous en fendant l'air avec son arme.

Je poussai Gladdic vers le bord de la coupole, et je saisis la jambe de Tyrus lorsqu'il se propulsa à côté de moi, parce que sans mes anneaux directionnels je ne pouvais pas prendre d'élan moi-même. Nous approchâmes de Gladdic, qui rebondissait contre le mur, et Tyrus dirigea la pointe de son épée vers lui…

Je projetai Tyrus loin de moi. Il percuta le mur assez fort pour que son épée lui échappe et soit éjectée loin de lui.

Tyrus reprit son équilibre. Puis il fit venir un autre danseur et lui prit son épée. Je secouai la tête, mais il fronça les sourcils et se pencha vers moi pour m'inviter au combat.

– Arrête, dis-je.

– Qui va mourir, Némésis ? Gladdic ou moi ?

Il me fonça dessus. Mon épée bloqua la sienne, mais la collision me repoussa loin d'eux. Sans se laisser distraire, Tyrus s'orienta afin de pourchasser Gladdic tandis que je dégringolais, brûlant de frustration. Puis je donnai une puissante poussée des jambes sur le mur de diamant et de cristallin. Alors que Tyrus atteignait Gladdic, j'abattis mon épée sur la sienne. La douleur de l'impact lui arracha une grimace, mais il ne lâcha pas son arme.

Il s'élança de nouveau vers Gladdic, et cette fois je me fendis pour l'attraper par la cheville. Mais c'était une feinte ; il fit volte-face au dernier moment et m'asséna un coup de pied à la poitrine qui m'expédia vers le mur translucide. Le choc vida mes poumons, mais j'eus la présence d'esprit de pousser encore sur mes jambes, sans attendre de les avoir remplis d'air.

Mon incapacité à me diriger était un handicap terrible, et chaque fois que nous croisions le fer j'étais repoussée en travers du dôme de bal. Je prenais obstinément appui contre la paroi pour revenir à la charge, empêchant chaque fois Tyrus de passer Gladdic par le fil de l'épée. Au bout d'un moment, exaspéré, Tyrus se concentra sur moi. D'un coup de pied, il s'élança en avant pour me suivre alors que j'étais projetée vers l'arrière, puis nos épées se percutèrent, et d'un mouvement vif il me plaqua contre le mur. J'attrapai son bras, mais je ne le lui déboîtai pas, ne le brisai pas.

Comme il m'aurait été facile de le broyer, si j'avais eu affaire à un autre que Tyrus...

Il utilisa ses anneaux directionnels pour m'immobiliser complètement.

– Comment ça va se terminer, à ton avis ? gronda-t-il. Tu ne peux pas m'empêcher d'aller au bout ! Fais ton choix !

– Je ne suis pas un prélat, moi ! Tu ne me feras pas choisir entre ma main ou ma tête, Tyrus. Je t'affronterai jusqu'à mon dernier souffle pour qu'il reste en vie, et je ne te tuerai pas ! Le voilà, mon choix. Si seulement tu m'accordais ta *confiance*...

– Tu voudrais que je t'accorde ma confiance ? fit-il avec un sourire amer. Comme sur le *Tigris* ?

Nous nous éloignions de nouveau du mur, mais je ne voyais plus que les yeux pâles et ombrageux de Tyrus.

– J'avais fait mon choix, moi, reprit-il calmement. Je voulais libérer la femme que j'aimais et servir le peuple de mon empire, et je ne désirais rien d'autre. Je pensais que tu respecterais ma décision, mais tu m'as assommé et tu m'as abandonné. J'avais fait mon choix, et tu me l'as volé.

Je compris à quel moment la confiance avait été brisée entre nous : lorsque j'avais pris la décision de le confier aux soins de Pasus pour le mettre hors de danger.

– Je… je n'ai pas pu te laisser mourir.

– Alors, au lieu de ça, tu m'as laissé aux mains d'ennemis dont je venais de tuer les proches par dizaines. Quel résultat ça pouvait donner, à ton avis ?

– Je suis désol…

– Je t'interdis de t'excuser. Tu as décidé de ne pas m'écouter, et maintenant tu me demandes une faveur que tu ne m'as jamais accordée ?

Il s'approcha de moi et s'empara de la pointe de mon épée. Je vis du sang s'écouler en apesanteur lorsqu'il serra le poing, le regard rivé dans le mien. Il attira la pointe étincelante contre sa gorge.

– Voilà le choix que je t'offre, poursuivit-il. C'est le seul possible. Tue-moi, ou tue-le, lui. Même si nous devons nous affronter pendant un siècle, ce choix, tu le feras.

Laisser Tyrus tuer Gladdic.

Ou tuer Tyrus.

C'était un choix impossible. Je lâchai mon épée, qui dériva.

– Demain, susurra-t-il, tout ça, ce sera le passé.

Nous flottions vers la loge, et les danseurs retournèrent vers la scène. Les appareils de transmission se rallumèrent et reprirent la diffusion, puis Gladdic eut une expression de terreur lorsqu'il comprit que son répit venait de se terminer.

Je regardai Tyrus, qui était devenu un étranger après trois ans à subir les conséquences d'un choix que je lui avais volé. Trois ans à construire sa colère sourde. Une profonde tendresse m'envahit.

– Tyrus, je suis désolée pour ce que je t'ai fait, murmurai-je.

Puis, d'un vif mouvement du bras, je repoussai l'empereur loin de moi et me propulsai au centre du dôme afin que tous puissent me voir et m'entendre lorsque je montrai du doigt Fustien nan Domitrien.

– Cet homme est un *imposteur*. Je sais que ce n'est pas le proscripteur, parce que j'ai tué le proscripteur Orthanion et détruit la Cité sacrée.

50

Tyrus coupa tous les transmetteurs en poussant un juron, mais c'était déjà trop tard – on m'avait entendue, et il se précipita vers moi avec un air aussi atterré que furieux, en criant :

– À quoi tu joues ?

– Je crois que c'est évident.

– Retire ce que tu as dit. Explique-leur que tu plaisantais. Vas-y, vite !

J'attendis qu'il soit convaincu que j'allais lui obéir et qu'il remette les transmetteurs en marche.

– J'ai égorgé le proscripteur et j'ai propulsé le *Héra* dans...

– ASSEZ ! rugit Tyrus, tandis que les transmetteurs se désactivaient de nouveau. Tu es devenue folle. Qu'est-ce qui t'arrive, nom d'un chien ?

– Je sais parfaitement ce que je fais.

Il donnait l'impression de vouloir me frapper. De laisser libre cours à sa colère. Il fonça sur moi, me saisit par les bras et attira mon visage près du sien.

– Tu viens de raconter que tu as tué le proscripteur ! Tout le monde va te croire !

– Je sais. C'est délibéré.

– Qu'un trou noir t'emporte... Dans quel but ?

– Je t'expose mes conditions pour la suite, lui répondis-je en vrillant mon regard dans le sien. Maintenant, tu les connais.

Il poussa un cri de rage, me repoussa loin de lui. Je dérivai dans le vide, sans cesser de le regarder tandis qu'il empoignait ses cheveux, cherchant de toute évidence un moyen de sauver la situation. L'empire se trouvait entre ses mains. Toute la technologie de notre secteur de la galaxie lui obéissait. Mais il ne pouvait pas effacer ce que je venais de faire.

Et il le savait.

– Pourquoi ? s'enquit-il alors, dans un murmure assassin.

J'approchai du mur du fond, contre lequel j'exerçai une poussée pour revenir vers Tyrus. Dans le dôme de bal, le public nous observait, captivé. Gladdic s'accrochait au bord d'une loge pour s'y hisser, essayant à tout prix de s'échapper.

– Tu te rends forcément compte que..., commença Tyrus.

– Que je viens de me condamner ? Oui. C'est le but.

Je lui attrapai le bras. Tout doucement, je fourrai la poignée de mon épée dans sa paume.

– Tiens, ça pourrait te servir. L'honneur de donner la mort à une impératrice appartient sans doute à son mari. Ce sera ton devoir de procéder à l'exécution.

Il contempla l'épée d'un air absent, puis leva les yeux vers moi. Il suivit mon mouvement lorsque je basculai un peu sur le côté. Je n'avais qu'une conscience lointaine des loges alentour, dont Tyrus opacifiait les vitres-écrans pour nous cacher à la vue des spectateurs.

– Je ne te comprends pas, me confia-t-il.

– Tu devrais, pourtant. Je n'ai pas changé. Je te suis toujours dévouée. Et je suis folle amoureuse de toi. Je ne vais pas rester les bras croisés à te regarder devenir ce que tu exècres. J'ai cru que je pourrais t'influencer, mais il me paraît évident que ce n'est pas le cas. Je ne pourrais pas être ta conscience. Tu espérais que j'apprendrais à vivre avec des œillères, mais je m'y refuse. Même si j'en étais capable, jamais je ne t'infligerais une telle cruauté. Alors voici le nouveau choix qui se présente à toi, Tyrus.

– Tu appelles ça un choix ? rétorqua-t-il entre ses dents. Il n'y en a plus. Tu t'en es assurée ! Tu as éliminé toutes les solutions, sauf celle que je ne peux pas choisir ! Tu veux que je te tue.

– Au contraire, tu as deux options : me faire passer avant, ou préférer le pouvoir. Ta grand-mère t'a dit un jour qu'il n'existait qu'un choix possible pour un Domitrien. Es-tu un Domitrien ? Ou es-tu Tyrus, celui que j'aime… celui qui me choisira, moi ?

Il se contenta de me dévisager. Je m'aperçus que plusieurs grandiloquins avaient réussi à forcer la transparence de leurs écrans… Tyrus était trop focalisé sur moi pour les opacifier de nouveau.

Je pris sa joue chaude et sèche dans ma main, et plongeai le regard dans ses yeux stupéfaits.

– L'empereur de la galaxie a le devoir de venger le proscripteur. L'empereur Tyrus est contraint de me tuer. Mais Tyrus, mon mari, mon grand amour… lui, il peut en décider autrement. Il peut me sauver.

– Comment pourrais-je te sortir de cette situation inextricable ?

– Il faudra que tu m'emmènes loin d'ici. Je voulais te sauver, mais ce n'est plus en mon pouvoir. Alors c'est toi qui me sauveras. Nous nous approcherons du trou noir, et nous reparaîtrons à une époque où personne ne nous connaîtra. Si nous décidions de disparaître, rien ne nous serait plus facile. On pourrait même croire que nous avons été engloutis par l'espace dévoreur… ou que nous avons péri d'une autre façon. Nous pouvons prendre n'importe quel vaisseau et faire un saut dans l'hyperespace, pour aller si loin que l'empire ne serait plus qu'un vague souvenir.

Il éclata d'un rire nerveux, chargé de dépit.

– C'est une idée ridicule. Tu viens d'avouer que tu avais tué le proscripteur, et j'ai décimé la grandiloquie. Je ne suis pas invulnérable, Némésis. Je commence tout juste à apprendre comment contrôler les machines. Tu crois vraiment que nous irions aussi loin ?

– Nous fuirons le plus vite possible. Si on nous barre la route, nous nous battrons sans relâche. Aucune force dans la galaxie ne peut nous arrêter.

– Et l'empire ?

– Abandonne-le ! Tyrus, ta famille est dite impériale, mais tes prédécesseurs et toi, vous n'êtes pas les maîtres du trône. Vous y êtes *enchaînés* depuis des milliers d'années. Tu peux briser ces chaînes. Tu as mis fin à la lignée, alors *libère-t'en*. Échappe-toi avec moi, mon amour.

Les yeux de Tyrus étincelèrent.

– Tu ne m'avais encore jamais appelé comme ça.

– C'est vrai ? murmurai-je, le cœur brisé, déroutée qu'il ait raison. Mon amour, répétai-je, avant de l'embrasser sur les lèvres. Mon grand amour. L'amour de ma vie.

Il me serra contre lui, sans se soucier de l'image exécrable que cela devait renvoyer de lui après mes aveux.

– Pourquoi faut-il toujours que ça se passe comme ça ? me demanda-t-il, comme s'il avait ravalé un sanglot. Par Hélios, ce maudit Vénalox n'était pas assez puissant. J'empoisonnerais sans hésiter toutes les fibres de mon cœur qui battent pour toi si ça pouvait me libérer de toi. Tu es la seule qui puisse me faire du mal.

– Je n'en ai aucune intention, répondis-je. Tyrus, je n'imagine pas vivre sans toi.

Il me regarda d'un regard chargé d'une douleur plus vive encore que dans les pires moments de manque.

– Peut-être. Mais moi, si.

Puis il enfonça son épée dans ma poitrine.

51

Tout semblait se dérouler au ralenti. Je fus foudroyée par une explosion de douleur ; la vue troublée par un voile rouge vif, je vis une brume de roses cramoisies tourbillonner devant mes yeux, mais le goût de fer qui me piquait la gorge m'indiqua que c'était du sang qui coulait à flots de ma blessure. La chaleur m'abandonna à mon premier halètement, mais des bras me rattrapèrent et me serrèrent fort. Je vis alors une chose étrange, une partie de moi qui ne pouvait pas être *moi*, transpercée par une lame d'acier.

– Je te déteste, dit Tyrus, tout près de moi, avant de retirer l'épée d'un mouvement vif et de la jeter loin dans le dôme. Oh, comme je te déteste pour ce que tu viens de m'obliger à faire.

Je suffoquais, je tentais d'aspirer plus d'air, mais il n'y en avait pas assez, mon propre souffle me noyait… Au loin, le public m'apparut, les cris et les voix tapageuses des spectateurs déferlaient comme un torrent assourdissant.

Une meute de bêtes sauvages. Des créatures à deux jambes, aux dents acérées et aux mains avides, enveloppées par la brume rouge de plus en plus épaisse.

Ma tête se renversa contre quelque chose de chaud et de compact derrière moi, et Tyrus murmura :

– Doucement... Doucement.

Sa voix se fit plus basse, plus amère.

– Ce spectacle ne leur est pas destiné.

Il nous fit pivoter, et je ne vis plus alors que l'immensité qui s'étendait derrière des vitres de diamant limpides. Des doigts se glissèrent dans mes cheveux, caressèrent ma tête et ma nuque, de façon répétée, tandis qu'une lumière éblouissante emplissait l'espace.

– Voilà, fit-il dans un murmure haletant. Regarde par là.

Nous continuions à nous rapprocher de la voûte transparente, deux silhouettes fantomatiques et scintillantes illuminées par l'espace dévoreur. Même si ma vue se troublait, l'éclat lumineux persistait, toujours aussi vif, chatoyant, projetant sur moi ses rayons tandis que la vie s'échappait de mes veines.

– C'est à couper le souffle, n'est-ce pas ? fit une voix rauque, étranglée. De toute ma vie, je n'ai jamais vu une beauté plus effroyable.

Le brouillard tomba.

52

Elle se tenait trop près de la berge. Sidonia me montrait quelque chose que je ne distinguais pas. Elle s'éloignait toujours plus, et tout en moi tremblait d'affolement.

– Donia, Donia, tu ne devrais pas entrer dans cette eau…

Quelques instants plus tard, je pris conscience de l'absurdité de ma mise en garde… Même si j'ignorais pourquoi elle était déplacée. Donia se contenta de se tourner vers moi, souriante. Une chaleur douce et tendre se dégageait de ses yeux foncés.

– Oh, Némésis, dit-elle. Je vais te soigner. C'est très douloureux, ça.

Je savais de quoi elle parlait. Je baissai le regard vers mes pieds nus, en sang, écorchés et tailladés par les pierres coupantes.

Elle referma la main autour de la mienne, puis m'emmena loin des rochers qui me meurtrissaient, jusqu'à un sable soyeux qui s'accumula entre mes orteils. Un soupir s'échappa de mes lèvres, et elle sourit.

– Regarde, me dit-elle, avant de tremper un orteil dans l'eau, surface claire et satinée qui reflétait l'obscurité étincelante d'étoiles. Elle est très bonne.

Je voulus l'accompagner, mais mon pied buta sur de la glace. Perplexe, je la regardai s'éloigner, le reflet de la voûte étoilée ondulant à chacun de ses pas. Pour elle c'était enfantin, mais pour moi c'était impossible.

– Donia, je ne peux pas te suivre..., essayai-je d'expliquer. J'ai... j'ai oublié quelque chose.

J'ignorai quoi, mais Donia connaissait la réponse, et son visage rayonna d'un amour pur et doux lorsqu'elle me dit qu'elle me comprenait comme personne d'autre ne m'avait jamais comprise. Mieux que moi-même.

– Je t'attends là, annonçai-je.

Soudain, je suffoquais, ma poitrine se soulevait violemment, tremblante, et une voix éclatante, trop forte, retentit :

– Oh, il ne manquait plus que ça. On n'a plus qu'à espérer qu'elle ne soit pas en état de mort cérébrale.

Cette voix... je l'avais déjà entendue...

Je pris une vive inspiration et, jusqu'alors étendue de tout mon long, je me redressai brusquement, mais des bras saisirent les miens et me plaquèrent au sol, puis la fille s'éloigna de moi à pas prudents, les mains levées devant elle, doigts écartés.

Je dus l'observer un long moment pour comprendre qui je voyais... Pour reconnaître Néveni, tant elle avait changé – elle avait les cheveux rasés, une vilaine balafre en travers du visage, comme si quelqu'un avait voulu la marquer d'une croix...

Puis sa main fusa et se resserra sur la mienne. Ce n'était pas la petite main douce de Sidonia, mais celle de Néveni, dure et rugueuse.

– Tu me reconnais ? demanda-t-elle.

Bien sûr que je la reconnaissais. J'avais aussi conscience de la douleur qui martelait chaque centimètre de mon corps, et du vaisseau inconnu qui vrombissait sous mes pieds, de la lumière éblouissante des lampes fluorescentes. Je savais que Donia était morte, et que Tyrus...

Néveni.

Néveni – qui m'avait abandonnée.

Je poussai un hurlement et fis un brusque mouvement vers elle. Elle s'écarta en vitesse, un sourire sauvage aux lèvres, mais deux bras énormes aux muscles puissants se verrouillèrent autour de moi.

Oh ! Je l'avais oublié, lui. Supplice.

– Ouais, c'est sûr, elle se souvient de moi, commenta Néveni en s'adossant au mur à l'autre bout de la pièce.

– Qu'est-ce que... Comment je suis...

Je cherchais à comprendre. Puis je tirai de toutes mes forces vers l'avant, mais Supplice me lâcha brusquement et je fis un plongeon. Une vive douleur me foudroya les genoux, et Néveni s'avança comme si elle voulait m'aider, avant de se raviser.

Ensuite…

Ensuite tout me revint en mémoire avec fracas, et ma main fila sur ma poitrine, où je sentis une cicatrice douloureuse.

L'épée… L'épée !

– J'étais… Il m'a…, hoquetai-je.

– Je vais t'aider à te relever.

J'étais dans un état de profonde confusion. Néveni me prit par la taille et me souleva en poussant un gros soupir d'effort. Je pesai de tout mon poids contre elle, puis Supplice m'attrapa le bras pour lui prêter main-forte.

Je les regardai, perplexe. Je ne parvenais pas à… J'étais incapable de… Qu'est-ce qui clochait chez moi ?

– Comment je me suis retrouvée là ?

– C'est Gladdic qui m'a contactée. Gladdic, tu te rends compte ? C'était très bizarre, mais il m'a indiqué où nous pourrions te trouver. Installons-la dans un siège.

Supplice hocha la tête.

Je restai affaissée entre eux tandis qu'ils m'accompagnaient à l'autre bout de la salle.

– G-Gladdic ? Quoi ? Qu'est-ce qu'il a dit, Gladdic ?

– Il nous a raconté ce qui s'était passé, bien avant que la transmission officielle ait été diffusée. Je crois qu'il voulait qu'on lui fasse quitter le Chrysanthème en secret, mais je l'ai prévenu que ça aurait un coût. Et ce coût, c'était toi. Alors il nous a payés. Je ne sais pas si on respectera notre part du marché… Si un jour l'occasion se présente, pourquoi pas…

Je la regardai en clignant faiblement des paupières. Oui, j'avais fourni à Gladdic la fréquence du vaisseau de Néveni. Je m'en souvenais, tout à coup.

– Mais je n'ai pas été…, balbutiai-je, encore embrouillée malgré mes efforts pour reprendre mes esprits. Je ne suis pas…

– Tu as subi un choc hypovolémique, intervint Supplice de sa voix caverneuse, les yeux baissés vers moi maintenant que j'étais assise. Ça m'est déjà arrivé. Nous ne réagissons pas comme les autres. Si nous perdons beaucoup de sang, nous entrons dans une sorte d'hibernation. Ça peut facilement ressembler à la mort.

– Gladdic t'a injecté une capsule d'oxygène dans le sang pour éviter que tu étouffes pendant que tu avais cessé de respirer, enchaîna Néveni.

Sa bouche dessina un sourire irrégulier – prolongé par la cicatrice qui prenait naissance à chaque coin de ses lèvres.

– Parfois, tu te fais une idée sur un mec, et un jour, surprise, il te montre qu'il est pas complètement minable…

La mort.

L'hibernation.

Qu'est-ce qu'ils me racontaient ?

– La seule contrainte, c'était de récupérer ton sarcophage avant que tu te réveilles… si jamais ça se produisait. Gladdic a sans doute aussi trafiqué le système de guidage, sinon t'aurais flambé dans un soleil.

Je la fixai du regard, incapable de comprendre. Ça n'avait aucun sens. Rien de tout ça ne…

J'avais la bouche affreusement sèche. Je voyais encore trouble par intermittence, mais, lorsque je jetai un coup d'œil sur le sol à côté de moi, un sentiment d'horreur me traversa.

Un caisson de cristallin.

Un tombeau.

On m'avait mise là-dedans. On m'y avait enfermée, pour m'expédier dans l'espace. Si j'avais repris connaissance et qu'on ne m'avait pas retrouvée…

Néveni me rattrapa quand je basculai vers l'avant, secouée par un haut-le-cœur, mais rien ne sortit.

– Oui, tu vas en baver, dit Néveni. Supplice m'a prévenue.

Un froid glacial m'envahit par vagues, des frissons parcoururent ma peau. Je regardai de nouveau le cercueil.

– Tu es revenue d'entre les morts, déclara Néveni. Bienvenue parmi nous.

Elle se détourna pour attraper un verre, qu'elle me tendit. Assoiffée, j'avalai une grande gorgée, et je faillis tout vomir.

Ce n'était pas de l'eau.

C'était du whisky.

– Tu préfères peut-être de l'eau, commenta Néveni.

Sûrement pas. Je vidai le verre d'un trait, et mon œsophage chauffé par l'alcool sembla être la seule partie de mon corps libérée du gel.

– Je la ressers ? demanda Supplice.

– Il y a quelques minutes, elle était morte. Donne-lui toute la bouteille.

La torpeur s'infiltrait jusque dans mon âme, le bourdonnement du vaisseau semblait vibrer dans mes os et dans mon crâne, menaçant de faire tomber comme des fruits mûrs les pensées étouffées qui me taraudaient. Je distinguais vaguement les murs nus de la chambre où l'on m'avait conduite.

Là, assise dans un lit inconfortable, je soulevai ma chemise pour observer ma poitrine… Je vis une bande de chair bien lisse sur ma cage thoracique, une tache blanche un peu plus claire que la peau qui l'entourait, à l'endroit où un médibot était intervenu pour tenter de me ranimer. Ou alors on avait voulu effacer ma blessure avant d'envoyer ma dépouille dans une étoile.

Rien ne me paraissait réel, tout allait de travers. Le brouillard dans ma tête ne se dispersait pas, formait comme une épaisse chape nuageuse. Supplice et Néveni revinrent. Elle récupéra la bouteille vide et m'examina.

– Un jour, je lui ai fait boire une bouteille entière, et je te jure, il a pas arrêté de rire comme un benêt. Tu imagines, toi ? C'était un peu flippant. Tu te sens comment ?

Je ne comprenais pas ce qu'elle me racontait.

Elle poussa un soupir.

– J'espère vraiment que t'as pas de lésions cérébrales, Némésis. Je sais pas trop ce que je ferais de toi, dans ce cas-là. En fait, si. Je pense que je te tuerais. Je peux pas me permettre de traîner un boulet.

Des lésions cérébrales.

Je décelai une mise en garde dans ses propos, mais je n'y accordai pas la moindre importance. Je me bouchai les oreilles. Je revoyais Tyrus en train de me fixer du regard dans le dôme de bal, et je fermais les paupières de toutes mes forces pour repousser cette vision, mais elle était en moi, l'image de ses yeux juste avant… juste avant qu'il… Je ne pouvais pas tolérer que ma mémoire revienne à ce moment.

Je n'entendis pas ce qu'elle me dit ensuite ; sa voix se perdait dans le tourbillon de pensées qui se déchaînait dans ma tête. Je sombrai dans des rêves, où je vis les yeux froids et distants de Tyrus, et je me réveillai glacée jusqu'aux os.

Ma tête reposait contre une surface dure.

Debout à côté de moi, Néveni tenait à la main l'oreiller qu'elle venait de me retirer d'un coup sec.

– Ça suffit. Supplice dit que ça fait un choc de… eh bien, d'émerger de l'état de choc, mais tu as eu tout le temps. Il faut que tu te bouges, maintenant. Debout.

Voyant que je ne réagissais pas, elle me toisa d'un regard réprobateur, la ligne rouge de sa cicatrice formant un chemin sinistre en travers de sa joue.

– Allez, ça suffit, grommela-t-elle.

Elle sortit un poignard étincelant de son fourreau, puis l'abattit vers moi.

Je saisis son poignet.

– Je ne suis pas un vieillard affaibli qu'on peut prendre par surprise ! criai-je, furieuse.

Pour enfoncer le clou, je serrai ses os comme dans un étau, puis je la repoussai.

– Cesse le combat, sauf si tu veux que je te taillade le reste du visage !

Elle ne réitéra pas son attaque.

– Enfin, je te retrouve ! lâcha-t-elle, le souffle court, en se tenant le bras. Tu es encore très forte.

– Est-ce que tu m'aurais tuée ?

– Seulement si tu m'avais laissée faire, répondit-elle, avant de rengainer son couteau. Tu m'avais dit que je finirais par me sentir mieux, tu te rappelles ? J'avais découvert peu avant que tous ceux que j'aimais et tous ceux que je connaissais avaient été assassinés...

Je la regardai d'un air impassible. Oui, je réalisai à présent à quel point j'avais manqué de jugement.

– C'est le genre de discours qu'on ne veut pas entendre, mais il se trouve que tu avais raison. Pulvériser la Cité sacrée et devenir la plus barbare, la plus impitoyable de la galaxie, ça m'a vachement remonté le moral. Et m'emparer de ce vaisseau, aussi. Ou encore t'avoir récupérée avant que tu crames. Rends-toi compte : les habitants de la galaxie tout entière savent que leur impératrice a tué leur proscripteur. Imagine la frousse qu'ils auront quand tu reviendras pour de bon de l'au-delà et que tu leur annonceras que la liste de tes victimes va s'allonger.

Je fermai les yeux.

– Qu'est-ce que tu veux ?

– Te dire que je sais ce que tu ressens. J'ai tout perdu. Tu aimais tant Tyrus que tu es retournée sur le Chrysanthème, prête à mourir pour lui, et qu'est-ce qu'il a fait ? Il t'a épousée, et juste après il t'a *tuée*.

Elle venait de me mettre sous les yeux l'insoutenable vérité, mais désormais je n'avais plus le choix. Je ne pouvais plus reculer. Je posai la main sur la peau neuve de ma poitrine et me répétai en boucle :

Tyrus m'a tuée.

Tyrus-m'avait-tuée.

– Il n'y a qu'une façon de s'en relever, et tu la connais, reprit Néveni, une lueur assassine dans le regard. Tu dois le retrouver et lui rendre la pareille. Puis démolir son empire. Je sais que c'est ce que tu veux. Ou bien ça ne va pas tarder. J'en suis sûre.

Au lieu de me galvaniser, sa surexcitation m'emplit d'un profond abattement.

– Je sais ce que tu te dis, poursuivit Néveni. Comment peut-on arriver à quoi que ce soit si on n'est que trois ? Mais nous ne sommes pas n'importe qui ! L'homme et la femme les plus balèzes de la galaxie, et la plus grande terroriste ! Némésis, tu es une impératrice galactique qui a été assassinée en public par son mari et qui va revenir de l'au-delà. L'impératrice qui n'est pas issue de la grandiloquie, l'impératrice qui a tué le proscripteur… Tu crois que ça ne peut pas nous servir ? Tu es une légende. Supplice et moi aussi. Tous les trois, nous sommes des légendes – alors imagine ce qu'on peut accomplir !

Je n'imaginais rien. Après son départ, je me rendis à la salle de bains sans but précis, les jambes endolories à force de rester immobiles. J'observai mon reflet, les ruines de celle que j'étais encore quelques jours plus tôt, vêtue d'une robe argentée étincelante, résolue à préserver ce qui pourtant était déjà perdu.

Je contemplai ma silhouette modelée pour présenter une version d'elle-même acceptable en tant qu'impératrice, en tant que Grandeé. Une Diabolic qui avait manqué à sa mission par deux fois. Il me fallut un certain temps pour remarquer que certaines mèches de mes cheveux étaient tirées en arrière. Je levai la main derrière ma tête et ouvris la pince.

Une douleur atroce me déchira quand j'examinai cette pince, que Tyrus avait récupérée dans la fontaine d'azote liquide. Qu'il m'avait offerte pour notre mariage. Quel immense espoir ce bijou m'avait donné…

Je la serrai dans mon poing, prise d'une envie violente de la briser. Dans le miroir, je vis deux yeux gris féroces et sauvages, qui fixaient sur moi un regard rageur, et un nez à l'irrégularité prétendument très chic. Donia l'adorait. Et Tyrus aussi.

Je parvins alors à une conclusion : moi, il ne me plaisait pas.

Je le détestais.

Il n'était pas parfait, alors qu'il aurait dû l'être. J'étais tout à fait symétrique, puissante, j'étais une machine à tuer, et ce défaut inutile n'avait pas lieu d'être. Je n'en voulais plus. Je serrai les dents, plaçai la pierre précieuse la plus robuste de la pince à un endroit bien choisi.

Puis j'abattis mon poing dessus, m'en servant comme d'un burin sur l'arête de mon nez.

Une vive douleur éclata, ardente et satisfaisante. Puis je frappai une deuxième fois, une troisième... Du sang dégoulina et tomba à grosses gouttes près de mes pieds. Je ne me souciai pas des élancements cuisants qui me foudroyaient le crâne. Je jetai la pince, saisis l'arête de mon nez, puis la remodelai. Je tordis, tirai, poussai jusqu'à ce qu'elle ait repris sa place véritable – en plein milieu, bien droite. Là où elle aurait dû être depuis toujours.

N'importe quelle autre fille, et même n'importe quel être ordinaire, aurait été en larmes. Moi, je n'avais pas cillé. Mais j'étais plus qu'un être ordinaire. J'étais une Diabolic.

Du sang continuait à s'écouler, aussi soulevai-je le pan de ma chemise pour l'éponger, puis le tamponner de nouveau. Si après avoir dégonflé mon nez restait voilé, alors... alors je le casserai et le rectifierai encore.

Néveni se réveilla en sursaut quand je donnai un coup de pied dans son lit – à côté d'elle, Supplice ouvrit paresseusement les yeux, une légère tension dans ses muscles m'indiquant qu'il était prêt à bondir et à me briser en morceaux si nécessaire... Mais pour l'instant il préférait se prélasser au lit.

Ils avaient réussi à faire germer un certain bonheur dans les cendres de leurs vies passées. Je m'en rendis compte en les regardant. Mon cœur me parut vide, comme si je devais ne plus jamais éprouver aucun sentiment.

– Peu importe ce que tu attends de moi, Néveni. Je le ferai. Si je suis en vie, c'est grâce à toi. Je te paierai ma dette. Je détruirai qui tu veux.

Je fis volte-face pour les laisser seuls.

– Némésis ! me rappela Néveni, qui me fixait d'un regard acéré, intense. Qui je veux ?

Je savais ce qu'elle avait en tête. Une seule personne l'intéressait. Rien qu'une seule.

La colère et la souffrance bouillonnaient en moi, et je m'en voulais de les ressentir. Mon unique ambition était de me changer en pierre, en glace.

Ma voix, lorsque je lui répondis, était chargée d'une assurance implacable :

– Qui tu veux.

Remerciements

Cette fois, je vais faire court ! Si j'oublie quelqu'un, je m'excuse à l'avance. Je tiens à exprimer ici ma reconnaissance infinie envers tous ceux grâce à qui l'aventure *Diabolic* est possible.

Merci, Justin, de croire dur comme fer à ces livres, et Holly, de les défendre avec autant de talent.

Merci, Meredith et maman, d'avoir lu mes premières versions ! Merci à Rob, papa, Matt, Betsey, et aux enfants – vous êtes tous géniaux.

Mille mercis à l'équipe jeunesse des éditions Simon & Schuster, en particulier à Audrey, Alexa, Dorothy, Lizzy, Nick, Chrissy et Chava pour tous nos échanges.

Merci également à Dana Spector, David Manpearl et Ryan Doherty.

Merci à mes éditeurs étrangers, en particulier Arena. Anna, j'ai été ravie de te rencontrer en chair et en os, c'était génial ! Merci à Elena et au reste de l'équipe pour tous ces moments formidables.

Merci à Jamie et Jessica. Merci à la petite bande de Schaumburg, y compris Toddery Barn.

Et un IMMENSE merci aux bibliothécaires, libraires, blogueurs, lecteurs, à tous ceux qui lisent cette saga, qui l'ont conseillée et en ont parlé autour d'eux. Grâce à vous, mon travail est récompensé.

Caraval

Stephanie Garber

Traduit de l'anglais (États-Unis) par Éric Moreau

Scarlett et sa petite sœur Donatella n'ont jamais quitté l'île où leur père, un homme cruel et tyrannique, les retient captives. À 17 ans, alors qu'elle est sur le point d'être mariée à un inconnu, Scarlett reçoit une lettre de Légende, le maître du jeu Caraval. Cette année, Caraval aura lieu sur l'île des Songes, et Scarlett est invitée ! Depuis toute petite, elle rêve d'assister à ce jeu légendaire et fabuleux... Aidées par Julian, un mystérieux marin, les deux sœurs s'enfuient. Mais à leur arrivée sur l'île des Songes, Donatella est kidnappée par Légende.

Scarlett entre alors dans Caraval avec Julian. Si elle ne retrouve pas sa sœur avant que les cinq nuits du jeu soient écoulées, celle-ci disparaîtra pour toujours...

Everything, Everything

Nicola Yoon

Traduit de l'anglais (États-Unis) par Éric Chevreau

Ma maladie est aussi rare que célèbre, mais vous la connaissez sans doute sous le nom de « maladie de l'enfant-bulle ». En gros, je suis allergique au monde. Je viens d'avoir dix-huit ans, et je n'ai jamais mis un pied dehors.

Un jour, un camion de déménagement arrive. Je regarde par la fenêtre et je le vois. Le fils des nouveaux voisins est grand, mince et habillé tout en noir. Il remarque que je l'observe, et nos yeux se croisent pour la première fois.

Dans la vie, on ne peut pas tout prévoir, mais on peut prévoir certaines choses. Par exemple, je vais certainement tomber amoureuse de lui. Et ce sera certainement un désastre.

The sun is also a star

Nicola Yoon

Traduit de l'anglais (États-Unis) par Karine Suhard-Guié

Daniel, 18 ans, est fils de Coréens immigrés à New York. L'année prochaine, il intègrera certainement la prestigieuse université de Yale.

Natasha, 17 ans, est arrivée de la Jamaïque dix ans auparavant. Ce soir, elle quittera peut-être les États-Unis pour toujours.

Il croit à la poésie et à l'amour.
Elle croit à la science et aux faits explicables.

Ils ont 12 heures pour se rencontrer, se connaître et s'aimer.
Au-delà des différences.

Je voulais juste te dire...

Emily Trunko

Illustré par Lisa Congdon
Traduit de l'anglais (États-Unis) par Mim

Cher Lecteur,

– Aurais-tu aimé pouvoir dire à la fille qui t'a brisé le cœur que tu étais toujours amoureux d'elle ?

– T'es-tu déjà demandé pourquoi ton meilleur ami refusait de t'adresser la parole ?

– Aimerais-tu avoir l'occasion de remercier la personne qui a changé ta vie ?

Ce livre est tiré d'un Tumblr totalement addictif, Dear My Blank, qui a encouragé toute une communauté de personnes qui ne se connaissaient pas à partager leurs secrets, leurs chagrins d'amour, leurs regrets et leurs victoires à travers des milliers de lettres qui n'ont jamais été envoyées à leurs destinataires.

Cette sélection de lettres offre une plongée intime dans la vie et le cœur d'inconnus.

Un concentré d'émotions qui ne vous laissera pas indemne...

Heartbreakers

Ali Novak

Traduit de l'anglais (États-Unis) par Sidonie Van den Dries

Quand j'ai rencontré Oliver, j'ignorais qu'il était le chanteur des Heartbreakers.

Et lui ne savait absolument pas que j'étais la seule fille au monde à détester sa musique.

Pour consoler Cara, leur sœur atteinte d'un cancer, Stella et Drew décident de se rendre à une séance de dédicaces de son groupe préféré, les Heartbreakers, pour lui rapporter un autographe.

Dans un café, Stella rencontre un bel inconnu. Quelle n'est pas sa surprise quand elle découvre qu'il s'agit d'Oliver, le chanteur du groupe favori de sa sœur... Le garçon invite Stella et son frère à faire la fête avec le groupe.

Passionnée de photographie, Stella fait des clichés de la soirée. Oliver se montre charmant avec elle, mais la jeune fille se méfie. Quelques jours plus tard, l'attaché de presse des Heartbreakers appelle Stella pour lui proposer de les suivre en tournée, pour les prendre en photos qu'elle posterait sur un blog. Stella refuse, car elle craint de trop s'éloigner de sa sœur. Pourtant, Cara la force à accepter. Stella est donc obligée de revoir Oliver. Leur attirance est évidente... Mais le chanteur est-il sincère ?

I am Princess X

Cherie Priest

Traduit de l'anglais (États-Unis) par Vanessa Rubio-Barreau

May et Libby étaient les meilleures amies du monde. Mais Libby a disparu dans un accident de voiture, et May ne s'en est jamais remise. Trois ans plus tard, May découvre avec stupeur des autocollants à l'effigie de Princess X placardés dans toute la ville ! C'est un personnage qu'elle avait créé avec Libby ! Qui a bien pu la reprendre à son compte ? Un site internet lui est même dédié et l'on peut y lire ses aventures. En les parcourant attentivement, May découvre des indices troublants qu'elle seule peut comprendre... Qui se cache derrière Princess X ?

L’effet Pygmalion

Christophe Lambert

Ned, 16 ans, petit génie solitaire, porte un exosquelette depuis l’enfance.

Son domaine : l’intelligence artificielle.

Lawrie, 50 ans, inventeur à la pointe de l’innovation technique, vit reclus dans sa tanière avec ses créatures.

Sa spécialité : les robots.

Après avoir lancé un défi à la communauté scientifique, Ned tente de convaincre Lawrie de s’associer à lui.

Leur mission : créer un humanoïde si parfait que personne ne pourra le distinguer d’un être humain.

Mais parfois, il suffit que l’amour s’en mêle pour que tout dérape...

The Rain

Virginia Bergin

Traduit de l'anglais (Grande-Bretagne) par Sidonie Van den Dries

Une pluie mortelle s'abat sur la Terre : l'humanité est menacée de disparition. Ruby, 15 ans, part à la recherche de son père.

Je m'appelle Ruby Morris, et voici mon histoire.
Si vous la lisez, vous avez énormément de chance d'être encore en vie.
Question : quand faut-il abandonner tout espoir ?
a) Maintenant. Immédiatement. On est foutus.
b) Dans deux semaines, environ.
c) Jamais.
d) J'imagine qu'il pourrait y avoir un d),
mais s'il existe, je ne l'ai pas encore trouvé...

Cet ouvrage a été mis en pages
par DV Arts Graphiques à La Rochelle

Imprimé par Rotolito S.p.A.
en avril 2018
pour le compte des Éditions Bayard

Imprimé en Italie